KB273548

일본설화문학연구

문명재 저

보고사

머리말

　설화와 설화문학은 다른 장르의 문학과는 그 성격이 매우 다르다. 본 저서에서 설화문학을 고찰하면서 맨 먼저 문학이란 무엇인가에 대해 언급한 것은 설화문학의 특징을 생각할 때 당연한 과정이었고, 또한 필자 스스로를 납득시키기 위한 과정이었다고 생각한다.

　자세한 것은 본문에서 거론하였으므로 생략하기로 하겠지만, 필자가 설화문학에 매력을 느끼게 된 것은, 오늘 날 우리가 대하게 되는 설화문학 작품은 어떤 한 개인의 창작물이 아니라는 점이다. 즉 시간적·공간적으로, 구승·서승에 의해 전해지는 유동성이야말로 여타 문학작품과는 다른 특성이고 또 매력이기도 하다.

　처음 일본의 설화문학 공부를 시작했을 당시, 국내에는 일본문학으로서의 설화문학을 전공하는 사람이 없었고, 따라서 연구 대상 작품에서부터 연구 방법론에 이르기까지 모든 것을 스스로 결정하고 궁리해야만 했다. 그러다가 일본 유학이 실현되고 피상적이던 연구가 구체화되면서 가장 먼저 부딪치게 된 벽은 수많은 자료를 섭렵하는 일이었다.

　본 저서가 일본설화문학의 연구서를 표방하면서도 『今昔物語集(콘쟈쿠모노가타리슈우)』라는 설화집의 연구에 지면의 대부분을 할애하게 된 것은, 이 작품이 일본문학사상 양적으로나 질적으로나 最高의 작품이라는 것 외에도 두 가지의 중요한 이유가 있었다.

　첫 번째는, 이 작품은 중국과 일본의 수많은 선행 문헌을 出典으로 삼아 태어났다는 점이다. 이들 선행 문헌은 한문과 일본 古文으로 기록되어 있고, 이들과의 照合은 작품의 특성을 규명하는데 필수적인 작업이었다. 출전과의 대조·고찰을 할 수 있기 위해서는 우선 선행 문헌을 읽는 힘을 기르는 과정, 말하자면 연구의 기본기를 닦는 과정이 필요했는데, 처음에는 방대한 양의 자료에 두려움을 느끼고 피해가고 싶은 생각도 났었다. 하지만 지금 이 과정을 거치지 않으면 연구자로서 홀로서기는 어려울 것이라는 생각에서 인내를 가지고 도전했는데, 그 때의 경험에서 지금도 많은 도움을 받고 있다고 생각한다.

물론 출전과의 대조 연구는 선행 연구에서도 많이 행해진 방법이었고 따라서 그 결과만을 이용하여 나름대로의 고찰에 도움을 받을 수도 있다. 하지만 출전과의 대조를 통한 연구방법론은 다른 방법론과는 달라서 先學의 연구결과를 섭렵하는 것만으로는 좀처럼 논자와 공감하는 상태에 이르지 못한다. 따라서 선행연구를 「지식」으로서 습득하는 한편, 「체험」으로서 직접 실행해보는 것이 필요했고, 결국 그러한 과정을 통해서 설화문학의 특성을 이해하는 중요한 계기가 마련된 것인데, 이것이 설화문학의 문학적 연구방법론으로 이어진 것이라고 생각한다.

두 번째는, 이 작품은 天竺(인도) 震旦(중국) 本朝(일본)의 세 편으로, 그리고 각 편은 다시 불교와 세속 설화로 나뉘어져 있는 구성상의 특징이다. 이것은 당시 일본에서 인식할 수 있던 전 세계의 모든 종류의 이야기를 망라하고자 했던 편자의 의식을 나타내는 것이고, 여기에 누락된 한국의 경우를 포함시키면 동아시아 문화권의 설화에 대한 총체적인 접근이 가능하리라고 생각한 것이다.

최근에 각 민족 또는 국가의 생활문화에 대한 연구가 활발해지면서 설화가 주목을 받게 되었다. 일례로 역사학계를 보더라도, 예전에는 사건사 정치사 중심의 역사적 사실의 규명에 초점을 맞춘 연구가 주를 이루었고, 이러한 연구에 있어서는 중요한 역할을 한 몇몇 엘리트 계급과 그들을 중심으로 이루어진 사건에 역사 기술의 초점이 맞추어져 왔었다. 하지만 요즈음에는 先人들의 의식주와 같은 생활 환경과 정신세계 등에 초점을 맞춘 생활문화사가 연구의 중요한 이슈로 떠오르게 되었고, 따라서 이제 과거의 민중들 개개인을 모두 역사의 주인공으로 삼는 연구가 활발해지게 된 것이다.

이렇게 되자 정통 史料를 중심으로 역사 연구가 이루어지던 시대에 있어서 문헌설화는 사료적 가치를 인정받지 못하고 기껏해야 부차적이고 보조적인 역할을 하는데 지나지 않았으나, 이제는 문헌설화에 대한 관심이 커지면서 그 가치가 재인식되고 역사학계에서도 중요한 의미를 부여하게 된 것이다.

이는 문헌설화의 특징을 생각할 때 극히 자연스러운 변호이다. 설화 안에는 설화생성 당시의 사람들이 지니고 있던 정신세계와 일상생활의 모습들이 적나라하게 묘사되어 있고, 따라서 설화는 생생하게 살아 숨쉬는 산 역사의 기록이라고 해도 과언이 아니기 때문이다.

유학을 마치고 귀국한 이후 필자는 한국인으로서 일본문학을 연구하는 방법 즉 연구의 정체성을 확립하는 일에 고심해왔는데, 『今昔物語集(콘쟈쿠모노가타리슈우)』의 구성은 이러한 문제를 해결하는 계기를 제공해 주었고, 이것이 설화문학의 민속학적 연구방법론으로 이어진 것이라고 생각한다.

그 동안 일본설화문학연구에 상당한 시간을 보냈음에도 불구하고 연구서를 펴내지 못한 게으름에 항상 어깨가 무거웠음을 고백한다. 아직 여러 가지로 미흡한 점이 마음에 걸렸기 때문에 출판을 주저했지만, 이 저서가 끝이 아니라 새로운 시작이라는 스스로에 대한 위안이 용기를 준 것 같다.

국내에서의 일본설화문학 연구는 아직도 갈 길이 멀지만 점차 연구자가 늘어가면서 활성화되어 가는 추세이다. 본 졸저가 이 분야의 연구에 一助가 되었으면 하는 바램이다.

끝으로 유학시절부터 오늘에 이르기까지 아내와 가족들의 희생과 도움이 컸는데 이 자리를 빌어 고마움을 전하고 싶다. 또한 교정과 마무리 작업에 도움을 준 외대 대학원생 김영숙, 이경화, 김영호에게 감사하고, 출판 과정에서 많은 조언과 도움을 주신 김흥국 사장님과 사원 여러분께도 감사를 드린다.

2003년 3월 20일
이문동 연구실에서

목 차

제1장 설화문학의 특징

1. 문학이란 무엇인가 · 13
2. 설화문학이란 무엇인가 · 17

제2장 일본의 주요 설화집 및 개요

1. 상대시대의 설화문학 · 29

2. 중고시대의 설화문학 · 34

3. 중세시대의 설화문학 · 49

제3장 신화와 설화를 통해 본 신의 세계

1. 신의 출현 · 65

2. 신에서 천황으로 · 69

3. 신과 불보살과의 만남 · 81

4. 신국(神国) 사상의 부활과 천황의 신격화 · 113

제4장 설화의 전승성 −인도에서 일본까지−

1. 불전 설화의 세속화 1 −달 속의 토끼− · 119

2. 불전 설화의 세속화 2 −원숭이의 간− · 125

3. 불전 설화의 세속화 3 −칠십 넘은 노인을 버리는 나라− · 130

제5장 불교의 효

제6장 아육왕탑(阿育王塔)과 불국토 의식

제7장 길상천녀담

제8장 관음보살 영험담

제9장 설화문학 속의 뱀

−『콘쟈쿠모노가타리슈우(今昔物語集)』를 중심으로−

제1장 설화문학의 특징

제1장 설화문학의 특징

1. 문학이란 무엇인가

우리는 문학이란 말을 수시로 접하면서 살고 있지만, 정작 문학이란 무엇인가에 대해 생각해 보는 일은 별로 없다. 우리문학이든 외국문학이든 문학을 전공하는 사람들조차 문학 속에 둘러 쌓여 지내면서도 문학이 무엇인지에 대해서는 의식하지 못한다. 그 이유를 생각해 보면, 우리는 물이나 공기처럼 평소 함께 생활하면서도 그 존재를 의식하지 못할 정도로 문학이란 말에 무디어져 있기 때문일 것이고, 또는 문학이란 말 자체의 정의를 내리기가 쉽지 않다는 것도 이유가 될 것이다. 이 문제에 대한 답을 위해 많은 문학이론서를 뒤적여 보아도 서구에서 도입된 추상적인 이론의 나열이 좀처럼 가슴에 와 닿지 않는다.

그런데 설화문학의 연구는 자연스럽게 문학이란 무엇인가를 생각하는 계기를 제공한다. 우선 이 문제에 쉽게 접근하기 위해서 번역의 예를 들어 보기로 하자. 일반적으로 번역작품에 대해서 어떤 사람은 문학이란 말을 붙여서 번역문학이라 하고 어떤 사람은 번역에 문학이란 말을 붙일 수는 없고 번역은 그냥 번역일 따름이라고 주장한다. 게다가 번역문학이란 용어를 사용하는 사람조차 일반 문학작품과는 달리 번역작품에 문학이란 말을 붙이는데 약간의 주저함을 느낀다. 이처럼 시나 소설에 대해서 문학이라 부르는데는 아무런 이의가 없음에도 번역에 문학을 붙여 번역문학이라 하는데는 저항을 느끼는 것이 사실이다.

그렇다면 그 이유는 무엇일까? 가장 큰 이유를 생각해 보면 번역이란 시나 소설과 같은 완전한 창작물이 아니라 번역의 모태가 되는 원작이 있기 때문일 것이다. 원작이 없는 번역이란 있을 수 없고, 원작이 존재한다는 사실은 바로 번역자의 창의성을 인정할 수 있겠는가라는 문제를 제기한다. 바로 이 점이 번역에 문학이란 말을 붙이는데 저항감을 갖게 하는 주된 요인인 것이다.

한편, 번역은 문학작품으로 보아도 손색이 없다고 주장하는 의견도 많은데, 이 경우는 번역이란 원작을 바탕으로 하여 언어를 바꾸어 놓는 단순작업이라고 보는 것을 거부한다. 그리고 번역은 단순히 포장만 달리하여 새로운 상자에 담는 것과 같은 것이 아니라 해석과 표현에 적극적으로 관여하는 행위이고, 따라서 번역과정에서 행하는 번역자의 창의성은 존중되어야 한다는 것이다.

번역가 쉘리가 "시인의 언어는 그 자체에만 속하는 유일한 소리의 질서를 갖고 있기 때문에 번역된 시는 용광로에 던져진 제비꽃같이 그 색과 향기를 잃어버리고 만다"고 끊임없이 절망하면서도 번역의 펜을 꺾지 못했던 것은, 바로 그의 번역행위가 단순한 언어의 치환행위가 아니라 제비꽃의 색과 향기를 재창조 해내기 위한 끊임없는 노력의 창의적 행위였기 때문일 것이다.

이러한 의견들을 정리해 보면, 번역을 문학으로 인정할 것인지 안 할 것인지의 기준이 되는 중요한 요소로서 창의성을 지적할 수 있게 된다. 즉 번역이란 행위에 있어 번역자의 창의성을 적극적으로 인정하는 입장에서는 번역문학이라 하지만, 그렇지 않은 경우에는 번역이 문학임을 부정하는 것이다.

한편 번역에도 여러 가지가 있을 수 있는데, 내용에 따라 크게 나누어 보면 문학의 번역과 비문학의 번역(기술·과학서, 논문·잡지, 법률·경제서 등)이 될 것이다. 이 때 비문학의 경우처럼 원문을 우리말로 옮겨놓는 단순작업의 번역은 기술서적의 번역 또는 법률서적의 번역이라고 하지 번역문학이라고는 부르지 않는다. 이러한 상황을 문학작품의 경우에도 그대로 적용한다면 문학의 번역이라고 부르는 게 도리이겠지만, 앞에서 지적했듯이 견해의 차이는 있지만 어쨌든 문학이라는 말을 붙여 번역문학이라고 부르기도 하는 것이다.

그렇다면 양자의 사이에 존재하는 무엇이 이러한 차이를 가져오는 것일까? 앞에서 지적한 창의성의 유무 측면에서 보면, 비문학 번역의 경우는 번역에 있어 문학 번역의 경우에 비해 번역자의 창의성이 개입할 여지가 적다는 점도 있겠지만, 보다 근본적인 원인은 이러한 창의성의 양적 차이보다 질적 차이에 있음을 간과할 수 없을 것이다. 즉 창의성만 있으면 모두 문학이라 할 수 있느냐 하면 그렇지 않다는 점이다. 예를 들어 어린이의 서툰 글은 아무리 창의적이라 하더라도 문학이라고 하지는 않는다. 왜냐하면 문학이라고 부르기에는 너무 유치하기 때문일 것이다.

따라서 문학이기 위한 조건으로서는 우선 창의성이 있어야 하고, 또한 단순히 창의성이 있는 것만으로는 부족하고 창의성의 질적 조건도 갖추어져야 한다는 점인데, 창의성의 질적 조건에는 평가라는 요소가 관여하게 된다.

그런데 이 평가라는 요소는 다분히 주관적이다. 음악을 예로 들면 어떤 사람은 클래식이 예술이고 대중음악은 예술이라 할 수 없다고 하는가 하면 이와 반대의 생각을 가진 사람도 있다. 하지만 예술이란 사람의 마음을 정화시키고 감동을 주는 것임을 감안할 때, 클래식에 무감각한 사람이 대중음악에 감동을 느낄 수도 있는 것이고 그런 사람에게는 대중음악이야말로 예술이 될 수도 있는 것이다. 이와 마찬가지로 문학 역시 언어를 수단으로 한 예술인만큼 읽는 이에게 마음의 움직임을 주는 것이어야 한다. 그런데 작품을 통해 느끼는 감동이란 사람마다 다를 수 있고, 결국 개인의 평가는 주관적일 수밖에 없는 것이 사실이다.

바로 이 점이 문학의 정의를 어렵게 하는 것이 아닐까? 즉 지금까지 문학이기 위한 조건으로서 창의성과 평가라는 두 가지 요소를 지적했는데, 이 가운데서도 평가의 요소는 매우 주관적인 것이다. 따라서 문학의 정의는, 정의란 것이 모두 그렇듯이, 객관적이어야 하고 누구나가 납득할 수 있는 개연성이 요구됨에도 불구하고, 평가라고 하는 너무나 주관적인 요소가 개입되므로 어려울 수밖에 없는 것이다.

결국 만인이 공감하는 문학에 대한 정의는 불가능한 것처럼 보인다. 하지만 속시원한 정의를 내릴 수는 없다 하더라도 우리가 평소 의식하지 못하고 지내던 가장 근본적인 문제에 대해 주의를 환기시키고 되짚어 보는 과정을 거친다고 하는 것은 이러한 과정을 거치지 않은 채 문학을 이야기하고 연구·감상하는 것과는 큰 차이가 있으리라고 본다. 따라서 필자는 문학에 대한 정의의 어려움을 인정하지만, 문학이기 위한 조건으로서 앞에서 지적한 창의와 평가라는 두 가지 요소를 포함하여 '**문학이란 언어**(말과 글)**를 통하여 인간에게 감동을 주는 창작물**'이라고 정의하고자 한다.

[문학이란 언어(말과 글)를 통하여 인간에게 감동을 주는 창작물]
　　　　　수단　　　　　　　　　　　평가　　　　창의

2. 설화문학이란 무엇인가

설화와 설화문학

설화문학이란 무엇인가를 논하기 위해서는 설화에 대한 개념을 파악할 필요가 있다. 그런데 설화는 한국과 일본의 국문학계가 모두 연구대상으로 삼고 있지만, 설화라는 용어의 사용과 그 연구방법론을 비교해 보면 여러 가지 차이가 있음을 느낄 수 있다.

가장 먼저 지적할 수 있는 것은, 일반적으로 설화라는 용어가 구승(口承)과 서승(書承)을 포함하는 포괄적인 개념으로 사용하고 있는 한국의 연구동향과는 달리, 일본의 국문학계에서는 서승에 의한 설화집을 구승문예와 구분하고 그 문학성을 규명하는 일이 최근의 연구동향으로서 주목받고 있다는 점이다.

이렇게 서로 다른 연구동향이 나타나게 된 주된 원인은 양국에 있어서의 현존하는 문헌설화집의 양적 차이에 있는 것으로 생각된다. 즉 많은 문헌설화집의 산일(散逸)을 겪은 한국으로서는 부족한 서승자료에만 의존하기보다는 구승자료를 포함시킴으로써 연구의 효과를 얻을 수 있었지만, 반면에 설화가 민속학과 국문학의 양 영역 사이에서 방황하는 결과를 가져왔고, 풍부한 서승자료가 현존하고 있는 일본은 구승에 의한 무카시바나시(昔話)를 서승과 구분하고 문자로 기록된 문헌설화집을 국문학의 주된 연구대상으로 하는 경향을 보이게 된 것이다.

따라서 여기에서 다루게 될 내용은 일본의 설화문학이므로 용어사용에 있어서도 현재 일본의 국문학계에서 통용되는 개념에 따르기로 하겠는데, 요약하자면 구승 또는 서승으로 전해지는 개개의 이야기가 설화이고,

개별적인 설화 또는 설화의 집합체로서의 설화집에 대하여 그 문학성을 인정하는 입장에서 설화문학이란 용어를 사용하기로 한다.

설화와 설화문학의 특징

설화는 소설이나 시와 같은 문학작품과는 그 성격이 다르다. 즉 소설이나 시는 창작자가 자신의 창의를 문자로 표현하므로서 완성되므로, 일단 문자로 정착된 작품은 고정 불변의 성격을 지니지만, 설화는 그렇지 않다.

일례로 평론을 들어 보자. 고등학교 시절에 국어 선생님의 시 해설을 들으면서 과연 시인은 선생님의 해설처럼 그렇게 심오하고 기발한 의도를 가지고 시어를 선택하고 은유적인 표현을 했을까, 어쩌면 시인은 거기까지 의도하지 않았는데 선생님이 너무 깊이 생각하고 과장된 이해를 한 것은 아닐까라고 감탄하면서 들은 경험이 있을 것이다. 이때 시인이 정말 선생님의 설명한 바대로 의도했는지 아닌지는 이미 중요하지 않다. 왜냐하면 선생님의 해설에 의해 그 시는 우리에게 새로 태어나기 때문이다. 평론의 가치는 바로 여기에 있다. 어떤 작품에 대해 분석한 평론을 읽으면서 과연 작자가 평론가의 의미 깊고 신선한 해석과 같은 의도를 가지고서 작품을 썼을까 하는 의문을 품기도 하는데, 이는 실제의 작품보다 평론가의 작품분석이 뛰어나 평론이 오히려 작품의 진가를 높이는 경우도 있기 때문이다. 또 경우에 따라서는 작품의 문학성을 높이기 위해서 더 나은 방향으로의 수정 의견을 제시하기도 한다. 하지만 아무리 작품의 문학성이 높아진다 하더라도 평론가는 작품에 손을 댈 수는 없다. 왜냐하면 문학작품은 문학성의 높고 낮음과는 상관없이 작자의 창의성이 존중되어야 하는 창작물이기 때문이다.

하지만 설화는 그렇지 않다. 오늘날 우리가 접하는 설화는 한 개인의 창작물이 아니기 때문이다. 최초에 누군가가 설화를 창작했을지라도 전해지는 과정에서 얼마든지 변화를 가져오는 것이 바로 설화이다. 따라서 설화는 고정된 문학이 아니라 유동적인 문학이고 흐르는 문학인 것이며, 이러한 전승성(傳承性)이 바로 설화의 가장 큰 특징이다.

다시 말해 전해지기 때문에 설화인 것이고, 이 점이 바로 설화를 다른 장르의 문학과 구별짓는 대표적인 요인이기도 하다. 설화와 설화문학에 있어서의 전승을 구체적으로 분석해 보면, 첫째 전승의 범위 면에 있어서는 시간적 전승과 공간적(=지리적) 전승으로 나누어 볼 수 있다. 시간적 전승이란 어떤 이야기가 생성되어 과거 현재 미래로 전해지는 것을 의미하고, 공간적(=지리적) 전승이란 어떤 이야기가 생성되어 한 지역에서 다른 지역으로 또는 한 나라에서 다른 나라로 전해지는 것을 의미한다. 두 번째로 전승의 형식면에 있어서는 구승과 서승으로 나눌 수 있는데, 어떤 이야기가 생성되어 입에서 입으로 전해지는 것을 구승이라 하고, 문자로 기록된 상태로 전해지는 것을 서승이라 한다. 세 번째로 전승의 내용 면에 있어서는 계승과 창조가 융합된 상태로 전해지는데, 여기에서 계승이란 생성된 이야기가 전해지는 과정에서 이전과 변함 없이 답습되는 부분을 의미하고, 창조란 같은 과정에서 새롭게 변화되는 부분을 의미한다.

이와 같은 전승의 세 가지 측면 중에서도 문학연구의 가장 중요한 대상은 바로 내용 면이다. 즉 다른 장르의 문학작품은 일단 창작자의 손에 의해 완성되면 특별한 경우를 제외하고는 일회적이고 고정적인데 비하여 설화는 유동적이다. 의식적이든 무의식적이든 설화의 전승자는 전승 과정에 있어서 내용의 변화에 관여하는 것이다.

특히 문자로 기록된 설화집의 경우에, 전해지는 과정에서 전혀 변화가 생기지 않고 이전의 내용을 그대로 답습하는 것으로 여기기 쉬운데 사실은 그렇지 않다. 문헌설화의 경우에 있어서 전승자는 자신의 판단 또는 평가 등에 의해 전승 내용에 적극적으로 관여하기도 하고, 또는 시대적인 상황변화가 자연스럽게 반영된다든지 아니면 선행설화에 대한 해석상의 오류를 범한다든지 함으로써 소극적 또는 무의식적으로 영향을 미치기도 한다.

그렇기 때문에 설화는 생명력을 지니고 있다. 어느 때 어느 곳에서 설화가 생겨났을 때, 모든 설화가 전승되는 것은 아니다. 생명력을 지닌 설화, 즉 재미있다든지 무섭다든지 교훈적이라든지 호기심을 채워 준다든지 해서, 전하여 즐길만한 요소를 갖춘 이야기만 살아남는 것이다.

설화의 생명력은 왕성하다. 이야기가 전해지는 과정에서 많은 변용을 거치게 된다. 과장되기도 하고 삭제되기도 하고 뒤바뀌기도 하고 합해지고 나뉘기도 한다. 이러한 왕성한 생명력 속에는, 이야기가 전해 가는 과정에서 시대가 달라지고 장소가 달라짐으로서 발생하는 변화가 숨쉬고 있고, 이야기를 전하는 자의 창의가 번뜩이고 있다.

따라서 설화 안에서는 설화발생 당시의 세계를 읽을 수 있다. 당시 사람들이 어떠한 생각으로 어떠한 삶을 살았는지를 알 수 있어, 마치 살아 숨쉬는 역사를 읽는 듯하다.

설화와 설화문학의 자리매김

앞에서 설화문학 연구는 문학이란 무엇인가를 생각해 보는 계기가 되었다고 했는데, 설화와 설화문학의 차이는 설화 다음에 문학이란 말이 붙어있는지 없는지의 차이이다. 즉 설화를 문학으로서 인정했는지가 문제가 되는데, 일본문학사에 있어서 설화와 설화집에 대한 문학적인 평가는 매우 인색했다고 할 수 있다. 예를 들어 모노가타리(物語, 고대 산문·소설)나 와카(和歌, 전통적 정형시)와 같은 장르의 작품은 산문 운문의 형식에 관계없이 일찍부터 문학작품으로서의 높은 평가를 받아왔지만 설화와 설화집은 그렇지 못했고, 따라서 일찍부터 모노가타리나 와카에 문학이란 말을 붙여서 모노가타리문학이나 와카문학으로 부르는 데에는 전혀 저항감이 없었지만 설화의 경우는 문학이란 말을 붙여서 설화문학이라고 부르는 것을 주저해 왔었다. 이렇게 된 것은 설화가 다른 장르의 문학작품과는 그 성격이 달랐기 때문인데, 그 원인을 크게 두 가지로 생각해 볼 수 있을 것이다.

첫째는 설화와 설화집의 창의성에 대해 의문이 제기되었기 때문이다. 설화란 개인의 창작이 아니고 전승되는 것이기 때문에 오늘날 우리가 접하는 설화란 이전의 내용을 답습한 것에 지나지 않는 것으로 여기고 그 창의성에 대해서는 인정하지 않으려 했었던 것이다. 하지만 설화집 및 설화집을 구성하는 개개의 설화에 대한 면밀한 검토가 이루어짐으로서 이제는 그 창의성에 대한 이의를 제기하지 않게 되었다. 즉 구승이든 서승이든 설화가 전해지는 과정에서는 변화가 따르기 마련이고 유동적인 것인데, 이들이 설화집에 수록된다고 하는 것은 유동성을 잃고 고정화되는 것을 의미하고, 설화집의 편자는 하나 하나의 설화를 문자로 고정시키는 과정에서 선행설화에 대한 해석과 표현 등을 통하여 설화의 내용에 크게 관여하고 있음이 밝혀진 것이다.

두 번째는 평가의 문제라고 할 수 있겠다. 즉 일본의 전통적인 문학관은 화조풍월(花鳥風月)을 대상으로 고전적인 정취와 우아함 고상함을 바탕으로 하고 있고, 이러한 일본의 전통적인 문학관에 비추어 보면 비속하고 적나라한 표현과 소재로 가득 찬 설화는 평가의 대상에서 제외되는 것이 당연하였던 것이다. 따라서 문학사의 취급 대상에서 제외 당한 이단적인 존재로서의 위치를 벗어나지 못했었다.

이처럼 와카나 모노가타리 문학과는 달리 저급한 것으로 보는 설화에 대한 인식은 20세기 초인 메이지(明治)·다이쇼(大正)시대까지 이어졌었다. 당시 최고의 고전문학사로서 인정받던 후지오카사쿠타로오(藤岡作太郎)의 『국문학전사(國文學全史)』를 보면, 설화집으로서는 유일하게 『콘쟈쿠(今昔)』에 대해 언급하면서 "편자의 이상이라고 할 만한 것이 존재하지 않음은 물론이고 내용이나 수사적인 표현에 있어서 시적인 정취나 문학적 재능을 찾아보기 어렵다"라고 하여 문학적으로는 인색한 평가를 하였고, 다만 "내용에 있어서 역사적인 정확성도 없고 개인적인 상상력을 볼 만한 것도 없지만 이 책에서 귀중한 것은 당시의 사회풍속과 사람들의 정신세계를 살피는데 중대한 가치를 지닌다"고 함으로서, 자료로서의 가치를 인정하는데 지나지 않았음을 알 수 있다.

이러한 인식에 변화를 가져오게 된 것은 쇼오와(昭和) 2년(1927)에 아쿠다가와 류우노스케(芥川竜之介)가 「콘쟈쿠모노가타리슈우(今昔物語集)감상」이란 글을 발표한 것이 계기가 되었다. 그는 『콘쟈쿠(今昔)』에 대해 "생생한 표현은 콘쟈쿠모노가타리슈우(今昔物語集)의 예술적 생명"이고 "서구인의 말을 빌리면 brutality(야성)의 아름다움"이라 하여, 설화집에 실린 설화에 대해 편자의 문학적인 행위를 인정하고 그 문학성을 높이 평가한 것이다.

이와 같은 우여곡절을 거쳐 설화 및 설화집은 일본문학사에서 중요한 위치를 차지하게 되었고, 이제 설화문학은 다른 장르의 문학과 더불어 일본문학 연구의 중요한 대상으로 자리매김을 하게 되었다.

국문학 분야에 있어서 뿐만 아니라 역사연구에 있어서도 최근의 동향을 살펴보면 설화의 위상이 많이 바뀌었음을 느끼게 된다. 최근 국내외 역사연구의 동향을 살펴보면, 과거의 사건사·정치사 중심의 연대기적인 역사로부터 민속 종교 사회 생활상 등 종합적인 문화연구의 방향으로 그 무게중심이 이동하고 있음을 느낄 수 있다. 따라서 과거의 몇몇 중요인물과 사건들로 엮어지던 역사연구가 이제는 신분의 귀천을 막론하고 모든 민중들을 주인공으로 삼고 그들의 삶의 모습 자체를 파악하는데 노력하고 있다.

이러한 변화와 더불어 문헌설화에 대한 인식도 달라지게 되었다. 즉 정통사료를 중심으로 역사연구가 이루어지던 시대에 있어서 문헌설화는 사료적 가치를 인정받지 못하고 기껏해야 부차적이고 보조적인 역할을 하는데 지나지 않았지만, 생활문화사에 대한 관심이 커지면서 이제 그 진가를 발휘하게 된 것이다.

이는 문헌설화의 특성을 생각할 때 극히 자연스러운 변화이다. 설화 안에는 설화생성 당시의 사람들이 지니고 있던 정신세계와 일상생활의 모습들이 적나라하게 묘사되어 있고, 따라서 설화는 생생하게 살아 숨쉬는 산 역사의 기록이라 해도 과언이 아니다.

미래는 과거를 돌아볼 줄 아는 자에게 스스로를 열어 놓는다. 과거의 우리선인들과 이웃 민족들이 어떠한 생각으로 어떠한 삶을 살았는가를 돌아보는 것은 다가오는 세상을 살아갈 우리에게 더없는 길잡이가 되어주고 있다. 이러한 점을 감안할 때 역사·문화의 연구에 있어서 문헌설화의 이용은 그 효과가 크게 기대된다고 할 수 있을 것이다.

설화문학의 연구방법론

이처럼 설화문학은 다른 장르의 문학과는 다른 특성을 지니고 있다. 따라서 연구방법에 있어서도 다른 장르의 문학과는 다른 방법, 즉 설화문학의 특성을 규명하기에 효과적인 방법이 필요하다고 본다. 그 방법론을 개략적으로 정리하면 문학적 연구방법론과 민속학적 연구방법론으로 구분할 수 있을 것이다. 그리고 실제 연구에 있어서는 이 두 가지 방법론을 개별적으로 도입하는 경우가 많지만, 여기에서 한 단계 더 나아가 두 가지 방법론을 겸용한 복합적 연구방법론도 필요하다는 점을 지적하고 싶고, 특히 설화문학의 비교연구에 있어서는 '복합적 연구방법론'이 효과적이라고 생각한다.

먼저, 설화문학의 문학적 연구방법론이란 설화문학의 문학성을 규명하는데 중점을 둔 연구방법론이다. 따라서 문학을 정의하는 두 요소 즉 창조와 평가에 초점을 맞추어 고찰하게 된다. 이 가운데 평가의 문제는 이미 연구대상으로 삼은 것 자체가 그 설화에 대한 어느 정도의 평가가 이루어지고 있음을 의미하는 것이고, 또한 창조에 대한 고찰의 결과가 평가의 요인이 되기도 한다. 그러므로 결국 문학적 연구방법론은 고찰대상 설화의 창조성을 규명하는 것을 최우선 과제로 삼게 되고, 그 결과를 바탕으로 한 평가가 이어지게 될 것이다.

예를 들어 A라는 설화(설화를 모아 놓은 것이 설화집이므로 여기서는 기초 단위인 설화를 중심으로 언급하기로 함)가 선행 설화 또는 문헌과 관련이 없는 경우는 A설화의 내용에 대해서 그 문학성을 규명하는 수밖에 없지만, B라는 설화가 서로 유사한 내용을 담고 있고 B설화가 A설화보다 이전에 성립했을 경우, A설화의 문학성을 규명하고자 하면 A설화에 대한 고찰만으로는 부족하다. 왜냐하면 A설화에는 이미 선행 B설화에서 답습한 내용이 상당 부분 내포되어 있기 때문이다. 따라서 A설화의 창조성에 대한 고찰은 출전인 B설화와의 대비를 통하여 서로 달라진 부분을 중심으로 행해지게 된다.

다음으로 민속학적 연구방법론은 설화 또는 설화집을 통하여 당시 사람들의 삶의 모습을 고찰하는 방법으로서, 실제로는 역사 사회 종교 사상 풍토 등 매우 넓은 영역을 포괄하는 방법론이라고 할 수 있다. 이러한 연구영역은 최근의 생활문화사 연구 경향의 성행과 더불어 각광을 받고 있고, 특히 여러 국가 또는 민족 간의 삶의 모습을 비교 연구하는데 있어서 중요한 분야로 인식되어가고 있으므로 앞으로의 활발한 연구성과가 기대되는 분야이기도 하다.

복합적 연구방법론은 문학과 민속학의 방법론을 겸용한 방법론으로서, 최근에 주목을 받고 있는 학제간 연구의 일종이라고 할 수 있다. 특히 민족 또는 지역 간의 설화를 비교하는 연구에 있어서 매우 효과적인 방법이라고 할 수 있겠다.

제2장 일본의 주요 설화집 및 개요

제2장 일본의 주요 설화집 및 개요

1. 상대시대의 설화문학

일본 문학사에서 상대문학은 야마토(大和)시대의 문학이라고도 한다. 일본의 정치·문화의 중심이 야마토(지금의 나라를 중심으로 한 지역)에 있던 시대의 문학이란 의미이다. 시기적으로는 일본문학이 발생하여 794년 헤이안(平安-지금의 교토지방) 천도에 의해 중고시대가 시작되기 전까지를 가르킨다.

일본문학의 발생은 문자에 의한 기록문학시대 이전어 구송(口誦)에 의한 문학활동의 시기가 있었음을 감안하면 상당히 고대로 거슬러 올라가야 할 것이다. 일본 민족이 문자를 갖지 못했던 원시시대에 있어서도 수렵 농경 제사 등의 생활 가운데 춤과 노래와 이야기 등의 여러 가지 형태로 사랑과 기쁨과 슬픔을 표현했었고, 이러한 것들이 입에서 입으로 구전되어 일본문학의 발생을 가져온 것이다.

설화는 좁은 의미에서는 신화나 전설을 제외하지만 넓은 의미에서는 이들을 포함한 구두전승에 의한 이야기 또는 이들을 문자화한 것을 총칭하는데, 상대문학에 있어서 설화를 이야기할 때는 일반적으로 넓은 의미로 해석하여 신화 전설을 포함하므로, 그 자료로서는 『코지키(古事記)』,

『니혼쇼키(日本書紀)』, 『후도키(風土記)』, 『타카하시노우지부미(高橋氏文)』, 『코고슈우이(古語拾遺)』 등을 들 수가 있다. 이들은 전시대의 구승문학을 집성한 것이고 편찬의 동기도 문학작품으로서의 완성에 있는 것은 아니었지만 상대 설화문학의 모습을 엿볼 수 있는 귀중한 자료이다.

신화

신화는 하나의 신격을 중심으로 전승된 이야기로, 고대민족이 공통적으로 지니고 있는 상상력에 의해 자연계 및 인간계의 모든 사물이나 현상에 대해 신의 활동으로 파악한다. 그 서술방법에는 초현실적이고 상상에 의한 불합리적인 면이 있지만, 당시 사람들에게는 그것이 사실이고 민족의 역사로서 믿어지고 있었다. 따라서 신화를 통하여 그 민족의 실제 생활모습 외에 소박한 천지창조 우주관 사생관 등을 엿볼 수 있다.

일본 신화는 주로 『코지키(古事記)』와 『니혼쇼키(日本書紀)』의 신대(神代)를 중심으로 고대 일본의 국토와 국가기원, 천신의 자손으로서 황족의 전개가 기술되어 있다. 이것은 7세기 후반에서 8세기 전반에 걸쳐 확립된 천황의 절대적 권위와 야마토 조정의 세력신장에 바탕을 두고 성립했는데, 대내적으로는 국민에 대한 조정의 절대 우위를 나타내고, 대외적으로는 유구하고 존엄한 국가의 기원을 기록하려는 국가의식의 자각에 근거하여 서술되어 있다.

전설

『코지키(古事記)』와 『니혼쇼키(日本書紀)』의 신대(神代) 기록 이후에 많은 전설이 보이는데, 전설은 신화시대에서 역사시대로 옮겨가는 과도기에 발생하는 전승이다. 전설은 소재의 대상을 역사상의 특정인물과 사건 장소 시간을 배경으로 하고 있어, 신화와는 달리 초자연적인 요소가 희박하고 역사성을 띠고 있는 것이 특징이다. 즉 역사적 사실을 허구와 혼동하여 서술하거나 특정시대 또는 지역과 결부시켜 이야기가 전개된다. 일본의 경우 전설은 신화에 나타난 국토창조와 건국정신을 이어받아 주로 국가발전의 역사적 사실을 내용으로 하고 있는데, 예를 들면 진무(神武) 천황 야마토타케루노미코토(日本武尊) 진구우(神功) 황후 유우랴쿠(雄略) 천황 등의 이야기를 서사적인 필치로 묘사하고 있다.

코지키(古事記)

제40대 텐무(天武) 천황 시대에 히에다노아레(稗田阿礼)가 당시의 황실이나 민간의 신화 전설 등을 임송해 오던 것을, 제43대 겐메이(元明) 천황 때인 712년(和銅5)에 오오노야스마로(太安万侶)가 역사서로 완성시켰다. 상·중·하의 세 권으로 되어 있는데, 상권은 신화를 통하여 천지창조로부터 신들의 활동을 서술한 신대(神代)의 기록이고, 중권은 제1대 진무(神武) 천황에서 제15대 오오진(応神) 천황까지, 하권은 제16대 닌토쿠(仁徳) 천황에서 제33대 스이코(推古) 천황까지를 기록하고 있다.

상권은 신들의 세계를 기록한 것으로, 남신 이자나기(伊邪那岐)와 여신 이자나미(伊邪那美)에 의한 국토생성신화, 아마테라스오오미카미(天照大神)를 중심으로 한 천상계신화, 아마테라스오오미카미(天照大神)의 뜻을 받들어 손자인 니니기노미코토(瓊瓊杵尊)가 삼종신기(三種神器, 천황위의 상징으로서 전해지는 거울 검 곡옥의 세 가지 보물)를 가지고 천상의 타카마노하라(高天原)에서 지상의 타카치호노미네(高天穂峰)에 내려왔다는 천손강림신화로 이루어져 있다. 중·하권은 인간의 세계를 기록한 것으로, 진무(神武) 천황의 동국정벌 및 국가건설, 야마토타케루노미코토(日本武尊)의 동서정벌, 진구우(神功) 황후의 신라원정 등의 전설과, 닌토쿠(仁德) 천황의 백성에 대한 자비심, 형제인 제23대 켄조오(顯宗)와 제24대 닌켄(仁賢) 두 천황 사이에 있었던 황위 양보의 이야기 등이 실려 있다.

제44대 겐쇼오(元正) 천황대인 720년(養老4)에 완성된 전 30권의 역사서로, 토네리신노오(舍人親王)가 중심이 되어 편찬하였다. 제1, 2권은 신대(神代)를 기록하고 제3권 이하의 28권에 제1대 진무(神武) 천황에서 제41대 지토오(持統) 천황까지의 사적을 한문으로 편년체 양식에 의해 기록하였다. 중국의 『사기(史記)』, 『한서(漢書)』 등의 사서를 참조하고 국내외의 여러 사료들을 인용 참고하여 만들어졌다.

편찬태도에 있어 『코지키(古事記)』와는 다른 면이 많은데, 『니혼쇼키(日本書紀)』의 신대(神代) 기록은 천손계 신화를 존중하여 황조신(皇祖神)에 직접 관련된 전승을 중심으로 건국신화를 구성하고 있고, 이즈모(出雲)계 신화나 민간전승은 가볍게 취급하고 있다. 황실과 호족들의 계보 동정 등이 기록되어 있고, 신대(神代)로부터 켄조오(顯宗), 닌켄(仁賢), 부레츠(武烈) 천황 무렵까지는 『코지키(古事記)』와 같은 신화 전설 설화를 연결시킨 기록이 많지만, 제26대 케이타이(繼体) 천황 무렵부터 역사적 사실의 기술이 많아져, 제36대 코오토쿠(孝德) 천황 무렵부터는 설화적 요소가 거의 사라지게 된다.

『니혼쇼키(日本書記)』는 그 명칭에 나타나 있듯이 대외적으로 자국을 의식한 입장에 서서 기술한 역사서로, 후반부는 사실성이 풍부하여 사료적 가치는 높으나 문학성은 뒤떨어진다. 하지만 기록대상으로 하는 시대의 대부분이 전승시대이고 서사적 서술방법을 취하고 있기 때문에 결과적으로는 설화적 전승을 많이 포함하고 있다. 내용적으로 보더라도 신의 은

덕과 재앙, 신과 인간과의 갈등, 기적과 영험 등, 천황의 통치와 관련된 사건들 외에도 여러 가지 소재의 이야기들이 실려 있어, 서사적 문학으로서 주목할 만한 내용을 담고 있다.

후도키(風土記)

제43대 겐메이(元明) 천황대인 713년(和銅6), 칙명에 의해 각 지방에서 산물 지질 지형 지명의 유래 전승 등을 중앙정부에 보고한 것으로, 한문체를 주로 하면서 설화부분에는 국문체를 섞어 기술하였다. 현재 완전한 형태로 현존하는 것은 『이즈모후도키(出雲風土記)』뿐이고 히타치(常陸), 하리마(播磨), 분고(豊後), 비젠(肥前) 지방의 후도키(風土記)가 불완전한 형태로 전해지고 있는데, 이 외에도 여러 기록에 인용되어 부분적으로 남아 있는 30여 지방의 일문(逸文) 후도키(風土記)가 남아 있다.

문학적으로 주목할 부분은 각지의 민간전승인데, 특히 지명의 유래를 설명하는 전설을 많이 담고 있고 민중문학으로서 흥미를 끄는 설화들을 전하고 있다. 후도키(風土記)의 설화는 단편적이어서 『코지키(古事記)』나 『니혼쇼키(日本書紀)』와 같은 사서의 신화 전설에 보이는 체계적인 국가의식이 희박하지만, 지방적으로 특색있는 신앙이나 풍습, 농경과 어로생활 등을 반영한 설화가 많아서 고대 일본인의 생활상을 엿볼 수 있다.

타카하시노우지부미(高橋氏文)

타카하시(高橋) 씨 집안의 전승을 기록한 것. 타카하시(高橋)와 아즈미(安曇) 양 집안은 부젠(奉膳-천황의 식사를 담당하는 것)을 둘러싸고 마찰이 일자 타카하시(高橋) 씨가 자기 집안의 내력을 기록하여 조정에 제출한 것이

다. 이 책은 현존하지 않지만 다른 문헌에 인용 기록된 것을 모아서 현재
는 거의 원래의 내용으로 복원되었는데, 성립시기는 명확치 않으나 792년
(延暦11)으로 보는 설이 있다. 문학적 가치로는 설화와 고사, 씨족전승과
민간전승을 풍부하게 제공하고 있어 상대 전승문학의 일단을 엿볼 수 있
다는 점이다.

코고슈우이(古語拾遺)

신화 전설을 기록한 역사서. 제51대 헤이제이(平城) 천황대 807년(大同
2)에 인베노히로나리(斉部広成)가 기록한 것으로, 성립시기로 보면 헤이안
(平安) 시대의 문헌이지만 내용은 상대의 신화 전설을 전하고 있으므로 상
대문학으로 다루는 것이 관례이다. 당시 조정의 제사를 담당했던 인베(斉
部) 씨는 제정(祭政) 양면에서 나카토미(中臣) 씨와 세력을 겨루고 있었는
데, 인베(斉部) 씨가 제사를 관장해야 하는 집안이라는 것을 주장하기 위
해서 정사(正史)에 빠진 집안의 전승을 편집한 것이다. 천지개벽으로부터
텐표오(天平) 년간(729~749)까지의 기록을 싣고 있다.

2. 중고시대의 설화문학

일본의 중고시대 문학은 794년에 제50대 칸무(桓武) 천황이 헤이안지
방으로 도읍을 옮긴 후부터 1192년 미나모토요리토모(源頼朝)에 의해 카마
쿠라(鎌倉) 막부가 개설되기까지의 약 400년간의 문학을 말한다. 이 시기
는 당시의 도읍 이름을 따서 헤이안시대라고도 하고 문학사에서는 헤이안

문학이라고도 하는데, 쿄오토(京都)의 귀족들을 중심으로 한 문학이 전개되었다.

헤이안 천도는 나라시대 말기의 정치적 혼란을 타개하고 율령정치를 재건하려는 조정의 방침에 의한 것이었고, 적극적으로 다륙문화를 받아들임으로써 전반적으로 당풍화(唐風化)의 분위기가 이루어졌다. 따라서 이 시대 초기에는 한시문이 발달하였고, 9세기 전반에 『료오운슈우(凌雲集)』, 『분카슈우레이슈우(文華秀麗集)』, 『케이코쿠슈우(経国集)』 등의 칙선 한시집이 편찬되었다.

그러나 9세기 후반이 되면서 귀족사회에서는 당풍에서 벗어나려는 움직임이 나타나고, 가나(仮名)문자의 보급과 더불어 와카(和歌)가 궁정귀족문학으로서 되살아나, 한시와 대등한 귀족문학으로 인정받게 되었다. 그 결과 10세기 초에는 『코킨와카슈우(古今和歌集)』가 편찬되었고, 이것이 규범이 되어 칙선와카집의 전통이 형성되게 된다.

한편 가나문자에 의한 산문문학도 다양한 형태로 전개되었다. 구승설화를 바탕으로 한 『타케토리모노가타리(竹取物語)』는 카구야히메라는 여주인공을 둘러싸고 벌어지는 귀공자들의 구혼담과 승천을 허구적인 필치로 그린 최초의 모노가타리(物語)이고, 『이세모노가타리(伊勢物語)』는 와카와 모노가타리가 혼합된 형태의 작품이다. 그리고 원래는 공적인 기록으로서 한문으로 쓰였던 일기가 인간 내면의 세계를 표현하면서 문학의 한 장르로 발전하였는데, 임지인 토사(土佐)에서 현령의 임기를 마친 키노츠라유키(紀貫之)가 도읍인 쿄오토에 도착할 때까지의 여정을 일기체 기행문으로 쓴 『토사닛키(土佐日記)』를 효시로 하여, 여성의 내면생활과 심리를 사실적으로 그려낸 『카게로오닛키(蜻蛉日記)』, 『이즈미시키부닛키(和泉式部日記)』, 『무라사키시키부닛키(紫式部日記)』, 『사라시나닛키(更級日記)』 등이 있다.

여류문학으로서 특히 주목할 작품으로는, 이치죠오(一条) 천황시대의 궁정을 배경으로 예리한 감성과 지성으로 독자적인 미의 세계를 전개한 세이쇼오나곤(清少納言)의 수필문학『마쿠라노소오시(枕草子)』와, 주인공 히카루겐지(光源氏)와 그의 아들 카오루다이쇼오(薫大将)를 둘러싼 귀족세계와 여성편력을 거대한 구상하에 담은 무라사키시키부(紫式部)의『겐지모노가타리(源氏物語)』가 있다.

이후로도 많은 산문문학 작품들이 등장하였지만 모두『겐지모노가타리』에는 미치지 못하였고, 모노가타리의 쇠퇴와 더불어『에이가모노가타리(栄花物語)』,『오오카가미(大鏡)』와 같은 역사물과,『콘쟈쿠(今昔)』를 비롯한 설화문학이 꽃을 피우게 되는데, 설화문학으로서 주요 작품은 다음과 같다.

니혼료오이키(日本霊異記)

정식 명칭은『니혼코쿠겐포오젠아쿠료오이키(日本国現報善悪霊異記)』이고 작자는 나라 야쿠시지(薬師寺)의 승려 쿄오카이(景戒)이다. 작품이 성립된 것은 대략 9세기 초로 헤이안시대이지만 수록된 설화는 나라시대의 설화가 대부분이고, 불교설화 116화가 상중하의 3권으로 나뉘어 실려 있다. 본문은 한문체로 쓰였고 현존하는 일본 최초의 불교설화집이다.

작품의 편찬의도는 서문에 잘 나타나 있는데, 말하자면 선악의 업보는 그림자처럼 따라다니는 것으로, 이를 실제 예화를 통해서 제시함으로서 악심을 버리고 선도를 행하도록 하기 위해서, 중국의『명보기(冥報記)』,『반야험기(般若験記)』 등을 모방하여 자국의 기이한 인과응보담을 기록한 것이라고 하였다. 또한 서명에 현보선악(現報善悪)이란 말이 있듯이 여기에 실린 설화들은 선악의 현보, 즉 현세에서 눈앞에 전개되는 선악의 응보를 대상으로 하고 있다.

작자 쿄오카이는 정식 승려가 되기 이전에 사도승(私度僧)으로서 생활했는데, 사도승이란 국가가 공인한 승려가 아나라 스스르 출가하여 승려가 된 자를 말한다. 따라서 설화의 배경 또한 대사원이나 고승을 주인공으로 한 것보다는 일반 민중의 세계에 접근한 이야기가 많아 사도승의 문학이라고도 불리우는데, 다음에 선보와 악보의 예화를 하나씩 소개하기로 하겠다.

니혼오오죠오고쿠라쿠키(日本往生極楽記)

일본 최초의 왕생전. 승니남녀(僧尼男女) 42인의 극락왕생기를 수록하고 있고 편찬시기는 편자인 요시시게노야스타네(慶滋保胤)가 출가한 986년(寛和 2) 이후이다. 이 설화집은 헤이안시대 중기에 유행하던 정토사상을 배경으로 한 것인데, 당시 일본 정토사상사에 있어 이론적 지침서라 할 수 있는 겐신(源信)의 『오오죠오요오슈우(往生要集)』와 더불어 왕생의 사례집으로서 편찬된 것이다.

내용 면에서 보면 설화적인 서술이나 왕생과 직접 관련이 없는 사건에 대해서는 가능한 한 묘사를 절약하면서, 왕생의 전조나 예고, 임종시의 기이 등, 주인공이 극락왕생을 이루었다는 증거가 될 만한 사실에 대한 묘사는 적극적이다. 이러한 사실은 이 작품이 설화적 사실보다는 신앙상의 절실한 요구가 반영된 것, 즉 극락왕생이 분명히 현실적으로 있을 수 있다는 것을 확인하여 자기신앙의 증거를 얻고, 나아가서는 자신의 왕생에도 도움을 받고자 하는 간절한 바람의 결과물이기도 하다. 각 설화에 나타난 임종시의 기이한 현상들은 대개 자운(紫雲) 음악 향기 등과 같이 유형화되어 나타나는데, 이것이 바로 왕생의 징표가 되는 것이다.

이 작품은 서문에서 밝히고 있듯이 중국의 선행 왕생전인『정토론(浄土論)』,『서응전(瑞応伝)』등에 의해 자극을 받은 것으로, 승려 비구니 남자 여자의 순으로 분류・배열되어 있다. 42인의 왕생자 가운데 권문세가의 귀족은 단 한사람도 없다는 점에서 편자의 정토신앙에 대한 본질을 엿볼 수 있는데, 이러한 특징은 후속 왕생전에서도 공통적으로 볼 수 있다. 왕생전의 편자들이 대부분 관직과는 거리가 있는 불우한 문인귀족이었기 때문에 당시의 제도적 모순을 절감함과 동시에 세속적 가치관에서 벗어난 상태에서 진지하게 왕생을 희구하는 구도생활을 보낸 것이다.

이 작품으로부터 약 1세기 후 일본은 인세이(院政, 천황에서 물러난 상황이 정사를 돌보는 것)기에 접어드는데, 정토교는 각 층에 널리 침투하여 폭발적으로 성행하게 된다. 더불어 왕생전도 많이 편찬되게 되어 왕생전의 시대를 맞이하게 된다. 1100년 경 오오에마사후사(大江匡房)에 의해 편찬된 『조쿠혼쵸오오오죠오덴(続本朝往生伝)』을 비롯하여『슈우이오오오죠오덴(拾遺往生伝)』,『고슈우이오오오죠오덴(後拾遺往生伝)』,『산게오오오죠오덴(三外往生伝)』등이 나타났고, 후로도『코오야산오오오죠오덴(高野山往生伝)』,『미이오오오죠오덴(三井往生伝)』과 같이 불교의 종파나 사원과 관련된 왕생전도 등장하였다.

홋케겡키(法華験記)

1043년경 천태종의 승려인 친겐(鎮源)에 의해『다이니혼코쿠호케쿄오겡키(大日本国法華経験記)』가 성립했다. 법화경의 위력을 실증하기 위한 영험설화가 상권 40화 중권 40화 하권 49화의 합계 129화(단 제84화는 본문 결)에 수록되어 있다. 법화경은 천태종의 의거경전이고 당시 일본에서 가장 유포된 경전이었으므로 법화경영험기 편찬의 분위기는 무르익어 있었고,

작자가 천태종 승려인 만큼 히에이잔(比叡山)과 관련된 이야기가 많은 것은 당연한 일일 것이다. 서문에서 송나라 의적(義寂)의 『법화험기(法華験記)』에 대해 언급하고 있는 것으로 보아, 이 작품 역시 왕생전과 마찬가지로 중국의 선행서를 의식하여 만들어진 것으로 보인다. 설화배열양식은 승려 비구니 남녀 동물의 순으로 되어 있어 왕생전과 비슷하다. 내용 면에서는 법화경을 지닌 자의 수행, 신기한 주술의 힘, 죽은 후에도 법화경 독경을 계속한 해골의 썩지 않는 혀, 인적 없는 산 속 마을에서 육식대처 생활을 보내면서도 진지한 법화경수행의 공덕으로 왕생을 이룬 죠오손(浄尊) 법사의 왕생담 등, 여러 가지 기이한 설화를 통하여 법화경의 선양을 도모하고 있는데, 설화 속에 묘사된 기이의 대부분은 중국의 선행 불교영험설화에 연원을 둔 유형적인 것이라고 할 수 있을 것이다.

콘쟈쿠모노가타리슈우(今昔物語集)

양적으로나 질적으로 일본 최고의 설화집이라고 일컬어지는 작품으로, 작자는 미상이고 성립은 대략 1120년~1150년으로 추정된다. 전 31권(이 가운데 8, 18, 21권은 결권)에 1000여화의 설화를 수록하고 있는 이 작품은, 방대한 수록화를 자랑할 뿐만 아니라 묘사된 세계의 다양함과 정연한 조직·구성이란 면에서도 타의 추종을 불허하는 대작이다. 작품 전체는 천축(天竺, 인도), 진단(震旦, 중국), 본조(本朝, 일본)의 세 편으로 나뉘고 각 편은 다시 불법부와 세속부로 나뉘어지는데 각 항목마다 일정한 구성원리가 존재한다.

이러한 구성상의 특징이 의미하는 것은, 예를 들면 인도, 중국, 일본의 삼국은 당시 지리적 공간적으로 일본인에게 인식되고 있던 세계의 전체이고, 불법과 세속 또한 현실적으로 인식되고 있던 세계의 전체를 의미하는 것이었으므로, 말하자면 전 세계상을 망라하려 한 의도가 편찬의 전제였던 것으로 여겨진다. 이 가운데 고대 한국에 관한 설화가 없는 것은 아니고 소수화에 등장하는데 중국의 일부처럼 여겨진 면이 있고, 이는 고대 한국과의 경쟁심리가 작용한 결과로서 의도적인 배제로 보이는데, 이러한 현상은 이 작품에서뿐만 아니라 이 시기 전후에 성립하는 작품에서도 삼국이라 하면 으레 인도 중국 일본을 가리키는 용어로 사용되고 있음에도 나타난다. 각 권에 수록된 내용을 간략히 요약하면 다음과 같다.

천 축 편

제1권 [천축] 38화 처음 8화는 석가의 잉태(천상계에서 인간계로 내려와 정반왕의 부인 마야부인의 태내에 잉태됨) · 탄생(마야부인의 오른쪽 옆구리에서 출생) · 사문유관(석가가 왕자시절 왕궁 밖으로 나가 노·병·사의 3고와 출가자를 보고 충격을 받음) · 출가(왕궁을 나옴) · 고행(여러 스승을 찾아 고행을 함) · 항마(깨달음을 방해하려는 악마를 항복시킴) · 성도(보리수 아래서 완전한 부처의 깨달음을 얻음) · 초전법륜(처음으로 설법을 함)의 순으로, 석가가 이 세상에 탄생하여 깨달음을 얻고 사람들을 교화하는 데 이르는 과정을 이야기하고 있다. 각 설화는 독립된 것이지만 내용적 시간적으로는 연속된 불교 탄생의 이야기이다. 제9화 이후는 시간보다도 내용에 중심을 둔 배열로, 포교를 시작한 석존과 불제자들에 대해 바라문교도 등의 외도들이 가한 박해와 여기에 맞서 이겨 사람들의 마음을 굴복시킨 이야기, 석존의 아들 라고라를 비롯한 친족들의 출가담, 수달장자에 의한 기원정사 건립 등, 재가신자들의 귀의를 내용으로 한 설화가 이어진다. 따라서 전체적으로 제1권은 불교의 창시에서 교단의 성립에 이르는 초기 불교사를 이야기한 설화로 배열되어 있다.

제2권 [천축] 41화 처음 2화는 석존의 부모 이야기로, 제1화는 석존
이 임종을 지켜보는 가운데 세상을 떠나는 아버지 정반왕의 이야기이고
제2화는 사후 도리천에 왕생한 어머니 마야부인을 위해 석존이 천상계에
올라가 설법한 이야기이다. 이들 설화를 포함해서 제2권은 석존의 교화설
법담으로 이루어져 있는데, 석존의 서거나 유리왕에 의한 석가족 대학살
등 각종 불경에 등장하는 석존생존시의 대사건이 배열되어 있어 제1권에
이어 석존전의 일부를 이루고 있다.

제3권 [천축] 35화 제27화까지는 불제자들의 일화, 용 금시조 앵무
등의 축생도와 불법, 각종 전생담과 변신담, 석존 또는 불제자에 대한 공
양담, 불법을 들은 공덕담 등, 석존 생존 중의 불법에 의한 구제담이 실려
있고, 제28화 이후는 석존의 열반과 입관 다비 분골을 이야기한 설화가
시간적 흐름에 따라 배열되어 있다. 따라서 제1권의 석가탄생에서 도를
이루고 열반에 이르기까지의 석존 일대기가 이어지고 있는 것으로 볼 수
있다.

제4권 [천축·부처이후] 41화 석존 열반후의 불교설화를 모은 것인
데, 제22화까지는 가섭이나 아난에 의한 경전의 결집과 라고라와 파사닉
왕 등 생전의 석가를 아는 사람들의 이야기에서 시작하여 아육왕(아쇼카왕)
시대를 중심으로 한 석가 열반 이후 비교적 가까운 시기의 이야기들이 실
려 있고, 제23화 이후는 대천, 용수, 제파, 무착, 세친, 호법, 청변 등 카니
카와 시대 이후 사람들의 이야기와 부처와 경전의 영험담, 저승담 등으로
구성되어 있다.

제5권 [천축·부처이전] 32화 제4권의 [부처이후]와 대응하는 것으
로, 제1권에서 제4권까지가 천축의 불교설화를 모아놓은 데 대해 제5권은

천축의 세속담으로 되어 있다. 제1화에서 제6화까지는 국왕 왕후담, 제7화에서 제12화에는 석가의 본생담, 제13화에서 제29화에는 본생담의 성격을 지닌 동물담, 기타로 되어 있다. 이 가운데 제1화와 제2화는 승가라국(僧迦羅国)과 집사자국(執師子国)의 건국설화로, 이 두 나라는 실은 이름만 다르지 한 나라인데 지금의 스리랑카를 가르킨다. 모두 『대당서역기』에 나오는 이야기이고 제1화는 석존의 본생담의 형식을 취하고 있다. 그리고 제13화 이후에 실린 '쟈타카'라고도 불리우는 석가의 본생담은 석존이나 기타 인물들의 과거세를 배경으로 한 전생담이므로 본래는 불교설화에서 출발했겠지만 이 작품에서는 세속설화로 탈바꿈되어 있는 점이 주목된다. 우리에게 가장 친숙한 동물담의 경우는 『현우경(賢愚経)』 등의 불경을 출전으로 하고 있고 본생담의 성격이 남아있는 경우와 그렇지 않은 경우가 혼재되어 있는데, 원숭이와의 약속을 지키기 위해 자신의 고기를 찢어 독수리에게 준 사자(제14화) 짐승들의 왕이라 속이고 사자의 등에 탄 것까지는 좋았지만 그 포효소리에 기겁하여 죽고 만 여우(제20화) 학에게 부탁하여 하늘을 날아가게 되었지만 약속을 저버리고 말을 하는 바람에 추락한 거북(제24화) 원숭이를 속여 간을 뺏으려다 실패한 거북(제25화) 등, 옛날이야기를 통해서 우리와 친숙한 이야기도 보인다.

제6권 [진단·불법] 48화   처음 10화는 중국의 불교전래담으로, 구마라염(鳩摩羅炎)·구마라십(鳩摩羅什) 부자의 2대에 걸친 불상전래담(제5화)과 현장삼장(玄奘三蔵)이 천축으로 불법을 구하기 위해 떠난 구법의 길(제6화) 등, 설산을 넘고 서역의 사막을 건너 불교를 중국에 전한 선인들의 고생을 엿볼 수 있는 중국불교의 기원 및 불교사라고 할 수 있을 것이다.

제11화에서 제30화까지는 석가여래나 아미타여래 등의 부처 또는 불상에 기원하여 영험이 있었던 이야기로 구성되어 있고, 제31호 이후는 제7권 제43화까지 각종 경전에 의한 영험담이 이어진다.

제7권 [진단·불법] 47화 제6권에 이어 제43화까지 경전 영험담이 수록되어 있다. 화엄·아함·방등·반야·법화·반야의 순으로 배열되어 있는데, 이 순서는 이 설화들의 출전인 『삼보감응요약록(三宝感応要略録)』과도 일치하고 있다. 제44화 이후는 이름을 명시하지 않은 경전이랄지 선행(禅行) 계행(戒行) 등의 영험담으로, 불법영험담 중의 기타편으로 볼 수 있겠다.

제8권 [결권] 제8권은 현존하지 않는 결권이다. 제6권과 제7권에 배치된 제불영험담과 제경영험담이 소위 삼보 가운데 불보와 법보의 공덕담을 수록하고 있는 것으로 보아 제8권에는 승보담이 예정되어 있었던 것으로 추정된다.

제9권 [진단·효양] 46화 효양이란 부제목이 붙어 있지만 효자담은 처음 14화에 지나지 않고, 제15화와 제16화는 오히려 우정담에 가깝고 제17화 이후는 윤회전생담이나 살생에 의한 인과응보담, 죽었던 사람이 소생하여 저승에서의 경험을 이야기하는 저승담 등, 넓은 의미에서의 인과응보담이 배열되어 있다. 인과응보는 불교의 기본이념 중의 하나이고 거시적으로는 제9권은 불교설화의 일부로 보아야 할 것이다. 효자담의 중심을 이루는 것은 유교적인 이념이겠지만 불교와 무관하지는 않았고, 부모은중경과 같은 경전에서 볼 수 있듯이 효자담과 불교는 오히려 깊은 관계가 있었다고 할 수 있다. 곽거의 황금솥 이야기(제1화)와 맹종의 죽순 이야기(제2화)를 비롯하여 유명한 효자들의 이야기가 이어지고, 『명보기(冥報

記)』를 출전으로 하는 저승담도 흥미를 끄는 요소가 많은데, 특히 저승세계의 관료조직이나 관리들의 생태를 전하는 왕숙(王璹)의 소생담(제34화)과, 살아있으면서 저승의 고관과 교제한 휴인천(眭人倩)의 이야기(제36화) 등이 주목을 끈다.

제10권 [진단·국사] **40화** 중국의 세속설화편이다. 제1화의 진시황제로부터 한고조·무제·원제와 왕소군·현종과 상양인의 이야기를 거쳐 현종과 양귀비(제7화), 시대 불명의 궁녀 이야기로 이어진다. 단, '국사'라는 부제가 붙어 있지만 권 전체가 국사와 관련된 것은 아니고, 공자와 노장을 비롯한 선인과 현인의 일화를 비롯하여 후반부에는 시대와 왕조명을 명시하지 않은 채 왕과 왕후담이 배열되어 있다.

제11권 [본조·불법] **38화** 일본의 불법전래담에서 시작하여 절의 연기담이 이어진다. 백제에서 전래되어 쇼오토쿠(聖德) 태자에 의해 뿌리내린 일본의 불교(제1화)가 교오키(行基)와 같이 민중 속에서 생활한 승려, 유학승 또는 칸친(鑑真) 같은 훌륭한 도래승의 노력으로 꽃을 피우고(제2화), 토오다이지(東大寺, 제13화) 코오후쿠지(興福寺, 제14화) 등의 여러 사원이 각지에 계속해서 건립되어가는 불교 전파의 모습이 그려져 있다.

제12권 [본조·불법] **40화** 제10화까지는 탑의 건립담과 각종 법회의 창시담이 실려 있어 일본에서 불교가 융성하게 전파되는 모습을 그리고 있다. 제11화에서 제24화까지는 제불 영험담이고, 제25화부터는 법화경 영험담이 시작되는데, 제13권을 거쳐 제14권의 제29화까지 방대한 양이 수록되어 있어 당시 법화경 신앙이 왕성했었음을 엿볼 수 있게 한다.

이 가운데는 조오가(増賀, 제33화), 쇼오쿠우(性空, 제34화), 에이지츠(睿実, 제35화) 등의 명승 일화도 들어 있다.

제13권 [본조·불법] 44화 앞의 제12권에 이어 법화경 영험담이 계속된다.

제14권 [본조·불법] 45화 제29화까지는 법화경 영험담의 계속이고, 『홋케겡키(法華験記)』를 출전으로 한 이야기가 많다. 특히 제3화는 도오죠오지(道成寺) 연기담으로서 널리 알려진 이야기이고, 스쟈쿠(朱雀) 문 앞에서 여우가 미녀로 변신하여 젊은 남자와 정을 통하고, 자신의 후생을 위해 공양을 부탁한 후 남자 대신 목숨을 잃은 이야기(제5화)도 있다. 제30화 이후에는 반야·방등·열반의 순으로 경전 영험담이 이어진다.

제15권 [본조·불법] 54화 극락왕생담 54화를 수록하고 있다. 헤이안시대 중기 이후 성행하게 되어 당대를 풍미한 정토신앙을 반영한 것으로, 수록화의 대부분은 『니혼오오죠오고쿠라쿠키(日本往生極楽記)』와 『홋케겡키(法華験記)』의 두 작품을 출전으로 하고 있다. 이 시대의 정토교는 법화경의 독송과 수행 염불을 겸하면서 극락정토의 장엄한 모습을 떠올리는 관상(観想)을 중시하였다. 말하자면 관상염불을 주로 한 수행이 강조되었다. 이 권에서 가장 인상에 남는 왕생의 주인공으로서는 제15화의 쵸오조오(長増)와 제39화의 겐신(源信)의 어머니 등이 있는데, 이들의 이야기는 예외적으로 출전미상이다.

제16권 [본조·불법] 40화 관음보살의 영험담을 모아놓았다. 관음보살의 영험담은 현세이익을 주로 하기 때문에 대부분의 이야기가 현세에서의 빈곤이나 위기 재난 등 주인공이 직면한 곤경을 상세히 묘사하고 있

는 점이 특징이다. 민담으로 전해지던 지푸라기 장자(와라시베쵸오쟈) 이야기
(제28화)의 수록과 도적에게 붙잡힌 젊은 부부의 파란만장한 탈출담(제20화)
등은 오늘날 다시 읽어도 독자의 흥미를 끌기에 충분하다.

제17권 [본조 · 불법] 50화 지장보살을 비롯한 제보살(허공장 미륵 문
수 보현 등)과 비사문천 길상천녀 등의 영험담이 이어진다. 특히 재능은 있
으나 학문과 수행에 게으른 승려를 깨우치기 위해서 미녀로 화하여 바른
길로 인도한 허공장보살의 영험담(제33화) 등 읽을 거리가 많다.

제18권 [결권]   이 권은 처음부터 결권이었을 것으로 추측되는데, 전
체적인 구성상 삼보영험담 가운데 승보(僧宝)에 해당하는 권으로서, 여러
고승의 이야기가 예정되었을 것으로 생각된다.

제19권 [본조 · 불법] 44화 출가담과 효자 보은담 등이 실려 있다.
출가담은 이 권에만 있는 이야기들로, 출가에 이르기까지 속세에서의 고
뇌와 인연 등이 묘사되어 있어, 불교설화치고는 드물게 세속적인 소재와
인간묘사에 뛰어난 이야기가 많다. 그리고 효자담 수록화가 적은 것은 본
래 일본의 효행담 자체가 적었기 때문인데, 원칙적으로는 유교사상이 중
시되어 중국위 효자전류의 서적이 유포되었지만 자기나라의 효자담은 의
외로 적은 수 밖에 전해지지 않았음을 알 수 있다.

제20권 [본조 · 불법] 46화 텐구(天狗)담 저승담 인과응보담 등 불교
와 관련된 설화이면서도 세속설화로 넘어가기 위한 과도적 성격의 설화가
실려 있다. 텐구(天狗)담은 이 권에만 존재하는데, 텐구는 일본에서 불법을
방해하는 상상 속의 존재로 마물로서 여겨지고 있었기 때문에 이야기의 마
지막에는 법문이나 고승에 의해 타도되는 장면이 묘사되고 있다.

제21권 [결권] 본조 세속부가 시작되는 권인데, 천축부나 진단부의 구성에 비추어 볼 때 일본의 국왕을 비롯한 왕실담이 배열되어 있었을 것으로 추측된다.

제22권 [본조] 8화 후지와라(藤原) 씨의 시조인 후지와라노카마타리(藤原鎌足)를 시작으로 후지와라 씨의 역대 전기가 실려 있지만 모두 8화에 그치고 있다. 실질적으로 일본 조정의 정권을 담당해온 세도가문의 이야기이므로 일본의 역사를 기록한 설화들이 수록되어 있었겠지만 현재는 8화만 전해지고 있다.

제23권 [본조] 14화 제1화부터 제12화까지는 현존하지 않고 제13화부터 시작되고 있는데, 제13화에서 제16화까지는 무예담, 제17화에서 제25화까지는 힘센자와 스모(일본씨름)꾼 이야기, 제26화는 마술(馬術)담 등이 실려 있다. 그리고 제1화에서 제12화까지 빠져있는 점과, 제25권이 제1화에서 제14화까지로 다른 권에 비해 설화수가 적다는 점, 수록 설화의 내용적 성격이 비슷한 점 등을 들어, 제23권과 제25권이 본래 한 권을 이루었던 것이 아닌가 하는 추측도 있다.

제24권 [본조·세속] 57화 연주 공예 그림 바둑에서 시작하여 의술 음양술 점술 음악 한시 와카 등 지적인 기예담이 수록되어 있다. 각각 한 방면의 기예에 뛰어난 사람의 이야기를 실었는데, 시가에 관한 이야기에 있어서도 시가 자체를 감상하려는 의도보다 사건의 전말이 중심이 되고 있다.

제25권 [본조·세속] 14화 무사들에 의한 전란을 수록. 제1화의 타이라노마사카도(平将門) 제2화의 후지와라노스미토(藤原純友) 이야기에서 시작하여 제13화의 젠쿠넨노에키(前九年の役) 제14화의 고산넨노에키(後三年の役)로 이어진다. 중간에는 칸무헤이씨(桓武平氏)와 세이와겐지(清和源氏)로 나뉘어, 각 가문의 무사를 주인공으로 한 이야기가 세대순으로 배열되어 있다. 특히 타이라노코레모치(平維茂)와 후지와라노모로토오(藤原諸任)간의 전투담(제5화)이나, 미나모토노요리노부(源頼信)·요리요시(頼義) 부자가 말도둑을 사살한 이야기(제12화) 등은 걸작이라 할 만 하다.

제26권 [본조·숙보] 24화 숙보란 전세로부터의 인연에 의한 업보를 말한다. 즉 현세에서 일어나는 여러 가지 기이한 일들은 모두 숙보에 이한 것이라는 생각하에 여러 지방의 다양한 기이담을 수록하였다.

제27권 [본조·영귀] 45화 인간에게 여러 가지 해를 가하는 영귀류의 행위를 중심으로 한 이야기가 실려 있다. 제30화까지는 죽은 자의 영이나 자연의 정령, 여러 귀신의 이야기, 이어서 여우나 멧돼지가 변신하여 인간을 속이는 이야기, 제42화 이후로는 기타 귀신들의 이야기가 실려 있다.

제28권 [본조·세속] 44화 골계담을 모아놓은 권이다. 이나리신사 참배길에 만난 미녀가 자기의 아내인 줄을 모르고 다가가 수작을 부리다 뺨을 얻어맞은 마츠타노시게카타(茨田重方)의 이야기를 시작으로 여러 인물들의 실패담과 우스꽝스런 행위가 웃음을 자아낸다.

제29권 [본조·악행] 40화 제1화에서 제30화까지는 근대소설이나 영화에서도 때때로 소재로 사용한 강도 살인 강간 등의 악행담이고, 제31화에서 제40화까지는 소재가 바뀌어 동물담이 배열되어 있다.

제30권 [본조·잡사] 14화 『야마토모노가타리(大和物語)』와 공통된 이야기가 많고, 제1화 외에는 모두 이야기 가운데 와카를 포함하고 있어,

우타모노가타리(歌物語, 와카를 포함한 산문체 이야기)의 성격이 강하다. 내용은 연애나 부부간의 관계에 관한 것이 많다.

제31권 [본조·잡사] 37화 작품의 마지막 권으로서 앞의 권에서 수록에 빠진 잡다한 이야기들을 모아 놓았다.

3. 중세시대의 설화문학

일본의 중세시대 문학은 1192년 미나모토요리토모(源頼朝)에 의해 카마쿠라(鎌倉) 막부가 개설된 후 1338년 아시카가타카우지(足利尊氏)에 의해 시작된 무로마치(室町) 막부시대를 거쳐 1603년 토쿠가와이에야스(德川家康)에 의해 에도(江戸) 막부가 시작될 때까지의 약 400년간의 문학을 말한다. 이 시기는 당시 막부의 명칭을 따서 카마쿠라(鎌倉)·무로마치(室町)시대라고도 하는데, 문학에 있어서는 그 중심이 귀족에서 서민층으로 확대되어 가는 과도기적인 양상을 나타내고 있다.

중고시대 말에 일어난 호오겐(保元), 헤이지(平治)의 난을 거쳐 무사들의 시대가 도래하지만 귀족들은 정치의 실권은 잃었어도 문학의 중심에 위치하면서 전통을 유지하고자 했다. 특히 고토바인(後鳥羽院)은 궁정정치의 회복을 도모하면서 와카를 장려하여 대규모의 우타아와세(歌合)가 여러 차례 개최되었다. 이러한 배경 하에 칙선와카집인 『신코킨와카슈우(新古今和歌集)』가 편찬되었다. 대표적인 편자 후지와라노테이카(藤原定家)는 부친인 순제이(俊成)가 추구한 유우겐(幽玄)의 세계를 더욱 발전시켜 우신요오엔(有心妖艶)의 풍조를 이상으로 했는데, 이는 당시 시대적 변동 속에서 상

실되어 가는 왕조적인 미의 전통을 언어의 세계 속에서 재구성하려는 시도이기도 했다. 이후 테이카(定家)의 자손은 니죠오(二条), 쿄오고쿠(京極), 레이제이(冷泉)의 세 파로 나뉘어 서로 경쟁하게 되고 칙선와카집도 계속해서 편찬되어 13대집이 이루어지게 된다.

시대의 흐름과 더불어 와카는 점차 침체하게 되고 이에 대신하여 성행하게 된 것이 렌가(連歌)이다. 귀족 무사 승려들에게 애호되다가 서민층으로 확산된 렌가는 와카의 형식을 바탕으로 하고 있다. 즉 한 수의 와카를 두 사람이 5·7·5의 상구(上句)와 7·7의 하구(下句)로 나누어 화답하는 탄렌가(単連歌)에서 시작하여 3인 이상이 모여 한 구씩 계속 이어가는 쵸오렌가(長連歌)로 발전해 갔다. 그리고 쵸오렌가를 내용 면에서 보면 골계(滑稽)를 중심으로 한 무신렌가(無心連歌)와 우아함을 중심으로 한 우신렌가(有心連歌)로 분류되는데, 무신렌가는 서민층에서 유행했고 우신렌가는 귀족층에서 유행했다. 그러다가 중세 말이 되면 초심자와 서민들 사이에서는 점차 쉽고 일상적인 놀이의 문학으로서의 렌가를 추구하게 되는데, 이것이 바로 해학과 풍자와 비속함을 중심으로 한 하이카이렌가(俳諧連歌)로서, 근세의 하이카이(俳諧)로 이어지게 된다.

산문문학에 있어서는 전 시대의 『겐지모노가타리(源氏物語)』를 비롯한 모노가타리(物語) 작품들의 모방과 개작이 주를 이루어 새로운 맛이 없었다. 이러한 의고(擬古)모노가타리는 결국 중세 말에서 근세 초기에 걸쳐 독자층을 확보해 간 오토기조오시(御伽草子)에 의해 교체된다.

이 시기에 주목할 만한 산문문학으로서는 역시 군기(軍記)와 설화문학이다. 군기문학으로서는 『호오겐모노가타리(保元物語)』, 『헤이지모노가타리(平治物語)』, 『헤이케모노가타리(平家物語)』, 『타이헤이키(太平記)』 등의 걸작이 나타났고, 이들은 힘있고 활기찬 화한혼효문(和漢混淆文)의 문체로 기록되어 넓고 다양한 계층에서 읽혔다. 그리고 『소가모노가타리(曾我物語)』,

『기케이키(義経記)』와 같은 전설적 영웅전도 군기문학에서 파생된 작품으로 볼 수 있다.

수필문학에 있어서는, 당시 정토신종을 비롯한 신불교 여러 종파가 생겨남으로써 사상과 표현이 다양하게 전개되는데, 특히 자기체험에 근거하여 예전의 인간관이나 종교관에서 벗어난 새로운 표현을 통해 높은 문학성을 발휘한 작품이 많았다. 대표적인 작품으로서는 카모노쵸오메이(鴨長明)의 『호오죠오키(方丈記)』와 요시다켄코오(吉田兼好)의 『츠레즈레구사(徒然草)』를 들 수 있다. 『호오죠오키(方丈記)』는 전반부에서 기근 또는 천재지변 등을 겪으면서 느낀 무상을, 후반부에서는 자신의 신상을 술회하면서 초암에서의 유유자적한 생활을 그리고 있는데, 전체적으로는 무상감이 바탕에 흐르고 있고, 『츠레즈레구사(徒然草)』는 작자의 감흥이 향하는 대로 사회나 인생의 문제를 비롯하여 자연의 정취 일화 등을 바탕으로, 다방면의 소재를 예리한 관찰과 사색으로 기술하고 있다.

한편 설화문학에 있어서는 수많은 작품들이 편찬되어 설화의 전성시대를 맞이하게 된다. 대표적인 작품을 들면 『코지단(古事談)』, 『홋신슈우(発心集)』, 『우지슈우이모노가타리(宇治拾遺物語)』, 『짓킨소오(十訓抄)』, 『코콘쵸몬쥬우(古今著聞集)』, 『샤세키슈우(沙石集)』, 『산고쿠던키(三国伝記)』 등을 들 수 있는데, 승려와 귀족 무사 서민 등 불교와 세속의 모든 계층을 주인공으로 삼고 그들의 생활이나 행동을 다채롭게 묘사하고 있다.

코지단(古事談)

작자는 미나모토노아키카네(源顕兼)로 1212~1215년에 성립. 모두 6권으로 구성되었고 제1권 왕도(王道)·후궁(后宮), 제2권 신절(臣節) 제3권 승행(僧行) 제4권 용사(勇士) 제5권 신사(神社)·불사(仏寺) 제6권 정택(亭

宅)·제도(諸道)의 체제로 되어 있다.

홋신슈우(発心集)

『호오죠오키(方丈記)』의 작자인 카모노쵸오메이(鴨長明)가 편찬하였고 성립시기는 미상이나 1210년경으로 추정. 전 8권에 100여화의 불교설화를 모아 놓았다. 일본 승려의 사적을 중심으로 인간의 내면 심리에 대한 통찰이 잘 그려져 있어 문학성이 뛰어나다. 처음에 출가자의 효시로 받들어지는 겐빈(玄賓)을 필두로 센간(千観) 조오가(増賀) 등 고승들의 출가와 공덕담, 왕생담, 귀신담, 은애(恩愛)담 등이 수록되어 있다.

우지슈우이모노가타리(宇治拾遺物語)

1220년대 초반 성립으로 추정되고 편자는 미상이다. 서문과 197화로 이루어졌는데, 이 가운데 80여화가 『콘쟈쿠모노가타리슈우(今昔物語集)』와 일치하고 있어 양자의 비교연구가 기대된다. 동서고금의 각 계층에 걸친 이야기를 수록하였고, 전체적으로는 불교화에 속하는 이야기가 많은 편이나 세속설화적인 성격도 강하다. 특히 불교설화가운데는 영험담이나 승려 은둔자의 일화 등이 많지만 계몽성이나 교훈성은 희박하고 이야기의 재미와 기이함 주인공의 매력 등이 인상에 남는 경우가 많다.

수록화 가운데 <도깨비에게 혹을 떼인 이야기>나 <혀 잘린 참새 이야기> 등은 민담의 요소가 강한 설화들로, 우리나라의 <혹부리 영감>, <흥부전> 등과 매우 유사한 줄거리로 되어 있어 양국 설화의 근원과 전래양상을 비교 분석하는데 좋은 자료가 되고, 이 외에도 당시 민속 또는 민간신앙 등을 엿볼 수 있는 자료를 제공하기도 한다.

짓킨쇼오(十訓抄)

작자는 쿄오토(京都) 히가시야마(東山) 기슭에 암자를 짓고 염불삼매경으로 지내는 노인이라고 되어 있을 뿐으로 정확한 신상은 미상이고 성립 연대는 1252년.

내용은 10항목의 교훈에 의해 10단으로 정연하게 구성되어 있으나 각 단의 분량은 매우 불규칙하다. 구체적으로는 제1단 마음가짐과 행실을 바로 세울 것, 제2단 교만을 멀리 할 것, 제3단 다른 사람을 멸시하지 말 것, 제4단 남 이야기나 비난 또는 말을 많이 하지 말 것, 제5단 벗을 골라 사귈 것, 제6단 충직함과 곧은 마음을 중시할 것, 제7단 오로지 사려 깊은 마음을 가질 것, 제8단 모든 일에 인내심을 가지고 할 것, 제9단 원망하는 마음을 멈출 것, 제10단 재능과 기예를 갖출 것 등으로 되어 있다.

설화의 대부분이 계몽·교화의 의도에 의해 쓰여진 것이 명확하고 일상적 삶의 방식을 평이하게 이야기한 실용적 교양적 성격이 강한 전형적인 교훈설화집이라 할 수 있다.

코콘쵸몬쥬우(古今著聞集)

1254년 타치바나노나리스에(橘成季)에 의해 성립. 전 20권에 726화라는 방대한 양의 설화를 수록하고 있다. 이 가운데 약 80화 정도는『짓킨쇼오(十訓抄)』등으로부터 나중에 증보한 것으로 추정되고 있고, 나머지 가운데 약 600여편의 설화는 편에 따라 거의 시대순으로 배열되어 있다. 그 대부분은 헤이안(平安)시대의 설화이고 카마쿠라(鎌倉)시대의 이야기는 전체의 3분의 1정도에 지나지 않는다. 따라서 왕조시대의 귀족문화를 상찬하고 회고하는 경향이 강하다.

구체적인 권 제목을 보면 제1권 신기(神祇), 제2권 석교(釈教, 불교설화), 제3권 정도충신(政道忠臣)·공사(公事), 제4권 문학(文学), 제5권 와카(和歌), 제6권 관현가무(管絃歌舞), 제7권 능서(能書, 명필 서예가)·술도(術道, 음양도 관상), 제8권 효행은애(孝行恩愛), 제9권 무용(武勇)·궁시(弓矢), 제10권 마예(馬芸)·스모오강력(相撲強力, 스모오 괴력), 제11권 화도(画図)·케마리(蹴鞠), 제12권 바쿠에키(博亦, 도박)·투도(偸盗, 도적), 제13권 축언(祝言)·애상(哀傷), 제14권 유람(遊覧), 제15권 숙집(宿執, 집념)·투쟁(闘諍), 제16권 흥언리구(興言利口, 골계 또는 남녀간 이야기 등), 제17권 괴이(怪異)·헨게(変化, 괴물 변신담), 제18권 음식(飲食)」, 제19권 초목(草木), 제20권 어충금수(魚虫禽獣) 등으로 정연하게 분류되어 있다.

샤세키슈우(沙石集)

무쥬우(無住)에 의해 1279년 성립된 불교설화집. 전반부인 제1권에서 제5권까지는 사본간에 큰 차이가 없으나 후반부인 제6권에서 제10권까지는 사본간에 내용과 구성에 있어 큰 차이가 있고, 전반부는 주로 국토창생신화부터 본지수적(本地垂迹) 여러 불보살들의 영험담 학승담 와카·렌가(連歌)담 등이 실려 있고, 후반부에는 설경사(説経師)담 질투와 파계 집념담 정직 충효담 고승임종담 등이 수록되어 있다.

산고쿠덴키(三国伝記)

무로마치(室町) 중엽(15세기초~중엽) 겐토오(玄棟)에 의해 성립되었다. 인도 중국 일본의 3국 설화를 순서대로 1화씩 반복하여 이야기하는 식으로 배열하였는데, 대부분은 인연담, 효양담, 보은담, 고승담 등의 불교설화이다. 각 권 30화씩 전 12권 360화로 구성되었다.

4. 근세시대의 설화문학

일본문학사에서 근세라 하면, 1603년(慶長 8) 토쿠가와(德川) 막부가 수립된 후 1867년(慶応 3) 막부붕괴까지의 265년간을 말한다. 이 시대는 지금의 토오쿄오(東京)인 에도(江戸)에 막부가 있었기 때문에 에도시대라고도 하는데, 중앙집권적 봉건제도가 완성된 시기이기도 하다.

오다노부나가(織田信長)와 토요토미히데요시(豊臣秀吉)를 거쳐 토쿠가와이에야스(德川家康)에 의해 일본 전토가 통일되므로서, 중세와 같은 전란기가 끝나고 평화로운 시대가 유지되었다. 토쿠가와 막부는 봉건제도를 확립하고 신분계급제도에 의한 주종관계를 추구하므로서, 쇼오군(将軍) 다이묘오(大名) 무사의 지배계급이 농・공・상의 서민을 지배하는 사회가 되었다. 하지만 중세 말부터 서민계급은 경제적 사회적인 실력을 키워왔고, 특히 쵸오닌(町人)이라 불리우는 상인들의 진출이 두드러졌다. 근세는 지배계급의 무력과 상인계급의 경제력이 서로 대립하고 견제하면서 발전해 가다가, 이윽고 근세 말에 이르러 서민세력의 승리에 의해 봉건제도가 타파되고 메이지(明治) 유신을 통하여 새로운 시대를 맞이하게 된다.

토쿠가와 막부는 문치주의를 내세우고 유학(儒学)을 채용하였고, 따라서 이 시기에는 광범위하고 현저한 문화의 발전을 이룩했다. 사상 면에서 보면 중세까지의 정신적 지주였던 불교가 쇠퇴하고 유교사상이 막부의 장려하에 널리 영향을 미치게 되었다. 유교의 영향으로 발생한 국학은 고전과 황실존중의 사상을 고취시켰으며, 이 외에도 양학(洋学)이 도래하여 근대적 문명의 발달에 공헌하였다. 그리고 근세 초기에 유입된 인쇄술에 의해 『고문효경(古文孝経)』이하 수많은 서적이 간행됨으로서 문학과 학문의 발달에 커다란 영향을 미쳤다.

한편 근세는 쵸오닌의 시대이기도 했다. 경제의 규모가 전국적으로 확대되고 토지경제에서 화폐경제로 변화됨에 따라 그들의 세력은 날로 증대되었다. 전란의 시기에는 무사의 세력이 컸지만, 이제 태평한 시기가 도래하니 경제력을 지닌 쵸오닌들은 서서히 무사계급을 압도해 갔다. 무사와 쵸오닌은 이 시기의 문화를 담당하는 양대 세력이라고도 할 수 있겠는데, 이들은 서로 대조적인 성격을 띠고 있었다. 즉 무사계급이 이상주의적이고 보수와 형식에 사로잡혀 있던데 비해 쵸오닌들은 현실주의적이고 진취와 자유 향락을 즐기면서, 그들의 생활과 사고방식을 문화에 접목시켰다. 하지만 이들이 항상 대조적으로 서로 다른 세계에서 지낸 것은 아니다. 같은 시대를 살아간다는 것은 서로 영향을 주기도 하고 받기도 하는 것이어서, 시대가 흐름에 따라 무사에게는 상인의 기질이, 상인에게는 무사의 정신이 침투하여 서로 영향을 끼치면서 문화의 주체를 이루어 갔다.

한편 문학에 있어서는 그 흐름을 3시기로 구분하는 경우도 있으나 크게 보면 전기와 후기의 2시기로 나누어 볼 수 있고, 전·후기 문학을 각각 카미가타(上方) 문학과 에도 문학으로 부르면서 대조적으로 취급하는 것이 일반적이다. 그리고 카미가타 문학과 에도 문학은 각각을 다시 제1기와 제2기, 제3기와 제4기로 나누기도 한다.

카미가타란 지금의 쿄오토(京都)와 오오사카(大阪)를 중심으로 한 지역을 말하는데, 에도에 막부가 개설된 이후에도 문화의 중심이 즉시 에도로 옮겨가지는 않았다. 그러다가 에도 중기(18세기 중엽)에 이르러 점차 문화의 중심이 카미가타에서 에도로 이동했는데, 이 현상을 문운동점(文運東漸) 또는 문화동천(文化東遷)이라 하고, 일본 근세문학에서는 이 시기를 경계로 전·후기문학을 구분하고 있다.

카미가타 문학의 제1기는 계몽기라고 할 수 있는데, 죠오루리(浄瑠璃), 카부키(歌舞伎)와 같은 새로운 연극이 발생했고 운문에서는 중세 말의 렌가가 쇠퇴하는 대신에 하이카이(俳諧)가 등장하는 등 근세문학의 초기형태가 나타나기는 했어도 이렇다 할 만한 새로운 문학이 생산되지는 않았다. 하지만 이 시기에는 활발하고 현실적인 문화가 오오사카의 쵸오닌을 중심으로 발달했는데, 소설 출판의 대부분이 교토와 오오사카에서 이루어졌다. 특히 기독교의 도래와 한반도에서 전래된 금속 및 목판 인쇄술의 영향은 지대하였다. 종래에 필사(筆写)에 의해서 전해지던 문학이 인쇄물로 보급되기 시작함으로써 폭넓은 독자층을 확보하게 되었고 문학의 발전에 커다란 영향을 끼친 것이다.

제2기는 카미가타 문학의 전성기로, 에도 초기의 계몽적인 소설이나 전통적인 와카 렌가 하이카이의 시대를 지나 근세의 독자적 생명력을 지닌 문예가 왕성해졌는데, 겐로쿠 문학(元禄文学)이라고 일컬어지는 것이 바로 그것이다. 특히 이 시기에는 우키요조오시(浮世草子)의 이하라사이카쿠(井原西鶴), 하이카이의 마츠오바쇼오(松尾芭蕉), 죠오루리의 치카마츠몬자에몬(近松門左衛門)이라는 삼대문호(三大文豪)가 나타나 각 쟝르에서 뛰어난 활약을 하였다. 이러한 새로운 문학의 등장과는 별도로 복고적 정신이 세력을 얻어 고전연구가 활기를 띰으로써 국학의 기초가 이루어지기도 하였다.

제3기는 에도문학의 발전기이다. 문화의 중심이 카미가타에서 에도로 이동함으로써 에도를 중심으로 전국적인 문화권이 형성되었는데, 새로운 문화의 중심지가 된 에도는 카미가타에 비하면 무사나 유학자등의 지식인들이 많아서 지적인 요소가 강해졌고, 생활과 정신면에서는 쵸오닌적(상인적)인 요소가 두드러지게 나타나는데, 문예에도 이러한 현상이 반영되게 되었다. 국학은 카모노마부치(賀茂真淵) 모토오리노리나가(本居宣長) 등에 의해 대성되고 소설은 사이카쿠의 뒤를 이어 샤레본(洒落本), 콧케이본(滑稽本), 키뵤오시(黄表紙), 요미혼(読本) 등이 활발해졌다. 시가에서는 국학자에 의한 전통적인 와카와, 이것이 유희적으로 변모된 쿄오카(狂歌), 센류우(川柳)가 유행했고, 하이카이 방면에서는 바쇼오의 뒤를 이어 요사노부손(与謝蕪村)을 중심으로 한 하이카이의 부흥이 이루어졌다.

제4기는 에도문학의 완숙기이면서 퇴폐기이기도 하다. 완숙기에 접어든 에도문화는 더욱 세련되고 풍자적이 되었지만 현세적 향락주의가 만연됨에 따라 문학을 건전하게 발전시키지는 못하였다. 특히 이 시기의 퇴폐적이고 통속적인 풍조는 닌죠오본(人情本) 등의 소설과 희곡(카부키의 대본)에 반영되었고, 저속하기는 하지만 대중적이고 엄청난 양의 작품이 만들어져 서민층에 널리 유행하였다.

한편 근세 산문문학에 있어서는 카나조오시(仮名草子), 우키요조오시(浮世草子) 여러 쟝르의 소설 등 다양한 쟝르의 문학이 발달되었고 이들은 모두 얼마간 설화적인 요소를 포함하고 있으므로 설화문학을 따로 분류하여 정의하기가 어려워졌다. 그래서 일반적으로 문학사에서 구분하는 대표적인 쟝르에 속하는 작품은 제외하고 순수하게 설화문학으로 볼 수 있는 작품 가운데 대표적인 것 만을 개관해 보기로 하겠다.

야마토니쥬우시코오(大倭二十四孝)

중국의 『이십사효(二十四孝)』를 모방하여 중세 말부터 효자전류가 유행하였는데, 이러한 시대적 흐름을 배경으로 일본 독자적인 효자담을 편찬하려는 의도에서 창작된 것이 이 작품이다. 작자는 분명치 않으나 아사이료오이(浅井了意)라는 설이 유력하고 1665년에 간행되었다. 내용은 서품에서 효도의 대의를 이야기하고 이어서 전 23화의 효자설화를 수록하고 있고, 주로 인과응보와 윤회사상 등 불교를 바탕으로 한 교훈색이 진하다. 이 외에도 『혼쵸오코오시덴(本朝孝子伝)』, 『카나혼쵸오코오시덴(仮名本朝孝子伝)』 등 유사한 성격의 작품들이 등장하게 되었다.

쇼코쿠햐쿠모노가타리(諸国百物語)

작자미상으로 1677년 간행. 전 5권으로 되어 있고 각 권마다 20화로 총 100화의 괴기담을 수록하였다. 당시 중국의 『전등신화(剪灯新話)』와 같은 괴담의 유행을 배경으로 여러 괴담집의 편찬이 이루어졌고, 특히 햐쿠모노가타리(百物語)란 형식과 이름의 작품이 유행했다. 단편설화를 주로 하여 유령 귀신 등을 소재로 한 민화적 괴기담이 대부분이다.

사이카쿠쇼코쿠바나시(西鶴諸国ばなし)

작자는 이하라사이카쿠(井原西鶴)이고 1685년 간행되었다. 5권으로 되어 있고 각 권마다 7화를 수록하여 모두 35화를 수록하고 있다. 내용은 작자가 일본의 각 지방을 편력하면서 얻은 이야기들로, 설화의 무대는 쿄오토(京都), 오오사카(大阪), 에도(江戸)의 3도는 물론이고 나라(奈良) 사카이(堺), 후시미(伏見), 하카타(博多), 히메지(姫路), 스루가(駿河) 등 지방 곳곳의 도시에 이르고 있다. 무대가 되는 지방의 다양함과 더불어 등장인물 또한 다채로운데, 무사 상인 농민 어부 승려 예능인 선인에서 텐구(天狗, 일본에만 존재하는 상상 속의 존재로 불법의 방해자로서 또는 악역으로서 등장하는 경우가 많고 일반적으로는 얼굴이 빨갛고 코가 긴 모습이 많다.) 케쇼오노모노(化生者, 도깨비)에 이르고 있다. 하지만 당시 사회의 직업이나 신분상 주류를 이루던 상인 농민 무사 계층의 이야기가 중심을 이루고 있다.

혼쵸오진쟈코오(本朝神社考)

하야시라잔(林羅山)이 편찬하였고 1638~1646년 성립으로 추정된다. 상 중 하 3권으로 되어 있는데, 상권에는 이세(伊勢), 게쿠우(外宮), 사이구우(斎宮), 하치만(八幡), 이와시미즈(石清水), 츠루오카(鶴岡), 혼다(誉田), 카스가(春日), 미와(三輪), 카모(賀茂), 마츠오(松尾), 이나리(稲荷), 이소노카미(石上), 스미요시(住吉), 기온(祇園), 키타노(北野), 니우묘오진(丹生明神), 키부네(貴布禰) 등 27신사의 기원연기가 기록되어 있고, 중권은 쿠마노(熊野), 타가(多賀), 하쿠산(白山), 타케치(高市), 카시마(鹿島), 카토리(香取) 등 60여 신사의 이야기를 수록하였고, 하권에는 우마야도노오오지(厩戸皇子), 야마시로노오오에노오오지(山背大兄王子), 우라시마코(浦島子), 도오죠오호오시(道場法師), 오노노타카무라(小野篁) 등의 인물설화를 중심으로 지명설화와 신사연기설화 등이 수록되어 있다.

혼쵸오레츠죠덴(本朝列女伝)

전설상의 여성에서 무사 집안의 여성에 이르기까지 217인의 여성에 대해 한문체로 기술한 평전이다. 1668년 쿠로사와히로타다(黒沢弘忠)에 의해 간행되었고, 본 서의 간행 배경에는 당시 『죠쿤쇼오(女訓抄)』와 같은 여성교훈물의 유행과 『유향열녀전(劉向列女伝)』의 출판, 키타무라키긴(北村季吟)의 번역본인 『카나레츠죠덴(仮名列女伝)』 등의 보급이 있었다.

모두 10권 10책으로 되어 있는데, 내용을 보면 제1권에는 후비전(后妃伝) 15인과 부록 6인, 제2권에는 부인전(夫人伝) 11인, 제3권에는 유인전(孺人伝, 孺人은 大夫의 妻) 24인과 부록 11인, 제4권에는 부인전(婦人伝) 5인과 부록 3인, 제5권에는 처녀전(妻女伝) 26인, 제6권에는 첩녀전(妾女伝) 9인과

부록 2인, 제7권에는 기녀전(妓女伝) 11인과 부록 3인, 제8권에는 처녀전
(処女伝) 25인과 부록 4인, 제9권에는 기녀전(奇女伝) 5인과 부록 2인, 제10
권에는 신녀전(神女伝) 6인과 부록 5인으로 되어 있어, 모두 본전(本伝)
181인과 부록 31인에 이른다.

야마토니쥬우시코오(大和二十四孝)

작자는 아사이료오이(浅井了意)라고 하나 확실치는 않고 1665년에 간
행되었다. 중국 원나라 곽거경(郭居敬)의 『이십사효시선(二十四孝詩選)』이
오토기조오시(御伽草子) 『니쥬우시코오(二十四孝)』로 번역되어 효자담으로
서 유행하다가 일본의 독자적인 효자담을 편찬하고자 하는 의도에서 성립
한 것이 본 작품이다.

12책 24화로 이루어졌는데, 제1화인 서품은 효도의 대의를 이야기한
것이어서 결국 효자설화는 모두 23화이다. 내용은 효행담이지만 설화의
형태로 보았을 때 영험담 권선징악설화 선계(仙界)담 복수담 부호몰락전설
등 다양하다. 불교적 사건을 많이 배열하여 인과응보사상과 윤회사상에
의한 교훈적 의도도 보인다. 하지만 대부분 선행 문학에서 취한 것이 많
아 중세적 색채가 강하고 독창성이 부족한 것이 흠이다.

와카이토쿠모노가타리(和歌威徳物語)

와카의 공덕을 이야기한 설화집으로 1689년 성립으로 보인다. 상 중
하의 3권에 모두 101화를 수록하였고 상권은 신감(神感), 중권은 군은(君
恩), 하권은 인애(人愛)로 되어 있다. 상권의 신감에는 34화가 실려 있는데
신감이란 와카에 감동한 신이 비를 내리게 한다든지 무고한 누명을 벗게

해 준다든지 복덕을 내려준다든지 하는 내용을 말한다. 중권의 군은이란 와카의 공덕으로 천황이나 군주의 은총을 입게 되는 것으로 모두 25화를 수록하고 있다. 하권의 인애란 와카를 읊어 사랑을 이루고 탄식을 그치게 된다든지 재난을 벗어나는 일 등의 이야기로 34화를 수록하고 있다. 그리고 마지막에 <와카의 여러 가지 공덕>이란 항목을 마련하여 위의 세 가지 분류에서 제외된 8화를 수록하였다.

신쵸몬쥬우(新著聞集)

1749년 출판된 에도시대의 실록물로서 중세시대의 『코콘쵸몬쥬우(古今著聞集)』를 모방한 설화집이다. 모두 18권으로 구성되어 있는데, 각각의 항목을 보면 제1 충효(忠孝)편, 제2 자애(慈愛)편, 제3 수은(酬恩)편, 제4 보구(報仇)편, 제5 숭행(崇行)편, 제6 승적(勝蹟)편, 제7 용렬(勇烈)편, 제8 망간(妄奸)편, 제9 숭려(崇厲)편, 제10 기괴(奇怪)편, 제11 집심(執心)편, 제12 원혼(寃魂)편, 제13 왕생(往生)편, 제14 앙화(殃禍)편, 제15 재지(才智)편 제16 청직(清直)편, 제17 속담(俗談)편, 제18 잡사(雑事)편으로 되어 있다.

수록 설화의 수는 377화로 방대한 양이다. 내용은 황당무계한 것이 적고 여러 지방의 기담을 모아 놓았다. 무사 상인 농민들의 이야기를 열거하고 있는데 특히 무사의 이야기가 많고 실명으로 쓰여있는 경우도 많다.

제3장 신화와 설화를 통해 본 신의 세계

제3장 신화와 설화를 통해 본 신의 세계

제1절 신의 출현

신화와 설화를 통한 지역연구의 대상은 매우 방대한데, 그 가운데 일본 또는 일본인을 이해하는데 있어 중요한 키워드 중의 하나가 바로 신에 대한 문제이다. 즉 일본인에게 있어 신이란 어떠한 존재였는가 하는 점인데, 우선 일본의 신을 나타내는 말로서 '야오요로즈노카미'라는 말이 있고 한자로는 '八百万神'이라 표기하는데서 엿볼 수 있듯이 헤아릴 수 없이 많은 신이 존재하고, 그 만큼 다양하고 복잡한 기능과 이미지를 가지고 있다. 또한 일본은 신의 나라이고 천황은 신의 후예요 아라히토가미(現人神)라는, 천황제와 결부된 의식도 있다. 이러한 신들의 출현과 이미지, 그리고 신에 대한 의식의 형성과 그 영향 등을 알아보기 위해서 먼저 신의 출현과 일본의 기원부터 살펴보기로 하겠다.

국토의 창조 -이쟈나기·이쟈나미-

일본사람들은 자기나라의 기원을 언제쯤으로 생각하고 있는 것일까

궁금해진다. 우리 나라의 경우 수십년 전까지 단기(檀紀)가 사용되었던 것을 보아 알 수 있듯이, 단군신화에 나타난 단군조선을 국가의 시작으로 생각했었다. 이러한 신화 속의 이야기들에 대한 인정 여부가 논란의 대상이 되기도 하는데, 여기서는 사실 여부를 중요시하고 싶지는 않다.

신화 또는 설화라는 것은 어떤 특정한 이야기가 생겨나게 된 당시의 사회 역사 문화 풍토 등 모든 요소를 배경으로 하고 있고, 특히 그 시대를 살았던 사람들의 정신세계를 바탕으로 하고 있다. 따라서 오늘날의 우리가 생각할 때에는 비현실적이고 있을 수 없는 일처럼 여겨지는 사실도 당시 사람들은 진지하게 믿었다는 점을 잊어서는 안 된다. 즉 설화 속의 사실들을 현대를 살아가는 우리의 잣대로 재서는 안 된다는 것이다.

최근 일본 사학계의 움직임에서도 엿볼 수 있듯이, 학계의 관심분야가 과거의 연대기적인 사건사 정치사 중심에서 점차 생활상의 규명 쪽으로 넓어지면서, 옛날 사람들이 과연 어떠한 생각을 가지고 어떠한 삶을 살았었는가 하는 문제가 관심의 대상이 되고 있다. 따라서 얼마 전까지 역사연구에 있어서는 신빙성이 문제시되어 냉대를 받아오던 문헌설화가 이제는 중요한 자료로서 대접을 받게 되었는데, 이는 설화가 당시의 제반 상황을 배경으로 하여 생성된 이야기라는 특성을 지니고 있기 때문일 것이다.

이렇게 보면 일본인이 자기나라의 기원을 언제로 생각하고 있는지를 알아보기 위해서는 역시 그들의 신화를 살펴보는 것이 좋을 것이다. 우리 나라의 경우, 『삼국유사』에 실린 단군신화는 국토의 생성에 대한 이야기는 없고 국가의 기원을 이야기한 건국 신화의 성격을 지닌 데 비하여, 현존하는 일본의 가장 오래된 역사서 『코지키(古事記)』(712)는 일본 국토가 만들어지게 된 이야기로부터 시작하고 있다.

옛날 아주 오랜 옛날, 하늘과 땅이 처음으로 분리되던 천지개벽의 시기에, 천상계에 타카마노하라(高天原)란 곳이 있었는데 그 곳에 여러 신들이 나타났다. 이 때 땅은 단단히 굳지 않아서 물에 떠있는 기름같은 상태로 해파리처럼 떠다니고 있었다. 그래서 여러 신들이 의논한 끝에 '남신 이자나기와 여신 이자나미의 두 신에게 명하여 떠다니는 국토를 잘 다듬어서 단단히 굳히도록 시키자'라고 결정하고, 신성한 창을 주면서 일을 맡겼다.

그래서 두 신은 하늘과 땅 사이에 걸려 있는 사다리 위에 올라가 창을 밑으로 내려서 천천히 휘저었다. 그런 후 창을 들어 올리자 창 끝에서 소금물이 뚝뚝 떨어지다 굳어져 섬이 생겼다.

"야-, 섬이 생겼다. 어서 가보자."

두 신은 섬에 내려와서 신성한 기둥을 세우고 넓은 궁전을 지었다. 그리고 이자나기가 이자나미에게 물었다.

"그대의 몸은 어떻게 해서 만들어졌소?"

"내 몸은 만들어지다 보니 한군데 부족한 곳이 있습니다."

"그래? 사실 내 몸은 만들어지다 보니 한군데 남는 곳이 있는데, 그렇다면 내 몸의 남는 곳을 그대 몸의 모자라는 곳에 집어넣어 국토를 낳고자 하는데 어떻소?"

"그렇게 합시다."

합의를 한 두 신은 신성한 궁전의 기둥을 돌다가 만나서 부부가 되는 행위를 하였는데, 이 때 먼저 말을 건 것은 여신 이자나미였다.

"아- 이자나기, 당신은 정말 멋진 남자시군요."

"아- 이자나미, 당신도 정말 아름다운 여자요."

라고 말을 주고 받으면서 아이를 낳았지만 실패하고 말았다. 태어난 것은 거머리처럼 뼈가 없는 것이었기 때문이다. 다른 신에게 그 이유를 물었더니 여자가 먼저 말을 걸었기 때문이라고 했다. 그래서 이번에는 남자 쪽에서 먼저 말을 걸자 잘 되었다.

이자나미는 아이를 낳는 대신에 여러 섬들을 낳았고, 계속해서 땅신 바람신 물신 초목신 등등 수많은 신들도 낳았는데, 어느 날 둘 사이에 불행이 찾아들었다. 불의 신인 카구츠치노카미(迦具土神)를 낳던 이자나미가 음부에 화상을 입고 마침내 죽고 만 것이다.

"아- 불쌍한 이자나미여, 사랑하는 아내를 하찮은 자식 하나와 바꾸다니."

죽은 이자나미의 몸에 엎드려 큰 소리로 우는 이자나기의 눈물에서 나키사와메노카미(泣沢女神)라는 울보 여신이 태어날 정도로 슬퍼하였다.

"에이, 이렇게 된 바에야 참을 수 없다."

이자나기는 칼을 빼어들고 태어난 불의 신의 목을 친 뒤 황천국(黄天国)으로 향했다. 이 때도 칼에 묻은 피로부터 많은 신들이 태어났다.

황천국에서 이자나미를 만난 이자나기가 말했다.

"사랑스런 이자나미여, 나와 그대가 만들던 나라는 아직 다 이루지 못했소. 제발 나와 함께 돌아갑시다."

그러자 이자나미는 안타까운 얼굴로 말했다.

"정말 안타깝습니다. 좀 더 일찍 와 주셨더라면 좋았을 텐데. 나는 이미 황천국의 음식을 먹어버렸습니다."

황천국의 음식을 먹으면 다시는 인간세계로 돌아갈 수 없는 일이었다. 하지만 이자나미는 남편의 정성에 끌리고 말았다.

"사랑하는 나의 남자여, 일부러 여기까지 와 주셨으니 고맙기 그지없습니다. 그러니 어떻게든 당신 곁으로 다시 돌아갈 수 있도록 이곳 황천의 신에게 의논해 보겠습니다. 그 대신 한 가지 조건이 있습니다. 여기에서 기다리는 동안 결코 내 모습을 엿보아서는 안됩니다."

이자나기가 약속하자 이자나미는 문을 열고 안으로 들어갔다. 하지만 좀처럼 아내는 나오지 않았다. 기다리다 못한 이자나기는 머리에 꽂은 빗에서 빗살을 하나 꺾어 들고 불을 붙여서 문 안을 살짝 들여다 보았다.

"으악!"

이게 왠 일인가. 사랑하는 아내는 온 몸에 구더기 투성이인 무섭고도 추한 모습으로 변해 있었던 것이다. 혼비백산한 이자나기는 냅다 도망치기 시작했다.

"잠깐 기다리라고 했는데 잘도 약속을 깨뜨렸군. 나의 이런 모습을 보아 버리다니, 도저히 참을 수 없다. 저 자를 쫓아라."

이자나미는 황천의 추녀 귀신들에게 명령했다. 필사적으로 도망쳐 황천국과 이승의 경계에 다다랐을 때 이번에는 이자나미가 직접 쫓아왔다. 놀란 이자나기는 커다란 바위로 이승으로 통하는 길을 막아 버렸다. 이리하여 두 신은 절교하고 이후로 황천으로 통하는 길도 막혀버려 오갈 수 없게 되었는데, 그 곳이 바로 지금의 이즈모(出雲)지방이다.

이와 같이 일본의 국토는 남녀의 두 신에 의해 만들어졌다고 이야기되고 있는데, 흥미로운 내용이 담겨 있다. 하나는 두 신이 궁전의 기둥을

돌면서 부부가 되는 행위를 하였다고 한 부분으로, 『코지키(古事記)』 원문
에는 '미토노마구하히(美斗能麻具波比)'라고 표현되어 있다. '미토'란 여성의
성기를 말하고 '마구하히'란 원래 눈맞춤을 뜻하던 것이 전성되어 성교를
뜻하게 된 말이다. 다시 말하면 일본 국토의 생성은 남신과 여신의 성교
에 의해 생겨난 것이라는 점인데, 그 표현이 상당히 에로틱하다.

또 하나는 그리스 신화에 나오는 올피스 이야기와 모티브 면에서 유
사하다는 점이다. 아내인 오리이디체의 죽음으로 슬픔에 빠진 올피스는
저승에 가서 아내를 다시 돌려보내 주기를 청한다. 저승의 왕은 그의 음
악에 반하여 청을 들어 주지만 조건이 있었다. 즉 올피스가 앞에 걸으면
아내가 뒤따를 것인데 저승문을 나설 때까지는 결코 뒤를 돌아보면 안 된
다는 것이었다. 그러나 올피스는 과연 아내가 뒤따라오는지 갑자기 불안
해져 저승문 앞에 이르자 뒤돌아보고 만다. 때문에 두 사람 사이에는 영
원히 건널 수 없는 장애가 생기고 아내는 슬픈 눈으로 저승으로 되돌아가
고 만다. 이 때도 약속을 깬 것은 남자 쪽이었다.

그러면 황천국에서 돌아온 이자나기는 그 뒤 어떻게 되었을까, 그리고
일본 국토와 신들이 만들어진 후 천황의 기원은 어디로부터 시작되는 것
일까, 『코지키(古事記)』의 신화를 좀 더 추적해 보기로 하자.

2. 신에서 천황으로

아마테라스오오오미카미(天照大神)

한편, 황천국에서 돌아온 이자나기는 더럽고 부정한 곳에 다녀왔으니

몸을 깨끗이 씻어 맑게 해야겠다고 생각하고 목욕제계를 하였다. 그리고 그가 벗어 던진 지팡이 허리띠 옷 등으로부터 여러 신들이 생겨났고 씻을 때도 곳곳에서 신들이 태어났다.

그러던 중, 왼쪽 눈을 씻을 때 아마테라스오오미카미(天照大神)라는 해의 여신이 생겨나자 그에게 천상계인 타카마노하라(高天原)의 통치를 맡겼다. 그리고 오른쪽 눈을 씻을 때 츠쿠요미노미코토(月読命)라는 달의 여신이 생겨나자 밤의 세계를 맡겼고, 코를 씻을 때 스사노오노미코토(須佐之男命)라는 바다의 남신이 생겨나자 바다를 다스리도록 했다.

그런데 스사노오는 맡겨진 나라는 다스리지 않고 큰 소리로 울기만 했다. 너무 심하게 울어서 산천의 나무와 물이 다 말라버릴 지경이었다. 보다 못한 아버지 이자나기가 그 이유를 묻자 스사노오는 돌아가신 어머니(이자나미)가 있는 나라에 가고 싶다고 했다. 화가 난 이자나기는 스사노오를 추방해 버렸다.

쫓겨난 스사노오는, 그렇다면 누님인 아마테라스에게 사정 이야기를 하고 가야겠다고 생각하고 하늘나라로 올라가는데, 산천이 울리고 온 나라가 진동하였다. 아마테라스가 그 소리를 듣고 놀라서, 필시 동생이 나쁜 마음을 먹고 자기 나라를 빼앗으러 오고 있다고 생각했다. 그래서 단단히 무장을 하고 찾아온 이유를 따지자, 스사노오는 그 동안의 사정을 이야기하고 절대 나쁜 마음을 먹고 온 것이 아니라고 했다. 그리고 그것을 증명하기 위해서 같이 서약을 하고 신들을 낳아보기로 했다.

두 신의 서약에 의해 검과 옥으로부터 세 여신이 스사노오의 자식으로서, 다섯 남신이 아마테라스의 자식으로서 태어났다. 이를 보고 스사노오가 말하기를,

"내 마음이 결백하다는 증거로 내가 낳은 자식들은 모두 상냥한 여자

들이니, 내가 이겼소."

라고 말하고 승리에 도취되어 난동을 부렸다. 그러고도 모자라 아마테라스가 직녀와 함께 신에게 바칠 베를 짜고 있을 때 지붕에 구멍을 뚫고 말가죽을 벗겨서 안으로 던져 넣었다. 직녀는 깜짝 놀라 베틀의 북에 음부를 찔려 죽고 말았다. 이를 본 아마테라스는 두려워서 하늘의 석실문을 열고 안에 숨어 버렸다. 이렇게 되니 하늘나라 타카마노하라(高天原)는 완전히 암흑 속에 빠지고 지상 세계도 영원한 어둠이 계속되었다.

이렇게 되자 여러 신들이 모여 상의했지만 별다른 수가 없었다. 이 때 힘이 장사인 아메노타지카라오노미코토(天手力男神)는 바위문 옆에 숨어 있고 아메노우즈메노미코토(天宇受讀命)는 문 앞에서 춤을 추기 시작했는데, 신들린 듯이 추다 보니 젖가슴이 드러나고 허리띠가 음부까지 흘러내렸다. 그러자 타카마노하라(高天原)가 떠나갈 듯이 모든 신들이 일제히 웃어댔다.

아마테라스는 '내가 이 안에 숨어 있으면 온 세상이 암흑이라 모두 곤란할 텐데 왜 춤추고 웃고 떠드는 것일까'라는 생각이 들어 석실문을 살짝 열고 밖을 내다보았다. 그러자 힘센 아메노타지카라오노미코토(天手力男神)가 그 틈을 노려 문틈에 손을 집어넣고 바위문을 열어 젖히고 아마테라스의 손을 잡아 끌어냈다. 그러자 타카마노하라(高天原)도 땅위의 세계도 모두 태양이 비치고 밝은 세상으로 돌아왔다. 그러자 모든 신들은 타카마노하라(高天原)로부터 스사노오를 추방해 버렸다.

스사노오노미코토(須佐之男命)

쫓겨난 스사노오는 홀로 이즈모(出雲) 지방의 히노카와(肥河)라는 강변에 도착했다. 이 때 상류에서 젓가락이 흘러오는 것을 토고 사람이 살고 있을 것이라고 생각하고 찾아가 보니 할머니와 할아버지가 여자애를 사이에 두고 울고 있었다. 스사노오가 연유를 묻자 할아버지가 대답했다.

"내게는 원래 딸이 여덟 있었는데, 해마다 몸통은 하나인데 머리와 꼬리가 여덟 개인 야마타노오로치(八俣大蛇)라는 괴물이 습격해 와 딸들을 먹어 치웠습니다. 올해도 그 괴물이 올 시기가 되었기 때문에 울고 있는 것입니다."

"나는 태양신 아마테라스의 동생인 스사노오다. 너의 딸을 내게 아내로 주면 내가 그 괴물을 해치우겠다."

말을 마친 스사노오는 딸을 빗으로 변신시켜 자기 머리에 꽂고 신들로 하여금 울타리를 둘러치게 하였다. 그리고 울타리에는 여덟 개의 문을 만들고 문마다 앞에 잘 빚은 술을 담은 술독을 놓아두고 기다렸다. 그러자 정말 노인의 말대로 야마타노오로치라는 괴물이 나타났다. 괴물은 술독을 보자 여덟 개의 머리를 모두 술독에 처박고 술을 마셔댔다. 그리고 술에 취해 그 자리에 쓰러져 잠들고 말았다. 이 때를 놓치지 않고 스사노오가 나타나 칼을 빼어들고 괴물의 목들을 모두 잘라 버렸다. 그리고 가운데 꼬리를 잘랐을 때 안에서 아주 훌륭한 칼이 나왔다. 이상하게 생각한 스사노오는 그 칼을 누님인 아마테라스에게 바쳤는데, 이것이 바로 쿠사나기노츠루기(草薙劍)라는 칼이다.

오오쿠니누시노카미(大国主神)

이후, 스사노오와 아내인 쿠시나다히메는 침실에서 부부의 행위를 하므로서 둘 사이에는 많은 신들이 태어났는데, 그 직계 후손에 오오쿠니누시라는 신(大国主神)이 있었다. 이 신에게는 많은 형제들이 있었는데, 모두 자기 나라를 오오쿠니누시에게 물려주었다. 나라를 물려주게 된 이유로서 다음과 같은 이야기가 전해진다.

오오쿠니누시와 형제들이 이나바(因幡-지금의 톳토리현 지방)에 사는 야가미히메(八上姬)에게 구혼하기 위하여 함께 길을 떠났는데, 형제들은 오오쿠니누시에게 짐을 지게 하고 종자로 삼아 데리고 갔다. 짐을 진 오오쿠니누시는 뒤쳐지고 형제들이 앞서 가던 중 해변에 다다랐을 때 알몸이 된 토끼 한 마리가 누워있는 것을 발견하고, 여러 신들이 물었다.

"토끼야, 무슨 일로 그러고 있느냐?"

"예, 보시다시피 저는 가죽이 모두 벗겨져 아파서 울고 있습니다."

"너의 몸을 고치려면 이 바닷물에 목욕을 하고 바람 부는 산꼭대기에 누워있어 보거라."

토끼는 가르쳐준 대로 했다. 하지만 바람을 쐬자 바닷물이 마르면서 온 몸의 살갗이 갈라지고 그 고통이 이루 말할 수 없을 정도였다. 그래서 쓰러져 울고 있었는데, 신들의 맨 뒤에 따라온 오오쿠니누시가 이 토끼를 보고 물었다.

"왜 너는 그렇게 엎드려 슬피 울고 있느냐?"

"제 이야기를 들어 보십시오. 저는 바다 건너편 오키노시마(隱岐島)에 살고 있었는데 이 쪽으로 건너오고 싶었지만 바다를 건널 수가 없었습니다. 그래서 바다 속에 살고 있는 악어를 속여서 '나하고 너하고 누가 더 종족이 많은지 비교해 보자. 먼저 너는 네 종족을 다 데리고 와서 여기서 저 건너편 해변까지 일렬로 늘어서 엎드려 있어라. 그러면 내가 그 위를 밟고 수를 세면서 건너가겠다'고 했습니다. 그리하여 악어가 속아서 죽 엎드려 늘어서 있을 때 그 위를 밟고 수를 세면서 건너 왔는데, 막 해변에 닿기 직전에 '너희들은 나한테 속은 거야'라고 말하자마자 맨 끝에 있던 악어가 나를 붙잡아서 가죽을 모두 벗겨버린 거입니다. 그래서 울고 있는데, 먼저 온 많은 신들이 바닷물로 목욕하고 바람을 쐬면서 누워있으라고 가르쳐 주었습니다만 그대로 하니까 온 몸이 상처투성이가 되어 버렸습니다.”

토끼는 빨갛게 벗겨진 몸을 떨면서 말했다. 그러자 토끼가 불쌍해진 오오쿠니누시가 가르쳐 주었다.

“지금 바로 강가에 가서 깨끗한 물로 몸을 씻고 향포(香蒲) 꽃가루를 뿌린 다음 그 위에 누워 있으면 네 몸은 틀림없이 나을 것이다.”

이 말을 들은 토끼가 그대로 해보니 정말 원래의 몸으로 회복되었는데, 이것이 바로 이나바의 흰 토끼로서 지금도 토신(兎神)이라 부른다. 이 토끼가 오오쿠니누시에게 ‘다른 많은 신들은 모두 야가미히메(八上姬)를 아내로 삼을 수 없을 것이고, 보따리를 짊어지고 하인처럼 보이기는 하지만 당신이 틀림없이 아내로 삼게 될 것입니다’라고 말했다.

이후 야가미히메(八上姬)는 구혼하러 온 형제 신들의 청혼을 물리치고 오오쿠니누시 신(神)과 결혼하겠다고 하였다. 그러자 많은 신들이 화를 내고 오오쿠니누시를 죽이려고 했다. 죽음을 당하기도 했지만 신들의 도움으로 다시 소생한 오오쿠니누시는 조상인 스사노오가 살고 있는 지하의 저승세계에 도착하였다. 그곳에서 스사노오의 딸인 스세리비메(須勢理毘売)를 만나 결혼을 하고 스사노오의 시험을 무사히 견뎌냄으로써 국토를 개척하는 일이 맡겨졌다.

그 후로도 오오쿠니누시는 여러 신들과 결혼을 하여 많은 신들을 낳았다. 하지만 지상에서는 여러 신들이 싸우고 횡포를 부리므로 소란스러웠다. 이를 본 천상(高天原)의 아마테라스오오미카미(天照大御神)와 타카미무스비노카미(高御産巣日神)는 많은 신들을 모아놓고 회의를 한 결과, 아메노호히노카미(天菩比神)를 내려보냈지만 그는 오오쿠니누시노카미에게 아첨하면서 천상계 신들의 명령을 듣지 않았다. 그래서 다시 아메노와카히코(天若日子)를 내려보냈는데, 이번에는 오오쿠니누시의 딸인 시타테루히메(下照比売)를 아내로 삼고 돌아오지 않았다. 그러자 천상계의 신들은 그가 돌아오지 않는 이유를 물어보기 위해서 어떤 신을 파견할 것인가 의논한 끝에 나키메(鳴女)라는 꿩을 보내기로 했다.

명령을 받은 꿩은 지상으로 내려와서 아메노와카히코에게 천상계 신들의 이야기를 그대로 전했다. 그러자 아메노사구메(天探女)라는 영적 능력을 가진 여자가 옆에서, 이 새는 그 우는 소리가 매우 불길하니 죽이도록 진언했다. 아메노와카히코는 그녀의 말대로 하늘나라에서 가져온 활과 화살로 그 꿩을 쏘아 죽였다.

그런데 그 화살이 꿩의 가슴을 뚫고 하늘나라에까지 날아가 천상계 신들이 있는 곳에 떨어졌다. 신들은 '이 화살은 아메노와카히코의 화살임에 틀림없는데, 만일 그가 나쁜 신에게 쏜 화살이 여기까지 날아온 것이라면 무사할 것이지만, 그렇지 않고 우리 명령을 거역하는 마음에서 쏜 것이라면 이 화살에 맞아 죽을 것이다'고 말하고, 그 화살이 날아들어 온 그 구멍을 통해서 지상의 세계로 되던졌다. 결국 아침에 침상에서 잠을 자던 아메노와카히코는 가슴에 화살을 맞고 죽어버렸다. 그리고 그 꿩은 한번 간 채로 소식이 없었으므로, 이후 사신으로 간 채 소식 없는 꿩('함흥 차사'의 뜻으로 원어로는 '키지노히타츠카이(雉の頓使)'라고 함)이란 속담이 생기게 되었다. 이처럼 지상 세계인 아시하라노나카츠쿠니(葦原中国)에 사자를 재차 파견했지만 실패로 끝나자 이번에는 누구를 보낼 것인가 상의 끝에 타케미카즈치노카미(建御雷神)를 보내기로 했다. 타케미카즈치노카미는 지상의 이즈모(出雲)지방에 내려와 오오쿠니누시를 만나서 말했다.

"아마테라스오오미카미와 타카미무스비노카미의 분부에 의해 그대들의 의견을 들으러 왔소. 그대들이 지배하고 있는 지상 서계인 아시하라노나카츠쿠니(葦原中国)는 우리 천상계 신들의 자식이 다스리기로 되어 있는 나라라고 아마테라스오오미카미께서 말씀하셨는데, 그대의 생각은 어떤 가?"

"나는 지금 대답할 수 없고 내 아들인 야에코토시로누시노카미(八重言 代主神)가 대답해 드릴 것입니다."

오오쿠니누시의 말대로 아들인 야에코토시로누시노카미(八重言代主神) 를 불러 물어보니, 나라를 천상계 신의 자손에게 바쳐야 한다고 대답했다. 그러자 오오쿠니누시는 타케미나카타노카미(建御名方神)라는 아들이 하나 더 있는데 그의 말도 들어보아야 한다고 했다. 그 때 마침 그 아들이 나 타났다. 천명이 덤벼서 겨우 움직일 수 있는 거대한 바위를 손끝으로 가 볍게 놀리면서 말했다.

"누구냐, 우리 나라에 와서 이러쿵 저러쿵 지껄이는 자가. 어디 한번 힘겨루기를 해서 결판을 내자. 그럼 내가 먼저 당신의 손을 붙잡겠다."

그래서 타케미카즈치노카미(建御雷神)가 자기 손을 상대방에게 잡혀 주 었더니 그것이 갑자기 고드름으로 변하였다가 다시 칼날로 변하였다. 이 를 보고 놀라서 물러나자 이번에는 반대로 타케미카즈치노카미가 타케미 나카타노카미의 손을 잡으니, 마치 이제 막 싹이 튼 갈대를 잡아 뽑듯이 쉽게 붙잡아 던졌더니 멀리 도망쳐 버렸다. 그래서 뒤쫓아가서 붙잡아 죽 이려고 했더니 목숨만 살려달라고 애원하면서 아버지인 오오쿠니누시와 형인 야에코토시로누시노카미의 말에 거역하지 않을 것을 약속하고, 천상 계 신의 자손의 명령에 따라 지상 세계를 바치겠다고 말했다.

이렇게 해서 오오쿠니누시는 지상세계인 아시하라노나카츠쿠니(葦原中 国)를 천상계 신의 자손이 다스리는 것을 인정하니, 타케미카즈치노카미는 천상계인 타카마노하라(高天原)에 돌아가서 지상 세계를 평정한 사실을 보고했다. 천상계의 신 아마테라스오오미카미와 타카미무스비노카미는 누구에게 지상세계의 통치를 맡길 것인지 의논 끝에 히노호노니니기노미코토(日子能迩迩芸命)를 하늘에서 내려보내기로 했다.

니니기노미코토(瓊瓊杵尊)

니니기노미코토가 하늘에서 내려올 때, 천신 아마테라스오오미카미는 그에게 야사카노마가타마(八尺の勾玉) 카가미(鏡) 쿠사나기노츠루기(草薙劍)라는, 옥과 거울과 검의 세 가지 신기(神器)를 지니고 신들과 함께 지상으로 내려가도록 했다. 구름을 뚫고 위풍당당하게 떠나온 그는, 츠쿠시(筑紫-지금의 큐우슈우(九州)지방)의 히무카(日向)에 있는 타카치호(高千穗)라는 성스러운 봉우리에 도착했다.

"이곳은 멀리로는 카라쿠니(韓国-고대 한반도에 대한 명칭)를 바라보고 있고 가까이로는 카사사(笠沙)곶과 직접 통하여 아침해가 직접 비추는 나라이고 석양이 빛나는 나라이다. 그러니 이곳은 정말 좋은 땅이로다."
라고 말한 후, 그 곳에 궁전을 짓고 살았다.

그러던 어느 날 니니기노미코토는 카사사(笠沙)곶에서 아름다운 여자를 만났다. 누구냐고 물으니 그녀가 대답했다.

"저는 오오야마츠미노카미(大山津見神)의 딸로, 이름은 코노하나노사쿠야비메(木花之佐久夜毘売)라고 합니다."

"그대에게는 형제가 있는가?"

"예, 이와나가히메(石長比売)라는 언니가 있습니다."

"나는 그대와 결혼하고 싶은데 어떤가?"

"저로서는 뭐라고 대답하기 어렵습니다. 아버지인 오오야마츠미노카미께서 대답해 주실 것입니다."

니니기노미코토는 그녀의 아버지에게 사신을 보내 딸과 결혼하고 싶다고 하자, 아버지는 기꺼이 허락했다. 그리고 언니도 함께 데려가도록 했다. 그러나 그는 언니인 이와나가히메가 매우 못생긴 것을 보고 돌려보내 버렸다. 그리고 동생인 코노하나노사쿠야비메만을 머무르게 하고 그녀와 하룻밤 잠자리를 같이 했다.

한편 아버지는 니니기노미코토가 언니를 돌려보내자 매우 부끄러워하면서,

"내가 두 딸을 함께 보낸 것은 다 이유가 있었는데……. 언니 이와나가히메(石長比売)를 바친 것은 하늘신의 아들은 눈이 내리고 바람이 불어도 언제나 바위처럼 영원히 불변하시라는 뜻이었고, 동생 코노하나노사쿠야비메(木花之佐久夜毘売)를 드린 것은 나무의 꽃이 화려하게 피듯이 무한히 번창하시기를 기원하고 서약하는 뜻에서 보낸 것이다. 그런데 이렇게 이와나가히메를 되돌려 보내고 동생만 남겨 두었으니, 앞으로 하늘신의 아들의 수명은 나무의 꽃처럼 한계가 있어 덧없는 것이 되고 말 것이오."라고 말했다. 이 일로 인해서 지금에 이르기까지 역대 천황의 수명은 영원하지 않게 되었다.

어느 날 코노하나노사쿠야비메(木花之佐久夜毘売)가 니니기노미코토에게 아이를 가져서 출산이 가까워졌음을 알렸다. 그러나 니니기노미코토는 단 하룻밤의 관계만으로 아이를 가졌다는 것은 믿기 어려운 일이니 그 아이는 자기 아이일 리가 없고, 따라서 필시 지상세계의 다른 신의 아이일 것이라고 말했다. 그러자 그녀가 대답했다.

"제가 가진 아이가 만약에 다른 지상신의 아이라면 출산할 때 이 아이는 무사하지 않을 것이나, 만일 하늘신의 아이라면 무사히 태어날 것입니다."

라고 서약했다. 그리고 출입구가 없는 산실을 차려놓고 그 안에 들어간
후 흙을 발라서 완전히 막아 버렸다. 출산 때가 되자 산실에 불을 붙인
채 아이를 낳았는데, 불길이 한창일 때 태어난 신이 호데리노미코토(火照
命)이고 다음에 호스세리노미코토(火須勢理命)가 그 다음에 호오리노미코토
(火遠理命)가 태어났다.

이 가운데 형 호데리노미코토(火照命)는 바다에서 나는 물고기를 잡았
고 동생 호오리노미코토(火遠理命)는 산에 사는 짐승을 잡았는데, 어느 날
동생 호오리노미코토(火遠理命)가 형에게 서로 먹이를 잡는 도구를 바꿔서
써보자고 제안했는데 형은 듣지 않았다. 몇 번이나 조른 뒤에 겨우 허락
을 얻은 동생은 바꾼 도구로 물고기를 낚았지만 한 마리도 못 낚았을 뿐
만 아니라 낚시바늘을 바다 속에서 잃어버리고 말았다. 형이 이제 서로의
도구를 원래대로 바꾸자고 말했을 때 동생은 어쩔 수 없이 사실대로 말했
다. 하지만 형은 계속 돌려줄 것을 요구했다. 동생은 허리에 차고 있던 칼
을 풀어 오백 개의 낚시바늘을 만들어 주었지만 형은 받지 않았다. 다시
천 개를 만들어 주어도 받지 않고 원래의 자기 낚시바늘을 내놓으라고 재
촉했다.

그래서 동생이 바닷가에서 울고 있는데, 바닷물을 다스리는 신 시오츠
치노카미(塩椎神)가 다가와서 울고 있는 이유를 묻자 사정을 이야기했다.
이야기를 듣고 난 시오츠치노카미(塩椎神)는 바닷속 와타츠미노카미(綿津見
神)라는 신의 궁전에 가는 방법을 가르쳐 주고, 그 신의 딸과 의논해 보라
고 했다.

그 가르침 대로 호오리노미코토(火遠理命)가 궁전에 도착하니, 와타츠
미노카미(綿津見神)의 딸 토요타마비메(豊玉毘売)가 그를 보고 반해서 둘은
결혼을 하게 되었다. 삼 년이 지난 어느 날, 호오리노미코토(火遠理命)가

크게 한숨을 쉬는 것을 보고 아내가 그 이유를 물었다. 그래서 자기가 형의 낚시바늘을 잃어버리고 계속 재촉당하고 있음을 이야기했다.

이런 사정을 딸에게서 들은 와타츠미노카미(綿津見神)는 바닷속의 물고기들에게 그 낚시바늘을 가진 자가 있는가를 알아보니 붉은 돔이 목에 가시가 걸려 먹이도 못 먹고 고통스러워하고 있는 것을 알았다. 그래서 돔의 목을 살펴보니 낚시바늘이 걸려 있었고, 바로 꺼내어서 호오리노미코토(火遠理命)에게 건네 주었다.

이렇게 해서 잃어버린 낚시바늘을 찾은 호오리노미코토(火遠理命)는 악어 등을 타고 본국으로 돌아왔다. 이후 형은 낚시바늘을 돌려 받았지만, 동생이 와타츠미노카미(綿津見神)의 계책대로 실행함으로서 형은 점점 가난해졌고 나중에는 동생을 모시는 신세가 되고 말았다.

한편 남편을 지상 세계로 돌려 보낸 토요타마비메는 아이를 갖게 되었다. 그래서 남편이 사는 곳에 찾아와 말했다.

"나는 이미 몸이 무거워져서 이제 출산 때가 다가왔습니다. 하지만 하늘신의 아들을 바닷속에서 낳아서는 안 된다고 생각해서 당신을 찾아온 것입니다."

말을 마치고 곧 아이를 낳기 위한 산실을 만들었다. 그리고 남편에게 말했다.

"다른 세상에서 온 자는 출산할 때가 되면 자기 나라에서의 모습이 되어 아이를 낳는 법입니다. 그러므로 나도 이제 본래의 내 모습이 되어 아이를 낳으려고 합니다. 그러니 부디 내 모습을 보지 말아 주십시오."

하지만 호오리노미코토(火遠理命)는 이 말에 이상한 생각이 들어 아내가 아이 낳는 모습을 몰래 들여다 보았다. 그러자 아내는 커다란 악어로 변하여 기면서 뒹굴고 있었다. 그 모습을 보자마자 그는 놀라 도망치고 말았다. 그리고 아내는 이 사실을 알고 부끄럽게 생각되어 아이를 남겨둔 채 돌아가며 말했다.

"나는 앞으로도 계속 바닷길을 따라 이 나라에 왔다갔다 하려고 생각하고 있었는데, 그런데 내 모습을 보아 버린 것은 정말 유감으로 생각합니다."

말을 마친 그녀는 해신의 나라와 지상세계와의 국경을 막아버리고 바다 속으로 돌아가 버렸다. 그리고 그 때 낳은 아이가 아마츠히코나기사타케우가야후키아에즈노미코토(天津日高日子波限建鵜草葺不合命)이다.

한편 호오리노미코토(火遠理命)는 타카치호(高千穂)궁에서 오백팔십 년을 살았고 그 능은 타카치호산 서쪽에 있다.

그리고 아들 아마츠히코나기사타케우가야후키아에즈노미코토(天津日高日子波限建鵜草葺不合命)가 숙모인 타마요리비메노미코토(玉依毘売命)와 결혼하여 네 아이를 낳았는데, 처음에 이츠세노미코토(五瀬命)를 낳고 다음에 이나히노미코토(稲氷命)를 낳고 다음에 미케누노미코토(御毛沼命)를 낳고 마지막으로 와카미케누노미코토(若御毛沼命)를 낳았다.

마지막에 낳은 와카미케누노미코토(若御毛沼命)는 별명을 토요미케누노미코토(豊御毛沼命)라고도 하고 카무야마토이와레비코노미코토(神倭伊波礼毘古命)라고도 부르는데, 바로 일본의 제1대 천황인 진무(神武) 천황이다.

3. 신과 불보살과의 만남

신화의 세계에서 등장한 신은 국토창조로부터 천황의 조상으로서의 역할에 이르기까지 다양하게 전개되고 있음을 보았는데, 킨메이(欽明) 천황 13년(538) 일본에 불교가 전래된 이후 이제 신은 여러 곳에서 불보살과 조우하게 된다. 그 과정에서 신과 불보살은 다양한 역학관계를 나타내게 되는데 그 양상은 설화에 적나라하게 묘사되어 있고, 이를 비교를 통하여 살펴보기 위해서 한·일 양국의 설화를 검토해보기로 하겠다.

한·일 양국에 있어서 불교의 전래란 여러 가지 측면에서 해석이 가능하겠지만, 어떤 의미에서는 옛날부터 신앙되어 온 토착신과 외래신인 부처와의 만남으로 해석할 수 있을 것이다. 불교의 전래와 더불어 신과 불의 만남이 이루어지자 서로 반발하기도 하고 융화를 보이기도 하였는데, 각 나라마다 신과 불 양자의 관계가 안정적으로 정착되기까지에는 상당한 우여곡절이 있었을 것이다.

가까운 예를 하나 들어보자. 서울 근교의 도봉산에 오르다 보면 천축사라는 절이 있고 경내의 가장 높은 곳에 암자가 하나 있다. 멋진 불상이 모셔져 있을 거라고 기대하면서 올라가 보면, 안에는 하얀 수염을 길게 늘어뜨린 노인이 호랑이를 비롯한 많은 짐승들을 거느리고 서있는 그림이 정면을 장식하고 있다. 사람들은 처마 밑의 현판에 산신각이라 써있는 것을 보고 그 노인이 산신령임을 알게 되고, 부처님을 모시는 절에 산신령이 같이 모셔져 있다는 사실에 의아함을 느끼게 된다.

이처럼 불교와 재래신앙과의 접촉은 종교문화의 여러 곳에서 엿볼 수 있는데, 특히 설화 속에는 옛날 사람들이 지니고 있던 정신세계가 생생하게 묘사되어 있어, 신과 불 양자의 관계가 변화해 가는 과정을 살펴보는 데 좋은 단서를 제공한다. 그런데 한·일 양국을 대상으로 하다보니 각국의 수많은 문헌에 기록되어 있어 자료를 선택하는 것이 쉽지 않은데, 마침 일본의 대표적 문헌설화라 할 수 있는『콘쟈쿠(今昔)』(12세기 중엽에 성립)에 인도·중국·일본설화가 1000여화 수록되어 있어 비교를 위한 좋은 자료를 제공하고 있고, 부족한 한국설화의 경우는 성립시기와 성격이 비슷한 『삼국유사』(13세기 후반 성립)를 이용하면서, 필요에 따라 다른 자료를 보충하기로 하겠다.

한편 신과 불의 만남을 논할 때 '신불혼효(神仏混淆)', '신불습합(神仏習合)', '본지수적(本地垂迹)' 등의 용어가 자주 사용되는데, 이들 용어의 개념을 명확히 정의하는 것은 쉬운 일이 아니다. 우선 일반적으로는 어떻게 해석되고 있는가를 보기 위해서 사전의 풀이를 빌려보면 다음과 같다.

신불혼효 : 신불동체설에 근거하여 고유의 신과 불교의 불보살과를 동일시하고 양자를 같은 곳에 모시고 신앙하는 것.
신불습합 : 고유의 신에 대한 신앙과 불교신앙을 절충하여 융합·조화한 것으로 신불혼효라고도 함.
본지수적 : 본지로서의 불보살과 수적으로서의 신, 즉 본지인 불보살이 세상의 중생을 구제하기 위하여 모습을 바꾸어 나타난 것이 신이라고 봄.

그런데 이상과 같은 용어해석은 어디까지나 사전적인 풀이에 불과하고, 실제로 설화에 보이는 신과 부처의 접촉을 위의 세 가지 용어로 정리해 버리면 너무 추상적인 파악에 지나지 않게 된다. 바꾸어 말하면 위의 세 가지 용어만으로는 다 나타내기 어려울 정도로 설화상의 신·불의 관계는 다양한 양상으로 전개되고 있다는 것을 의미하는데, 여기에서는 신·불의 만남 양상이 발전되어 가는 과정에 따라 불고전래와 신·불의 대립으로부터 불교융성과 신의 도움, 신의 불교귀의, 신·불동격 등으로 정리하여 살펴보고자 한다.

불교의 전래와 신국(神国) 사상

　　불교가 전래된 이후 그 수용에 대한 태도는 나라마다 다른 모습을 보이고 있는데, 일본의 경우 한동안은 찬·반의 충돌을 피할 수 없었다. 『콘쟈쿠모노가타리슈우(今昔物語集)』 제11권 제1화 「쇼오토쿠(聖徳) 태자가 일본에 처음으로 불법을 펼친 이야기」는 일본의 불교전래를 태자의 전기 형식을 빌려 이야기한 것으로, 킨메이(欽明) 천황 13년(538)에 백제에서 불교가 전해졌을 때 그 수용을 둘러싼 찬반의 대립이 일어났던 것은 역사적인 사실로서 확인되는데, 이 사실에 근거를 둔 이야기이다.

　　백제로부터 미륵불상이 전래되자 쇼오토쿠태자와 소가노우마코(蘇我馬子)는 불당을 세우고 불법을 전파하려고 했지만, 그 때 불법 배척을 주장하던 모노노베(物部)와 나카토미(中臣) 씨 측에 유리한 사태가 벌어졌다. 그것은 역병의 유행이었는데, 다음 이야기는 이를 둘러싼 양측의 공방이 전개되는 장면이다.

　　백제에서 미륵불상을 보내왔다. 그러자 소가노우마코(蘇我馬子)라는 대신이 건너온 사신을 맞이하여 자기 집의 동쪽에 절을 짓고 거기에 머물게 했다. 대신이 이 절에 탑을 세우려고 하자 태자가, "탑을 세우면 반드시 안에 부처의 사리를 안치시켜야 한다."고 말하고, 사리 한 알을 구해서 유리항아리에 넣어서 탑에 안치시키고 예를 올렸다. 이렇게 모든 일에서 태자는 이 대신과 한마음이 되어 삼보(三宝)를 널리 전하였다.

　　당시 나라 안에 유행병이 발생하여 죽는 사람이 많았다. 이 때 모노노베와 나카토미 두 사람이 왕에게 진언하기를 "우리나라는 원래부터 신만을 받들어 신앙하고 있습니다. 그런데 근래에 소가 대신이 불법이란 것을 일으켜 행하고 있습니다. 그것 때문에 나라 안에 병이 유행하여 백성들이 죽고 있는 것입니다. 불법을 금지시켜 사람들의 목숨을 구해야 할 것입니다"라고 말했다. 이 말에 왕은 "두 사람 말이 옳다. 즉시 불법을 금하도록 하라"고 명하였다. 그러자 쇼오토쿠태자가 진언하기를 "저 두 사람은 아직 인과보응의 이치를 모르고 있습니다. 선정을 베풀면 복이 오고 악정을 행하면 반드시 화가 오는 것입니다. 두 사람은 반드시 화를 당할 것입니다"라고 말했다. 그렇지만 왕은 절에 사람을 보내 불당과 탑을 부수고 불경을 불태우게 했다. 그리고 타다 남은 불상을 강에 버리고 세 명의 비구니를 매로 때려 절에서 내쫓았다.

—『콘쟈쿠(今昔)』 제11권 제1화 —

쇼오토쿠 태자와 소가의 숭불 주장과 모노노베와 나카토미의 배불 주장은 당시 조정의 양대 세력가의 권력다툼이 그 배경을 이루고 있고, 종교적인 교리상의 대립은 아니었다. 그러나 "우리나라는 원래부터 신만을 받들어 신앙하고 있습니다"라는 말에 잘 나타나 있듯이 양측의 대립은 신과 불보살의 만남이 발단이 되고 있음을 주목할 필요가 있다.

이 사건은 『니혼쇼키(日本書紀)』의 킨메이 천황 13년 10월 기록을 통해서도 확인되는데, 백제의 성명왕(聖明王)이 보내온 금등불상과 불경 등을 둘러싸고 벌어진 상황이 자세히 나타나 있다.

백제의 성명왕(聖明王, 다른 칭호 聖王)이 달솔 노리사치계 등을 보내, 석가불의 금동상 한 구와 반개(幡蓋)약간과 경전 약간권을 전해왔고, 따로 편지를 써서 불법을 널리 보급하고 불상을 경배하는 공덕을 찬양하여 말하기를,"이 불법은 모든 법 가운데 가장 뛰어나고, 깨치기 어렵고 불문에 들기도 어렵습니다. 주공(周公)과 공자도 또한 알지 못했습니다. 이 법은 헤아릴 수 없고 끝도 없는 복덕과보를 낳고 무상의 보리(菩提)를 이루어냅니다. 예를 들어 사람이 여의보주를 가지고 용도에 따라서 모든 것을 마음대로 할 수 있듯이 이 묘법의 보물 또한 그러하니, 기원하는 바를 뜻대로 이루되 부족함이 없습니다. 또한 멀리는 인도에서 이곳 삼한에 이르기까지 법에 따르고 받들어 공경하지 않는 일이 없습니다. 그러므로 백제의 왕신 명(明), 삼가 노리사치계를 보내어 일본에 전하니 나라 안에 전파해 주십시오. 부처님께서 나의 법은 동쪽으로 흘러가리라고 하신 것을 실천하는 것입니다."라고 했다.

이 날 천황이 다 들으시고 매우 기뻐하면서 사신을 불러 말하기를, "나는 예로부터 지금까지 일찍이 이처럼 신묘한 법을 들어보지 못했다. 그러나 (불법을 받아들일 것이지) 내가 스스로 결정하기 어렵다."고 하셨다. 그리고 신하들을 불러 물으시기를, "이웃 서국(西国)에서 보내온 불상은 그 모습이 매우 장엄하고 일찍이 없던 모습인데, 받들어 모셔야 할 것인가 그렇지 않은가?"하셨다. 소가노이나메(蘇我稲目)가 아뢰기를, "서국 여러 나라가 모두 받들고 있는데, 어찌 일본만이 홀로 배척하려 합니까?"하자, 모노노베노오코시(物部尾輿)와 나카토미노카마코(中臣鎌子)가 함께 아뢰기를, "우리나라의 천하를 다스리는 왕은 항상 천지사직의 수많은 신(百八十神)에게 춘하추동 제사드리는 것을 중요한 일로 삼아 왔습니다. 그런데 이제 고쳐서 외래신(蕃神)을 받든다면 필경 국신(国神)의 노여움을 살 것입니다."라고 했다. 그러자 천황이 말하기를, "원하는 이나메에게 사험삼아 모셔보도록 하라."고 하니, 이나메는 무릎꿇고 받들며 기뻐하였다. 그리고 자기 집에 불상을 안치시키고 열심히 불도를 닦았고 무쿠하라의 집을 깨끗이 하여 절로 삼았다.

그 후 나라 안에 역병이 발생하여 갈수록 죽는 백성들이 늘어났지만 낫지를 않았다. 그러자 오코시와 카마코가 아뢰기를, "지난 날 저희 말을 듣지 않았기 때문에 이처럼 병이 유행하는 것입니다. 이제 다시 예전으로 돌아간다면 머지 않아 틀림없이 기쁜 일이 있을 것입니다. 어서 불상을 내버리고 열심히 다음 복을 구하십시오."하자, 천황은 그 말대로 하라고 했다. 그래서 관리가 불상을 나니와(難波)의 강가에 버리고 절에 불을 지르니 다 타버렸다. 이 때 하늘에 바람과 구름 한 점 없었는데 갑자기 궁 안에 화재가 있었다.

—『니혼쇼키(日本書紀)』欽明天皇 冬10月 条 —

즉, 킨메이 천황은 백제로부터 전해온 불교의 수용 여부에 대해 명확한 태도를 보이지 않았다. 그러자 숭불파는 서방 여러 나라가 불교를 받아들였는데 일본만 배척할 필요는 없다고 주장하였고, 배불파는 불상을 번신(藩神, 외래신)이라 여기고 번신숭배는 국신(国神, 재래신)의 노여움을 초래하리라고 반격하였다. 그러다가 소가 씨는 왕의 허가를 얻어 불상을 안치하고 받들게 되었는데, 유행병을 번신숭배의 탓으로 주장한 배불파의 주장이 받아들여져 불상은 버려지고 불당도 불태워졌다.

불교의 전래로부터 수용에 이르는 과정에서 일어난 시련의 한 장면이 생생하게 기록되어 있는 부분인데, 이후의 사건은 『콘쟈쿠(今昔)』에 의하면, 킨메이 천황의 뒤를 이은 요오메이(用明) 천황이 즉위한 후 불법수용을 결정하자 양측의 싸움은 신과 불을 전면에 내세운 전투로 발전하였고, 결과적으로는 사천왕상(四天王像, 불법수호신의 하나)을 받들고 싸움에 나선 태자와 소가의 군대가 씨족신을 앞세운 모노노베군을 이김으로써 신에 대한 불상의 승리로 결말이 난다.

이와 같이 불교전래시의 모습들을 살펴 보았는데, 신·불의 만남이 뚜렷한 특징으로 떠오른다. "우리나라는 원래부터 신만을 받들어 신앙하고 있다"(『콘쟈쿠(今昔)』)고 한다든지, "우리나라의 왕이 천하의 왕인 것은 항상 천지 사직의 수많은 신에게 춘하추동 제사를 드리기 때문입니다. 그런데 이제 와서 외래신을 받든다면 필경 우리 신이 노여워하실 것입니다"(『니혼쇼키(日本書紀)』)라고 한 부분에 잘 나타나 있듯이, 신과 불의 만남이 불교배척의 발단이 되고 있는 것이다.

또한 이것은 일본인들이 고유의 신을 받들고 또 그 신이 나라를 보호해 준다고 믿는, 자기 나라를 신국(神国)으로 생각하는 사상이 근저를 이루고 있음을 볼 수 있는데, 이는 이미 앞의 『코지키(古事記)』 신화를 통해서 살펴보았던 신에 대한 의식이 바탕이 되고 있음은 말할 나위 없다.

이처럼 일본의 불교는 신과 불보살의 만남에 의한 반발·대립의 과정을 거쳐 점차 정착의 길을 걷게 되었고, 한편 고대 한국에 있어서의 양상은 나라(고구려·백제·신라)마다 달랐다. 『삼국유사』의 제3 흥법편 제1화 「순도조려(順道肇麗)」에서 제5화 「법왕살금(法王殺禁)」까지의 이야기에 잘 나타나 있는데, 고구려와 백제가 별다른 저항 없이 불교를 받아들인 데 비해 신라는 이차돈의 순교에 의해 배불자들의 반대를 물리침으로서 국교로 인정된다. 이것은 법흥왕 14년(572)의 일이었는데, 제3 흥법편 제3화 「아도기라(阿道基羅)」에 의하면 그 이전에도 고구려의 승려 아도에 의해 신라에

의 포교가 시도된 일이 있었음이 확인된다. 미추왕 2년(263)의 일로, 고구려승 아도가 신라에 포교를 시도했을 때 사람들은 아직 불법을 견문한 적이 없다는 사실을 이유로 배척하고 그를 죽이려는 자까지 나타났다. 어쩔 수 없이 모례(毛礼)의 집에 도피해 있던 아도는 이듬해 성국공주]의 병을 고쳐 준 것을 계기로 포교를 허락받았다. 그러나 미추왕의 죽음과 더불어 불교도 끊기고 말았는데, 후에 법흥왕의 출현에 의해 다시 불교가 일어나게 되었다. 제5화「원종흥법(原宗興法)」에 의하면, 왕은 백성들을 위해 복을 닦고 죄를 없애기 위해서 불법을 펴고자 했으나 신하들은 왕의 깊은 뜻을 헤아리지 못하고 '오직 나라를 다스리는 대의만을 따르고 절을 세우겠다는 신략(神略, 불교를 수용하려는 신성한 생각)에 따르지 않으니' 왕이 탄식했다. 이를 본 이차돈은 절을 지으려는 왕의 뜻을 자신이 가로막은 것으로 꾸미고 신하들이 모인 가운데서 처형시켜주기를 간청하니 왕이 재삼 말리다가 그의 큰 뜻을 알고 그대로 실행했다. 그리고 그의 목을 베니 흰 젖이 한 길이나 솟아올랐고 이러한 순교에 의해 신하들의 반대를 물리칠 수 있게 된 것이다.

이와 같이 불교전래시의 모습들을 살펴 보았는데, 특히 일본의 경우는 신·불의 만남이 뚜렷한 특징으로 떠오른다. 즉 불교수용에 저항을 보이지 않았던 고구려 백제와는 달리 신라에서는 신하들이 '오직 나라를 다스리는 대의만을 따르고 절을 세우겠다는 신략에 따르지 않거나' 또는 '아직 불법을 견문한 적이 없다'는 사실이 불교배척의 원인이었고, 중국에서도 진시황의 박해 때문에 전래가 늦어졌지만, 신과의 만남이 문제가 되지는 않았다. 그러나 일본의 경우는 "우리나라는 원래부터 신만을 받들어 신앙하고 있다"(『콘쟈쿠(今昔)』)고 한다든지, "우리나라의 왕이 천하의 왕인 것은 항상 천지 사직의 수많은 신에게 춘하추동 제사를 드리기 때문입니다.

그런데 이제 와서 외래신을 받든다면 필경 우리 신이 노여워하실 것입니다"(『니혼쇼키(日本書紀)』)라고 한 부분에 잘 나타나 있듯이, 신과 불의 만남이 불교배척의 발단이 되고 있는 것이다. 이것은 일본인들이 고유의 신을 받들고 또 그 신이 나라를 보호해 준다고 믿는, 자기 나라를 신의 나라(神国)로 생각하는 사상이 근저를 이루고 있음을 보여주고 있다.

불법(仏法)에 귀의하는 신

신과 불보살과의 대립

이렇게 각 국에 전래된 불교는 이후 곳곳에서 신과 만나게 됨으로서 서로 융화에 이를 때까지 반발과 직면하게 되는데, 먼저 일본의 경우를 보기로 하겠다.

『콘쟈쿠(今昔)』 제11권 제16화는 「여러 대의 천황들이 다이안지(大安寺)를 곳곳에 세운 이야기」는 쿠다라다이지(百済大寺)의 건립에서 다이안지(大安寺)에 이르기까지의 절의 역사를 연기담의 형태로 기록하고 있는데, 절 건립 시에 있었던 화재에 대해서 "이 절을 세울 때에 담당 관리가 옆 신사의 나무를 베어 이 절의 재목으로 사용하자 신이 노해서 불을 질러 절을 태워 버렸다"고 기록하여, 절의 화재를 신의 노여움에 의한 불 때문으로 해석하고 있음을 알 수 있다. 그리고 『산보오에(三宝絵)』라는 설화집에는 이 이야기가 더 자세히 기록되어 있다.

도오지(道慈)라는 승려가 말하기를, 이 절(百済大寺)이 처음에 불탄 것은 타케치군(高市郡)의 코베노묘오진(子部明神)이란 신을 모신 신사의 나무를 베었기 때문이다. 이 신은 벼락신이어서 노한 마음에 불길을 일으킨 것이다. 그 후 9대에 걸쳐 왕들이 고쳐 지었는데, 때때로 장소를 옮기니 그 비용이 많이 들었다. 신의 마음을 기쁘게 하여 절을 보호하게 하는 데는 불법의 힘을 따를 것이 없다고 하여 대반야경을 서사하고 반야 법회를 처음으로 열었다. 또한 한편으로는 독경을 하고 가무를 베풀어 신을 기쁘게 하니 절의 보호신이 되었다.
—『산보오에(三宝絵)』 하권 제17화—

벼락신을 모신 신사의 나무를 베어 절의 재목으로 썼기 때문에 신의 노여움이 불꽃이 되어 절을 불태웠고 신의 마음을 기쁘게 해서 절의 보호신이 되도록 하기 위해서는 불법을 따를 것이 없으므로 대반야경을 서사하고 독경과 가무로 즐겁게 하니 신도 기뻐하면서 절의 보호신이 되었다는 것으로, 신과 불보살의 만남은 반발로부터 점차 융화 쪽으로 바뀌어 가고 있는 양상을 읽을 수 있다.

이와 유사한 신·불의 만남이 법화경 영험담 형식으로 된 것도 있다. 『콘쟈쿠(今昔)』 제12권 제1화 「에치고노쿠니(越後国)의 진유우(神融) 성인이 벼락신을 붙잡아서 탑을 세운 이야기」는 불탑 건립을 방해하는 지주신(地主神)과 벼락신이 진유우(神融) 법사의 법화경 독경의 영험에 의해 제압당하고 불교의 융성에 노력하게 된다는 이야기로 다음과 같은 내용이다.

진유우법사는 에치고(越後)지방 코시군(古志郡) 사람이다. 법화경을 독송하며 깊은 수행을 쌓았다. 그래서 귀신이 명을 받들고 국왕이 멀리서 귀의하고 민중들이 공경하였다.

그 지방 쿠가미야마(国上山)에 한 시주가 살았는데 발원하여 복을 짓고자 탑을 세웠다. 그리고 공양하려는데 천둥번개가 치면서 벼락이 탑을 부수고 산산조각을 낸 후 사라졌다. 시주는 슬퍼하면서 다시 탑을 짓고 공양하려 할 때 전처럼 벼락이 또 탑을 부수고 사라졌다. 이렇게 벼락이 탑을 부수기를 세 번이나 했다. 시주는 자기 원을 이루지 못함을 한탄하면서 다시 탑을 만들고 부서지지 않기를 기원했다.

이 때 진유우법사가 시주에게 말하기를, "너무 탄식하지 마시오, 내가 불법의 힘으로 탑을 지키고 부서지지 않도록 하여 당신의 원을 이루어 주겠소"라고 하였다. 그리고 탑 아래에 자리잡고 법화경을 독송하기 시작했다. 그러자 구름이 덮이고 가랑비가 내리면서 벼락이치니 시주는 탑이 무너질 것이라고 걱정하며 슬퍼했다. 진유우법사는 원을 세우고 높은 소리로 경을 외우니, 이 때 한 동자가 하늘에서 떨어졌다. 그 형체를 보니 머리카락은 쑥대머리처럼 흐트러지고 무서운 얼굴을 하고 있었고 나이는 15, 6세 정도였다. 동자는 몸의 다섯 곳이 묶인 채 몸을 제대로 가누지 못하고 눈물을 흘리면서 큰 소리로 말하기를, "경을 읽는 성인이시여, 자비로운 마음으로 저를 용서해 주시오. 앞으로 다시는 탑을 부수지 않겠습니다."라고 했다.

진유우 법사가 탑을 부순 이유를 물었더니 벼락신이 답하기를, "이 산의 지주신은 나와 깊이 사귀고 있었습니다만, 그 지주신이 말하기를 탑이 자기 산의 꼭대기에 세워지면 내가 살 곳이 없어지니 나를 위해서 탑을 부수어 달라고 했습니다. 그래서 지주신의 부탁대로 탑을 세울 때마다 부순 것입니다. 그런데 불법의 힘이 불가사의하여 저를 굴복시킨 것입니다. 이로 인해 지주신은 다른 곳으로 옮겨갔고 저도 이 곳을 피하겠습니다. 시주와 성인의 서원이 이루어진 것입니다."라고 말했다.

진유우법사가 벼락신에게 이르기를, "너는 불법에 따르고 거역하는 짓을 말아라. 선한 마음을 일으켜 탑을 부수지 않는다면 바로 너의 이익이 될 것이다. 단지 이 절을 보니 물이 없다. 멀리 계곡 아래로 내려가서 물을 퍼 올라와야 한다. 벼락신이여, 이 곳에 샘물이 나오게 하여 승들의 편리를 도모하라. 네가 만일 물을 나오게 하지 않으면 내가 너의 몸을 묶어서 세월이 흘러도 그대로 두겠다. 또한 이 절의 사방 40리 안에서 다시는 벼락치는 소리를 내서는 안된다."고 하니, 벼락신은 무릎을 꿇고 공경하며 성인의 뜻을 받들었다.

즉시 손바닥 위에 물병의 물을 한 방울 받고 손가락으로 바위를 뚫더니 벼락치는 소리를 내면서 허공으로 사라졌다. 그러자 바위의 구멍에서 맑은 샘물이 솟아났다. 그 후 탑도 무너지는 일이 없었다.

—『홋케겡키(法華驗記)』하권 제81화—

여기에는 당시의 재래신과 불교의 만남에 있어서 신의 모습이 여실히 나타나 있다. 즉 신과 불이 서로 영역싸움을 하고 있는, 서로 대립적이고 이질적인 존재로 인식되고 있었고, 불교의 진출에 대한 재래신의 반발과 패배로부터 조력자로서 손을 잡아가기까지의 일들이 묘사되어 있다. 이것은 당시 사람들의 의식변천을 반영하는 것으로, 설화에는 살아있는 역사가 숨쉬고 있다는 것을 새삼 느끼게 해준다.

이 외에도 신을 받들던 인간의 행동을 통해서 신불의 대립을 읽을 수 있는 예화도 있는데, 예를 들면『콘쟈쿠(今昔)』제17권 제11화 "미츠토키(光時)는 신사에 봉직하는 신관이기 때문에 승려를 만나도 말에서 내리지 않았다"라는 내용이랄지, 또는 제19권 제3화의 "하라에도노(祓殿)신사의 신들은 승려를 싫어하기 때문에 하라이(祓, 厄과 不浄을 없애기 위해서 신에게 기원하는 의식)를 하는 동안 종이로 만든 관을 쓰고 있다"라는 부분은, 신과 불보살의 만남 자체를 기술한 것은 아니지만 불보살에 대한 신의 반발이 신봉자를 매개로 하여 반영된 예로서 지적할 수 있다.

한편,『삼국유사』에도 절을 세우면서 신사의 나무를 베어 사용했다는 이야기가 수록되어 있는데, 일본과는 다른 전개를 보이고 있다. 제7 감통편 제2화「욱면비염불서승(郁面碑念仏西昇)」에는 회경(懐鏡)대사가 절을 지을 때의 이야기 가운데 "옛 신사에 가서 불교의 이치로서 깨우치게 하여 신을 모신 사당 옆의 재목을 베어 올 수 있었으므로 절 짓는 일을 무사히 마칠 수 있었다"는 내용이 기록되어 있고, 신·불 사이의 갈등은 전혀 보이지 않는다.

다른 이야기에서도 양자의 반발이 명확히 나타나 있는 예화는 보이지 않는데, 신과 불의 예는 아니지만 하나 지적하자면 제3 흥법편 제6화「보장봉로금당십성(宝蔵奉老金堂十聖)」에 나타난 불교와 도교의 반목을 들 수 있겠다. 고구려의 보장왕과 재상 연개소문이 도교를 숭상하고 장려하는데 반감을 일으킨 승려 보덕(普徳)이 신통력으로 암자를 당시 백제의 영토였던 완산주의 고대산으로 옮겨서 살았다는 이야기로, 불교수용에 따른 다른 신앙과의 갈등을 엿볼 수 있다. 이처럼『삼국유사』에 수록된 이야기로부터는『콘쟈쿠(今昔)』와 같은 신불간의 갈등이 표출된 예를 찾아보기 어려운데, 이러한 양상은 양 작품에 등장하는 신불의 세계에 있어서의 대조적인 일면으로서 주목된다.

1.

신불습합의 가장 근간을 이루고 있는 것이 신·불의 융합과 조화인만큼, 설화에도 불교융성의 조력자로서의 신의 모습이 많이 등장하고 있을 뿐만 아니라 다양한 전개 양상을 보이고 있다. 앞에서 예로 든 『콘쟈쿠(今昔)』 제12권 제1화 「에치고노쿠니의 진유우성인이 벼락신을 붙잡아서 탑을 세운 이야기」를 통하여 신과 불이 영역다툼에서 융화에 이르는 모습을 살펴본 적이 있는데, 궁극적으로 신은 불보살과의 대립을 극복하고 불법융성의 조력자가 됨으로서 불보살과 습합(習合)해 가는과정을 구체적인 예를 통해 고찰해 보기로 하겠다.

『콘쟈쿠(今昔)』 제11권 제25화 「코오보오(弘法)대사가 처음으로 코오야산(高野山)에 불법을 시작한 이야기」는 일본의 코오보오대사가 코오야산에 콩고오부지(金剛峰寺)라는 절을 세우고 진언종을 개종(開宗)한 이야기로, 신·불의 만남과 관련된 부분만을 발췌하여 요약하면 다음과 같다.

코오보오대사가 당나라 유학시 삼고(三鈷)를 던져 그것이 떨어진 곳에 절을 세우기로 마음을 정했다. 그 후 일본에 돌아와서 삼고가 떨어진 곳을 찾아다니다가 사냥꾼을 만나, 그가 가르쳐 준 대로 키이(紀伊) 지방의 강가에 이르렀다. 거기에서 다시 산왕(山王)을 만났는데, 산왕은 자기의 영지를 대사에게 바치면서 절터로 삼도록 하였다. 대사가 그의 정체를 묻자, 자기는 니우명신(丹生明神)이고 길을 가르쳐준 사냥꾼은 코오야명신(高野明神)임을 알려 주었다.

앞에서 본 이 이야기에서처럼 신이 절을 세울 장소를 교시 또는 제공

하는 모티브는 유형적인 것으로, 일본설화에는 불교의 종파를 열고 절을
세우는 이야기에서 신·불의 만남이 매우 다양하게 전개되고 있다. 앞에
서 본 『콘쟈쿠(今昔)』 제11권 제25화의 말미에는 "니우·코오야의 두 신
은 신사의 토리이(鳥居:신사의 입구에 세운 기둥문)를 나란히 하고 있으면서 서
원한 바와 같이 코오야산의 절을 지킨다"라고 기록되어 있고, 제35화에도
"키부네명신은 서원한 대로 지금도 쿠라마데라가 있는 산을 지킨다"고 되
어 있어, 절터를 교시 또는 제공하는데 그치지 않고 절을 지키는 일까지
서약하고 있는 것이다. 이와 같이 절 건립지를 교시·제공한다든지 절의
수호를 약속한다든지 하는 신의 모습에서 유래한 것이 절의 수호신인데,
이 외에도 다음과 같은 예화에서 볼 수 있다.

> a. 미오명신(三尾明神)은 미이데라(三井寺)의 불법 수호를 서약한 신으로,
>   절을 지키고 있던 중에 치쇼오(智証)대사를 만나 그에게 절을 맡기게 되
>   었다(제11권 제28화)
> b. 이와시미즈하치만(石清水八幡)신은 야쿠시지(薬師寺)의 수호신으로 신
>   앙되어 왔는데, 절에 불이 났을 때 신의 사자인 비둘기들이 모여들어 날
>   아다니면서 불길이 불당 가까이 못 오도록 하는 것을 보고 하치만신이
>   이 절의 불법을 지키고 있음을 알았다(제12권 제20화).
> c. 하세데라(長谷寺)가 있는 곳에는 타키노쿠라 라는 신이 진좌하고 있다.
>   어느 해인가 새해 첫 참배시에 건물이 계곡으로 무너져내려 많은 사람이
>   죽었는데, 그 중에서 여섯 명만 조그만 상처도 없이 무사하였다. 이것은
>   전세의 숙업 때문이기도 하지만 신의 도움과 관음의 가호가 있었기 때문
>   이다(제19권 제42화).

한편, 이와 유사한 예를 『삼국유사』에서도 볼 수 있다. 제5 의해편 제
13화 「심지계조(心地継祖)」는 승 심지가 진표(真表)조사의 뒤를 계승했다는
이야기인데, 심지가 속리산의 심공(深公)으로부터 진표조사의 불골간자(仏
骨簡子)를 받아서 이를 봉안할 절을 지으려는 장면에 다음과 같은 이야기

가 나온다.

심공이 이르기를 "부처의 뜻이 그대에게 있으니 그 뜻을 받들어 행하시오"라고 말하고, 그 간자를 주었다. 심지가 그것을 머리에 이고 산으로 돌아오니, 산악신이 두 명의 선자(仙子)를 데리고 산꼭대기로 마중 나왔다. 그리고 심지를 안내하여 바위 위에 앉게 하고 자기들은 바위 밑에 엎드려 공손하게 정계(正戒)를 받았다. 심지가 이르기를 "지금부터 땅을 택하여 신성한 간자를 봉안하고자 한다. 우리가 장소를 정할 수는 없으니 너희들과 함께 높은 곳에 올라가 간자를 던져 점을 쳐보기로 하자."라고 말하고, 산악신들과 함께 봉우리에 올라가 서쪽을 향하여 던지자 간자는 바람에 날아가 버렸다. 이 때 신들이 노래를 지어 불렀다. "막혔던 바위 멀리 물러가니 숫돌처럼 평탄하고, 낙엽이 날아 흩어지니 밝음이 생겨나네. 불골간자를 찾아 얻어서 깨끗한 곳을 찾아 정성 들이려 하네." 노래 부르기를 마치자 숲 속의 샘 안에서 간자를 얻었다. 그래서 그 곳에 불당을 짓고 안치했다. 지금의 동화사(桐華寺) 첨당(籤堂) 북쪽에 있는 작은 우물이 바로 그 곳이다.

산악신과 두 선자에게 계를 베푼 심지는 삼군(三君, 산악신과 두 선자)과 함께 간자를 날려 떨어진 곳에 불당을 짓고 간자를 안치했는데, 지금의 동화사 첨당 북쪽에 있는 작은 우물이 간자를 찾은 곳이라고 했다. 여기에서는 신과 승려가 협력하여 절터를 구했다고 하는 데에 약간의 차이가 보이지만 전체의 모티브로서는 『콘쟈쿠(今昔)』와 유사함을 알 수 있다. 그리고 절을 창건한 경우는 아니지만 비슷한 예화로서 제7 감통편 제1화 「선도성모수희불사(仙桃聖母隨喜仏事)」에는 절을 수리한 이야기가 있다. 신라 진평왕 대에 지혜(智惠)라는 비구니가 안흥사(安興寺)의 불전을 수리하려고 하였지만 힘이 부족하였는데, 이 때 꿈에 선도산신모(仙桃山神母)가 나타나서 금을 주고 가니 불전 수리를 무사히 마쳤다는 내용이다.

이러한 이야기들의 공통점으로서 개산(開山)·창사(創寺)와 신불(神仏)의 만남과의 연관을 지적할 수 있겠는데, 이와 같은 『삼국유사』나 『콘쟈쿠모노가타리슈우(今昔物語集)의 이야기를 통해서 당시 사람들의 정신세계의 변화를 읽을 수 있을 것이다. 다시 말해 민중의 마음이 신(神)에서 불(仏) 쪽으로 옮겨감을 느낄 수 있고, 따라서 각지에서 신앙되고 있던 신기(神祇)를 불법융성을 위한 조력자로 타협시킴으로서 신과 불보살간의 갈등이라는 난문(難問)을 타개하려 했던 것이 배경이 되고 있다고 볼 수 있는 것이다.

2.

이 외에도 일본의 경우는 불교의 종파를 열고 절을 세우는 이야기에서 신·불의 만남이 매우 다양하게 전개되고 있다. 앞에서『콘쟈쿠(今昔)』를 통해서 본 바와 같이 니우묘오진(丹生明神), 코오야묘오진(高野明神), 키부네묘오진(貴船明神) 등의 신들은 절터를 교시 또는 제공하는데 그치지 않고 절을 지키는 일까지 서약하고 있음을 보았다. 이러한 현상은『삼국유사』에 등장하는 신들에게서는 볼 수 없는『콘쟈쿠(今昔)』의 신들의 특징이라고 할 수 있고,『삼국유사』에 비하여 불법융성에 조력하는 신으로서의 이미지가 강하게 느껴진다.

이와 같이 절 건립지를 교시·제공한다든지 절의 수호를 약속한다든지 하는 신의 모습에서 유래한 것이 절의 수호신 또는 진수신(鎮守神)인데,『콘쟈쿠(今昔)』의 다음과 같은 예화에도 잘 나타나 있다.

a. 코오야묘오진(高野明神)과 니우묘오진(丹生明神)은 코오야산(高野山)에 콩고오부지(金剛峰寺)를 건립할 땅을 교시, 제공하고 그 후에도 그곳에 진좌(鎮座)하여 절을 수호했다.(제11권 제25화)

b. 미오명신(三尾明神)은 미이데라(三井寺)의 불법수호를 서약한 신으로, 절을 지키고 있던 중에 치쇼오(智証)대사를 만나 그에게 절을 맡기게 되었다.(제11권 제28화)

c. 키부네묘오진(貴船明神)은 후지와라노이세히토(藤原伊勢人)에게 쿠라마 데라(鞍馬寺)의 건립지를 가르쳐주고 그 후에도 절의 진수신(鎭守神)이 되어 절을 지켰다.(제11권 제35화)

d. 이와시미즈하치만(石淸水八幡)신은 야쿠시지(藥師寺)의 진수신(鎭守神)으로 신앙되어 왔는데, 절에 불이 났을 때 하치만(八幡)신의 사자(使者)인 비둘기들이 모여들어 날아다니면서 불길이 불당 가까이 오지 못하게 하는 것을 보고 하치만(八幡)신이 이 절의 불법을 지키고 있음을 알았다.(제12권 제20화)

e. 하세데라(長谷寺)가 있는 곳에는 타키노쿠라(滝蔵)라는 신이 진좌(鎭座)하고 있었다. 어느 해 새해 첫 참배 날에 건물이 계곡 쪽으로 무너져내려 많은 사람들이 죽었는데 그 중에서 여자 한 명과 남자 세 명과 어린 애 두 명만이 조그만 상처도 없이 살아났다. 이것은 전세의 숙업때문이기도 하지만 신의 도움과 관음보살의 가호가 있었기 때문이다.(제19권 제42화)

이 외에도 토오다이지(東大寺)의 승려 닌쿄오(仁鏡)는 그의 부모가 토오다이지(東大寺)의 수호신에게 기원하여 얻은 자식이라는 이야기(제13권 제15화), 쿄오토(京都)의 가난한 여자가 수년동안 키요미즈데라(淸水寺)에 참배하였는데 어느 날 진수신(鎭守神) 앞에서 금 석냥을 얻었다는 이야기(제16권 제31화) 등도 진수신(鎭守神)의 존재를 나타내주는 예화가 될 것이다.

한편 『삼국유사』로부터도 절을 수호하는 신의 예화는 찾아볼 수 있다. 그렇다면 앞에서 『콘쟈쿠(今昔)』의 진수신(鎭守神)의 예화를 설명하면서 『삼국유사』 속의 이야기로부터는 볼 수 없는 특징이라고 한 말과 모순되는 듯 하지만 반드시 그렇지는 않다. 왜냐하면 『삼국유사』에 등장하는 절을 지키는 신은 『콘쟈쿠(今昔)』의 진수신(鎭守神)과는 그 성격이 매우 다르기 때문인데, 다음의 예화를 통해서 구체적으로 보기로 하자.

a. 전해 내려오는 이야기에 의하면, 옛날 한 단월(檀越, 일정한 절에 속하여 시주를 하면서 절의 재정을 돕는 사람으로 壇那 또는 檀家 라고도 함)에

게 두 딸이 있어 천녀(天女) 용녀(竜女)라 하였는데, 부모가 두 딸을 위해 절을 지은 데서 천룡사(天竜寺)라는 절의 이름이 유래한다. 이 절 터는 심상치 않은 곳이어서 수도하기에 도움이 되는 곳이었지만 신라 말기에 파손된 채로 오래되었다. 중생사(衆生寺)의 대성(大聖, 여기서는 관음보살을 말함)이 젖을 먹여 키운 최은함(崔殷誠)의 아들 승로(承魯)가 숙(楽)을 낳고 숙(楽)이 시중인 제안(齊顔)을 낳았는데, 제안(齊顔)이 이 절을 다시 수리하여 폐사를 일으켜 석가만일도장으로 삼았고, 조정의 명을 받음과 더불어 신서(信書)와 원문(願文)을 절에 남겨 놓았다. 그는 죽은 후에 이 절을 보호하는 신이 되었는 데, 수많은 영험을 나타내었다.　　　　　　　　　― 제4 탑상편 제25화 <천룡사(天竜寺)> ―

b. 이 절의 호법경승(護法敬僧)인 엄흔(嚴欣)과 백흔(伯欣)의 두 명신(明神) 및 근린 산악신 등 삼위(三位)에게는 보(宝, 일종의 계)를 설립하여 공양해야 한다. 속세의 전하는 바에 의하면 엄흔(嚴欣)·백흔(伯欣)의 두 사람이 집을 희사해서 절을 지었기 때문에 절 이름을 백엄사(伯嚴寺)라 하고, 절의 호법신으로 삼았다고 한다.
　　　　　　　― 제4 탑상편 제27화 <백엄사석탑사리(伯嚴寺石塔舍利)> ―

　천룡사(天竜寺)를 수리하여 절을 다시 일으킨 제안(齊顔)이 사후 절의 수호신이 되어 절을 지키고 많은 영험을 나타냈다는 이야기와, 엄흔(嚴欣)·백흔(伯欣)의 두 사람이 집을 희사해서 절을 삼은 것이 백엄사(伯嚴寺)이고 두 사람은 사후 절의 수호신으로 모셔졌다는 이야기이다. 이처럼 『삼국유사』에 묘사된 절의 수호신은, 말하자면 절에 관계했던 사람이 죽은 후에도 절을 떠나지 않고 지키고 있는 것으로, 『콘쟈쿠(今昔)』에 나타난 절의 수호신처럼 절 또는 절이 소재하는 산의 지주신도 아니고 사람들이 신앙의 대상으로 하는 재래신도 아닌, 그 성격을 달리하는 존재인 것이다.

　지금까지 창사(創寺) 개산(開山)을 둘러싸고 전개된 신의 조력을 보아 왔는데, 이 외에도 신이 승려의 수행을 돕는다는 이야기도 있다. 『콘쟈쿠

(今昔)』 제14권 제18화 「승려 묘오렌(明蓮)이 법화경을 지니고 수행하여 전생을 알게 된 이야기」는, 호오류우지(法隆寺)의 승려 묘오렌(明蓮)이 법화경의 제8권을 암송하지 못하는 것을 늘 한탄해 오면서 여러 신불에게 기원해 보았지만 아무런 효과가 없었고, 마지막으로 호오키노쿠니(伯耆国) 다이센(大山)의 다이치메이보살(大智明菩薩)의 꿈의 계시에 의해 자신의 전생의 인연을 알게 되어 수행 정진에 힘쓰게 되었다는 내용이다. 그리고 제17권 제15화 「지장보살의 계시에 의해 아다고(愛宕護)에서 호오키(伯耆)의 다이센(大山)으로 옮겨 산 승려 이야기」에도 호오키노쿠니(伯耆国) 다이센(大山)의 다이치메이보살(大智明菩薩)이 빈궁함으로 고생하는 지장보살 수행자를 도와주었다는 이야기가 보이는데, 이들 예화에 등장하는 다이치메이보살(大智明菩薩)은 다이치메이(大智明)신에게 보살이라는 칭호를 붙여 부른 것으로, 앞에서도 지적했듯이 수행자를 매개로 한 신과 불의 만남, 즉 불법융성의 조력자로서의 신의 모습을 엿볼 수 있다는 점을 덧붙여둔다.

불경 듣기를 원하는 신

　　신은 이제 불교의 전파를 돕는데서 한 걸음 더 나아가 불교에 귀의하는 존재로 나타나게 되는데, 이는 신도 부처 앞에서는 사바세계에 살고 있는 중생과 다를 바 없는 존재로 여겨지고 있었음을 말해준다.『콘쟈쿠(今昔)』나 『삼국유사』 안에도 신이 불보살에게 구원을 청한다든지 또는 불법에 의해 구제 받는다든지 하는 이야기가 다수 보이고 있다. 그러나 신이 불법에 귀의하는 존재로서 위치하기까지에는 많은 우여곡절이 있었으리라고 짐작되는데, 이러한 우여곡절의 한 단면으로 여겨지는 예화를 인용해 본 후 고찰을 진행하기로 한다.

『콘쟈쿠(今昔)』제12권 제6화 「야마시나데라(山階寺)에서 열반회를 행하게 된 이야기」는 야마시나데라(山階寺)에서 개최하는 열반회의 내력과 그 존엄함을 내용으로 하고 있는데, 오와리노쿠니(尾張国)의 아츠타묘오진(熱田明神)이 동자를 매개로 탁선(託宣)하여 열반회를 열고 있는 쥬코오(寿広)화상에게 자신의 고민을 고백하고 있는 대목을 보기로 하겠다.

다음 날 쥬코오(寿広)법사의 꿈에 오와리노쿠니(尾張国)의 아츠타묘오진(熱田明神)이 동자에 의탁하여 나타나 말하기를 "너는 원래 우리나라 사람이다. 그런데 네가 존엄한 열반회를 열고 있다는 말을 듣고, 나는 어제 그 법회를 듣기 위해서 멀리서 왔지만, 이 지역 안은 모두 부처의 영역으로 되어 있고 나라자카(奈良坂)의 입구에는 범왕(梵王) 제석천(帝釈天) 사대천왕(四大天王) 등의 불법 수호신들이 지키고 있어서 접근하기에는 나의 힘이 미치지 못하므로 들을 수 없었다. 그래서 분하기 그지없다. 하지만 어떻게든 이 법회를 듣고 싶다"고 하였다. 쥬코오(寿広)법사는 이 말을 듣고 신을 가엽게 여겨 말하기를 "어제 법을 듣기 위해서 오신 것을 저는 전혀 몰랐습니다. 그렇다면 아츠타묘오진(熱田明神)을 위해서 특별히 마음먹고 한번 더 법회를 열겠습니다."라고 한 후, 법화경 백부를 독송하여 어제와 똑같이 법회를 열었다. 그러므로 아츠타묘오진(熱田明神)은 이 법회를 들을 수 있게 되었으므로 극락정토에 왕생하였을 것임은 의심할 여지가 없다. 이듬 해 법화경 백부를 서사(書写)하고 법회를 계속 행함으로서 오랜 세월 이틀간의 법회를 행하게 되었다. 이후 양 법회(열반과 법회를 말함)는 이 절의 행사로서 지금까지 끊이지 않고 있다. 이러한 사실을 생각해 보면 실로 신심이 있는 사람은 반드시 이 열반회를 청문해야 할 것이다. "이 세상 사람들 모두 석가모니의 사부(四部) 제자들이요 따라서 오롯한 마음으로 석가 열반의 날을 떠올리면서 이 법회에 참예하면 모든 죄업이 사라지고 서방정토에 왕생할 것임은 의심할 여지없다"고 생각된다.

열반회에 참석하여 법문을 듣고 싶어하는 신의 간절한 마음이 나타나 있는데, 이러한 신의 생각과 행동은 불교에의 귀의를 선언한 것과 같다. 그러나 그 과정에 묘사되어 있는 아츠타묘오진(熱田明神)의 고충을 간과해서는 안될 것이다. 신은 열반회의 청문을 위해서 오와리노쿠니(尾張国)로부터 달려왔지만 야마토노쿠니(大和国)의 경계 안은 모두 부처의 영역이 되어 있었다. 따라서 나라자카(奈良坂)의 입구에서부터 불법수호신들이 지키고 있어서 야마시나데라(山階寺)의 법회에 접근할 수 없음을 탄식했던 것인데, 이와 같은 아츠타묘오진(熱田明神)의 고충은 어디에서 기인한 것일까.

생각해 보건대 예로부터 고유의 신을 신앙해 오던 사람들이 새로운 신앙인 불교를 접하게 되었고, 그들에게 있어서 신도 불보살도 신앙의 대상으로서 절대적인 존재였을 것이다. 동시에 양자 사이에는 뚜렷한 이질성이 존재하고 있다는 점에도 생각이 미쳤음에 틀림없다. 때문에 사람들은 이질적인 신과 불보살이 만나는 상황에 있어서, 어느 한 쪽 신을 다른 쪽 신에게로 다가서게 하는데 주저와 당혹을 느꼈을 것이고, 이 이야기에서 볼 수 있는 아츠타묘오진(熱田明神)의 고충도 당시 사람들이 느꼈던 주저와 당혹이 투영되어 나타난 것으로 해석할 수 있을 것이다.

이처럼 우여곡절을 거쳐 신은 불법을 반기고 불법에 의해 구제되는 존재가 되어 가고 있음을 볼 수 있었는데, 하치만신(八幡神)의 이야기도 시사하는 바가 많다. 제12권 제10화 「이와시미즈(石清水) 절에서 방생회(放生会)를 행하게 된 이야기」는 이와시미즈 방생법회 유래담인데, 배후에는 방생회를 둘러싼 신과 불의 불가분의 관계가 숨겨져 있다.

八幡神(하치만신)이 전생에 이 나라의 천황이셨을 때 반란군을 진압하기 위해서 스스로 전쟁에 나가 많은 사람을 죽였다. 이 신은 처음에 오오스미(大隅)지방에 나타나셨다가 다음에 우사신궁(宇佐神宮)으로 옮기셨고 마침내 이와시미즈하치만궁(石清水八幡宮)에 모습을 나타내 진좌하시면서 많은 승려와 속세사람들에게 무수한 생물을 놓아주도록 하셨다. 그리고 조정에서도 이 신의 계시에 의해 여러 지방에 방생을 할당하고 신의 소원대로 방생을 행하도록 했다. 그 결과 일년간 행해지는 방생의 수는 이루 헤아릴 수 없을 정도였다. 한편 조정에서는 매년 8월15일로 정하여 하치만신이 신전 앞에 내려오실 때 방생한 생물의 수를 보고했는데, 그 때 성대하게 법회를 열고 최승왕경(最勝王

経)을 설법했다. 왜냐하면 이 경전 안에서 부처가 유수장자(流水長者)가 행한 방생의 공덕을 말씀하셨기 때문이다. 그래서 이 법회를 방생회라 하였다.

—『콘쟈쿠(今昔)』 제12권 제10화—

즉 하치만신(八幡神)은 전생에 일본의 제왕이었는데, 그 때 군사를 이끌고 많은 사람들을 죽인 일이 있고 처음에 오오스미(大隅) 지방에 출현하여 우사진구우(宇佐神宮), 이와시미즈하치만구우(石清水八幡宮)의 순서로 옮겨 간 사실과 산 생물을 방생하도록 계시한 일 등을 기록하고 있다.

그런데 이 이야기 속에서 우리는 떨쳐버리기 어려운 의문을 하나 지적하지 않을 수 없다. 즉 왜 일본 고유의 신이 불교의 공덕인 방생을 부탁했는가 하는, 일견 석연치 않은 신의 행동에 대해서인데, 이 문제에 대해서는 『세이지요오랴쿠(政事要略)』와 『산보오에(三宝絵)』의 기술을 종합해 보면 방생회의 창시를 둘러싼 하치만신(八幡神)과 불보살과의 관계를 시사하는 새로운 사실이 떠오르게 된다.

하치만신(八幡神)이 신탁(神託)하여 이르기를, "나는 (전생에) 반란군을 많이 죽였다. 그 죄를 벗기 위해서 방생회를 매년 행해야 한다."고 했다. 이 계시에 의해 여러 지방에서 방생회가 행해졌다.
　　—『세이지요오랴쿠(政事要略)』 권23, 年中行事八月下, 石清水宮放生会事 /『산보오에(三宝絵)』 하권 八幡放生会—

즉 요오로오(養老) 4년(720)에 오오스미(大隅)와 휴우가(日向) 두 지방에서 일어난 반란을 진압할 때 관군의 수호신으로서 활약한 하치만신(八幡神)은 꿈을 통하여 계시를 내렸는데, 전쟁 중에 많은 병사를 죽여 살생의 죄를 범하게 되었고 이제 그 죄보의 두려움으로 떨고 있으므로 자신의 죄보를 소멸시키기 위하여 매년 방생법회를 열어주기를 바란다는 내용이었다.

이러한 기록을 통하여 하치만신이 방생회를 열도록 계시한 이유가 살생에 대한 죄를 멸하기 위해서였음을 알게 된다. 결국 신이 불법을 신봉하고 불법에 의한 구원의 손길이 뻗치기를 기원한 셈인데, 부처의 앞에서는 고뇌자의 존재에 지나지 않았던 신의 모습이 잘 나타나 있다고 할 수 있을 것이다.

이처럼 신은 불법을 환희하고 불법에 의한 구제를 희구하는 존재로서 묘사되고 있었음을 확인할 수 있는데, 이러한 모습을 잘 나타내 주는 또 하나의 예가 바로 신전독경(神前読経)이다. 일본에서 과거에는 상당히 성행했음을 『콘쟈쿠(今昔)』의 다음과 같은 예화를 통해서 알 수 있다.

a. 덴교오(伝教)대사가 우사하치만신(宇佐八幡神) 앞에서 법화경을 독송하였다.(제11권 제10화)
b. 아츠타묘오진(熱田明神)을 위해서 쥬코오(寿広)화상이 법화경을 독송하고 그 청문의 공덕으로 신은 왕생을 이루게 되었다.(제12권 제6화)
c. 야쿠시지(薬師寺) 남대문(南大門)의 수리에 사용할 재목을 지방관에게 빼앗긴 절의 승려들이 남대문 앞의 하치만신전(八幡神殿) 앞에서 백일간의 인왕경 법회를 열자 신의 영험한 힘에 의해 무사히 되찾을 수 있었다.(제12권 제20화)
d. 미타케(金峰山)의 자오오(蔵王) 쿠마노곤겐(熊野権現) 스미요시다이묘진(住吉大明神) 마츠오다이묘진(松尾大明神) 등이 매일 밤 찾아와서 도오묘오아쟈리(道命阿闍梨)가 독송하는 법화경을 청문하였다.(제12권 제36화)
e. 코오니치(光日) 성인이 예전부터의 숙원이었던 이와시기즈하치만구우(石清水八幡宮) 참배를 마치고 그날 밤 신전 앞에서 법화경을 독송하였다.(제13권 제16화)
f. 히에이잔(比叡山)의 승려 쵸오엔(長圓)이 자오오곤겐(蔵王権現)의 신전 앞에서 법화경을 독송하였다.(제13권 제21화)
g. 젊었을 때부터 법화경의 수행에 힘써온 승려 렌쵸오(連長)는 미타케(金峰山) 쿠마노(熊野) 하세데라(長谷寺) 등 모든 영험이 깃든 곳을 참배하고, 그 때마다 신전 앞에서 반드시 법화경 천부를 독송하였는데, 임종 시에 하얀 묘법연화(妙法蓮花)를 들고 왕생을 이루었다.(제13권 제28화)
h. 텐노오지(天王寺)의 승려 도오코오(道公)가 도오소진(道祖神)의 고난을

구원하기 위하여 법화경을 독경했는데, 그 청문의 공덕에 의해 신은 보
타락산(補陀落山)에 태어나서 관음보살의 권속(眷属)이 되고 마침내 보
살의 지위에까지 오르게 된다.(제13권 제34화)
  i. 니시노토오인오모테(西洞院面)에 사는 중이 일상적으로 법화경 인왕경
   등을 독송하여 히가시산죠오인(東三条院)의 서북방 귀퉁이에 살고 있는
   신에게 법락(法楽)을 바쳤더니, 신이 남자로 변하여 그 중을 신목(神木)
   위의 궁전으로 안내했다.(제19권 제33화)
  j. 미노노쿠니(美濃国)에 역병이 유행하여 죽는 자가 많이 나왔기 때문에
   그 지방 사람들이 모두 마음을 합하여 난구우(南宮)라는 신사 앞에서 백
   좌(百座)의 인왕경 법회를 행하였다.(제20권 제35화)

이상 신전독경(神前読経)의 예화를 들어보았는데, 이것은 앞에서 살펴
본 열반회의 청문을 갈망하는 아츠타묘오진(熱田明神)이랄지 살생의 죄업
을 멸하기 위하여 방생회를 탁선하는 하치만신(八幡神)의 모습과 맥락을
같이 하는 것으로, 신의 불법귀의(仏法帰依)를 배경으로 하여 생겨난 것이
라고 할 수 있다.

이 외에도 『콘쟈쿠(今昔)』 제19권 제32화 「미치노쿠노쿠니(陸奥国)의
신이 지방관 타이라노코레노부(平維叙)의 은(恩)에 보답한 이야기」의 말미
에 기록된 편자의 평어(評語)가 주목할 만하다. 내용은 타이라노코레노부
(平維叙)가 폐허가 된 사당을 부흥시켜준 것에 대해 감사한 신의 보은담인
데, 신과 불의 만남은 나타나있지 않지만 이야기의 마지막에 '은혜를 갚는
일은 부처도 기뻐하시는 일이므로 신도 이에 의해 고난을 벗어나셨을 것
이다, 라고 깨우침 있는 사람들은 칭송하였다고 전해진다'라는 평을 하고
있다. 즉 부처가 기뻐하시는 일을 한 신은 필시 고경(苦境)을 벗어났을 것
이라고 해석하고 있는 이 한 마디의 평어로부터 신이 불법에 귀의하고 불
법에 의해 구제되는 존재로 인식되고 있었음을 읽을 수 있는 것이다.

불법에 의해 신이 구제받는 이야기는 『삼국유사』에서도 볼 수 있다.

제4 탑상편 제21화 「대산오만진신(台山五万真身)」에는 신라 정신대왕(浄神大王)의 태자 보천(宝川)이 동생 효명(孝明) 태자에게 왕위를 물려주고 입산하여 수행에 정진한 이야기가 나오는데, 관련부분을 인용하여 보면 다음과 같다.

보천(宝川)은 항상 그 동굴의 물을 퍼다 먹었다. 그래서 만년에는 육신이 허공을 날아 유사강(流沙江) 밖 울진국 장천굴에 이르러 멈추었다. 그 곳에서 수구다라니경을 독경하는 것을 일과로 하였다. 그러자 장천굴의 동굴신이 몸을 나타내어 말하기를 "나는 이 굴의 신이 된지 이미 2천년이나 되지만 오늘 처음으로 수구다라니경의 진리를 들었습니다"라고 말하고, 보살계를 받기를 청하였다. 이미 계를 받고나자 다음 날 굴은 형체도 없이 사라졌다.

2천년 동안 동굴에 살고 있던 동굴신은 보천이 암송하는 수구다라니경을 듣고 왕생을 이루었다는 이야기인데, 마지막의 굴이 형체도 없이 사라졌다는 묘사는 왕생의 증거로 볼 수 있겠다. 이처럼 불법 수행자에게 경문의 독송을 부탁하여 청문한 공덕에 의해 구제받는 신의 모습은 일본 설화와도 유사한 점이 많음을 알 수 있다.

그런데 『삼국유사』에는 재래의 신기(神祇)뿐만 아니라 나찰녀(羅刹女)와 독룡(毒竜)도 불법에 귀의했다는 이야기가 있어 흥미를 끄는데 제4 탑상편 제20화 「어산불영(魚山仏影)」의 기록을 보기로 하겠다.

옛날에 하늘에서 알이 바닷가에 내려와 사람이 되어 나라를 다스렸으니 즉 수로왕이다. 이 때 국경 안에는 옥지(玉池)가 있었는데, 그 연못에는 독룡이 살고 있었다. 그리고 만어산(万魚山)에는 다섯 나찰녀가 있어 (독룡과) 왕래하면서 사귀어 통하였다. 그 때문에 때때로 번개와 비를 내려 4년 동안 오곡이 되지 않았다. 왕이 주문을 외어 금하였으나 이루지 못하고, 머리를 숙이고 부처를 청하여 법을 설하였다. 그렇게 한 후 나찰녀는 오계를 받음으로써 이후로 해가 없었다.

다섯 나찰녀가 독룡과 왕래하고 있었기 때문에 흉년이 계속되었지만 부처의 설법 이후 나찰녀는 오계를 받게 되고 이후로는 재해도 없어졌다고 하는 내용이다. 원래 나찰녀는 신통력으로 인간을 미혹한다든지 불법 수행자의 수행을 방해한다든지 하는 악귀의 일종이었지만 나중에는 불법의 수호신이 되는 존재로, 법화경의 다라니품(陀羅尼品)에는 십나찰녀가 불법 수호신으로 등장하고 있다. 즉 불교의 전래와 더불어 나찰의 이야기도 전해지게 되고, 각 나라를 무대로 하여 활약하게 되는데, 예를 들어 『콘쟈쿠(今昔)』 제12권 제28화 「비고노쿠니(肥後国)의 서생이 나찰의 난을 면한 이야기」에는 불법과 대치하는 악귀로서, 제13권 제4화 「시모츠케노쿠니(下野国)의 승려가 오래된 선동(仙洞)에서 산 이야기」에는 불법수호신의 모습으로 등장하고 있어 나찰의 상대적인 두 이미지가 묘사되고 있다.

그런데 『삼국유사』에서는 관련되는 이야기로서 『관불삼매경(観仏三昧経)』의 수록화를 들고 있는데, 양자의 유사한 내용이 주목을 끈다. 『관불삼매경(観仏三昧経)』은 『불설관불삼매해경(仏説観仏三昧海経)』의 통칭으로, 『삼국유사』의 본문과 대조해 보면 『삼국유사』는 『불설관불삼매해경(仏説観仏三昧海経)』의 기술 내용을 생략하여 전재(転載)하고 있음을 확인할 수 있다(『불설관불삼매해경(仏説観仏三昧海経)』 제7권 観四威儀品, 『大正新修大蔵経』 제15권 経集部二에 수록, 679쪽). 즉, 천축의 야건가라국(耶乾訶羅国)에서 다섯 나찰녀가 독룡과 왕래하면서 난행(乱行)을 저질렀고 그로 인해 4년간 기근과 질병이 계속되었는데, 왕의 기도에 응한 세존의 설법에 의해 나찰과 독룡은 구제를 받고 불법에 귀의했다고 하는 내용으로, 앞의 『삼국유사』와 거의 같은 내용이다. 이렇게 보았을 때 『삼국유사』의 이야기는 『불설관불삼매해경(仏説観仏三昧海経)』과 같은 경전 류의 이야기를 바탕으로 하면서 이야기의 무대를 천축에서 고대 한국의 가야국으로 바꾸어 환골탈태시킨 것으로 추측된다. 이와 같은 경전을 통해서 확인되듯이, 팔부중(八部衆:부처의 가르침을 수호하는 8종의 신)으로 대표되는 영적 존재가 불법에 의해 구제를 받고 불법의 수호신이 되는 이야기는 여러 경전에서 산견(散見)되고 있고, 설화집 속에 나타난 불법 귀의자로서의 신의 모습과도 중첩되고 있다.

불보살과 동격으로서의 신

신과 불보살이 만나는 자리에서 생겨난 양상의 하나로서 신과 불보살을 동일시하는 양상을 볼 수 있다. 신과 불보살을 동격으로 보는 발상은 소위 본지수적설(本地垂迹説)에 바탕을 두는데, 본지인 불보살이 중생을 제도하기 위해서 그 모습을 도처에 나투어 천지자연의 신이 되어 나타났다는 것으로, 신의 본원이 불보살이라는 생각에 의한 것이다. 『콘쟈쿠(今昔)』나 『삼국유사』를 통해서 보면, 『콘쟈쿠(今昔)』에는 하치만신(八幡神)을 하치만대보살(八幡大菩薩)이라고 한다든지(제11권 제10화, 제12권 제10화, 제31권 제1화) 다이치메이신(大智明神)을 다이치메이보살(大智明菩薩)로 부르는 예가 있고(제14권 제18화, 제17권 제15화), 또는 보살의 지위에 오른 도오소진(道祖神)의 예화(제13권 제34화)도 등장하는데 비하여, 『삼국유사』에는 신과 불보살을 동일시한 예는 보이지 않아 대조적이다.

먼저 『콘쟈쿠(今昔)』 제11권 제10화 「덴교오(伝教)대사가 당나라에 건너가 천태종(天台宗)을 전해온 이야기」는 덴교오(伝教)대사 사이쵸오(最澄)에 의한 천태종 전래담이다. 사이쵸오(最澄)는 중국에 건너가기 전과 귀국 후의 두 번에 걸쳐 우사하치만구우(宇佐八幡宮)에 참배하고 있는데, 다음은 그가 귀국 후 신전(神前)에 참배하면서 하는 말이다.

저는 뜻한 바대로 당에 건너가 천태종의 법문을 배워 전수받고 돌아왔습니다. 이제는 히에이잔(比叡山)에 사원을 건립하여 많은 승도들을 살게 하고 유일무이한 일승종(一乘宗)을 세워 유정(有情)한 것과 비정(非情)한 것이 모두 성불할 수 있다는 가르침을 깨닫게 하고 나라 안에 널리 펴도록 하겠습니다. 본존불(本尊仏)로는 약사불(薬師仏)을 만들어 봉안하고, 일체 중생의 병을 고쳐주고 싶습니다. 하지만 이러한 소망도 하치만대보살(八幡大菩薩)의 가호에 의해 성취할 수 있는 것입니다.

대사는 우사하치만신(宇佐八幡神) 앞에서 대보살이라 부르고 있고, 이것은 신과 불보살의 만남에서 발전하여 양자를 동격으로 여기고 있음을 나타내고 있다고 할 수 있을 것이다. 그러나 설화가 설화집에 문자화될 경우 당시의 시대적 주변적 상황에 의해 내용이 개변(改変)되는 예는 얼마든지 있음을 감안하면, 엔랴쿠(延暦) 24년(805)에 사이쵸오(最澄)가 당나라 유학으로부터 돌아온 역사적 사실을 근거로 9세기 초 무렵에는 하치만대보살(八幡大菩薩)의 칭호가 사용되고 있었다고 단정하기는 이르다. 다른 여러 기록에 의하면 하치만신(八幡神)이 처음부터 대보살로 불리지는 않은 것 같다. 즉 하치만대보살(八幡大菩薩)이란 칭호가 정착되기까지 여러 가지 명칭이 사용되고 있었음을 확인할 수 있는 것이다. 따라서 대보살의 칭호가 언제부터 사용되었는가, 그리고 그 이전에는 어떠한 이름들로 불렸는가 등의 문제가 제기되는데, 일본의 정사(正史)인 릿코쿠시(六国史) 중에서 하치만(八幡) 관련 기사들을 발췌해 보면 문제해결의 단서를 얻을 수 있다.

먼저 릿코쿠시(六国史)의 처음인 『니혼쇼키(日本書紀)』에는 하치만(八幡)의 용례가 보이지 않고, 사서에 있어서의 하치만(八幡)의 신명(神名)은 『쇼쿠니혼기(続日本紀)』의 텐표오(天平) 12년(740) 10월 9일자 기록에서 처음 보인다(神社名으로서는 그 이전인 『쇼쿠니혼기(続日本紀)』의 天平9년(737) 4월 朔의 기사가 初見임). 이후 하치만신(八幡神) 하치만대신(八幡大神)의 이름으로 불리다가, 『니혼코오키(日本後紀)』의 다이도오(大同) 4년(809) 윤2월 21일자에 보이듯이 9세기 초 무렵이 되어서부터 하치만대보살(八幡大菩薩)의 칭호가 보이게 되고 9세기 중엽부터는 통칭처럼 사용되고 있음을 확인할 수 있다. 그리고 릿코쿠시(六国史) 이외의 기록을 보면『미즈카가미(水鏡)』의 엔랴쿠(延暦) 원년(782) 5월 4일자에 하치만(八幡) 스스로 대자재왕보살(大自在王菩薩)의 명호를 신탁(神託)했다고 기록되어 있고,『후소오랴쿠키(扶桑略記)』에도 이듬해인 엔랴쿠(延暦) 2년(783) 5월 4일자에 같은 취지의 기술을 볼 수 있으므로, 하치만대보살(八幡大菩薩)로 통칭되기 전에 대자재왕보살(大自在王菩薩)의 칭호가 사용되고 있었음을 알 수 있다. 즉 이와 같은 사실은 하치만신(八幡神) 또는 하치만대신(八幡大神)으로 불리고 있던 신에게 본지수적(本地垂迹) 사상이 퍼짐에 따라 보살이란 명호가 덧붙여지고 점차 하치만대보살(八幡大菩薩)로 정착해 간 과정을 나타내 주고 있다.

이상에서 하치만대보살(八幡大菩薩)이라는 칭호가 정착하기까지의 과정을 검토해 보았는데, 이 결과를 앞의『콘쟈쿠(今昔)』의 예화에 대응시켜 보면, 사이쵸오(最澄)가 귀국한 9세기 초 무렵에 하치만신(八幡神)은 대보살로 불리고 있었음을 확인할 수 있고, 이후『콘쟈쿠(今昔)』가 성립하는 12세기 중엽까지 하치만(八幡)신앙과 신즉불보살관(神即仏菩薩観)의 확산에 수반하여 하치만(八幡)과 대보살과의 연칭(連称)이 극히 일반화하게 되었다고 추론할 수 있겠다.

그런데 신과 불보살을 동격으로 생각하는 사고는 어디에서 기인하는 것일까, 그 근원을 천착해 보았을 때 하나의 가능성을 제시해 주는 것은 바로 불교 경전이다. 법화경의 여래수량품(如来寿量品)에 의하면 부처는 수천 만억 겁 이전에 깨우침을 얻었고 그 오랜 시간 이전부터 사바세계 및 다른 세계에서 중생을 교화해 오는 동안 연등불(燃灯仏) 등 여러 과거불(過去仏)의 모습으로 나타나기도 하고 열반에 들기도 하였다고 설하고 있다(『법화경』 제6권 如来寿量品 제16). 즉 여래수량품에 있어서의 석가불은 절대적인 존재로서의 부처의 모습과 중생을 교화하기 위한 방편으로서 여러 가지 모습으로 나타나는 부처의 두 가지 측면으로 묘사되어 있다. 이와 같이 경전이 설하고 있는 부처의 방편으로서의 두 모습을 통하여, 해결하기 어려웠던 신과 부처 사이의 관계를 설정하는데 원용(援用)하기 위한 해석이 바로 본지수적(本地垂迹) 사상이라고 보겠다. 이 때 불보살이 중생을 교화하기 위한 방편으로서 신의 모습을 빌려 나타났다는 것으로, 다시 말하면 불보살이 본지(本地)이고 신을 불보살의 수적(垂迹)으로 여겼던 것이다. 따라서 사이쵸오(最澄)가 우사하치만(宇佐八幡)을 대보살이라고 칭한 것도 그 근원을 거슬러 올라가 보면 법화경의 여래수량품(如来寿量品)과 같은 경전 류에 근거하고 있다고 하겠다.

　한편『콘쟈쿠(今昔)』에는 보살의 명호가 붙는 신으로서 하치만대보살(八幡大菩薩) 외에도 다이치메이보살(大智明菩薩)이 등장한다. 앞에서 보았듯이 제14권 제18화는, 호오류우지(法隆寺)의 승려 묘오렌(明蓮)이 아무리 노력하여도 법화경 제8권을 암송하지 못하는 이유를 알기 위하여 여러 곳의 신불에게 기청(祈請)을 드리니 호오키노쿠니(伯耆国) 다이센(大山)의 다이치메이보살(大智明菩薩)이 꿈에 나타나 전세의 인과를 알게 됨으로써 수행 정진에 힘쓰게 되었다는 이야기이다. 다이센(大山)의 다이치메이(大智明) 신사 주제신(主祭神)이 보살로 호칭되고 있고, 제17권 제15화 <지장보살의 계시에 의해 아다고(愛宕護)에서 호오키(伯耆)의 다이센(大山)으로 옮겨 산 승려 이야기>에도 또한 다이치메이보살(大智明菩薩)이 나오고 있다. 이 이야기는 지장보살을 모시는 조오산(蔵算)이란 승려가 자신의 빈곤과 병을 탄식하자 꿈에 소승(小僧)이 나타나 "너의 전세 인연이 나쁘기 때문에 가난하고 몸도 늙은 것이다. 그러니 이제 다이센(大山)이란 곳에 참배하고 현세와 내세의 바라는 바를 기원하라. 그 곳의 신은 지장보살의 수적(垂

迹)으로 다이치메이보살(大智明菩薩)이라고 하신다. 이 보살은 스스로 대자대비한 원력(願力)을 가지고 널리 일체 중생을 제도하신다."라고 계시하는 것을 듣고 꿈에서 깨어났다. 그 후 다이센(大山)의 신전에 참배하고 6년간 정진하여 불덕(仏德)을 나타내게 되고 풍족한 생활을 하게 되었다는 내용이다. 흔히 지장보살 영험담에서는 지장이 소승(小僧)으로 모습을 바꾸어 나타나는 것이 유형화되어 있고, 따라서 이 이야기에서의 소승(小僧)도 평소에 조오산(蔵算)이 신봉하고 있던 지장보살의 화신이라고 여겨지는데, 소승(小僧)이 꿈의 계시를 통하여 다이센(大山)의 다이치머이신(大智明神)은 지장보살의 수적(垂迹)이란 것을 분명히 밝히고 있는 것이다. 이것은 본지수적(本地垂迹) 사상이 보다 구체적으로 정비되어 어느 곳의 신은 어느 보살의 화신이라는 식으로, 주된 신기(神祇)에 대해서는 각각 본지불(本地仏)이 정해져 가고 있음을 보여주고 있다.

『삼국유사』의 경우는 신과 불보살을 동일시한 예화는 아니지만 굳이 비슷한 예를 지적하자면 제7 감통편 제1화「선도성모수희불사(仙桃聖母随喜仏事)」를 들 수 있을 것이다. 이 이야기는 불법수호신으로서, 그리고 나라의 수호신으로서의 선도산신모(仙桃山神母)의 이야기가 기술되어 있는데, 관련부분의 대강을 보면, 매사냥을 좋아했던 경명왕(景明王)은 잃어버린 매가 돌아오도록 신모(神母)에게 기원을 드리고 그 청을 이루어 주자 신모(神母)에게 대왕의 칭호를 하사하였다는 것이다. 결국 『삼국유사』에는 신모(神母)처럼 대왕의 칭호가 주어지는 일은 있어도 신이 보살의 지위에 오르거나 보살로 호칭되는 경우는 보이지 않는다.

설화에 나타난 신과 불보살과의 만남에 대해『콘쟈쿠(今昔)』와『삼국유사』를 통해 비교해 보았는데, 특히 신과 불보살 간의 갈등과 신을 불보살과 동격시한 양상에서 양 작품의 대조적인 특징이 잘 나타나 있다. 이것은 각 작품의 편자에 의한 인위적인 창작의 결과가 아니라 수록된 설화가 생성하게 된 당시의 제반 시대적 상황이 투영되어 나타난 것으로 보아야 할 것이다.

특히 설화 속에 나타난 신과 불보살과의 만남을 생각할 때에는 당시의 시대적 상황의 여러 요소 가운데서도 민중들의 사고 및 인식의 변화를 항상 염두에 두어야 한다. 흔히 신과 불보살의 만남이라 하면 신대불(神対仏) 또는 불교대재래신앙(仏教対在来信仰)과 같은 형식으로 양자의 직접대면처럼 파악하기 쉬운데 이것은 겉으로 보이는 현상에 지나지 않는 것이고, 실제로는 신과 불보살이 만나는 곳에는 항상 민중의 마음이 개입되어 있음을 간과해서는 안 된다. 그러므로 양자가 부딪치는 장면에서 볼 수 있었던 반발(反撥)과 융화(融和)와 습합(習合)과 수적(垂迹) 따위도 신과 불보살의 직접대면에 의한 것으로 생각하기보다는 민중들의 정서가 개입되어 나타난 현상으로 파악해야 할 것이다.

따라서 설화 속에 묘사된 신과 불보살의 만남을 보는 시선은 항상 민중의 존재를 의식하지 않으면 안되고, 이러한 시선을 유지하면서 위에서 보아온 신들, 특히 하치만대보살(八幡大菩薩)이나 다이치메이보살(大智明菩薩) 등의 이야기를 재음미해보면, 신과 불보살 간의 세력 다툼에 의한 역학관계가 느껴지기보다는, 오히려 신과 불보살에 대한 친밀감 또는 신과 불보살의 인간다움이 선명하게 떠오름을 느낄 수 있을 것이다.

4. 신국(神國) 사상의 부활과 천황의 신격화

이후 중세에 들어서면 신은 불보살과 동격의 지위에서 점차 우위를 차지하게 되고 설화 안에서도 신국(神国) 사상이 자주 등장하게 되는데, 대표적인 예화로서 다음 두 설화집의 기록을 보기로 하자.

천지가 아직 나뉘어지지 않고 혼돈상태로 계란 같았다. 그 가운데 맑은 윗부분이 하늘이 되고 탁한 부분이 가라앉아 굳어서 땅이 되었다. 이 때 천지 가운데 억새풀의 싹 모양의 것이 생겨났다. 이것이 변하여 신이 되었는데 바로 쿠니노토코타치노미코토(国常立尊)라는 신이다. 그 이후 천신칠대(天神七代) 지신오대(地神五代)가 나타났고, 히코나기시타케우가야후키아헤즈노미코토(彦波瀲武鸕茲草葺不合尊)라는 신의 아들인 진무(神武)천황으로부터 인대(人代)가 되었다. 이 시기에 처음으로 모든 신에 대해 제사지냈다.

제10대 스진(崇神)천황 6년에는 아마테라스오오미카미(天照大神)를 카사누히노무라(笠縫邑)에 제사지냈고, 7년에는 아마츠야시로(天社) 쿠니츠야시로(国社) 및 여러 지방 여러 신들의 칸베(神戸, 신사에 속하여 조세나 잡역을 바친 民戸)를 정하였다. 그 후 세상이 안정되고 백성들이 풍요해졌다.

제11대 스닌(垂仁)천황 25년 3월에 아마테라스오오미카미(天照大神)의 계시에 따라 이세(伊勢)지방 이스즈(五十鈴)강 상류에 신궁(神宮)을 지어 제2 황녀인 야마토히메노미코토(倭姫命)로 하여금 모시게 했다.

대저 우리나라는 신국(神国)으로서, 수많은 신들과 그 일족의 감응이 널리 통하는 나라이다. 소위 진구우코오고오(神功皇后)가 삼한을 정벌하실 때도 천신지기(天神地祇)가 모두 나타나 도와주신 것이다. 이로 인해 황공하게도 조정에서 모시는 22신사(神社)의 존신(尊神)을 정하고 백왕백대(百王百代)의 보호하심에 공물을 바치고 모셨다. 그러니 천자부터 서민에 이르기까지 신의 은덕을 입지 않은 일이 없었다.

칸무(桓武)천황시대인 엔랴쿠(延暦)원년(782) 5월 4일에 우사진구우(宇佐神宮)의 신이 계시하기를, "헤아릴 수 없이 긴 시간 속에서 삼계(三界, 욕계 색계 무색계를 말함)에 환생하여 여러 방편으로 중생을 인도하였고, 칭호를 대자재왕보살(大自在王菩薩)이라 한다."라고 하였으니 정말 존귀하시다.
　　　　　　　　　　　—『코콘쵸몬쥬우(古今著聞集, 1254)』제1권 제1화—

　　대일본은 신국(神国)이다. 쿠니노토코타치노카미(国常立神)가 처음으로 기초를 세우고 아마테라스오오미카미(天照大神)가 오랜 동안 다스림을 이어왔다. 우리 나라 만이 이러한 일(신에 의한 다스림)이 있고 다른 나라에는 이러한 예가 없다. 그러므로 신국(神国)이라 하는 것이다.
　　신대(神代)에는 토요아시하라노치호노아키노미즈호국(豊葦原千五百秋瑞穂国)이라 했고, 천지개벽 처음부터 이 이름이 있었다. 쿠니노토코타치노카미(国常立神)가 양신음신(陽神陰神)에게 내린 칙서에 보인다. 아마테라스오오미카미(天照大神)가 니니기노미코토(瓊瓊杵尊)에게 물려주신 것도 이 이름이었으므로 근본 이름임을 알겠다.
　　또는 오오야시마노쿠니(大八洲国)라고 한다. 이것은 양신음신(陽神陰神)이 이 나라를 낳으셨는데 여덟 개의 섬이었으므로 생긴 이름이다.
　　또는 야마토(耶麻土)라고 한다. 이것은 오오야시마(大八洲)의 나카츠쿠니(中国)의 명칭이다.　　　　　—『진노쇼오토오키(神皇正統記, 1343)』상권—

　　특히 근세 국학이 발달하면서 복고신토오(復古神道)가 일어나고 막부말기에서 명치시대에 걸쳐 신토오학(神道学)의 주류를 이루게 되는데, 그 바탕에는 고전연구를 통하여 일본의 고유한 정신을 되찾으려는 의도가 있었다. 『코지키(古事記)』, 『만요오슈우(万葉集)』, 『겐지모노가타리(源氏物語)』 등의 고전연구를 통하여 고대인의 정신생활로 회귀하려는 이상과 아마테라스오오미카미(天照大神)를 중심으로 한 고유신의 존중은 타 이데올로기에 대한 배타적인 면으로 이어졌고, 명치시대에 들어서서는 신불분리(神仏分離)와 배불훼석(排仏毀釈) 운동의 계기를 이룸으로써 마침내 국가신토오(国家神道)에 이르게 된다.
　　국가신토오(国家神道)는 명치유신부터 제2차세계대전의 패전에 이르기까지 일본의 이데올로기적 기반으로서 일본의 국교라 해도 좋을 정도였는데, 복고신토오(復古神道)의 천황숭배정신이 바탕이 되고 있어 일본의 내셔 널리즘을 강조한 것이었다.

명치 원년(1868) 도쿄전도(東京奠都) 때 명치천황이 히카와(氷川) 신사에 참배하여 내린 칙어 가운데 신기(神祇)를 존중하고 제사를 중시한다는 정교일치(政敎一致)를 선언하였다.

국가신토오(国家神道)는 명확한 교의를 지니는데, 즉 천황은 신화적 조상인 아마테라스오오미카미(天照大神)로부터 만세일계(万世一系)의 혈통을 잇는 신의 자손이요 아라히토가미(現人神)라는 것이다. 또한 『코지키(古事記)』, 『니혼쇼키(日本書紀)』 신화의 국토형성과 신의 세계에 보이듯이 일본은 특별히 신의 보호를 받는 신국(神国)이라는 것, 그러므로 일본은 세계를 구제할 사명이 있고, 따라서 타국으로의 진출은 성전(聖戰)으로서 의미가 부여되었으니 우리나라를 비롯한 일본의 침략행위의 근본을 거슬러 올라가 보면 바로 이러한 신화의 정신이 바탕이 되고 있음을 발견한다.

결국 빗나간 신과 천황의 일치사상은 패전과 더불어 포츠담선언에 있어서 '종교 및 사상의 자유의 존중'에 의거하여 국가신토오(国家神道)의 금지와 천황 스스로의 신격부정(神格否定)에 의해 인간으로의 복귀를 선언하게 된다.

이상에서 살펴보았듯이 일본에 있어서의 신의 세계는 복잡·다양하고 다른 나라에 비해서도 특징적이다.

특히 신화와 설화는, 다른 역사적 기록들이 건조한 사실의 나열에 지나지 않음에 비해 시공을 초월하여 생생한 삶의 현장을 전해준다는 점에서 유익하다. 남신과 여신에 의한 국토창조, 천상계에서 내려온 신의 지상세계 통치, 신에서 천황으로 이어지는 계보의 흐름, 벼락신과 불보살의 영역싸움, 법문을 듣고싶어하는 아츠타묘오진(熱田明神)의 간절한 모습, 살생의 죄를 불교의 공덕인 방생에 의해 구원받고자 하는 하치만신(八幡神)의 모습 등, 신화와 설화를 통해 살펴본 신의 세계는 너무 다양하고 현실적임에 놀라게 된다.

신화와 설화는 문화의 일부이고 게다가 언어에 의해 전해지는 것이기 때문에 그 안에는 해당 지역 선인들의 삶의 모습이 어떤 형태로든 반영되어 있다. 따라서 그 지역의 문화나 사회를 분석하는 데 있어 신화나 설화는 효과적인 자료를 제공하고 있다.

어떤 사람은 이러한 방법론에 대해, 신화나 설화 차원에서 적출한 것이 현실세계와 같을 수는 없는 것이 아닌가 하고 이의를 제기할 지도 모르겠다. 그러나 현실과는 거리가 있을 지라도 그 안에는 인간이란 무엇이고 당시 선인들은 어떠한 삶을 살았는가를 이해하는 커다란 단서가 내재되어 있음을 부정할 수는 없을 것이다. 시대를 초월하여 현실에 없는 것도 상상을 통해 표현하고, 또한 그것에 의해 지배되고 행동하게 되는 것이 인간이기 때문이다.

미래는 과거를 돌아볼 줄 아는 자에게 스스로를 열어 놓는다. 과거의 우리 조상들과 이웃 민족들이 어떠한 생각으로 어떠한 삶을 살았는가를 돌아보는 것은 다가오는 세상을 살아갈 우리에게 더 없는 길잡이가 되어 주고 있다. 이러한 점을 감안할 때 지역연구에 있어서 신화와 설화의 이용은 앞으로 그 효과가 크게 기대된다고 할 수 있을 것이다.

제4장 설화의 전승성
-인도에서 일본까지-

제4장 설화의 전승성

- 인도에서 일본까지 -

1. 불전 설화의 세속화 1 -달 속의 토끼-

앞에서 설화문학의 가장 큰 특징으로써 전승성을 지적한 바 있다(제1장 제2절). 그리고 전승성을 구체적으로 분석하여, 전승의 범위면에서는 시간적 전승과 공간적(=지리적) 전승으로, 전승의 형식면에서는 구승과 서승으로, 전승의 내용면에서는 계승과 창조로 정리한 바 있다. 본 장에서는 우리에게 낯익은 예화를 통해 설화문학의 전승성에 초점을 맞추어 살펴보기로 하겠다.

먼저 개인적인 경험담으로부터 이야기를 시작하고자 한다. 필자의 전공은 일본의 고전문학 그 중에서도 특히 설화문학이라고 할 수 있는데, 이 분야에 관심을 갖게 된 계기 중의 하나가 바로 <달 속의 토끼> 이야기이다.

"푸른 하늘 은하수 하얀 쪽배에, 계수나무 한 나무 토끼 한 마리……" 라는 동요를 부르면서 자란 우리는, 둥근 달을 보면서 그 안에 살고 있는 토끼를 떠올리게 된다. 일본 유학을 떠나기 전까지 둥근 달을 보면서 계수나무 옆에서 떡방아를 찧고 있는 토끼를 떠올리는 것은 우리만 가지고 있는 우리의 고유한 발상이라고 생각했었다. 그러나 실제로 일본에서 만난 일본인들도 우리와 같은 생각을 가지고 있음을 알고 놀랐다.

"토끼야 토끼야 무얼 보고 뛰느냐, 보름밤 둥근 달 보면서 뛴단다."

이 동요는 일본에서 에도(江戸)시대(17세기 초에서 19세기 중엽) 때부터 불리던 노래이고 초등학교의 교과서에도 실렸던 노래이니, 일본인들에게는 널리 알려지고 친숙한 노래라고 할 수 있다.

그 후 유학생 기숙사에서 생활하게 되었을 때 그 곳에서 만난 인도 중국 등 동남아의 유학생들도 유사한 이야기를 알고 있음에 더욱 놀랐다.

결국 우리뿐만 아니라 인도 중국 일본 등 여러 나라에 '달 속의 토끼'라는 공통된 소재의 이야기가 전해지고 있음을 확인하게 되었고, 이러한 발상의 공유(共有)가 어떻게 이루어지게 되었는지 궁금해하고 있었는데, 문제 해결의 단서는 바로 『콘쟈쿠(今昔)』에 실린 이야기에서 찾을 수가 있었다.

일본의 대표적인 문헌설화집인 『콘쟈쿠(今昔)』는 1120년경에 쓰여진 작품이므로 1280년경에 성립된 우리나라의 『삼국유사』보다도 150년이나 빠르다. 그 안에는 약 1100여 화의 불교와 세속 이야기가 인도 중국 일본의 세 부로 나뉘어져 실려 있는데, 그 중 인도부의 설화에 다음과 같은 줄거리의 이야기가 나온다.

➡ 세 마리의 짐승이 보살도를 닦으면서 토끼가 몸을 태운 이야기

옛날 인도에 토끼와 여우와 원숭이의 세 마리 짐승이 살고 있었다. 이들은 모두 깊은 구도심을 일으켜 보살의 길을 닦고 있었는데 각자의 마음속에

"우리는 전세에 무거운 죄를 지었기 때문에 지금 비천한 짐승의 몸으로 태어난 것이다. 전생에 산 것을 불쌍히 여기는 마음이 없었고 물건을 아까워하여 아무것도 남에게 주려고 하지 않았다. 이처럼 깊은 죄를 지었기 때문에 지옥에

떨어져 오랜 동안 고통을 받았는데 그러고도 남은 죄의 대가로 이처럼 짐승으로 태어난 것이다. 그러니 현세에서는 이 몸을 버리고 선을 행하도록 해야겠다.”

라고 생각하고, 자기들 가운데 가장 나이든 자를 부모처럼 받들고 그 다음 나이든 자를 형처럼 대하고 가장 어린 자를 동생처럼 여기면서, 자기보다 상대방을 먼저 생각하며 살았다.

그러자 제석천이란 신이 이 모습을 내려다보고,

“이들은 짐승의 몸이긴 해도 정말 기특한 마음씨를 가졌구나. 하지만 사람으로 태어난 자라 해도 산 것을 죽이기도 하고 다른 사람의 물건을 빼앗기도 하고 부모를 죽이기도 하고 형제를 원수처럼 여기기도 하고 웃는 얼굴을 하면서 나쁜 마음을 품기도 하고 사랑하는 것처럼 보이면서 속으로는 원한을 품기도 하는데, 어찌 이와 같은 짐승들의 마음이 진심이라고 믿을 수 있겠는가. 그러니 한번 시험해 보아야 하겠다.”

라는 생각이 들자, 당장 기운 없고 쓰러질 듯한 모습의 노인으로 변신하여 세 마리의 짐승들 앞에 나타났다. 그리고 말하기를,

“나는 나이 먹고 늙어서 살아갈 길이 없다. 게다가 나는 자식도 없고 집도 가난해서 먹을 것을 구하기도 힘들다. 그런데 듣자하니 너희들 세 마리 짐승은 자비로운 마음이 깊다고 하던데, 너희들이 나를 부양해 주지 않겠는가?”

라고 하자, 세 마리의 짐승들은

“바로 우리들이 바라던 바이니 우리가 모시기로 하자.”

라고 말하였다.

그리고 원숭이는 나무에 올라가 밤, 감, 배, 대추, 감귤, 귤, 다래, 동백, 벌꿀, 으름 등을 따고, 마을에 가서는 오이, 가지, 콩, 팥, 동부, 조, 피, 수수 등을 가져와서 노인이 마음껏 먹게 했다. 여우도 묘 옆의 오두막 근처에 가서 사람들이 산소에 바친 떡과 밥 전복 가다랭이 등의 여러 가지 생선을 가져와서 마음껏 먹게 하니, 노인은 배가 불렀다.

이렇게 며칠이 지나자 노인이 말하였다.

“이 두 마리 짐승은 정말 자비로운 마음이 깊구나. 이제 보살이라고 해도 되겠다.”

토끼는 이 말을 듣고 크게 분발하여 자기도 뭔가 구해오지 않으면 안되겠다 싶어, 귀는 쫑긋 세우고 등은 둥글게 구부린 채 눈은 크게 뜨고 앞발은 짧게 웅크리고 항문은 크게 벌린 모습으로 동서남북을 뛰어다니면서 찾아보았지만

아무것도 구할 수가 없었다. 원숭이와 여우뿐만 아니라 노인까지도 토끼를 놀리고 엉덩이를 두드리면서 비웃고 조롱했지만 도저히 다른 수가 없었다. 그래서 토끼는 생각했다.

"나는 노인에게 드리기 위해서 들로 산으로 먹을 것을 찾아다녀 보기는 했지만 들과 산은 무서워서 안되겠다. 사람들에게 붙잡혀 죽거나 다른 짐승들에게 잡아먹힐 것만 같다. 내 뜻과는 달리 쓸 데 없이 목숨을 잃게 될 위험이 많으니, 좋다! 그렇다면 차라리 지금 당장 이 몸을 던져서 노인에게 잡수도록 하여 영원히 지금의 짐승의 몸으로부터 벗어나도록 해야겠다."

그리고 노인에게 다가가,

"나는 지금부터 나가서 맛있는 것을 구해오겠습니다. 내가 돌아올 때까지 마른 나무를 주워서 불을 피워놓고 기다려 주십시오."

라고 말을 하고 사라졌다.

그래서 원숭이는 마른 나뭇가지를 주워왔고 여우는 불을 가져와서 붙였다. 뭐라도 구해 올 수나 있을까 라고 생각하며 기다리고 있는 데 토끼가 빈손으로 돌아왔다. 이것을 본 원숭이와 여우는,

"너는 도대체 뭘 구해 온다고 한 거야? 역시 우리가 생각한 대로다. 거짓말을 늘어놓아 우리를 속이고, 나무를 주워서 불을 지피게 해놓고 너는 따뜻하게 불을 쬐려고 한 것이 틀림없어. 못된 녀석."

하고 나무랐다. 그러자 토끼가 말했다.

"나는 먹을 것을 찾아 올 만한 능력이 없습니다. 그러니 부디 나의 몸을 구워 잡수십시오."

말을 마치자마자 토끼는 타오르는 불 속으로 뛰어들었다.

이 때 노인이 원래의 모습인 제석천으로 돌아왔다. 그리고 불 속에 뛰어든 토끼의 모습을 달 속에 옮겨놓았는데, 이는 널리 일체 중생들에게 토끼의 갸륵한 모습을 보여주기 위해서였다. 달 속에 토끼가 있다고 하는 것은 바로 이 토끼를 말함이고, 달 표면에 구름처럼 보이는 것은 이 토끼가 불에 탈 때 난 연기이다. 그러므로 모든 사람들은 달을 볼 때마다 이 토끼의 갸륵한 마음을 떠올려야 할 것이다.

―『콘쟈쿠(今昔)』제5권 제13화 ―

놀랍게도 지금으로부터 약 850년 전에 쓰인 일본의 설화집 안에 이와 같은 이야기가 실려 있었던 것이고, 따라서 일본 사람들이 우리와 마찬가

지로 달을 보면서 토끼를 연상하게 된 이유를 알 수 있었다. 더구나 우리가 달 표면의 구름처럼 어두운 부분은 바로 토끼가 몸을 태울 때 난 연기이고 살신성인의 갸륵한 토끼의 마음을 기리기 위해 제석천이 달 속에 옮겨 살게 했다고 하는 등, 매우 그럴 듯 하면서도 구성력이 뛰어난 내용으로 되어 있는 것이다.

그리고 좀 더 조사해 보니 더욱 흥미로운 사실을 알게 되었는데, 그것은 이 이야기가 처음부터 일본에서 창작된 것이 아니라, 『잡보장경(雜宝蔵経)』, 『구잡비유경(旧雜譬喩経)』, 『생경(生経)』, 『육도집경(六度集経)』, 『경률이상(経律異相)』, 『보살본연경(菩薩本縁経)』, 『법원주림(法苑珠林)』, 『대당서역기(大唐西域記)』 등 여러 불교 경전 및 관련서적에 실려 있는 이야기라는 점이다.

그래서 한 예로 『대당서역기(大唐西域記)』의 이야기와 비교해보니 『대당서역기(大唐西域記)』에는,

"是如來修菩薩行時, 燒身之處."
(이것은 석가여래가 보살 행을 닦을 때 몸을 태운 것이다.)

라는 한 구절이 덧붙여져 있고, 『경률이상(経律異相)』은 이야기의 마지막을,

"佛言, 時兎王者則我是"
(부처가 이르기를, 그 때(토끼가 불 속에 뛰어들 때)의 토끼가 바로 나로다.)

라는 구절로 맺고 있다. 따라서 이 이야기는 석가여래가 해탈하여 부처가 되기 전, 전생에 토끼의 몸으로 보살 행을 닦던 때의 이야기로, <달 속의 토끼> 이야기는 부처의 전생담(또는 본생담(Jātaka)이라고도 함)이었음이 확인

되는 것이다. 이로서 앞에서 이야기했던, 우리나라뿐만 아니라 인도 중국 일본 등 여러 나라에 '달 속의 토끼'라는 공통된 소재의 이야기가 전해지고 있는데 대한 궁금증이 풀리게 되었는데, 그 해답은 바로 불교에 있었던 것이다.

일반적으로 불교의 전래라고 하면 추상적인 석가모니의 사상이나 가르침의 전래를 생각하기 쉽지만 그렇지 않다. 불교의 전래는 추상적이라기 보다 구체적이다. 불교 전래의 실제는 불·법·승의 삼보, 다시 말해 불상과 경전과 승려라는 아주 구체적인 형태로 이루어지는 것이다. 그리고 인도에서 발생한 불교가 중국 한국 일본을 하나의 전파경로로 하고 있음은 이미 알고 있는 사실이다.

이제 이와 같은 사실을 바탕으로 우리는 여러 나라에서 '달 속의 토끼'라는 같은 생각을 갖게 된 의문을 해결할 수 있게 되었다. 즉 <달 속의 토끼> 이야기는 석가여래가 전생에 토끼의 몸으로 보살도를 닦던 때의 이야기로 여러 경전에 수록되어 있었는데, 불교의 전래와 더불어 이 이야기를 담은 불경도 전해졌기 때문에, 불교 전래에 있어 같은 경로에 속하는 중국 한국 일본에서는 달을 보면서 토끼를 떠올리는 발상을 공유하게 된 것이다.

그런데 한 가지 덧붙이자면, 『콘쟈쿠(今昔)』의 이야기에서도 알 수 있었지만, <달 속의 토끼> 이야기에는 이미 불교적 색채가 전혀 나타나있지 않고, 일본뿐만 아니라 우리가 알고 있는 이야기의 달 속에는 토끼뿐만 아니라 계수나무와 떡방아까지 등장하고 있는데, 어디에 연유한 것일까?

중국에는 옛날부터 태양에는 까마귀가 살고 달에는 두꺼비가 살고 있다는 속신(俗信)이 있었고 『초사(楚辞)』에는 달 속에 토끼가 살고 있다는 구절이 보이는데, 달에 계수나무가 있고 그 밑에 신선이 살고 있다는 생각은 위진시대 이후 널리 퍼지게 된다. 그리고 신선은 달 속의 계수나무 아래서 선약(仙藥)을 찧고 있다고 믿어졌는데, 계수나무 그 자체가 바로 먹으면 신선이 될 수 있는 선약이었던 것이다. 그리고 일본에서도 750년 전후에 편찬된 『만요오슈우(万葉集)』라는 시가집에 달 속의 계수나무를 읊은 노래가 실려 있음이 확인되는데, 이러한 사실들을 통해서 옛날부터 달 속의 존재에 대한 여러 유사한 발상이 널리 퍼져 있었다는 사실을 짐작하게 한다.

그러므로 <달 속의 토끼> 이야기에 계수나무 아래서 선약을 찧고 있는 신선의 모습이 투영되면서, 둥근 보름달 안에서 떡방아를 찧고 있는 토끼 이야기를 낳게 된 것으로 여겨진다.

2. 불전 설화의 세속화 2 - 원숭이의 간 -

<토끼의 간>하면 판소리 수궁가나 별주부전 등으로 잘 알려진 우리와 친숙한 설화중의 하나인데, 이 이야기 또한 일본의 설화집 『콘쟈쿠(今昔)』에 원숭이를 주인공으로 한 내용으로 실려 있고, 그 줄거리는 다음과 같다.

➡ 거북이 원숭이에게 속은 이야기

옛날 인도의 바닷가에 산이 하나 있었는데, 그 산에는 원숭이 한 마리가 나무열매를 따먹으며 살고 있었다. 그리고 가까운 바다에는 두 마리의 거북이 살고 있었는데 부부였다.

어느 날 아내거북이 남편거북에게 향하여,

"나는 뱃속에 당신 아이를 가졌지만, 배에 병이 있어서 제대로 낳지 못할

게 틀림없습니다. 당신이 나에게 약을 구해 먹여 주시면 당신 아이를 무사히 낳을 수 있겠습니다만……"

라고 말했다. 그러자 남편거북이 물었다.

"도대체 무엇이 약이 될까?"

아내거북이 대답했다.

"듣자하니 원숭이의 간이 뱃병에는 최고라고 하더군요."

이 말을 들은 남편거북은 해변으로 가서 원숭이를 만났다.

"당신이 살고 있는 곳은 무엇이든 풍족합니까?"

라고 말을 걸자, 원숭이는,

"아니오, 항상 부족하지요."

라고 대답했다. 그러자 거북이 말했다.

"내가 살고 있는 곳 가까이에는 나무열매가 사철 끊이지 않고 열리는 넓은 숲이 있는데……. 당신을 거기로 데려가 마음껏 먹게 해주고 싶구만."

원숭이는 자기가 속은 줄도 모르고 기뻐했다.

"그것 참 굉장하군요. 꼭 가보고 싶습니다."

"그렇다면 자, 가 봅시다."

남편거북은 원숭이를 등에 태우고 가면서 말했다.

"당신은 잘 모르겠지만, 실은 내 아내가 임신을 했는데 배에 병이 있소. 그런데 뱃병에는 원숭이의 간이 약이 된다고 들어서, 당신의 간을 약에 쓰려고 이렇게 속이고 데려 온 것이오."

그러자 원숭이가 말했다.

"당신은 정말 아까운 짓을 했소. 솔직히 나에게 말했더라면 좋았을 걸. 아직 못 들으셨나본데, 우리 원숭이들은 원래 몸 안에 간을 넣어두지 않습니다. 나도 간을 근처의 나무에 걸쳐놓아 두었습니다. 당신이 처음 그 곳에서 그렇게 말했더라면 내 간 뿐만 아니라 다른 원숭이들의 간도 모두 걷어 드렸을 텐데……. 설령 나를 죽인다 해도 내 몸 안에 간이 있어야 쓸모가 있는 것 아니겠습니까? 정말로 안타깝군요."

이런 원숭이의 말을 듣고 남편거북은 완전히 믿어버렸다.

"그렇다면 자, 같이 돌아가서 간을 가져다 내게 주시오."

"그건 아주 쉬운 일이오. 조금 전에 우리가 있던 곳에 도착하기만 하면 그런 일은 아무 것도 아닙니다."

원숭이가 이렇게 말하자 남편거북은 올 때처럼 원숭이를 등에 태우고 원래의 장소로 돌아갔다.

자기가 살던 곳에 도착한 원숭이는 거북의 등에서 내리자마자 달아났다. 그리고 멀리 나뭇가지 끝에 올라가 아래를 내려다보면서 거북에게 말했다.

"거북아 너는 정말 바보로구나. 몸에서 빼놓는 간이 있을 것 같니?"

이 말을 듣고 거북은 "이런, 나를 속였군."하고 생각했지만 어쩔 수 없어, 나뭇가지에 올라가 있는 원숭이를 쳐다보며,

"원숭이 너도 바보로구나. 바다 밑에 나무열매가 있을 거라고 생각하다니."라고 말하고 바다 속으로 들어가 버렸다.

옛날부터 짐승은 이렇게 생각이 얕은 것이었다. 사람도 어리석은 자는 이들 짐승과 마찬가지다.

―『콘쟈쿠(今昔)』제5권 제25화 ―

이 이야기도 역시 그 출처를 거슬러 올라가면 『생경(生経)』, 『육도집경(六度集経)』, 『경률이상(経律異相)』, 『법원주림(法苑珠林)』 등의 불전과 만나게 되고, 원숭이는 부처의 전생의 모습, 즉 석가모니의 본생(本生)이라고 되어 있다.

우리의 귀토설화(亀兎説話) 또는 판소리 수궁가와도 비교가 되는데, 수궁가에서는 병이 난 것은 용왕이고, 거북도 등장하지만 용왕의 신하 중의 하나일 뿐으로, 토끼를 데려오는 역할의 주인공은 별주부, 즉 자라이다.

수궁가가 판소리로서 완성되는 것은 18세기에 들어서이므로, 시기적으로 보면 12세기 중엽의 『콘쟈쿠(今昔)』와는 비교가 안될 정도로 늦지만, 판소리 수궁가로 완성되기 이전에 이미 <토끼의 간> 이야기가 우리나라에 전래되어 있었음을 감안하면, 이야기 전래의 선후 관계를 파악하기는 단순치 않다.

일례로 1145년에 김부식이 편찬한 『삼국사기』를 보면, 제41권 열전 김유신 편에 다음과 같은 이야기가 나온다.

선덕대왕 11년(642년) 백제가 신라의 대량주(大梁州)를 함락했을 때 김춘

추의 딸 고타소랑(古陀炤娘)이 남편을 따라 죽었다. 이에 분개한 김춘추는 백제를 치기 위해서 고구려에 군사를 청하는 사신으로 가고자 하니 왕이 이를 허락했다.

고구려로 들어간 김춘추는 왕에게 환대를 받았지만, 한 신하가 김춘추의 비범함과 그의 목적이 고구려의 정탐에 있음을 간하면서 그를 돌려보내서는 안 된다고 하자, 왕도 태도를 바꾸었다. 그래서 일부러 신라 땅의 두 곳을 돌려달라는 무리한 요구를 하니 김춘추는 듣지 않았다. 왕이 노하여 그를 옥에 가두고 죽이려고 하였다.

옥에 갇힌 김춘추는 왕이 총애하는 신하 선도해(先道解)에게 청포를 주고 의논하니 그가 웃으면서 말했다.

"그대는 일찍이 거북과 토끼 이야기를 들은 바가 있는가? 옛날 동해 용왕의 딸이 심장을 앓았는데 의원의 말이 토끼의 간을 구해 약으로 쓰면 낫는다고 하였다. 그러나 바다 속에는 토끼가 없으니 어찌할 수가 없었는데, 한 거북이 용왕에게 아뢰기를 자기가 그것을 구할 수 있다고 하였다. 그리고 육지로 나와서 토끼를 만나 말하기를, 바다 속에 섬이 하나 있는데 맑은 샘물과 흰 돌 무성한 숲과 맛있는 과일이 있고 추위와 더위도 없고 매나 새매도 침입하지 못하니 네가 가기만 하면 편히 지내고 아무 근심도 없을 것이라 하고, 이어 토끼를 등에 업고 이삼 리쯤 헤엄쳐 가다가 거북이 토끼를 돌아보며 말하기를, 지금 용왕의 딸이 병이 들었는데 토끼의 간이 있어야 약을 짓기 때문에 이렇게 수고로움을 불구하고 너를 업고 오는 것이다 하였다. 그 말을 듣고 토끼가, 아아 나는 신명(神明)의 자손이라 능히 오장(五臟)을 꺼내 씻어 넣을 수 있다. 그런데 며칠 전에 속이 좀 불편하여 간을 꺼내 씻어서 잠시 바위 밑에 두었는데 너의 감언을 듣고 바로 왔기 때문에 간이 아직도 그 곳에 있으니 어찌 돌아가서 간을 가져오지 않을 것인가, 그렇다면 너는 구하는 것을 얻게 되고 나는 간이 없어도 살 수 있으니 서로가 좋은 일이 아니겠는가 하니, 거북이 그 말을 믿고 도로 나가 언덕에 오르자마자 토끼는 풀 속으로 도망치며 거북에게 말하기를, 너는 어리석기도 하지 어찌 간 없이 사는 자가 있을 수 있겠느냐 하니, 거북이 아무 말도 못하고 물러갔다고 한다."

이야기를 듣고 김춘추는 그 뜻을 알게 되어, 자신이 귀국하면 신라왕에게 청하여 두 곳의 땅을 고구려에 돌려주겠다는 글월로 고구려왕을 속이고 풀려나게 된다.

이 『삼국사기』의 이야기를 통해 우리나라에도 일찍부터 <토끼의 간> 이야기가 전해져 있었다는 사실이 증명된다. 1145년 성립된 『삼국사기』는 『콘쟈쿠(今昔)』와 비슷한 시기에 편찬되었으므로 12세기 중엽에 이미 <토끼의 간> 이야기가 양국 문헌에 기록되어 있었던 것이다. 그리고 『삼국유사』의 경우는 이야기의 배경이 642년으로 되어 있고, 고구려의 선도해(先道解)가 신라의 김춘추에게 궁지를 벗어나는 계책의 힌트로서 <토끼의 간> 이야기를 했을 때 김춘추가 즉시 알아들었다는 것은 고구려 신라를 막론하고 이 이야기가 일찍부터 한반도에 널리 유포되어 있었음을 말해준다.

그리고 앞에서 지적했듯이 <달 속의 토끼> 이야기와 마찬가지로 <토끼의 간> 이야기도 부처의 본생담으로서 여러 불전(仏典)에 실려있던 이야기이고, 원래는 불교의 전래와 함께 한국과 일본에 전해진 것이, 석가여래의 본생담으로서의 요소가 탈색되고 점차 내용의 변화를 거치면서 각 나라에 수용된 것으로 볼 수 있을 것이다.

이처럼 불전 설화는 각 나라에 전해지면서 토착화(土着化)의 과정을 거치게 되고 토착화(土着化)는 다시 세속화로 이어지게 되었다. 이것은 설화의 특성에 비추어 볼 때 극히 자연스러운 현상이다. 즉 설화란 전해지는 과정에서 많은 변용을 거치기 마련인데, 그 변용의 요소에는 두 가지가 있다. 하나는 시대적 지리적 변화에 따른 변용이고, 또 하나는 전승자의 의도에 의한 변용이다. 위의 두 설화의 예를 통해서 보면, 일본에서는 원숭이가 등장하고 한국에서는 토끼가 등장한다든지 이야기의 무대는 인도인데 등장하는 자연환경이나 음식 생산물은 일본적인 것이라든지 하는 것은 전자(시대적 지리적 변화에 따른 변용)의 예이고, 원래는 부처의 본생담이었던 불전 설화가 토착화 과정에서 불교적 색채는 탈색되고 세속화된 이야기로 변모하게 된 것은 후자(전승자의 의도)의 예가 될 것이다. 설화란 생명력은 지닌 문학이고 역동적인 문학이기 때문에 모든 설화가 후대에 전해진다든지 원형 그대로 전해진다든지 하지 않는다. 위의 불전설화의 경우도 전승자들에게 있어서는 부처의 본생담으로서의 요소보다는 원숭이(또는 토끼)의 갸륵한 행위, 그리고 원숭이(또는 토끼)와 거북의 어리석고도 재치있는 응수 등이 흥미롭기 때문에 전승의 계기가 된 것이었고, 따라서 불전설화의 세속화로 나타나게 된 것이라고 보인다.

한편 이 이야기는 이후 일본에서는 무카시바나시(昔話, 민담 또는 전래동화)로 발전하게 된다. 구체적인 내용은 전래되는 지방마다 조금씩 차이는 있지만, 개요는 용왕의 딸이 병이 들자 거북은 원숭이의 간을 약으로 쓰기 위해 원숭이를 속여 용궁으로 데려오는데, 용궁을 지키고 있던 수문장 해파리가 이 사실을 무심코 이야기하는 것을 듣고 원숭이는 자기가 속았다는 것을 알게 된다. 그래서 원숭이는 간을 육지에 넣어 두었다고 기지를 발휘하여 무사히 살아 돌아오게 되었고, 나중에 이 사실을 안 용왕은 입을 잘못 놀린 해파리에게 벌을 내려 뼈를 모두 뽑아내도록 했다. 그래서 지금도 해파리에게는 뼈가 없다 라고 하여, 해파리에게 뼈가 없는 이유의 근원설화로 발전해 간다. 이 이야기는 우리의 수궁가나 전래동화의 내용과 유사한 점이 많은 것으로 보아 양국 간에 서로 영향을 주고받았음을 짐작케 한다.

3. 불전 설화의 세속화 3 -칠십 넘은 노인을 버리는 나라

옛날 인도에 칠십이 넘은 노인을 다른 나라에 버리는 나라가 있었다. 그 나리에 대신이 한 사람 있었는데 늙은 어머니를 모시고 있었다. 대신은 아침저녁으로 어머니를 뵙고 극진히 효를 다하면서 지냈는데, 그러는 동안 어머니가 이미 칠십 세가 넘게 되었다. 아침에 뵙고 저녁에 뵙지 못하는 것조차 마음이 불안하여 견디기 어렵거늘 어찌 먼 나라로 보내버리고 영원히 만날 수 없다는 것은 도저히 견디기 어려운 일이라고 생각한 대신은, 집 귀퉁이에 몰래 땅을 파고 방을 만들어서 어머니를 감추어 두었다. 이 일은 집안 사람들조차 몰랐으니 세상 사람들은 더 말할 나위 없었다.

이렇게 해서 세월이 흐르는 동안 이웃 나라에서 똑같은 모습을 한 암말 두 마리를 보내오면서 말하기를 "이 두 마리 말의 어미와 자식을 구별하여 표시해 보내라. 만일 그렇게 하지 못하면 군대를 일으켜 칠 일 안에 너희 나라를 멸망시킬 것이다."고 했다. 그러자 국왕이 대신을 불러 "이 일을 어떻게 하면 좋겠소. 혹시 좋은 생각이 있으면 말해 보시오."라고 말씀하시니, 대신이 말씀드리기를 "이 일은 당장 성급히 말씀드릴만한 일이 아닙니다. 일단 귀가하여 곰곰이 생각해서 말씀드리겠습니다."고 하고, 마음속으로 "나가 감추어둔 어머니는 나이가 드셨기 때문에 이와 같은 문제에 대해 들으신 바가 있을지도 모르겠다."고 생각하고 서둘러 집으로 돌아왔다.

그리고 몰래 어머니가 계시는 굴 안으로 들어가 "이러이러한 일이 있습니다만 어떻게 대답하면 좋겠습니까, 혹시 이런 일에 대해 들으신 적이 있으신지요."라고 묻자, 어머니는 "옛날에 내가 젊었을 때 들은 바가 있지. 같은 모습을 한 말 두 마리의 어미 자식을 가려내려면 두 마리 말 가운데 풀을 놓아두고 지켜보면 된다. 먼저 나아가서 욕심내서 먹는 것이 자식 말이고, 자식이 마음껏 먹게 한 다음 나중에 천천히 먹는 것이 어미 말인 줄 알면 된다고 들었다."고 가르쳐 주었다. 이 말을 듣고 대신이 왕궁으로 돌아오자 국왕이 "뭔가 생각나는 바가 있소?"하고 물으셨다. 대신은 어머니가 말씀하신 대로 "이러이러 하시는 것이 좋을 듯합니다."하고 아뢰었다. 국왕은 "그것 참 좋은 생각이오."하시면서 즉시 풀을 가져오게 하여 두 마리의 말 사이에 두고 보니 한 마리는 열심히 먹기 시작했고 다른 한 마리는 먹고 남긴 풀을 천천히 먹는 것이었다. 이것을 보고 어미와 자식을 구별할 수 있게 되어 표시를 해서 이웃 나라로 돌려보냈다.

그 후 다시 이웃 나라에서 양끝을 같은 모양을 깎은 나무에 옻칠을 한 것을 보내면서 "이 나무의 어느 쪽이 뿌리이고 어느 쪽이 가지인지 알아내라."라고 요구해 왔다. 국왕은 대신을 다시 불러 "이 문제를 어떻게 하면 좋겠는가."하고 묻자 대신은 전과 같이 말씀드리고 집으로 돌아왔다. 그리고 어머니가 계시는 굴로 가서 "이러이러한 일이 있습니다."라고 하자 어머니는 "그것도 쉬운 일이지. 나무를 물에 띄워보고 약간 가라앉는 쪽이 뿌리 쪽이라고 생각하면 된다."고 가르쳐 주었다. 대신은 왕궁으로 돌아와서 그렇게 말씀드리자 왕은 즉시 물에 띄워 보셨다. 그리고 약간 가라앉은 쪽을 뿌리 쪽이라고 표시해서 돌려보냈다.

그 후 또다시 코끼리를 보내면서 "이 코끼리의 무게가 어느 정도인지를 재서 알리라."고 했다. 국왕은 고민하면서 다시 대신을 불러서 "이 일에 대해서는 어떻게 하면 좋겠소. 이번 일은 어떻게 해야 좋을지 전혀 생각이 나지 않는군."하니 대신도 "정말 그렇습니다. 그렇지만 집에 돌아가서 잘 생각해 보고 그런 다음에 대답해 드리겠습니다."고 하고 집으로 돌아왔다. 이 때 국왕은 "이 대신은 내 앞에서도 생각할 수 있을 텐데, 이처럼 집에 가서 생각해 오는 것이 매우 이상하구나. 집에 어떤 일이 있기에 그러한가."하고 의심하셨다.

이윽고 대신이 왕궁으로 돌아왔다. 국왕은 대신이 잘 해결을 못한 것이 아닐까 걱정하면서 어찌 되었는지를 물었다. 대신은 "이번 일에 대해서도 약간 생각나는 바가 있습니다. 우선 코끼리를 배에 태우고 물에 띄웁니다. . 그리고 배가 가라앉았을 때 뱃전에 물이 올라온 선에 먹으로 표시를 해 둡니다. 그 다음에 코끼리를 내려놓습니다. 그리고 배에 돌멩이를 주워 넣습니다. 코끼리가 탔을 때 표시해 둔 선까지 물이 올라왔을 때 돌을 꺼내어 하나씩 저울에 답니다. 그리고 돌멩이 무게를 모두 합하여 그것을 코끼리의 무게로 생각하면 됩니다."라고 말씀드렸다. 국왕은 이 말을 듣고 대신이 말 한 대로하여 코끼리의 무게는 이러하다고 써서 이웃나라에 보냈다.

상대방 적국은 이 나라가 세 가지 어려운 문제를 하나도 틀리지 않고 그 때마다 답을 보내오자 매우 감탄하면서 "저 나라는 현인(賢人)이 많은 나라이다. 보통 재치있는 사람이라면 도저히 생각해내지 못할 일들을 이처럼 맞추어 보내오는 것을 보면 보통 현인(賢人)이 많은 나라가 아니다. 그런 나라를 침략하려고 생각했다가는 오히려 계략에 걸려 이 쪽이 침략 당할 것이다. 그러니 서로 상대방을 존중하고 사이좋게 지내는 것이 좋겠다."고 하고, 평소의 침략하려는 마음을 영원히 버리고 이러한 뜻을 사신을 보내 전함으로써 좋은 사이가 되었다.

그래서 국왕은 이 대신을 불러 "우리 나라의 치욕을 막고 적국의 마음도 평화롭게 만든 것은 그대의 공덕이오. 나는 더할 나위 없이 기쁘오. 그런데 그처럼 지극히 어려운 일들을 어떻게 잘 알게 된 것이오?"하고 물으셨다. 그러자 대신은 넘쳐흐르는 눈물을 소매로 닦으면서 국왕에게 말씀드렸다. "이 나라에서는 예로부터 칠십이 넘은 노인을 다른 나라로 보내 버리는 것을 법으로 삼고 있습니다. 요즘 시대에 시작된 일이 아닙니다. 그런데 저의 모친께서 칠십이 넘으신 지 팔 년이 됩니다. 조석으로 효양하기 위해서 몰래 집 안에 토굴을 만들어 모시고 있었습니다. 그런데 나이 드신 분은 들은 바가 넓기 때문에 혹시 어려운 문제에 대한 해결책을 들어둔 바가 있을지도 모른다고 생각하여 집에 돌아와 물어보고 들려주신 바를 모두 말씀드린 것입니다. 그러니 만약 노인이 안계셨더라면……"하고 말씀드리니, 국왕은 "어떤 일로 인해서 옛날부터 이 나라에 노인을 버리는 일이 있게 됐는지 모르겠지만 이제 이번 일을 계기로 생각해 보건대 노인을 공경하는 것이 도리이다. 그러니 먼 곳으로 보내 버린 노인들을 신분의 귀천과 남녀를 불문하고 모두 불러 돌아오도록 칙명을 내려야겠다. 또한 노인을 버린다는 나라 이름을 고쳐서 노인을 봉양하는 나라라고 해야 할 것이다."라고 명하셨다. 그 후 나라의 다스림도 편안해지고 백성들도 마음이 편하여 풍요로운 나라가 되었다고 전해진다.

—『콘쟈쿠(今昔)』 제5권 제32화 —

이 설화 또한 『잡보장경(雜宝蔵経)』, 『법원주림(法苑珠林)』, 『현우경(賢愚経)』 등의 불전에서 유래한다. 『잡보장경(雜宝蔵経)』에는 제1권 제4화에 <棄老国縁>이란 제목으로 실려있는데, 이야기의 마지막에 기로국(棄老国, 노인을 버리는 나라)에서 양로국(養老国, 노인을 봉양하는 나라)으로 나라 이름을 바꾸었다는, 말하자면 국명 연기담의 형식으로 되어있는데, 이 설화는 우리나라의 고려장 설화나 일본의 오바스테야마(姨捨山)의 기원 설화이기도 하다.

이처럼 어려운 문제를 내고 해결하는 형식의 이야기를 난제설화(難題説話)라고 하는데 설화의 대표적인 유형의 하나이다. 『콘쟈쿠(今昔)』 설화에서는 노모의 기지에 의해 어려운 문제를 하나하나 해결해 가는 것이 흥미의 포인트가 되고 있어, 앞의 토끼나 원숭이 이야기의 경우처럼 세속설화로서 수록되어 있다. 그러나 이 설화의 원전으로 보이는 『잡보장경(雜宝

藏経)』의 경우를 보면 역시 부처의 본생담으로서 전개되고 있고, 내용적으로도 약간의 차이를 보이고 있다.

『잡보장경(雜宝蔵経)』에 의하면 대신의 노모가 노부(老父)로 되어 있고 난제를 제시하는 것도 이웃나라 왕이 아니라 천신(天神)이다. 난제의 수도 아홉 가지로 다음과 같은 문제들이다.

1. 두 마리 뱀의 암수를 가려내라.
2. 어떤 사람을 각자(覺者)라 하고 어떤 자를 수자(睡者)라 하는가.
3. 커다란 흰 코끼리의 무게는 어느 정도인가.
4. 한 줌 물의 양이 대해(大海)보다 많다고 하는 것은 왜인가.
5. 어떤 사람을 가장 굶주림에 고통받는 자라고 하는가.
6. 어떤 여자를 가장 미인이라고 하는가.
7. 어떤 사람을 가장 고통이 많은 자라고 하는가.
8. 앞뒤를 똑같이 깎은 나무의 뿌리와 가지를 가려라.
9. 똑같은 모습을 한 두 마리 말의 어미와 자식을 가려라.

이 가운데 2, 4, 5, 6, 7번 문제는 불교 교리와 관련된 화두성의 물음이고 1, 3, 8, 9번 문제는 일반적인 경험이나 지혜로 푸는 문제로 말하자면 세속성이 짙은 물음이다. 따라서 일반 민중들에게는 기지와 경험에 의한 세속적인 물음과 해결에 흥미를 느끼는 것이 당연하고 불교적인 색채를 털어 버리고 세속화된 설화로의 변용이 이루어진 것이다. 본 설화의 세속화는 여기에서 그치지 않는다. 등장인물의 본생(本生) 부분, 즉 난제의 해결책을 제시한 노부(老父)는 지금의 석가모니불이고 아들인 대신은 지금의 사리불(舎利弗), 국왕은 지금의 아자세왕(阿闍世王) 천신(天神)은 지금의 아난(阿難)이라고 전생을 밝힌 부분을 생략해 버림으로서 완벽한 세속화로의 탈바꿈을 마무리지은 것이다.

　　한편 이 이야기는 일찍부터 일본에 유포되었던 것으로 보인다. 헤이안(平安) 시대에 쓰인 일본 수필문학의 효시라고 할 수 있는 세이쇼오나곤(淸少納言)의 『마쿠라노소오시(枕草子)』에 보면 제227단 「야시로와(社は)」의 항목 안에 <아리토오시노묘오진(蟻通の明神)>의 유래담으로서 비슷한 난제설화가 실려 있다.

　　일본의 어느 천황 시대의 일로, 도읍에 사는 사람이 사십이 되면 죽이게 되어 있었다. 그래서 어느 귀족이 칠십이 된 부모를 땅속 방에 감추어 두고 있었는데, 이웃 중국의 왕이 이 나라를 치기 위해서 우선 어려운 문제를 내어 지혜를 시험하고자 했다. 첫 번째 문제는 위 설화의 8번과 같은 문제였고 두 번째 문제는 위 설화의 1번과 같은 문제로 똑 같은 모습을 한 두 마리 뱀의 암수를 가리는 문제였는데, 답은 두 마리의 뱀을 늘어놓고 꼬리 쪽에 가는 어린 나뭇가지를 가까이 했을 때 꼬리가 움직이지 않는 쪽을 암컷으로 알면 된다는 것이었다. 세 번째 문제는 일곱 번 구불구불하게 구부러진 구슬의 한가운데가 관통해 있고 좌우에 조그만 입구가 나 있는 것을 보내면서 거기에 끈을 통하게 하라는 것이었다. 해답은 큰 개미를 두 마리쯤 잡아서 허리에 가는 실을 묶고 다시 거기에 좀 더 굵은 실을 연결해서 저 편 입구에 꿀을 발라놓으면 된다는 것이었다.

　　이처럼 불전에서 유래한 난제설화가 토착화 과정에서 변용되는 모습을 볼 수 있는데, 노인을 버린다는 점에 중점을 두고 토착화된 것이 우리의 고려장 설화나 일본의 오바스테야마(姨捨山) 전설이고, 이러한 변용의 과정에는 늙은 부모를 공경해야 한다는 유교적 덕목과의 접목도 작용했음을 부인할 수 없을 것이다.

제5장 불교의 효

제5장 불교의 효

　　효라 하면 설화문학에서도 가장 중요한 테마 중의 하나이고, 특히 유교문화권에 속한 한국과 일본 또한 예외는 아니었다. 하지만 양국의 설화문학을 비교해 보면 차이점이 드러나기도 한다.

　　또한 효라 하면 흔히 유교의 실천 덕목으로서 강조되어 왔기 때문에 불교의 효에 대해서는 그다지 주목하지 않았고 심지어는 불교와 효와는 거리가 먼 것처럼 인식하기 쉬웠다. 이러한 점에 주목하여 본 장에서는 유교와 불교의 효를 주제로 한·일 설화문학의 비교방법론을 시도해 보고자 한다.

　　고대의 한국과 일본 사이에는 활발한 문화적 교류가 있었던 만큼 양국 설화 가운데에는 유사한 것이 많다. 따라서 설화문학 연구에 있어서도 비교연구가 필요하고, 또 매우 효과적인 방법론이 될 것으로 생각한다.

　　우선 한국과 일본의 설화를 비교·고찰하는데 있어서 가장 먼저 부딪치는 문제점은 방법론의 차이일 것이다. 우리나라에서는 설화가 구비문학의 일종으로 분류되는 경향이 많고, 따라서 설화의 연구는 구승(口承)과 서승(書承)을 막론하고 포괄적인 영역에 걸쳐 행해지고 있음에 비하여, 일본의 국문학계에서는 서승에 의한 설화집을 구승문예와 구분하고, 설화집을 중심으로 한 그 문학성의 규명이 최근의 연구경향으로서 주목을 받고 있다.

이렇게 서로 다른 연구경향을 보이게 된 원인의 하나로써, 양국에 있어서의 자료 면의 차이를 들 수 있을 것이다. 즉 많은 문헌설화집의 산일(散逸)을 겪은 한국으로서는 부족한 서승자료에만 의존하기보다는 풍부한 구승자료를 포함시킴으로써 연구의 효과를 얻을 수 있었지만, 반면에 설화연구가 민속학과 국문학의 양 영역 사이에서 방황하는 결과를 가져왔고, 풍부한 서승자료가 현존하고 있는 일본은 구승에 의한 자료를 서승과 구분하고, 문자로 기록된 문헌설화집을 국문학의 주된 연구대상으로 하는 경향을 보이게 된 것이다.

이러한 연구경향과 관련하여 문헌설화를 구성하는 두 가지 요소에 대해서도 간과할 수 없겠는데, 그 하나는 각 설화에는 기록자의 구상과는 관계없이 설화가 생성될 당시의 역사 · 사회적인 배경이 반영되어 있다는 점이고, 또 하나는 기록자의 구상에 의해 문학적인 영위가 행해진 부분이 있다는 점이다.

이 가운데 특히 전자인 설화생성 당시의 시대적 배경이 되는 제반의 상황에 중점을 두고 연구하는 것이 민속학적인 방법이 되겠고, 후자인 기록자의 구상과 문학적인 영위를 적극적으로 평가하는 시각에서 연구하는 것이 문학적인 방법이 되겠는데, 앞에서도 언급했듯이 우리나라의 국문학계에서는 이 두 가지 방법론의 혼용(混用) 내지는 민속학적인 방법이 큰 비중을 차지하고 있는 듯한 인상을 받는데 비하여, 일본의 경우는 문학적인 방법론에 의한 연구가 중심을 이루고 있는 것으로 보인다.

1. 『삼국유사』와 『콘쟈쿠모노가타리슈우(今昔物語集)』의 개요

먼저 한·일간 설화의 비교를 위해 주된 자료가 되는 『삼국유사』와 『콘쟈쿠(今昔)』의 개요에 대해 정리하면 다음과 같다.

1) 성립의 개요

	삼국유사	今昔物語集
편자	일연(1206~1289)	미상
성립시기	고려충렬왕代(1280전후)	平安時代末(1120~1150)
구성	5卷 9篇目 1表 138話	31卷(3卷欠) 1000余話
성격	불법화와 세속화를 수록	불법화와 세속화를 수록

2) 『삼국유사』의 구성 및 내용의 개관

卷一 : 三国遺事王曆第一　紀異卷第一

卷二 : 三国遺事卷第二

卷三 : 三国遺事卷第三　興法第三　塔像

卷四 : 三国遺事卷第四　義解第五

卷五 : 三国遺事卷第五　神呪第六　感通第七　避隱第八　孝善第九

1. 왕력(王曆) : 삼국(고구려, 백제, 신라), 가야, 후삼국의 왕력표와 그에 대응하는 중국의 왕력표.

2. 기이(紀異) : 고조선 이후 상대 제국의 흥망과, 신라의 삼국통일 전 태종무열왕에 이르기까지의 59화를 수록.

3. 흥법(興法) : 삼국의 불교 전래 및 흥법에 관한 7화를 수록.

4. 탑상(塔像) : 신라불교 중심(고구려 관련 2화와 가야 관련 1화 이외는 모두 신라불교 관련화)의 절, 탑, 불상, 불화, 종, 불사리 등과 관련된 연기·영험담을 30화 수록.

5. 의해(義解) : 신라불교 중심의 고승전을 14화 수록.

6. 신주(神呪) : 밀교 관련의 신승전을 3화 수록.

7. 감통(感通) : 여러 천신과 보살의 감응, 가덕(歌德), 인수혼인(人獸婚姻) 등의 영이(靈異)를 주로 한 감응·영이담을 10화 수록.

8. 피은(避隱) : 피은승(避隱僧)의 행적담을 10화 수록.

9. 효선(孝善) : 효행 현보담을 5화 수록.

3) 『콘쟈쿠(今昔)』의 구성 및 내용의 개관

1. 천축(天竺, 인도)

제1권~제3권 : 불법부(석가의 탄생과 성도, 교화, 열반)

제4권　　　 : 불법부(석가 열반후의 불법사)

제5권　　　 : 세속부(천축의 왕조사 및 기타 세속담)

2. 진단(震旦, 중국)

제6권~제8권 : 불법부(중국의 불교전래와 불상,경전의 영험담)

제9권　　　 : 불법부(효양 및 인과응보담)

제10권　　　 : 세속부(중국의 왕조사 및 기타 세속담)

3. 본조(本朝, 일본)

제11권~제20권 : 불법부(일본의 불교전래 및 절, 탑, 법회, 불상, 경전 등의 영험담과 왕생담, 인과응보담)

제21권~제31권 : 세속부(일본 왕실, 귀족담과 무사, 숙보, 영귀, 골계, 악행, 동물, 연애 및 기타 세속담)

2. 『삼국유사』의 효양담과 『콘쟈쿠모노가타리슈우 (今昔物語集)』의 비교

앞에서도 말했듯이 설화집 안에는 편자의 창조에 의한 문학적인 영위와는 별도로 설화의 생성 당시의 역사적·사회적 배경이 반영되어 있기 마련이다. 바꾸어 말하면 설화는 생성 당시의 시대상황에 뿌리를 내리고 자란 한 그루 나무와 같은 것이고 설화집은 숲과 같은 것이다. 따라서 설화집의 비교 고찰에 있어서 개개의 설화 및 설화집이 뿌리를 내리고 있는 토양의 성질을 비교 검토해 보는 것은 효과적인 방법의 하나이다.

그 일례로써 『삼국유사』와 『콘쟈쿠(今昔)』에 수록된 효양담을 통해서 양국의 효에 대한 관념, 그리고 유교와 불교의 효를 비교해 보기로 하겠다. 우선 효양의 관점에서 양국 설화집의 구성을 비교해 보면, 『콘쟈쿠(今昔)』 진단부(중국편)에는 제9권에 효양이라는 항목이 설정되어 있고, 『삼국유사』에는 제9 효선편이 설정되어 있는데 비하여, 『콘쟈쿠(今昔)』 본조부(일본편)에는 그런 항목이 존재하지 않는다. 이와 같은 구성의 차이 자체가 『삼국유사』나 『콘쟈쿠(今昔)』가 모두 한문전적(漢文典籍)의 영향을 받아 편찬되었으면서도 각각 그 나라의 토양에 뿌리를 내리고 자랄 수밖에 없었다는 점, 즉 토양의 차이를 이야기 해주고 있는 것으로 느껴진다.

그러면 구체적으로 『삼국유사』의 효양담을 중심으로 해서 『콘쟈쿠(今昔)』와의 비교를 정리해 보기로 하겠다.

▣ 진정사 효선쌍미(眞定師 孝善雙美)

진정사(眞定師)는 늙은 어머니를 봉양하기 위해 출가하지 않고 있었는데, 자식의 출가는 부모를 위한 일이 된다고 하면서 어머니는 진정사(眞定師)가 어서 출가하도록 설득했다. 그 후 진정사(眞定師)는 출가하여 수행 정진하였고 어머니도 극락왕생을 이루었다.

『콘쟈쿠(今昔)』와의 비교 제15권 제39화「겐신(源信) 승도의 어머니가 왕생한 이야기」와 유사한 요소가 있음.

▣ 대성 효이세부모 신문왕대(大城 孝二世父母 神文王代)

전세에 가난한 몸이었던 대성(大城)은 보시의 공덕에 의해 현세에서는 귀족의 가문에 태어났고, 전세와 현세의 이세(二世)에 걸친 부모의 후세를 추모 공양하기 위해 불국사와 석불사의 두 절을 지었다.

『콘쟈쿠(今昔)』와의 비교 부모의 후세를 추모 공양한다는 점과 효양과의 연결이 진단・본조부의 효양담과 유사한 맥락으로서 지적할 수 있다.

▣ 향득사지 할고공친 경덕왕대(向得舍知 割股供親 景德王代)

향득(向得)이란 신라의 사지(舍知, 하급 관리의 하나)가 기근 때문에 부친을 봉양할 수 없게 되자 자신의 허벅지를 잘라 부친을 봉양했다. 이 사실이 왕에게 상주(上奏)되어 경덕왕이 조 오백석(租五百碩)을 하사했다.

『콘쟈쿠(今昔)』와의 비교 중국 고래의 효자전이 수록하고 있는 효자담과 같은 맥락의 이야기로, 진단부의 효양담과 유사하다.

■ 손순매아 흥덕왕대(孫順埋兒 興德王代)

집이 가난한 손순 부부는 노모의 먹을 것을 어린 자식에게 빼앗기는 일을 염려하여, 어머니를 봉양하기 위해서 자식을 땅에 묻기로 했다. 그리고 땅을 파니 석종(石鐘)이 나왔는데 그 종소리가 흥덕왕의 귀까지 들림으로서 이 사실을 알게 된 왕이 집과 쌀 오십석(五十碩)을 하사하고 그 효성을 치하했다.

『콘쟈쿠(今昔)』와의 비교 진단부의 제9권 제1화 곽거(郭巨) 이야기와 같은 류의 이야기이고『삼국유사』안에서도 흥덕왕의 말 가운데 곽거(郭巨)의 고사(故事)가 나온다.

■ 빈녀양모(貧女養母)

맹모(盲母)를 봉양하는 여인의 효양담으로 부모의 몸 보다 마음을 편안하게 해드리는 일의 중요함이 서술되어 있다.

『콘쟈쿠(今昔)』와의 비교 유교적인 가르침에 근거한 효양담으로 진단부의 효양담과 유사한 맥락의 이야기이다.

3. 유교의 효

➡ **중국의 곽거(郭巨)가 노모에게 효도하여 황금 솥을 얻은 이야기**

옛날 중국의 후한 시대 하내(河內)라는 곳에 곽거란 사람이 살았다. 그의 아버지는 돌아가시고 어머니만 살아 계셨다.

곽거는 열심히 어머니를 모셨지만 가난했기 때문에 항상 배고픔에 고생했다. 그래서 먹을 것을 셋으로 나누어 어머니와 자기와 아내가 각각 하나씩 먹었다.

이렇게 한동안 어머니를 모시고 있었는데 아내가 아들을 낳았다. 그 아이가 점차 커서 육 칠세가 되자 셋으로 나누던 음식을 넷으로 나누게 되었다. 그러자 어머니의 먹을 것은 점점 더 적어졌다.

곽거는 탄식하면서 아내에게 말하였다.

"오랫 동안 음식을 셋으로 나누어 어머니를 모실 때도 부족했었소. 그런데 아들이 태어난 후로는 넷으로 나누게 되었기 때문에 점점 더 적어지게 되었소. 나는 원래 효심이 깊은 사람이오. 그러니 늙은 어머니를 모시기 위해서 아들을 구덩이에 묻고 없는 셈치겠소. 이것은 있을 수 없는 일이기는 하지만 오로지 효도를 하기 위함이오. 당신은 너무 애석해하거나 슬퍼하지 마시오."

이 말을 들은 아내는 비오 듯이 눈물을 흘리면서 대답하여 말했다.

"사람이 자기 자식을 생각하는 것은, 부처님도 자식 사랑이란 말이 있듯이 지극한 것입니다. 나는 점차 나이 먹고 어쩌다 아들 하나를 보게 되었으니, 품 안에서 떼 놓는 것조차 슬픈 마음을 견디기 어려운데, 하물며 먼 산으로 데려 가서 땅에 묻고 돌아온다니, 뭐라고 말해야 좋을 지 모르겠습니다. 그렇다고는 하지만 당신이 너무나 깊은 효심에서 생각해낸 일을 내가 방해한다면 천벌을 면하기 어려울 것입니다. 그러니 당신 생각에 맡기겠습니다."

그러자 남편은 아내의 말에 감격하고, 아내에게 아들을 업히고 자기는 괭이를 들고 멀고 깊은 산 속으로 가서, 자식을 묻기 위해 울면서 땅을 팠다. 세척 정도 팠을 때 바닥에서 괭이 끝에 단단한 물건이 닿았다. 돌인가 생각하고 파 버리려고 더 깊이 파내고 보니, 돌이 아니라 한말 들이 정도의 황금 솥이 있었다. 뚜껑이 있어 열어 보니 솥 위에 글이 있었는데, '황금 솥 하나, 하늘이 효자 곽거에게 하사한다'라고 씌어 있었다. 곽거는 이것을 보고, '나의 효양심이 깊은 것을 보고 하늘이 내리신 것이구나'라고 기뻐하면서, 아내는 자식을 업고 자기는 솥을 들고 집으로 돌아왔다.

그 후 이 솥을 조금씩 떼어 팔아 노모를 모셨고 생활도 완전히 가난함을 벗어나 부귀한 사람이 되었다. 그러자 국왕이 이 사실을 듣고 이상히 여겨져, 곽거를 불러 직접 물어 보았다. 곽거가 그 동안 있었던 일을 이야기하자 국왕은 듣고 놀라면서, 솥뚜껑을 가져오게 하여 보니까 정말로 그러한 글이 분명하게 써 있었다.

국왕은 그 글을 보고 감동하여 즉시 곽거를 나라의 중신으로 등용하였다. 세상 사람들도 또한 이 이야기를 듣고 부모에게 효도하는 것은 정말 존귀한 일이다 라고 칭송했다.

─ 『콘쟈쿠(今昔)』 제9권 제1화 ─

이 이야기는 『몽구(蒙求)』, 『유향효자전(劉向孝子伝)』, 『수신기(搜神記)』 등의 중국문헌에 수록되어 있는데, 그 줄거리도 거의 비슷하다. 다만, 중국의 효자담이 대부분 유교의 중요한 덕목인 효를 장려하고자 쓰여지다 보니 지나치게 과장되거나 황당한 내용을 담은 이야기가 많은데 비해, 『콘쟈쿠(今昔)』의 편자는 그러한 내용에 당혹감을 느꼈는지 원전에서는 볼 수 없는 아내의 슬픔을 묘사함으로써 줄거리에 약간의 손질을 하여 읽을 거리로서 마무리를 하였다.

즉 곽거의 이야기에서 그의 효행이란 자식을 구덩이에 묻음으로서 노모의 식사량을 확보하는 것이었고, 이는 자식을 희생시킴으로써 이룬 효인 것이다. 따라서 일반적인 정서로는 이해하기 어려운 이야기이고, 만일 같은 경우라면 곽거나 그의 아내 중에서 희생하는 편이 자식을 희생시키는 것보다 상식에 가까울 것이다. 그러나 합리적인 논리로 설화를 재단한다면 설화는 존재할 수 없을 것이고, 합리적인 논리에 맞는 설화란 더 이상 설화가 아니다. 설화는 설화 나름의 논리를 가지고 있고, 그것은 일반적인 기준에서 보면 논리 파괴이다.

이렇게 보면 곽거 이야기의 경우, 설화의 논리에서 보면 자식을 희생시키면서 까지 노모에게 효를 다한다는 점이 감동적인 것이 되고 설화로서 최대한의 효과를 발휘하지만, 동시에 일반적인 기준에서 보면 논리 파괴인 것이다.

한편, 곽거의 이야기가 우리나라에서도 널리 알려져 있었으리란 것은 『삼국유사』를 통해서도 짐작할 수 있다.

『삼국유사』의 제5권 효선(孝善)편에 보면 「손순매아(孫順埋児)」라는 제목의 이야기가 나오는데, 내용은 많이 다르지만 곽거의 이야기가 바탕이 되어 생긴 것으로 보여진다. 내용은 다음과 같다.

➡ 손순(孫順)이 아이를 묻다

손순은 모양리 사람으로 아버지는 학산(鶴山)이다. 아버지가 돌아가시자 아내와 함께 남의 집 일을 거들고 곡식을 얻어 늙은 어머니를 봉양했다. 어머니의 이름은 운오(運烏)이다.

손순에게는 어린애가 있었는데, 늘 어머니의 음식을 뺏어 먹었다. 손순은 이를 안되겠다 싶어 아내에게 말했다.

"아이는 다시 얻을 수 있지만 어머니는 다시 구하기 어렵소. 그런데 아이가 어머니의 음식을 빼앗아 먹으니 어머니의 굶주림이 심하시오. 그러니 이 아이를 땅에 묻어 어머니를 배부르게 해드려야겠소."

이에 아이를 업고 취산(醉山) 북쪽의 들로 나가서 땅을 파다가 홀연히 석종(石鐘)을 하나 얻었는데 몹시 기이했다. 부부는 놀라고 괴이하게 여겨 잠깐 나무 위에 걸어놓고 시험삼아 두드렸더니 그 소리가 은은하고 좋았다.

이 때 아내가 말했다.

"이상한 물건을 얻은 것은 아마 아이의 복인 것 같습니다. 그러니 이 아이를 땅에 묻어서는 안되겠습니다."

남편도 역시 그렇다고 여기고 아이와 종을 짊어지고 집으로 돌아왔다. 그리고 종을 들보에 매달고 치니 그 소리가 대궐에까지 들렸다.

흥덕왕(興德王)이 이 소리를 듣고 좌우를 보며 말했다.

"서쪽 들에서 이상한 종소리가 나는데 맑고 멀리 퍼지는 것이 예사롭지 않다. 빨리 가서 이를 조사해 보라."

왕의 사자가 그 집에 가서 조사해 보고 자세한 사실을 왕에게 아뢰니 왕이 말하기를,

"옛날 곽거가 자식을 땅에 묻자 하늘이 금솥을 하사했다. 이제 손순이 아이를 묻으려하니 땅에서 석종이 솟아 나왔다. 이 전대와 후대의 두 효행은 모두 천하의 귀감이로다."

라고 하고, 집을 한 채 내리고 해마다 벼 50섬을 주어 그의 지극한 효를 기렸다.

손순은 옛집을 희사하여 절로 삼아 홍효사(弘孝寺)라 하고 석종을 모셔 두었다. 진성왕(真聖王)대에 후백제의 횡포한 도적이 그 마을에 쳐들어와서 종은 없어지고 절만 남았다. 그 석종을 얻은 곳을 완호평(完乎坪)이라 했는데, 지금은 잘못 전해져 지량평(枝良坪)이라고 한다.

― 『삼국유사』 제5권 제9편 효선(孝善)편 제4화 ―

　이상 곽거와 손순의 효양담을 통해서 근본에 흐르는 유교의 효를 확인할 수 있었고 특히 중국에서 발달한 효자전 류가 끼친 영향이 지대함도 알 수 있었다. 그렇다면 유교 경전에서는 효에 대해 어떻게 이야기하고 있는지를 알아야 하겠지만, 유교의 효 자체가 매우 방대하고 난해한 개념이기에 여기에서 간단히 설명하기는 무리이고, 본 절에서 의도하는 바 또한 효의 개념에 대한 깊이 있는 추구는 아니므로, 가장 대표적인 예로써 『효경(孝経)』, 『논어(論語)』, 『예기(礼記)』 가운데 한 구절을 인용해 봄으로써 유교의 효의 대강을 이해하는 단서로 삼고자 한다.

　a.『효경(孝経)』 개종명의장(開宗明義章)
身体髪膚, 受之父母. 弗敢毀傷, 孝之始也. 立身行道, 揚名於後世, 以顕父母, 孝之終也. 夫孝始於事親, 中於事君. 終於立身.
(身体髪膚는 이를 부모로부터 받은 것이니 감히 손상하지 않음이 효의 시작이요, 몸을 세우고 도를 행하여 후세에 이름을 떨침으로서 부모를 빛나게 하는 것이 효의 끝이다. 무릇 효는 부모를 섬기는데서 시작하고 君을 섬기는 것이 가운데이며 몸을 세우는 것이 그 끝이다.)

　b.『효경(孝経)』 기효행장(紀孝行章)
子曰, 孝子之事親也, 居則致其敬, 養則致其楽, 疾則致其憂, 喪則致其哀, 祭則致其厳. 五者備矣. 然後能事其親.
(공자가 말하기를, 효자는 부모를 어떻게 섬겨야 하는가. 있을 때는 공경함을 다하고 봉양할 때는 즐겁게 함을 다하고 병환일 때는 근심함을 다하고 돌아가셨을 때는 슬퍼함을 다하고 제사를 지낼 때는 엄숙함을 다하라. 이 다섯 가지를 다한 연후에 능히 부모를 잘 섬겼다고 할 수 있을 것이다.)

　c.『논어(論語)』 학이편(学而篇)
子曰, 父在観其志, 父没観其行. 三年無改於父之道, 可謂孝矣.
(공자가 말하기를, 아버지가 계실 때에는 그 뜻을 살피고 아버지가 돌아가신 뒤에는 그 행적을 살피고 삼 년 간은 아버지의 길을 바꾸지 않는 것이 가히 효라 할 수 있을 것이다.)

d.『예기(礼記)』내칙편(内則篇)

孝子之養老也, 楽其心, 不違其志, 楽其耳目, 安其寢処, 以其飲食忠養
之. 孝子之身終. 終身也者, 非終父母之身, 終其身也. 是故父母之所愛,
亦愛之, 父母之所敬, 亦敬之. 至於犬馬尽然. 而況於人乎.

(효자가 노부모를 공양하는 것은, 그 마음을 즐겁게 하고 그 뜻을 거슬리지
않고 그 이목을 즐겁게 하고 그 잠자리를 편안하게 하고 그 음식으로써 정
성껏 봉양하는 것이고, 효자는 몸이 다할 때까지 이렇게 한다. 몸을 다할 때
까지란 부모의 몸이 다할 때까지가 아니라 자신의 몸이 다할 때까지다. 그
러므로 부모가 사랑하는 것은 또한 자기도 사랑하고 부모가 공경하는 것은
또한 자기도 공경한다. 개와 말에 이르기까지 다 그러하거늘 하물며 사람에
게 있어서랴.)

이를 보면, a, b의 『효경(孝経)』에 있듯이 부모로부터 받은 신체를 손
상하지 않는 것이 효의 시작이요 후세에 이름을 날려 부모를 드러나게 하
는 것이 효의 끝이라고 한다든지, 또는 c의 『논어(論語)』에 말하듯이 부모
를 섬기는 마음가짐과 자세, 부모의 뜻과 행동을 이어받는 것, d의 『예기
(礼記)』에 있듯이 자신의 몸이 다할 때까지 부모를 받들어 모시는 것 등을
가르치고 있다. 즉 유교의 가르침에 나타난 효란, 모두 현세에서의 실천윤
리로서의 효를 이야기하고 있음을 알 수 있고, 이러한 효론(孝論)이 구체
적인 실천 사례로 나타난 것이 바로 효행담인 것이다.

4. 불교의 효

흔히 효라고 하면 유교의 가르침으로만 생각하기 쉬운데, 실은 불교의
가르침에 있어서도 효는 중요한 위치를 차지한다.

그러면 불교에서 강조한 효는 어떤 내용이고 유교의 효와는 어떤 점이 다른가 궁금해지는데, 이러한 의문에 대한 해결의 실마리를 한·일 양국의 설화를 통해 살펴보기로 하겠다.

먼저 일본의 경우 앞에서 본 『콘쟈쿠(今昔)』의 본조부(일본)를 보면, 일본의 정토종에 많은 영향을 미친 명승 겐신(源信)과 그의 어머니에 대한 이야기가 나오는데 내용을 요약하면 다음과 같다.

➡ 겐신(源信) 승도(僧都)의 어머니가 극락왕생한 이야기

옛날, 히에이잔(比叡山)의 요카와(横川)에서 수행하던 겐신 승도는 야마토노쿠니(大和国) 카즈라키노시모노코오리(葛下郡) 출신의 사람이다. 어렸을 때 히에이잔(比叡山)에 들어가 학문을 닦아서 훌륭한 학승(学僧)이 되었으므로, 왕후 산죠오오키사이노미야(三条大后宮)가 마련한 법화경팔강(法華経八講)이란 법회에 부름을 받았다.

이 법회가 끝난 후 왕후가 하사한 많은 공물을 나누어 고향에 계시는 어머니께 보내면서,

"이것은 왕후가 주최한 법회에 참석하고 받은 물건입니다. 처음 받은 것이라서 먼저 어머니께 보여드리는 것입니다."
라고 소식을 전하였더니, 어머니가 답장에 이르기를,

"보내준 물건들은 기쁘게 받았다. 그리고 이처럼 훌륭한 학승이 된 것은 더없이 기쁘게 생각한다. 하지만 그런 왕실의 법회와 같이 여기저기 다니는 것은, 너를 승려가 되게 한 나의 본 뜻이 아니다. 너는 왕실의 법회에 초대된 것이 영광스럽겠지만, 이 늙은이의 생각과는 다른 것이야. '나에게는 딸은 많이 있지만 아들은 너 하나 뿐이다. 그런데 너를 성인식도 하기 전에 히에이잔(比叡山)에 올려보낸 것은, 학문을 닦아서 지식을 쌓고 조오가(増賀) 성인처럼 훌륭한 승려가 되어 이 늙은이의 후세를 구원받고 싶다'고 생각해서였는데, 그런데 이처럼 유명한 승려가 되어 화려하게 여기저기 얼굴을 내미는 것은 내 본 뜻을 저버리는 것이다. 나도 이제 늙었고, 살아있는 동안에 네가 훌륭한 성인이 되는 것을 이 눈으로 보고 나서 안심하고 죽고 싶은 생각이다."
라고 써 보냈다. 겐신은 어머니의 편지를 펴보고 눈물을 흘리면서 즉시 답장을 썼다.

"이 겐신은 절대로 유명한 승려가 되려는 마음이 있었던 것은 아니었고, 다만 어머니가 살아 계시는 동안에 이처럼 고귀한 왕실의 법회에 부름을 받았다는 것을 알려드리고 싶은 일념으로 서둘러서 소식을 보내드린 것이었습니다만, 이제 이렇게 어머니의 말씀을 듣고 보니 깊은 감명을 받아 기쁘게 생각하고 있습니다. 따라서 어머니 말씀에 따라 산 속으로 들어가 속세와 인연을 끊고 공부하여, 어머니께서 "훌륭한 성인이 되었구나. 이제 만나도 되겠다"고 하셨을 때 찾아뵙겠습니다. 그렇지 않은 한 결코 산에서 나오지 않겠습니다. 어머니시지만 정말로 훌륭한 불도에의 인도자십니다."

그러자 어머니가 다시 답장을 보내왔다.

"이제야 안심하고 저승에 갈 수 있겠다. 거듭 기쁘게 생각하고, 결코 수행을 게을리 해서는 안 된다."

겐신은 답장을 읽고, 두 번에 걸친 어머니의 편지를 경전 속에 간수하여 두고 때때로 꺼내 읽으면서 눈물을 흘렸다.

이리하여 산에 은거한지 6년이 지났다. 7년째 되는 봄, 겐신은 어머니께 편지를 써 보냈다.

"6년간을 산 속에서 보냈습니다만, 오랫동안 어머니를 뵙지 못하였으므로 혹시 저를 그리워하고 계시지는 않은지요. 만약 그렇다면 아주 잠깐만 어머니를 뵈올까 합니다."

그러자 어머니도 답장을 보내왔다.

"사실 보고싶기는 하지만, 만나보았다고 해서 어리석은 중생의 죄가 없어지겠는가? 네가 그대로 산 속에 들어앉아 공부하고 있다고 듣는 것만이 기쁜 일이다. 내 쪽에서 말을 꺼내지 않는 한 산에서 내려와서는 안 된다."

겐신은 답장을 받고, '어머니는 정말 보통사람이 아니시다. 세상의 보통 어머니들 같으면 이렇게 말씀하시지는 않았을 것이다'라고 생각하고, 지내다보니 어느 덧 9년이란 세월이 흘렀다.

그러던 어느 날, 어머니가 말을 꺼내기 전에 내려와서는 안 된다고 하였지만, 어쩐지 마음이 불안하고 갑자기 어머니를 만나고 싶어졌다. 혹시 어머니가 돌아가실 때가 가까워진 것은 아닐까 아니면 내가 죽게 되는 것은 아닐까, 여러 가지로 불안한 생각이 들어, '그렇다면 내려오지 말라고 하셨지만 찾아뵈어야겠다'고 생각하고 산에서 나왔다.

고향인 야마토노쿠니(大和国)에 들어서자, 길에서 편지를 가진 남자를 만났다. 겐신이 어디 가는 사람인가를 묻자 그 남자는, '이러이러한 노인이 요카와

(橫川)에서 공부하고 있는 승려 아들에게 보내는 편지를 가지고 간다'고 대답했다. 겐신은 그 아들이 바로 나라고 말하고 편지를 받아 말을 타고 가면서 열어보니, 어머니의 필적이라고는 볼 수 없을 정도로 흐트러진 글씨였다. 무슨 일이 일어난 게 아닌가 놀라서 가슴을 두근거리며 편지를 읽어보았다.

"요즈음 며칠 대수롭지 않은 감기가 들었나 하고 생각했는데, 나이 탓인지 이삼일 전부터 몸이 허약해지고 기력이 없어진 듯하다. 내가 말하기 전에 내려와서는 안 된다고 다부지게 말했었지만, 이제 죽을 때가 되니 다시는 못 만날지도 모른다는 생각이 들어 한없이 그리운 마음에 편지를 보내는 것이니 즉시 오기 바란다."

다 읽고 난 겐신은, '어쩐지 마음에 걸렸던 것은 이런 일이 있었기 때문이구나. 부모와 자식의 인연은 정말 애절한 것이다. 나를 권하여 불도에 들도록 할 정도의 어머니셨기 때문에, 이처럼 나의 마음이 기이하게 움직인 것인가 보다'라고 이것저것 생각하다보니 눈물이 비 오듯이 흘렀다. 동행하던 두세 사람의 제자 승려에게도, 이런 일이 있어서 이상한 예감이 든 것이라고 말하면서 말을 재촉하여 달려가니 해가 지기 전에 집에 도착했다.

즉시 어머니에게 다가가 보니 몹시 쇠약해져 위독한 상태였다. 겐신이 이제 돌아왔음을 큰 소리로 알리자 어머니는,

"어떻게 이렇게 빨리 왔는가, 오늘 새벽에 사람을 보낸 지 얼마 안 되는데."
라고 말했다.

"이렇게 위독한 상태셔서 그랬는지, 요즘 너무나 어머니가 그리워져 돌아오던 참이었는데 도중에서 사람을 만났습니다."

"이 얼마나 다행스런 일인가. 전에는 만나지 말아야겠다고 하긴 했지만 죽음이 가까워지니까 만나지 못 하는 건 아닐까 하고 걱정했는데, 이렇게 다시 볼 수 있게 된 것은 전생으로부터의 모자의 인연이 깊었기 때문이니, 정말 고마운 일이 아닌가."

어머니가 희미한 숨결로 말을 마치자, 겐신이 물었다.

"염불은 외우셨는지요."

"마음으로는 하고 싶었지만 기력도 없는 데다 옆에서 권하는 사람도 없었다."

그러자 겐신은 어머니께 여러 가지 귀중한 설법을 들려드리고 염불을 권하였다. 이에 어머니는 마음으로부터 불심을 일으키고 염불을 이삼 백번 외우다가 새벽녘이 되어 사그라들 듯이 숨을 거두었다.

젠신은, '만일 내가 안 왔더라면 어머니의 임종이 이렇게 편안하지 않았을 것이다. 모자의 인연이 깊어 내가 와서 뵙고 염불을 권했기 때문에, 어머니는 불심을 일으키시고 염불을 하면서 돌아가셨으니까 극락왕생 하셨음에 틀림없을 것이다. 더구나 나를 성인의 길에 들도록 권하신 그 숭고한 뜻에 의해 이처럼 고결한 죽음을 맞이하신 것이다. 그러니 부모는 자식에게 있어, 그리고 자식은 부모에게 있어, 더할 나위 없이 훌륭한 불도에의 인도자로다'라고 하고, 눈물을 흘리면서 산으로 돌아갔다.

산에 살던 승려들도 이 이야기를 듣고, 이 얼마나 감동적인 모자의 인연인가 라고 말하며 매우 우러러보았다.

—『콘쟈쿠(今昔)』 제15권 제39화—

다음으로 이와 유사한 정신세계를 엿볼 수 있는 우리나라의 이야기로서 『삼국유사』에 실려 있는 진정(真定)법사담을 들 수 있을 것이다. 제5권 효선(孝善)편에 「진정사 효선쌍미(真定師 孝善双美 - 진정법사의 효행과 선행이 모두 아름다움)」라는 제목으로 다음과 같은 이야기가 수록되어 있다.

법사 진정은 신라 사람이다. 속인으로 있을 때 병졸로 군에 속해 있었는데, 집안이 가난하여 처를 얻지 못했다. 부역중에도 여가에는 품을 팔아 얻은 곡식으로 홀어머니를 봉양했다. 집안의 재산이라고는 오직 다리가 부러진 솥이 하나 있을 뿐이었다.

어느 날 중이 문간에 와서 절을 지을 쇠붙이를 구하므로 어머니가 그 솥을 시주했다. 이윽고 진정이 밖에서 돌아오자 어머니는 그 사실을 말하고 아들의 마음이 어떤가를 살폈다. 그러자 진정은 기쁜 얼굴을 하고,

"불사(仏事)에 시주하는 것이 얼마나 기쁜 일입니까. 비록 솥이 없더라도 걱정할 것 없습니다."
라고 말하면서, 질그릇을 솥으로 삼아 음식을 익혀 어머니께 잡수도록 했다. 일찍이 군에 있을 때, 의상법사가 태백산에서 설법을 하여 사람들을 이롭게 한다는 말을 듣고 바로 흠모하는 마음이 생겨 어머니에게 말했다.

"효도를 마친 뒤에는(어머니가 돌아가신 뒤에는) 의상법사에게 몸을 맡겨 머리를 깎고 불도를 배우겠습니다."

"불법을 만나기는 어렵고 인생은 너무나 빠른 것이다. 그런데 효를 마친 후라면 너무 늦지 않겠느냐. 어찌 내가 살아있는 동안에 가서 도를 들었다는 말

을 들려주는 것만 하겠느냐. 주저하지 말고 빨리 그렇게 하거라.”

“어머니의 만년은 오직 제가 옆에 있을 뿐인데, 어찌 어머니를 버리고 출가할 수 있겠습니까.”

“아! 나를 위해서 출가하지 못한다면 그것은 나를 지옥에 떨어지게 하는 것이고, 설령 오래 살면서 맛있고 풍성한 음식으로 봉양한다 해도 그것을 어찌 효라 하겠느냐. 나는 의식을 남의 집 문전에서 빌어서라도 하늘이 내려준 수명을 다할 수 있다. 그러니 내게 효를 다하고자 하거든 그런 소리를 말라.”

이런 어머니의 말을 듣고 진정은 오랫 동안 깊이 생각했다.

어머니는 곧 일어나서 쌀자루를 모두 털어 보니 쌀 일곱 되가 있었다. 그날 이 쌀로 전부 밥을 지어주며 말했다.

“가는 도중 밥을 지어 먹으면서 가자면 늦게 갈까 두려우니, 내 눈앞에서 한 되 밥을 먹고 나머지 여섯 되는 싸 가지고 빨리 떠나라.”

진정은 눈물을 머금고 굳이 사양하며 말했다.

“어머니를 두고 출가하는 것도 자식으로서 차마 하기 어려운 일이거늘 하물며 간장 한 그릇과 며칠간의 식량까지 모두 싸 가지고 가면, 천지가 저를 무엇이라고 하겠습니까.”

라고 말하며 세 번 사양했으나 어머니도 세 번 권했다.

진정은 어머니의 뜻을 어길 수 없어 길을 나섰다. 밤낮으로 길을 재촉하여 사흘 만에 태백산에 도착한 후, 의상법사에게 몸을 맡기고 머리 깎고 제자가 되어 이름을 진정이라 했다.

3년 있은 후 어머니가 돌아가셨다는 부음을 들었다. 진정은 가부좌를 하고 선정(禪定)에 들어가 7일 만에 일어났다. 이에 대해 말하기를, 추모의 슬픔이 지극하여 견딜 수 없었으므로 고요한 물같은 입정(入定)으로 슬픔을 씻어낸 것이라고도 하고, 혹은 선정에 들어 어머니가 소생한 곳을 관찰했다고도 하고, 또는 진리대로 하여 명복을 빈 것이라고도 했다.

이윽고 선정에서 나와 그간의 일들을 의상에게 고하니, 의상은 문도(門徒)를 이끌고 소백산 추동(錐洞)에 들어가 초가를 짓고, 신도 삼천명을 모아서 약 90일 동안 화엄대전을 강의했다. 문인(門人) 지통(智通)은 강의에 따라 그 요지를 정리하여 두 권의 책으로 만들어 이름을 『추동기(錐洞記)』라 하고 널리 세상에 전하였다. 강의를 다 마치니, 진정의 어머니가 꿈에 나타나서,

“나는 이미 하늘에 환생했다.”

라고 했다.   ―『삼국유사』 제5권 제9 효선(孝善)편 제1화―

이상 일본의 겐신담과 한국의 진정법사담을 소개했는데, 위 두 설화 안에는 설화가 생성될 당시의 사회적 배경으로서 유교의 효와 불교의 효가 잘 나타나 있다. 따라서 양 설화의 세계를 이해하자면 유교와 불교에서 이야기하는 효에 대한 이해가 선행되어야 한다.

앞 절에서 보았듯이 유교에서는 현세에서의 실천윤리로서의 효를 강조하고 있는데, 불교에 있어서도 많은 경전들이 효에 대해 설하고 있음이 확인된다. 하지만 유교의 효와는 그 성격이 달랐던 것으로 보이는데, 몇몇 경전의 예를 들어보기로 하겠다.

e.『관무량수경(観無量寿経)』
我今為汝広説衆譬. 亦令未来世一切凡夫欲修浄業者, 得生西方極楽国土. 欲生彼国者, 当修三福. 一者孝養父母, 奉仕師匠, 慈心不殺, 修十善業. 二者受持三帰, 具足衆戒, 不犯威儀. 三者発心菩提心, 深信因果, 読誦大乗, 勧進行者. 如此三事名為浄業.
(나는 이제 너희를 위하여 널리 많은 비유를 설하겠다. 또한 미래세에 浄業을 닦고자 하는 일체 범부중생이 서방 극락정토에 태어나도록 하겠다. 그 극락의 세계에 태어나고자 하는 자는 마땅히 三福을 닦아야 하는데, 그 첫째는 부모에게 효양하고 스승에게 봉사하는 것이고 자비심으로 살생하지 않는 것이고 열 가지 善業을 닦는 것이다. 그 두 번째는 三帰를 受持하고 여러 계율에 대해 具足하고 威儀를 범하지 않는 것이다. 그 세 번째는 보리심을 일으키고 인과를 깊이 믿고 大乗을 독송하고 수행자를 권하고 장려하는 것이다. 이와 같은 세 가지를 이름하여 浄業이라 한다.)

f.『센챠쿠혼간넨부츠슈우(選択本願念仏集)』
孝養父母とは、これについて二あり。一は世間の孝養、二は出世の孝養。世間の孝養とは、孝経等の説の如し。出世の孝養とは、律の中の生縁奉事の法の如し。
(부모를 효양하는 것이란, 이에 대해 두 가지가 있다. 하나는 世間의 효양이요 둘은 出世間의 효양이다. 世間의 효양이란 孝経 등의 説과 같은 것이고 出世間의 효양이란 律 가운데 生縁奉事의 法과 같은 것이다.)

g. 『용서증광정토문(竜舒増広浄土文)』 第6권 권효자(勧孝子)

長蘆賾禅師作孝友文百二十篇.　前百篇言奉養甘旨為世間之孝.　後二十
篇言勧父母修浄土為出世間之孝.　蓋世間之孝一世而止.　猶為孝之小者.
出世間之孝無時而尽以父母生浄土.　福寿不止如恒河沙劫.　此莫大孝也.
(長蘆賾禅師가 孝友文百二十篇을 지었는데 前百篇은 甘旨를 봉양하여
世間의 효를 행한 이야기를 썼고 後二十篇은 부모에게 정토를 닦도록 권
하여 出世間의 효를 행한 이야기를 담고 있다. 생각건대 世間의 효란 단지
現世의 一世에 그치는 효이고, 따라서 효 중에서도 작은 효가 되는 것이다.
出世間의 효란 때에 끝남이 없고 부모를 정토에 왕생하게 하는 것으로, 福
寿가 다함이 없는 것이 마치 恒河의 모래알과 같이 무한한 것이니 이야말
로 그 이상 가는 큰 효는 없다.)

h. 『죽창삼필(竹窓三筆)』 출세간대효(出世間大孝)

世間の孝は三つ、出世間の孝は一つである。その世間孝三というのは、
養うこと、官吏となって親を栄えさすこと、徳を修し聖人賢人となって親
の名を顕わすこと、この三つである。これが儒教の世間の孝であるが、出
世間・出家の孝は、その親に勧めて、斎戒し道を奉じて一心に念仏し、
往生を願って六道の迷界を脱して、弥陀の浄土に往生することである。
人の子として親に報ゆること、これより大なる孝はない。
(世間의 효는 셋이고 出世間의 효는 하나이다. 그 世間의 효 셋이란 봉양
하는 것과 관리가 되어 부모를 영화롭게 하는 것과 덕을 닦아 성인 현인이
되어 부모의 이름을 빛나게 하는 것, 이 세 가지이다. 이것이 유교에서 말하
는 世間의 효이고, 出世間・出家의 효는 그 부모를 권하므로서, (부모가)
斎戒하고 도를 받들어 일심으로 염불하고, 왕생을 원하여 六道의 迷界에서
벗어나 아미타정토에 왕생하는 것이다. 사람의 자식으로서 부모에게 보답하
는 것으로 이보다 더 큰 효는 없다.)

먼저 정토종에 큰 영향을 끼친 e. 『관무량수경(観無量寿経)』을 보면, 서
방 극락정토에 태어나고자 원하는 자가 닦아야 할 삼복(三福)을 이야기하
고, 그 첫 번째로 부모에 대한 효양을 들고 있다. 그리고 이러한 『관무량
수경(観無量寿経)』의 효양에 대해서 일본 정토종의 개조(開祖)인 호오넨(法

然)은 f. 『센챠쿠혼간넨부츠슈우(選択本願念仏集)』에서 '효양 부모에는 두 가지가 있다. 하나는 세간의 효양이고 또 하나는 출세간의 효양인데, 세간의 효양이란 효경 등의 가르침과 같은 것이고 출세간의 효양이란 율(律) 가운데 생연봉사(生緣奉事)의 법과 같은 것이다.'라고 해석했다. 그리고 장로적선사(長蘆臣賾禅師)의 g. 『竜舒増広浄土文』에 의하면 '세간의 효는 일세(一世)에 끝나는 작은 효이고, 출세간의 효는 끝남이 없고 부모를 정토에 왕생하도록 하는 것으로 복수(福寿)가 무량하니 이보다 더 큰 효는 없다.'라고 말하고 있으며, 명(明)의 주굉(袾宏)이 쓴 h의 『죽창삼필(竹窓三筆)』도 또한 유(儒)와 불(仏)의 효를 설명하고 부모를 정토에 왕생하도록 하는 출세간의 효를 중시하고 있음을 알 수 있다.

따라서 불전류(仏典類)의 효를 보면, 효에는 세간의 효와 출세간의 효가 있는 것으로 구분하고, 세간의 효란 소위 유교에서 말하는 것과 같은 일세(一世) 또는 현세에 그치는 효이고, 출세간의 효란 부모를 육도의 윤회에서 구제하여 극락정토에 왕생하도록 하는 것이라 하여, 출세간의 효야말로 효 중의 대효(大孝)로서 중시했던 것을 알 수 있다.

이러한 유교와 불교의 효에 대한 개념을 앞에 예로 든 두 설화를 통해서 확인해 보면, 우선 진정법사담(真定法師譚)의 경우, 진정(真定)이 속인으로 있을 때 가난했지만 열심히 어머니를 봉양했다든지 어머니의 노년을 생각하여 효도를 마친 후에 출가하겠다는 생각은 유교적인 효에 바탕을 둔 발상의 예가 되겠는데, 특히 어머니가 한 말 가운데 유·불의 효가 대조적으로 잘 나타나 있다. 즉 어머니가 말하기를 "비록 살아있는 동안 맛있고 풍성한 음식으로 봉양한다해도 그것은 효가 되지 못한다, 나를 위한다고 해서 출가를 못한다면 그것은 나를 지옥에 떨어뜨리는 것이니 나에게 효도하려거든 그런 말을 하지 말아라."고 하였는데, 이러한 어머니의 이야기에는 아들이 맛있는 음식으로 자신을 봉양하는 것보다는 출가하는 것이 자신의 내세를 위함이 되고 그것이 진정한 효라는 의식이 담겨 있다. 그리고 이야기는 다시 말미에 나와 있듯이 어머니의 임종 후 진정(眞定)의 선정(禪定)과 의상(義湘)과 제자들에 의한 추모법회에 의해 어머니의 왕생을 확인하는 것으로 맺고 있다. 따라서 위에서 여러 경전을 통해서 본 유교와 불교의 효를 확인할 수 있었는데, 그 중에서도 특히 불교적인 효를 효 중의 효로서 인식하고 있음이 잘 나타나 있다.

이러한 의식은 『콘쟈쿠(今昔)』의 겐신담(源信譚)에도 유사하게 나타나 있다. 겐신(源信)이 왕실주최의 법회에 강사로 초빙되어 많은 공물을 받은 것은 앞의 유교경전에서 살펴보았듯이 세상에 이름을 날려 부모의 이름을 빛나게 하는 유교적인 효의 실천이었다. 그러나 그의 어머니가 이르기를 "아들이 왕실에 초빙될 정도로 유명한 승려가 된 것은 기쁘기는 하지만 자기의 본 뜻과는 다르다, 하나 뿐인 아들을 일찍이 출가시킨 것은 훌륭한 성인(聖人)이 되어 어머니의 후세를 구원받기 위함이었다."고 하여, 세간의 효보다 출세간의 효를 중시하고 있음을 읽을 수 있다. 그리고 이야기의 마지막은 진정법사(眞定法師)의 어머니와 마찬가지로 왕생을 확신하는 것으로 맺고 있어, 유교와 불교의 효에 대한 인식에 있어 『삼국유사』의 진정법사담(眞定法師譚)과 유사한 것을 확인할 수 있다.

이상 『삼국유사』의 진정법사담(眞定法師譚)과 『콘쟈쿠(今昔)』의 겐신담(源信譚)을 통하여 한국과 일본의 설화를 비교해 보고, 설화생성의 배경에 있어서 유교와 불교의 효라는 유사한 정신세계를 바탕으로 하고 있음을 지적하였다. 양국의 대표적인 문헌설화집이라 할 수 있는 『삼국유사』와 『콘쟈쿠(今昔)』는 지리적(=공간적)으로나 시기적으로 보아 서로 직접 전승의 가능성은 없다고 할 수 있음에도 불구하고 이와 같이 유사한 정신세계를 바탕으로 한 설화가 존재한다는 것은, 바로 설화생성의 배경이 된 사상과 인식의 공유에 의한 것이라고 할 수 있을 것이고, 양 설화를 통해 살펴본 유·불의 효에 대한 인식의 공유는 그 좋은 예가 될 것이다.

그렇다면 한국과 일본의 대표적인 문헌설화집이라 할 수 있는 『삼국유사』와 『콘쟈쿠(今昔)』는 성립시기로 보나 다른 여러 가지 상황에서 보았을 때 직접적인 관련성은 전혀 없었다고 할 수 있음에도 불구하고, 이와 같이 유사한 정신세계를 바탕으로 한 설화들이 존재하고 있음은 무엇 때문일까 라는 의문이 생긴다.

그 원인의 하나로서 한국이나 일본이 중국불교의 영향권내에 있는 한역 경전 불교권에 속해 있음을 들 수 있을 것이다. 중국에 불교가 전해진 것은 기원전 2년으로, 당시 중국에는 유교가 널리 뿌리를 내리고 있었고 이러한 상황에서 불교의 전파에는 여러 가지 어려운 점이 많았다. 불교 교리의 중심은, 생 자체를 고해로 보고 공(空) 무상 무아 등의 교의를 통하여 내면적인 진리탐구와 해탈을 구하는 것이었다. 따라서 현실 세계의 인륜을 중시하는 유교와는 서로 대립되는 부분이 많았기 때문에, 양자는 도저히 일치할 수 없는 것처럼 여겨졌었다.

예를 들면, 불교에서 최고의 덕목으로 치는 출가(出家)를 유교의 가르침에 비추어 보자. 머리를 깎고 결혼도 하지 않은 채 산 속의 사찰에서 밤낮으로 득도를 위해 수도에 정진하는 출가자의 경우, 삭발은 부모로부터 물려받은 신체의 일부를 손상시키는 것이니 효의 시작을 부정하는 것, 다시 말하면 불효의 시작이요, 출가(出家)는 혼인을 하지 않음으로써 대를 이을 자손이 끊김을 의미하는 것이니 불효 중의 대 불효를 범하는 행위였던 것이다.

따라서 유교의 입장에서 보면 불교는 반드시 배척해야할 존재였고, 양자 사이에는 커다란 벽이 가로막고 있었다. 그 어려움을 어떻게 해결하느냐에 중국 불교의 운명이 달려 있었는데, 결과적으로 불교는 정면돌파를 피하고 유교와의 타협을 모색한 셈이 된다. 즉 불교와 유교와의 습합(習合)현상으로 파악할 수 있겠는데, 유교에서 중시하는 효의 덕목을 그대로 인정하면서 출가(出家)야말로 부모를 성불시키는 것이고 일체 중생을 구제하는 것이라 하여, 유교의 비난을 피하고 융화를 도모한 것이다.

이 글을 마무리하면서 필자가 경험한 어느 성직자의 이야기가 생각난다. 그는 뜻한 바 있어 성직의 길을 걸어가고 있었다. 그러나 자기 부모에 대해서는 항상 불효를 범하고 있다는 죄스러운 마음을 씻어내기 어려웠다고 한다. 그런데 그의 부모님이 돌아가셨을 때 마지막 가시는 길을 지켜보면서 일심으로 부모의 내세를 기원해 드렸다. 그랬더니 그 동안의 죄스러움도 어느 정도 해소되었고 출가한 이후 비로소 자기도 부모에게 효도를 했다는 느낌이 들어서 심적인 위안을 느꼈다고 했다.

물론 이 성직자는 그런 자기 마음의 움직임을 토로하면서 유교의 효나 불교의 효를 의식한 것은 아니었다고 생각한다. 하지만 그의 심리와 행동의 근저에 흐르고 있던 것은 유·불의 효 의식이었던 것이고, 진정법사(真定法師)나 겐신(源信)의 시대에 볼 수 있었던 효의 의식은 시공을 뛰어넘어 오늘날에도 훌륭히 살아있음을 말해주는 것이라고 할 수 있지 않을까.

설화 속에는 민중들의 삶의 체취가 스며있고 정신의 향기가 베어 있다. 따라서 설화의 세계에는 민중들의 살아있는 역사가 숨쉬고 있다고도 할 수 있겠는데, 한·일간의 설화의 세계를 비교 고찰해 봄으로써, 양국 민중들의 정신세계를 이해하는데 있어서 설화연구가 많은 가능성을 지니고 있음을 절감하게 된다.

제6장 아육왕탑(阿育王塔)과 불국토 의식

제6장 아육왕탑(阿育王塔)과 불국토 의식

1. 아육왕 설화의 성립

불국토 의식이란 자기 나라가 불교와 인연이 깊고 불교적인 성지라는 의식으로, 불교전래의 역사가 오래됨과 불교 인연국임을 강조하는 것이 특징이다.

예를 들면 『삼국유사』 제3권 제4 탑상편 제5화 「황룡사장육(黃龍寺丈六)」에 보면, 천축국의 아육왕이 철과 황금을 모아 석가상 셋을 만들려 하였으나 뜻을 이루지 못하고 배에 실어 바다에 띄우면서 '부디 인연있는 국토로 가서 장육존상(丈六尊像)을 이루어주기 바란다.'고 빌었는데, 그 배는 남인도의 16개 대국, 5백의 중국, 10천의 소국, 8만의 촌락을 두루 돌아다니지 않은 곳이 없었으나 모두 불상을 만드는 일에 성공하지 못했다. 마지막으로 신라국에 이르러 진흥왕이 문잉림(文仍林)에서 이것을 부어 만드니 좋은 모양의 불상이 이루어졌고 아육왕은 근심이 없어졌다고 한다. 또는 제1화 「가섭불연좌석(迦葉仏宴坐石)」에 의하면, 황룡사 불전 후면에는 가섭불이 설법한 연좌석이 있는데, 일찍이 일연 자신도 한번 본 일이 있다고 하면서 그 모습을 설명하고 있다.

이처럼 다른 나라에서 못 이룬 석가상을 이룬다든지 석가모니불 이전에 출현한 과거불인 가섭불이 이 땅에서 설법한 적이 있다든지 하는 식으로 불교와의 인연과 역사를 강조하고 있는데, 이러한 것은 모두 불국토 의식에 기인하는 설화들이다.

그러면 아육왕탑과 불국토 의식이 어떤 관계가 있는지 살펴보기로 하겠다. 아육왕은 기원전 3세기경 인도의 마우리아(孔雀) 왕조의 3대 왕으로 아쇼카왕이라고도 한다. 즉위 초에는 잔인 난폭하였지만 후에는 천명의 승려들을 모아 제3회 불전결집을 행한 불교의 보호자로 잘 알려진 인물이다. 불교의 전래와 더불어 아육왕에 관한 이야기도 각 지역에 전해지게 되었는데, 우선 중국에 있어서는 『아육왕전(阿育王伝)』(306년성립), 『아육왕경(阿育王経)』(512년성립)과 같은 경전에 의해 아육왕담이 성립하게 되었다. 이러한 경전의 성립으로 아육왕은 점차 설화상의 인물로 변모되어 갔다고 보이는데, 그 좋은 예로 『콘쟈쿠(今昔)』 천축부의 설화에 그의 행적이 잘 나타나 있으므로 소개하기로 한다.

➡ 아육왕이 왕비를 죽이고 팔만 사천의 탑을 세운 이야기

옛날 고대 인도에 부처가 열반에 드신 지 백년이 지난 후 철륜성왕(鉄輪聖王)이 출현했는데 아육왕이라 한다. 이 왕은 팔만 사천의 왕비를 데리고 살았음에도 왕자가 없었다. 이를 한탄하면서 왕은 왕자의 출생을 기원했는데, 그러는 동안에 특히 총애했던 제2왕비가 회임을 했다. 왕은 매우 기뻐하면서 점쟁이를 불러 이번에 회임한 아이가 남자인지 여자인지를 묻자, 점쟁이가 말하기를 "금색의 빛을 발하는 남자아이가 태어날 것입니다."라고 예언했다. 그래서 왕은 더욱 기뻐했고 왕비를 더할 나위 없이 소중히 여겼다.

이렇게 왕자의 탄생을 기다리고 있었는데 제1왕비가 이 사실을 듣고, "정말로 그런 왕자가 태어난다면 나는 틀림없이 제2왕비로 떨어질 것이다. 그렇다면 어떻게 해서든 태어날 왕자를 없애버려야겠다."고 생각하고 여러 가지 계략을 생각한 끝에 "여기 새끼를 밴 멧돼지가 있는데 이것이 낳은 새끼하고 제2왕비가 낳은 왕자를 바꿔치기 해서 왕자를 묻어 죽여야겠다. 그리고 나서 제2왕비는 이런 멧돼지 새끼를 낳았다고 하고 내놓아야지."하고 생각하고, 제2왕비를 가까이에서 모시는 유모를 달콤한 말로 꾀어서 자기편으로 단들었다. 그리고 나서 왕자가 태어나기를 기다리니 달이 차서 왕비는 진통에 괴로워했고 마침내 사람 손을 빌려 출산이 시작되었다. 이 때 유모가 왕비에게 "출산 때에는 아무것도 보아서는 안됩니다. 옷을 머리부터 뒤집어쓰고 있으던 출산은 간단히 끝납니다."라고 가르쳐 주었다. 왕비는 가르쳐준 대로 옷을 뒤집어쓰고 아무것도 보지 않았다.

왕자가 무사히 태어났다. 왕비가 보니 정말로 금색의 빛을 발하는 남자애였다. 유모는 미리 계획한 대로 태어난 왕자를 주변 것들과 함께 둘둘 말아서 멧돼지 새끼하고 바꿔치기 했다. 그리고 왕에게는 멧돼지 새끼를 낳았다고 보고하자 이 말을 들은 왕은 "이게 왠 해괴망측하고 부끄러운 일이란 말인가."하시고 왕비를 다른 나라로 쫓아내 버렸다. 제1왕비는 무사히 잘 속인 것을 아주 기뻐했다.

그 후 왕이 수개월이 지나 어떤 곳에 놀러 행차하셨다. 그 곳의 정원에서 유유히 걷고 있는데 숲 속에 한 여인이 있었다. 뭔가 사연이 있는 듯 하였다. 불러 보니 내쫓은 제2왕비였다. 왕은 갑자기 연민의 마음이 생겨 멧돼지 새끼를 낳았던 때의 일을 물어 보았다. 왕비는 자기가 조금도 잘못을 저지르지 않았음을 어떻게든 왕에게 말하고 싶었던 참인데 이처럼 직접 물어주는 것을 기뻐하며 자초지종을 말씀드렸다. 대왕은 비로소 진상을 알고 "나는 죄도 없는 왕비를 벌주었구나. 그리고 금색의 빛을 내는 왕자가 태어났는데도 다른 왕비의 모략으로 죽인 것이구나."라고 후회하면서 제2왕비를 다시 불러서 왕궁으로 돌아와 원래대로 욍비의 자리에 앉게 했다. 그리고 남은 팔만 사천의 왕비를 죄가 있고 없고를 불문하고 격노한 나머지 모조리 죽여 버렸다.

그 후 곰곰이 생각해 보니 왕비들을 죽인 죄가 얼마나 무거울까, 지옥의 업보를 어떻게 면할 수 있겠는가, 하는 일들이 걱정되어 탄식을 하였다. 그래서 근의(近議)라는 나한(羅漢)이 있었는데 그를 불러 이 일에 대해서 물었더니 나한이 아뢰기를 "이 죄는 정말 무겁고 악보는 면하기 어렵다고 생각됩니다. 하지만 왕비 한 사람에 대해 탑을 하나씩, 모두 팔만 사천의 탑을 세우십시오. 그렇게 하는 것만이 지옥의 고통을 면할 수 있는 길입니다. 탑을 세우는 공덕은 단순히 돌을 쌓아올리고 나무를 조각하는 것만으로도 불가사의한 영험이 있습니다. 하물며 정한대로의 숫자만큼 탑을 세우신다면 죄를 벗어나게 됨은 의심할 여지가 없을 것입니다."라고 대답했다.

그래서 왕은 나라 안에 칙명을 내려 온 세상에 팔만 사천의 탑을 일시에 건립했다. 그러나 거기에 부처의 사리를 안치할 수 없음을 탄식하고 있자, 한 대신이 "부처님이 열반에 드신 후 사리를 분배하셨는데 그 때 왕의 부친인 선왕께서 가지셔야 할 사리를 난타(難陀)용왕이 와서 빼앗아가서 용궁에 안치해 두었습니다. 그러니 즉시 그것을 찾아와서 이 탑에 안치하시는 것이 좋겠습니다."하고 말씀드렸다.

이 말을 들은 왕은 '내가 수많은 귀신과 야차신(夜叉神) 등을 불러모아서 철망으로 바다 밑의 많은 용들을 끌어올리면 틀림없이 그 사리를 얻을 수 있을 것이다.'라고 생각하고, 귀신과 야차신 등을 불러 이 일을 실행하기로 결정하였다. 그리고 귀신에게 명하여 철망을 만들게 하고 막 용들을 끌어내리려고 하자, 용왕은 몹시 두려워하면서 왕이 잠든 동안에 와서 왕을 용궁으로 데려가고자 했다. 왕은 용왕과 함께 배를 타고 많은 귀신들을 데리고 용궁으로 갔다. 왕을 용궁으로 맞아한 용왕은 "이 사리는 전에 사리를 분배했을 때 여덟 나라의 왕이 모여 많은 사람들과 의논한 끝에 중생의 죄를 없애기 위해서 각 나라의 왕이 손에 넣은 것이오. 왕이시여, 만일 당신이 나처럼 이것을 공경하지 않으면 틀림없이 죄를 받을 것이오. 나는 수정 탑을 세워서 특별히 깊이 공경하고 있습니다."라고 말했다.

왕은 사리를 손에 넣고 본국으로 돌아와 팔만 사천의 탑에 안치하고 예배드리자 사리는 빛을 발하였다고 전해진다.

—『콘쟈쿠(今昔)』제4권 제3화—

부처가 열반에 드신 후 백년, 전 인도를 통일한 아육왕이 온 세상의 각지에 팔만 사천의 사리탑을 그것도 동시에 세우게 된 유래담이다. 아육왕이 팔만 사천의 왕비를 죽였기 때문에 받게 될 지옥의 고통에서 벗어나기 위해서는 팔만 사천의 사리탑을 세워야 한다고 진언한 것은 근의(近議)라는 나한이었다. 근의(近議)는 근호(近護)의 오사(誤写)로도 보이는데 근호(近護)라 하면 바로 제4권 제6화에 등장하는 아육왕의 스승 우바굴다(優婆崛多)를 가르키는 말이기 때문이다.

아육왕이 팔만 사천의 탑을 세운 이야기는 제2권 제14화에도 보이는데, 왕이 전세에 어린애였을 때 별 생각 없이 흙으로 보릿가루를 만들어 석존에게 공양한 일이 있는데 그 공덕으로 왕으로 태어나 사리탑을 세우게 되었다는 내용이다.

한편 이 이야기는 여러 한문 불전(仏典)을 출전으로 하여 만들어진 이야기이지만, 아육왕이 팔만 사천의 왕비를 죽이기에 이르는 과정 속에 속세의 애증이 묘사되어 있어 설화적인 흥미를 느끼게 한다. 즉 제1왕비가 제2왕비를 질투하여 모략하는 모티브는 설화에서는 자주 보이는 유형이기도 한데, 출전으로 생각되는 불전(仏典)을 통해서는 맛볼 수 없는『콘쟈쿠(今昔)』의 특징이라 할 수 있을 것이다.『파사론(破邪論, 622년 唐 法林撰)』,『역대삼보기(歷代三宝記, 597년 随 費長房 撰)』,『법원주림(法苑珠林, 668년 唐 道世 撰)』등에 실려 있는데, 이 가운데 다음에『파사론(破邪論)』의 기록을 소개하여 비교의 자료로 제공하고자 한다.

滅後一百一十年　東天竺国有阿育王　収仏舎利使役鬼兵　散起八万四千宝塔　遍閻浮提　我此漢地九州之内　並有宝塔

(부처가 열반에 든 후 백십년, 동천축국에 아육왕이 있었다. 부처의 사리를 담아 귀신 병사를 부려 팔만 사천의 보탑을 곳곳마다 세우니 염부제(온 세상)에 널리 퍼졌다. 그래서 우리 이 중국 땅 어느 곳에나 이 보탑이 또한 있는 것이다.)

2. 아육왕탑의 의미

이처럼 아육왕은 설화 속의 인물로 변모해 가는데, 특히 그가 세웠다는 팔만 사천의 사리탑은 한국 중국 일본의 동양 삼국에서는 새로운 의미를 지닌 상징물로서 변모해 간다. 즉 아육왕과는 별도로 아육왕탑 자체에 특별한 의미가 부여되게 되는데, 아육왕탑이 설화 속에서 어떻게 나타나고 있고 무슨 의미를 지니고 있는지, 다음의 한·중·일 3국의 설화와 자료를 통해서 숨겨진 의미를 찾아내 보기로 하겠다.

➡ 『콘쟈쿠(今昔)』 진단부 제6권 제1화 「중국 진시황 때 천축에서 승려가 건너온 이야기」

　　옛날 중국의 진(秦)의 시황(始皇)대에 인도에서 승려가 왔는데, 이름을 석리방(釈利房)이라 했다. 18명의 존자(尊者)를 데리고 법문과 부처의 가르침을 가지고 온 것이다. 황제가 이를 보고 "너는 어떤 자이고 어느 나라에서 왔느냐, 보자 하니 모습이 기괴하구나. 머리에는 머리카락도 없고 옷도 보통 사람들과 다르다."고 하자, 석리방은 "서국(西国)에 정반왕(浄飯王)이란 분이 계시는데 그에게는 이름을 싯다 라고 하는 태자가 있습니다. 그 태자는 세상을 싫어하여 집을 나와서 산으로 들어갔습니다. 그리고 6년간 고행 끝에 무상도를 깨달았는데, 그 분을 석가모니불이라고 합니다. 부처님은 40여년간 일체 중생을 위해 여러 가지 설법을 하셨고 80세에 열반에 드셨습니다. 저는 그 부처님의 가르침을 전하기 위해서 온 것입니다."라고 말했다. 그러자 황제는 "네가 부처의 제자라고 하지만 나는 부처라는 자도 모르고 비구(比丘)란 것도 모른다. 이 녀석의 모습을 보니 괴상하기 짝이 없고, 당장 추방해야 하겠지만 그냥 돌려보낼 수는 없다. 감옥에 가두고 엄벌에 처하여 앞으로 이런 괴이한 말을 하는 자들에게 본을 보여 주어야 한다."고 하고 감옥에 가두었다. (中 略 -감옥에서 석리방이 부처님의 영험한 힘을 기원하자 금색으로 빛나는 자가 나타나서 그를 구해 허공으로 사라진다는 내용). 이 일로 인하여 그 때 인도에서 전래되려던 불법이 전해지지 못하고, 그 후 후한(後漢) 명제(明帝)때 전해지게 된 것이다. 실은 이보다 전인 주(周) 시대에 불법이 전해진 적이 있고, 또 아육왕(阿育王)이 세운 탑도 이 나라에 있다. 그리고 진시황이 모든 서적을 불태웠을 때 불경도 다 타버렸다고 전해진다.

　　천축에서 발생하여 전해진 아육왕탑 이야기는 고대 중국 한국 일본에도 전해지게 되는데 중국의 경우를 『콘쟈쿠(今昔)』를 통해서 소개해 보았다. 이 이야기는 중국의 불교 전래사를 서술한 것으로 주된 내용 자체는 아육왕탑담과 관련이 없는 설화이다. 즉 진시황 시대에 천축에서 석리방(釈利房)이란 승려가 불교 전래를 위해서 건너왔다가 감금당했는데 석가여래의 도움으로 구출되었다. 그래서 불법이 전해지지 못했고 그 후 후한 명제 때가 되어 비로소 전해지게 되었다는 내용이다.

그런데 문제의 아육왕탑 관련 내용은 이야기의 마지막에 '옛날 주나라 시대에 불교가 이 땅에 전해진 적이 있고, 그리고 아육왕이 세운 탑도 이 땅에 있다.'라고 부언되어 있다. 진나라 라고 하면 중국 고대사상 처음 출현한 통일왕조이고 『콘쟈쿠(今昔)』 편자 또한 역사적으로 국가로서의 중국은 진나라에 의해서 시작된다고 보았으므로, 위의 부언된 구절이 의미하는 바는, 진나라보다도 이전인 주나라 시대에 이미 민간 차원에서는 불법이 전해졌었고 그러한 사실의 증거로서 아육왕탑이 중국 땅에 존재함을 들고 있는 것이 된다. 말하자면 중국 불교의 역사가 오래되었다는 사실과 그 증거로서 아육왕탑의 존재를 서술하고 있는 것이다.

➡ **콘쟈쿠(今昔) 본조부 제11권 제29화 「텐지(天智)천황이 시가지(志賀寺)를 건립한 이야기」**

옛날 텐지(天智)천황이 오오미노쿠니(近江国) 시가노코오리(志賀郡) 아와즈노미야(粟津宮)에 계셨을 때 절을 건립하기를 원하여 "절 건립에 적합한 곳을 가르쳐 주시옵기를……"하고 기원했더니 그 날 밤 꿈에 한 승려가 나타나서 "여기에서 서북방에 훌륭한 장소가 있습니다. 어서 나가 브십시오."라고 말했다. 꿈에서 깬 천황은 즉시 나가보니 서북방에 빛이 보였다. 그래서 다음날 아침 사자를 보내어 조사하도록 했다. 사자가 가서 빛이 보인 모든 산을 찾아 다니다 시가노코오리(志賀郡) 사사나미야마(篠波山)의 기슭까지 오게 되었다. 계곡을 따라 깊이 들어가니 높은 절벽이 있었고 그 밑에 깊숙한 동굴이 있었다. 동굴 입구 가까이 다가가 안을 들여다보니 모자를 쓴 노인이 있었는데 그 모습이 아주 괴이하고 보통 사람과는 다른 총명한 눈초리를 하고 있어 매우 고고하게 느껴졌다. 가까이 다가가서 "이런 곳에 계시는 당신은 누구신지요. 실은 천황께서 이쪽 방향의 산을 보시니 빛이 보였기 때문에 조사해보고 오라는 명을 내리셔서 여기 온 것입니다만……."하고 말을 걸었지만 노인은 아무 대답도 하지 않았다. 사자는 더욱 이상한 느낌이 들어서 뭔가 까닭이 있는 사람일 것이라고 생각하고, 돌아와서 이러한 사실을 보고했다.

천황이 이 말을 들으시고 놀라고 이상히 여겨 "내가 가서 직접 물어보아야 하겠다."고 말씀하시고 즉시 그 곳으로 갔다. 가마를 동굴 가까이 대게 하고 내려서 동굴 입구에 다가가자 정말로 노인이 있었다. 조금도 두려워 황공해 하는 모습이 없었다. 비단 모자를 쓰고 연보라색의 평상복을 입고 있었다. 모습은 신비스럽고 기품이 있어 보였다. 천황은 다가가서 "이런 곳에 있는 그대는 누구인가."하고 물었다. 그러자 노인은 약간 옷깃을 여미고 자리를 조금 뒤로 물리는 듯 하면서 "옛날 선인(仙人)이 살던 동굴입니다. 사사나미(篠波)나 나가라산(長柄山)에"라고 말하더니 사라지듯이 모습을 감추었다. 그래서 천황은 신하를 불러 "노인이 이런 말을 하고 사라졌다. 그러니 이 곳은 매우 영험 있는 곳임에 틀림없음을 알 수 있다. 여기에 절을 세워야 하겠다."하고 말씀하시고 궁으로 돌아왔다.

그 이듬해 정월 비로소 커다란 사원을 건립하시고 육장(六丈)의 미륵보살상을 안치했다. 공양일이 되어 토오로덴(灯盧殿)을 세우고 천황이 몸소 오른 손의 약지로 등불을 밝히시고 그 손가락을 죽지부터 잘라서 돌상자에 넣어 등루(灯楼)의 흙 밑에 파묻었다. 이것은 손에 등을 밝혀서 미륵보살에게 바친다고 하는 신심을 나타내는 것이었다. 또한 이 절을 세울 때 땅을 고르는데 삼척(三尺)정도 되는 작은 보탑(宝塔)이 나왔다. 그 모양을 보니 이 세상 것으로는 보이지 않았다. 옛날 아육왕이 8만4천의 탑을 세웠는데, 그 중의 하나라는 것을 깨닫고 더욱 깊은 서원을 세워 손가락까지 잘라서 묻으신 것이다.(이하 생략)

텐지(天智) 천황이 꿈을 통하여 사원을 세울 영험스런 곳을 알게 되어 시가지(志賀寺)를 건립하고 미륵보살상을 안치했다는 사원 연기담인데, 말미에 절을 지을 때 발견된 작은 탑이 바로 아육왕이 만든 팔만 사천 사리탑의 하나라고 하고 있다.

이 설화는 다른 자료에 관련 기록이 남아 있으므로 대조 분석이 가능한데, 우선 시가지(志賀寺) 건립의 현장에서 탑이 하나 발견되었다는 내용부터 확인해 보면, 전혀 사실무근인 것은 아니었던 것으로 보인다. 『후소오랴쿠키(扶桑略記)』 제5권 텐지(天智) 천황 7년(668) 정월 17일 조에 '於近江国志賀郡 建崇福寺 始令平地 掘出奇異宝鐸一口 高五尺五寸 又掘出奇好白石 長五寸 夜放光明(오오미노쿠니 시가노코오리에 스우후쿠지(崇福寺)를 세웠다. 처음에 땅을 평평하게 고르는데 기이한 보탁(宝鐸)이 하나 나왔는데 높이가 오척 오촌이었다. 다시 더 파니 이상한 백석(白石)이 나왔는데 길이가 오촌이었고 밤에는 광명을 발하였다.)'라고 기록되어 있는데, 스우후쿠지(崇福寺)는 『콘쟈쿠(今昔)』에도 '스우후쿠지(崇福寺)란 바로 시가지(志賀寺)를 말한다'고 되어 있듯이 시가지(志賀寺)를 가리키는 말이므로 문제가 없는데, 보탁(宝鐸)과 백석(白石)이 발굴되었다는 점이 주목을 끈다. 이 외에도 『산보오에(三宝絵)』와 『와카도오모오쇼오(和歌童蒙抄)』 등의 자료에도 보탁(宝鐸)과 야간에 빛을 발하는 백석(白石)이 발굴되었다고 하고 있다. 따라서 관련 문헌에는 모두 보탁(宝鐸)과 백석(白石)이 발견되었다는 부분이 『콘쟈쿠(今昔)』에는 아육왕의 보탑으로 바뀌어 있음을 확인할 수 있다.

생각해 보면 사원 건립의 현장에서 보탁(宝鐸)이나 백석(白石)이 발견되는 일은 밤에 광명을 발하였다는 묘사가 다소 과장된 느낌을 주기는 하지만 있을 수 있는 일이다. 하지만 『콘쟈쿠(今昔)』에 있듯이 아득히 먼 천축국의 아육왕이 세운 탑이 일본의 사원건립 현장에서 나타나는 일은 불가능한 일이다. 하지만 설화의 논리에 있어서는 모든 현상을 가능과 불가능의 잣대로 재어서는 안되고 또 가능과 불가능, 현실과 비현실은 그다지 중요하지 않다. 오히려 주목해야 할 점은 『콘쟈쿠(今昔)』가 왜 아육왕탑담을 도입했고 이를 통하여 의도한 바는 무엇인가 이다.

이런 점에 주목하여 다시 읽어보면 『콘쟈쿠(今昔)』 설화의 주제로서 떠오르는 것은 사원 연기담에서 자주 보이는 영험의 요소이다. 노인의 꿈의 계시와 더불어 아육왕탑의 발견은 시가지(志賀寺)의 건립지가 영험이 현저한 영장(靈場)이란 것을 이야기하기 위해서 충분히 그 역할을 다하고 있다. 그런데 앞의 다른 관련문헌 기록과 대조해 보면『콘쟈쿠(今昔)』에는 또 다른 의도가 숨겨져 있었던 것으로 보인다. 선행문헌의 기술처럼 '기이보탁(奇異宝鐸)'이랄지 '기호백석(奇好白石)', '야방광명(夜放光明)'의 표현을 그대로 사용하여도 영험의 요소는 충분히 나타낼 수 있었을 터인데도 구태여 아육왕탑으로 바꾸어 기술한 것은, 바로 위에서 진단부 제6권 제1화를 통해 살펴보았던 의식, 즉 자기 나라를 불법과 인연이 깊은 땅으로 만들고자 하는 불국토 의식이 개입되어 있음을 읽을 수 있는 것이다.

이처럼『콘쟈쿠(今昔)』의 이야기만 읽었을 때는 시가지(志賀寺) 건립담의 주제가 '영험'임은 분명하지만 이것은 편자의 겉으로 드러난 의도이고, 관련문헌과의 대조를 통해서 밝혀졌듯이 감추어진 의도로서 불국토 의식이 병존하고 있음을 지적할 수 있겠다.

여기에 덧붙여서, 일본에서 예로부터 아육왕탑이 상당히 두터운 신앙의 대상으로서 인식되고 있었음을 말해주는 자료를 하나 소개하고자 한다.

➡ **오오미가모오군시(近江蒲生郡志) 제7권 사원지(寺院志) 제16절「櫻川村石塔寺」**

석가 열반 후 인도의 아육왕이 팔만 사천의 불사리탑을 만들어 신통력으로서 이것을 삼천대천 세계에 흩뿌렸다. 진단의 열아홉 곳과 일본의 두 곳에 존재한다. 이 탑은 그 중의 하나라고 한다. 엔랴쿠지(延曆寺)의 승려 쟈쿠쇼오(寂照)법사가 쵸오호(長保) 5년(1003)에 송나라에 건너가 청량산에 이르러 문수대사(文殊大士)를 뵈옵는데 많은 승려들이 산속의 연꽃핀 연목을 향하여 예배를 드리고 있었다. 그 연유를 물으니 일본 오오미(近江) 가모오군(蒲生郡) 이시도오지(石塔寺)의 탑 팔재일(八斎日)을 당하여 연못 속에 탑의 모습이 비치었다고 했다. 쟈쿠쇼오(寂照)는 바로 이 일을 자기 나라에 알리자, 칸코오(寬弘) 3년(1006) 2월 이치죠오(一条)천황이 타이라노츠네마사(平恒昌)를 보내어 그 탑을 찾도록 했다. 그 때 야시코오세이(野矢光盛)란 자가 있었는데

츠네마사(恒昌)를 안내하여 산 속으로 사냥을 하러 갔는데, 끌고 간 사냥개가 우연히 한 흙더미를 돌면서 세 번 짖었다. 흙을 파보니 삼층의 대탑(大塔)이 있었다. 이것이 바로 아육왕탑이라 하여 절을 세우고 아이쿠오오잔(阿育王山) 세키도오지(石塔寺)라고 불렀다.

이 기록이 사실에 근거하고 있다면 1006년 무렵에는 이미 일본에서 아육왕탑이 신앙의 대상이 되고 있었음을 알 수 있다. 또한 타이라노노부노리(平信範)의 일기인 『효오한키(兵範記)』에서 '카오오(嘉応) 2년(1170) 3월 7일, 戊午詣蒲生西郡石塔'이라고 기록했듯이, 당시 도읍인 헤이안쿄오(平安京) 귀족들이 세키도오지(石塔寺)의 아육왕탑에 참배를 떠날 정도로 널리 신앙되고 있었음을 짐작할 수 있겠는데, 당시의 이터한 아육왕탑 신앙이 『콘쟈쿠(今昔)』에도 영향을 미쳤을 것으로 짐작된다.

한편 『삼국유사』에 있어서는 제3권 제4 탑상(塔像)편 제2화 「요동성육왕탑(遼東城育王塔)」과 제5화 「황룡사장육(黃竜寺丈六)」의 2화가 아육왕 관련화로서 주목되는데, 이 가운데 아육왕탑을 기술하고 있는 제2화에서 관련부분만을 인용하면 다음과 같다.

➡ 『삼국유사』 제3권 제4 탑상(塔像)편 제2화 「요동성육왕탑(遼東城育王塔)」

『삼보감통록(三宝感通録)』에 이렇게 실려 있다. 고구려 요동성 곁에 있는 탑은 옛 노인들의 전하는 말에 의하면 이러하다. 옛날 고구려 성왕(聖王)이 국경지방을 순행하다가 이 성에 이르렀다. 여기에서 오색구름이 땅을 덮는 것을 보고 그 구름 속을 찾아가 보니, 중 한사람이 지팡이를 짚고 서 있었다. 그러나 중은 가까이 가면 없어지고 멀리서 보면 도로 나타나는 것이었다. 그 곁에는 삼층의 토탑(土塔)이 있었는데 위가 솥을 덮은 것 같았으나 무엇인지 알 수가 없었다. 이에 다시 가서 중을 찾아보았으나 다만 거친 풀이 있을 뿐이었다. 그 곳을 한 길 깊이로 파 보았더니 지팡이와 신이 나오고 더 팠더니 명(銘)이 나왔는데, 그 위에 범서(梵書)가 있었다. 곁의 신하가 이 글을 알아보고 불탑(仏塔)이라고 말하였다. 왕이 자세한 것을 묻자 신하가 "이것은 한나라 때 있었던 것으로 그 이름을 포도왕(蒲図王, 蒲図＝浮屠, 浮屠란 명승의 유골을 안치하여 세운 탑)이라 합니다.”라고 대답했다. 성왕은 이 때문에 불교를 믿을 마음이 생기어 7층 목탑을 세웠으며 뒤에 불법이 비로소 전해 오자 그 자초지종을 자세히 알게 되었다. 지금 다시 그 탑의 높이를 줄이다가 목탑이 썩어서 무너졌다. 아육왕(阿育王)이 통일했다는 염부제주(閻浮提洲)에는 곳곳에 탑을 세웠으니 이는 괴상할 것이 없다.

모두(冒頭)에 밝혔듯이 이 기사의 출전은 『삼보감통록(三宝感通録)』으로, 당나라 도선(道宣)이 664년 찬술(撰述)한 『집신주삼보감통록(集神州三宝感通録)』을 가리킨다. 전체는 상 중 하의 세 권으로 되어 있고 그 가운데 상권은 탑과 관련된 20화로 구성되어 있는데, 그 가운데는 아육왕탑담도 많다. 제19화까지 중국의 각지에서 발견된 아육왕탑담을 수록한 도선(道宣)은 상권의 마지막인 제20화를 고대 한국과 일본에 있어서의 아육왕탑담으로 구성하고자 했다. 널리 아육왕탑담을 채집하고 있던 그의 시선은 마침내 이웃나라인 한국과 일본에까지 보내진 것인데, 한국과의 관련 부분만을 발췌한 것이 바로 위에 인용한 『삼국유사』의 아육왕탑담이다. 그렇다면 일연이 『삼보감통록(三宝感通録)』에서 이 부분을 전재(転載)하게 된 의도는 무엇이었을까. ‘요동성육왕탑(遼東城育王塔)’이 속한 편목명(篇目名)은 「탑상(塔像)」이고 따라서 제1 주제는 탑의 영험에 있다고 보아야 할 것이다. 이러한 판단은 편자 일연이 이야기 말미에 ‘今処処有現瑞非一蓋真身舎利感応難思矣(지금 여러 곳에서 탑의 상서로운 징조가 한두 번 나타난 것이 아니니 대개 진신의 사리란 그 감응을 헤아리기 어려운 것이다)’라고 평을 한 부분에도 잘 나타나 있다.

그러나 이 설화에 있어서 탑의 영험이란 것은 겉으로 드러난 주제에 지나지 않고 일연의 감추어진 의도를 읽기 위해서는 보다 주의 깊은 천착이 필요하다. 앞의 인용문 후반의 ‘後仏法始至 具知始末(나중에 불법이 비로소 전해 오자 그 자초지종을 자세히 알게 되었다)’라고 한 부분에 주목해 보면, 이

구절에는 『삼보감통록(三宝感通録)』의 생각과 『삼국유사』의 의도가 교차하고 있는 것처럼 생각된다. 도선(道宣)으로서는 이 한 구절을 이용하여 요동성 근처에서 발견된 아육왕탑이 고대 한국에 불교가 전해지기 이전의 것임을 명기하고 있다. 즉 요동성이 고구려의 영토였던 시기가 있었고 거기에서 아육왕탑이 나타났는데 그 아육왕탑은 불법이 전래되기 이전의 한국과는 관련이 없는 것이어서 당연히 중국에 속하는 것이라는 저의를 엿볼 수 있다. 이러한 도선(道宣)의 생각과는 달리, 한국이 불국토임을 증명하고 싶었던 일연에게 있어서는 『삼보감통록(三宝感通録)』의 기사는 자신의 의도와 일치하는 최적의 자료였다. 제1화에 「가섭불연좌석(迦葉仏宴坐石)」을 배치하여 우리나라에 있어서 불교와의 인연을 과거불인 가섭불 시대까지 끌어올린 일연은, 이어서 제2화에 아육왕탑의 존재를 배치하므로서 「탑상(塔像)」편의 권두를 장식한 것이다. 이와 같은 설화들을 통해서 불법 전래와 유포의 증거를 제시함으로써 불국토로서의 이미지를 부각시키려고 한 일연의 의도를 읽을 수 있을 것이다.

이상 한·중·일 3국의 설화를 통해서 보면 각 나라마다 자기 나라에 오래 전부터 아육왕탑이 존재하고 있음을 강조하고자 하고 있다. 먼저 『삼국유사』에서 일연은, 지금은 고려 영토가 아니지만 옛날에 우리 땅이었던 요동성 근처의 탑을 아육왕탑이라 하여, 우리에게도 아육왕탑이 있었음을 이야기하고 있다. 일본의 경우는, 시가지(志賀寺) 건립을 기록한 다른 역사적 자료에 의하면 건립시에 보탁(宝鐸)이 발견되었다고 되어 있는데, 이것이 설화의 세계에서는 아육왕탑으로 바뀌어 있다. 그리고 중국 설화는, 중국의 불교 전래사가 주된 내용인데, 진시황 때 불교가 들어오려다 박해와 배척으로 들어오지 못하였다는 것과, 실은 불교전래가 이보다 훨씬 전인 주시대에 들어온 적이 있고 아육왕탑도 중국땅에 존재함을 덧붙이고 있다.

따라서 자기 나라에 아육왕탑이 존재한다는 것, 그리고 오래 전부터 존재했다는 것을 기록하고자 했는데, 이러한 의식을 보다 명확히 짐작할 수 있게 하는 기록이 있어 소개한다. 앞에서 소개했듯이『삼보감통록(三宝感通録)』의 제20화는 고대 한국과 일본에 있어서의 아육왕탑담으로 구성되었다고 했는데, 마지막 부분의 일본관련 이야기에 다음과 같은 기록이 눈길을 끈다.

倭国在此洲外大海中　距会稽万余里　有会承者　隋時来此学　諸子史統及術芸無事不閑　武德　之末猶在京邑　貞観五年方還本国　会問　彼国昧谷東隅仏法晩至　未知已前育王及不　会答云　文字不言無以承拠　験其事迹則是所帰　何者有人開発土地　往往得古塔露盤仏諸儀相　故知素有也
(왜국은 이 땅 밖 대해 가운데 있다. 회계(会稽)로부터 만여리 떨어져 있다. 그 나라 사람 회승(会承)이란 자가 있어서 수나라 때 이 곳에 와서 수학했다. 제자사통(諸子史統) 및 술예(術芸)를 배움에 게을리하지 않았다. 무덕(武德)년 말에 아직 도읍인 장안에 머물고 있었다. 정관(貞観) 5년 본국으로 돌아가려 하니 사람들이 회승에게 묻기를 "당신 나라는 어두운 계곡 동쪽 구석에 있어 불법이 늦게 전해졌으니 이전에 아육왕탑이 (당신 나라에) 이르렀는지 어땠는지 아직 모르겠소" 회승이 대답하여 말하기를 "문자로는 말하는 바가 없으므로 증거로 삼을 만한 것이 없습니다만 아육왕탑의 자취로 볼 만한 경우를 경험한 바 있으므로 이로써 증거를 삼고자 합니다. 어떤 사람이 있어서 그가 토지를 개발하는데 가끔 오래 된 탑의 노반이 부처의 여러 모습을 나투었으니, 따라서 본래 아육왕탑이 있었음을 알 수 있습니다."고 하였다.)

京邑(장안)에 유학하고 있던 일본의 유학승 会承이 貞観 5년(631) 귀국을 눈앞에 두었을 때의 일인데, 일본은 동쪽의 변두리 구석진 곳에 위치해서 불법이 늦게 이르렀는지라 과연 아육왕탑이 일본에까지 이르렀는지 어떤지 궁금하다는 질문을 받게 되었다. 이에 대해 会承은, 문헌상으로 확인할 수 있는 증거가 없지만 토지 개발 시에 때때로 부처의 의상(儀

相)을 띤 고탑노반(古塔露盤)이 발견되고 있고 따라서 일본에는 원래 아육
왕탑이 있었음을 알 수 있다고 답하고 있다.

이 문답을 통하여, 중국 측이 회승(会承)에게 아육왕탑의 유무를 물은
저의를 '彼国昧谷東隅. 仏法晩至(당신 나라는 어두운 계곡 동쪽 구석에 있어 불법
이 늦게 전해졌다)'는 말과 더불어 생각해 보면 아육왕탑이 지니는 의미를 보
다 선명하게 읽을 수 있을 것이다. 즉 아육왕탑의 존재는 불법 전래의 증
명이기도 하고, 또 불법전래의 역사가 얼마나 오래 되었는가를 재는 척도
의 의미도 있었던 것이다. 때문에 회승(会承)은 궁핍한 대답이긴 하지만
'고탑노반(古塔露盤)'으로라도 아육왕탑의 존재를 주장하고자 하는 대답을
하였던 것이다.

제7장 길상천녀담

제7장 길상천녀담

　　길상천녀(吉祥天女)는 길상천이라고도 하는데 독특한 이미지를 가진 존재로 일본문학의 여러 작품에 등장하고 있다. 길상천은 원래 인도의 신화에 나오는 신이었지만 후에 불교에 유입되면서 용모가 아름답고 중생에게 복덕을 베푸는 천녀의 모습으로 전해지게 되었고, 아버지 덕차가(德叉迦)와 어머니 귀자모신(鬼子母神)의 사이에서 태어나 비사문천(毘沙門天)의 아내가 되었다고 한다.[1]

　　일본의 경우 키치죠오지(吉祥寺)라는 이름의 절이 각지에 세워져 있고 나라(奈良) 야쿠시지(薬師寺)의 화상(画像)을 비롯한 많은 불상이 존재함을 볼 때 일찍부터 길상천녀에 대한 신앙이 널리 행해지고 있었음을 알 수 있다. 우리나라에서도 『삼국유사』에 보면 진표(真表)율사의 가르침에 의해 영심(永深) 등의 승려가 속리산에 길상사를 세우게 된 유래가 나오고 있다.[2]

　　불교의 전래와 더불어 길상천녀 설화도 여러 문학작품 속에 보이게 되는데, 특히 『콘쟈쿠(今昔)』를 비롯한 여러 설화집의 수토화 속에 천녀의 대표적인 이미지가 잘 나타나 있고, 불교에서 금기시하는 음욕과도 얽힌 내용이 주목을 끄는 예화도 있다.

---

1) 中村元, 『仏教語大辞典』(東京書籍, 1981)
2) 『삼국유사』 제4권 의해(義解)편 <관동풍악발연수석기(関東風岳鉢淵藪石記)>.

따라서 본 장에서는 『콘쟈쿠(今昔)』를 전후한 작품들을 통해서 일본 고전의 세계에 등장하는 길상천녀의 이미지를 고찰해 보고자 하는데, 이는 문학을 통하여 고대 일본인들의 정신세계와 문화를 이해하는 방법론의 일환이기도 하다.

1. 완벽한 여인상

일본 고전에서 길상천녀가 등장하는 최초의 작품은 『니혼료오이키(日本靈異記)』로 여겨진다. 중권 제13화의 이야기로, 『콘쟈쿠(今昔)』 제17권 제45화의 모태가 되는 설화이다.

『니혼료오이키(日本靈異記)』의 제목을 보면 「生愛欲恋吉祥天女像, 感応示奇表縁(애욕의 마음을 일으켜 길상천녀상을 사랑하자 이에 감응하여 기이함을 나타낸 이야기)」라 하여, 불교의 금기인 애욕과 천녀의 감응이 얽혀 기상천외한 내용으로 전개되고 있는데, 이에 대해서는 『콘쟈쿠(今昔)』의 예화와의 비교를 통하여 후술하기로 하고 먼저 『니혼료오이키(日本靈異記)』 이후의 작품을 예로 들어보자.

『겐지모노가타리(源氏物語)』의 「호오키기(帚木)」권에는 '비오는 밤에 여성을 평함(雨夜の品定め)'이라는 대목으로 잘 알려진 부분이 있다. 그 가운데 토오노츄우죠오(頭の中将)가 이전의 여성편력을 회상한 뒤에 이야기를 정리하면서

남녀 관계란 가지각색이어서 비교하는 것이 어렵고, 각각의 좋은 점만 갖추어서 나무랄 곳이 없는 사람이 어디 있겠는가, 설령 길상천녀에게 마음을 둔다

하더라도 부처님 같아서 인간다운 맛이 없을 터이니 어디 흥이 나겠는가

　世の中や、ただかくこそとりどりに、比べ苦しかるべき。このさまざまの
よきかぎりをとり具し、難すべきくさはひまぜぬ人は、いづこにかはあらむ。
吉祥天女を思ひかけむとすれば、法気づき、霊しからむこそ、またわびし
かりぬべけれ。3)

라고 하여 좌중의 웃음을 자아낸다.

　여기에서 토오노츄우죠오(頭の中将)가 언급한 길상천녀의 의미를 생각
해보면, 결점이 없는 여자란 없는 법이라는 그의 말에 비추어 볼 때, 결국
길상천녀는 결점이 없는 완벽한 여자의 예로서 거론된 것임을 알 수 있
다. 다만 나무랄 데 없는 이상적인 여자라 할지라도 사랑의 상대로서는
완벽함 그 자체가 오히려 흥을 깨는 요소가 되는 것이니 완벽 또한 결점
이 되는 아이러니를 느끼게 하는 것이다.

　한편『겐지모노가타리(源氏物語)』보다 십여 년 앞서 성립된『산보오에
코토바(三宝絵詞)』에도 길상천녀 신앙과 관련된 이야기가 수록되어 있다.
『산보오에코토바(三宝絵詞)』는 에이칸(永観) 2년(984)에 미나모토노타메노리
(源為憲)가 젊은 나이에 출가한 손시나이신노오(尊子内親王)4)의 요구에 응
하여 편찬한 불교설화집으로, 상 중 하의 세 권으로 이루어져 있다. 상권
은 불보(仏宝)의 권으로서 각종 경전에서 설한 석존의 본생담이 실려 있
고, 중권은 법보(法宝)로서 대부분을『니혼료오이키(日本霊異記)』에서 채록
한 일본의 불교설화, 하권인 승보(僧宝)에는 불교적 연중행사와 법회의 유
래 등이 수록되어 있다.

　이 가운데 하권의 제2화「미사이에(御斎会)」5)유래담을 보면 최승왕경

---

3) 日本古典文学全集,『源氏物語(1)』, 小学館 1970. p.160.
4) 레이제이(冷泉)천황의 제2皇女이며 엔유우(圓融)천황의 女御.
5) 조정에서 열린 대법회이므로 미사이에(御斎会)라고 부르는데, 정월 8일부터 7일간 제 종
　 파의 고승을 초청하여 大極殿(다이고쿠덴, 후에는 清涼殿(세이료오덴))을 불당처럼 장식

(最勝王経)의 공덕을 이야기한 후

　이로 인하여 조정에서는 다이고쿠덴(大極殿)을 장식하고 7일 낮밤을 기한
으로 낮에는 최승왕경(最勝王経)을 강의하고 밤에는 길상참회(吉祥懺悔)를
행하였다. 길상천녀는 비사문(毘沙門)의 아내이다. (이로 인하여) 오곡이 창고
에 가득하고 모든 바람이 이루어졌으면 하는 서원이 있었기 때문이다. 대신 및
귀족들이 성의를 다하고 조력하기를 모두 경에 이르는 바와 같았다. 때로는 천
황의 행차도 있었고 법회에 필요한 사람을 절마다 나누어 불러, 담당관들이 장
엄한 공양이 이루어지도록 진력하였다. 이 법회는 각 지방에서도 모두 같은 날
행하였는데　쇼오무(聖武)천황의　황후인　코오켄쇼도쿠(孝兼称徳)천황시대인
진고케이운(神護景雲) 2년(768)부터 시작되었다.

　これによりておほやけ大極殿をかざり、七日夜をかぎりて、ひるは最勝
王経を講じ、夜は吉祥懺悔をおこなはしめたまふ。吉祥天女は毘沙門の妻
なり。五穀倉にみち諸のねがひ心にかなへむといふ誓あればなり。大臣諸
卿誠をいたし、力をくはふる事みな経に説げごとし。ある時には又　行幸も
あり、聴衆、法用寺寺にわかち召し、供養荘厳つかさつかさにつとめつか
うまつる。此会は諸国にもみな同日よりおこなふ。あめの御門の御女高野
の姫と申御門の御代神護景雲二年よりおこれる也。[6]

라고 하여, 미사이에(御斎会) 시에 길상참회가 행해진 것과 이 법회는 진

고케이운(神護景雲) 2년(768)부터 시행되었다는 사실, 그리고 길상천녀가 비

사문(毘沙門)의 아내라는 것 등이 기록되어 있다.

　이러한 길상참회의 사실은 역사적 기록에 의해서도 확인되는데, 『쇼쿠

니혼기(続日本記)』 제28권 진고케이운(神護景雲) 원년(767) 춘정월 기미조에

의하면, 칙명에 의하여 콩코오묘오지(金光明寺)에서 17일간 길상천 참회법

회가 열렸고 그 공덕으로 인하여 천하가 태평하고 오곡이 무르익어 백성

들이 그 복덕에 젖었다는 것과, 이에 의해 동 2년에도 행해졌고, 동 3년

하고 로사나불(盧舎那仏)을 본존으로 하여 금광명최승왕경(金光明最勝王経)을 설법한,
당시 가장 중요한 궁중 법회였다.
6) 古典文庫,『三宝絵詞』下巻 僧宝 (2)御斉会, 1965. p.164.

부터는 궁중에서 처음으로 행해졌다는 사실을 알 수 있다.[7]

2. 현세이익의 영험

    길상천녀는 『겐지모노가타리(源氏物語)』에서 볼 수 있었던 완벽한 여성으로서의 이미지 외에도 다양한 이미지를 보여주고 있는데, 그 대표적인 예 가운데 하나가 현세이익의 영험을 나타내는 불상의 이미지이다. 이러한 점에서는 관음보살상과의 유사성을 지적할 수도 있겠는데, 그 일례로 『니혼료오이키(日本靈異記)』의 예화를 들어 살펴보고자 한다.

    『니혼료오이키(日本靈異記)』 중권 제14회는 「窮女王帰敬吉祥天女像得現報緣(곤궁해진 왕족 여자가 길상천녀상에 불공하여 현세의 덕을 입은 이야기)」라는 제목의 이야기로 내용을 요약하면 다음과 같다.

    쇼오무(聖武)천황 시절에 왕족 23인이 서로의 친교를 위하여 순서대로 식사를 대접하는 연회를 열기로 했다. 그 가운데 가난한 여자 왕족이 있었는데, 다른 왕족들은 대접할 차례를 모두 마치고 마지막으로 그녀만 남게 되었다. 하지만 연회를 마련할 방법이 없는 자신의 가난을 전생의 업으로 여기고 부끄러워하다가 나라(奈良) 호토리도오(服部堂)에 가서 길상천녀상을 향하여 빌었다. "저는 전생에 지은 가난의 업 때문에 현세에 이렇게 빈궁한 업보를 받고 있습니다. 그래서 제 차례의 연회를 준비할 수가 없으니 부디 저에게 재물을 내려 주십시오." 그 때 그녀의 아이가 황급히 달려와서 "옛 도읍에서 성대한 음식을 마련해서 보내왔습니다."라고 알려 주었다. 그녀가 이 말을 듣고 달려가 보니 예전에 그녀를 길러준 유모가 보낸 것이었다. 무엇 하나 부족함이 없

---

7) 『続日本記』 巻28 神護景雲元年春正月己未. 勅畿内七道諸国. 十七日間. 各於国分金光明寺. 行吉祥天悔過之法. 因此功徳. 天下太平. 風雨順時. 五穀成熟. 兆民快楽. 十方有情. 同霑此福.(『新訂増補国史大系 続日本記 後篇』, 吉川弘文舘, 1992) p.339.

는 훌륭한 음식과 호화로운 그릇에, 모인 왕족들도 칭찬하며 연회를 즐겼다. 그녀의 춤과 노래는 마치 천상의 그것처럼 훌륭했고 이에 감탄한 왕족들은 옷을 벗어 주기도 하고 돈과 비단 옷감 등을 주기도 했다. 그녀는 너무 기뻐, 받은 옷을 유모에게 입혀 드렸다.

그 후 호토리도오(服部堂)에 가서 길상천녀상에게 절하려고 보니, 자기가 유모에게 입혔던 옷이 천녀상에 걸쳐 있었다. 이상히 생각하고 유모에게 가서 물어보니 유모는 모르는 일이라고 했다. 그래서 이 일은 길상천녀가 그녀의 신심에 감응하여 일어난 것임을 확연히 알게 되었다. 그 후 그녀는 재물이 풍족해지고 가난의 걱정도 없어졌으니 희귀한 일이다.

이 설화는 『콘쟈쿠(今昔)』 제17권 제46화의 출전이기도 한데, 내용으로부터 두 가지 설화적 요소를 지적할 수 있다. 즉 길상천녀가 현세의 혜복을 가져다준다는 영험적 요소와 이야기의 말미에 영험의 증거를 밝히는 증거제시의 요소이다. 위 설화의 경우 혜복을 입은 왕족 여자가 유모에게 걸쳐준 옷이 다음에 보니 길상천녀상에 걸려 있음으로 해서, 결국 자기가 기원을 드린 천녀상이 유모로 변신하여 음식을 가져오는 영험을 나타냈음을 여실히 증명하고 있는 것이다.

이러한 영험의 증거제시란 요소는 특히 보살상의 영험담에서 현저히 나타나는데 그 유형도 다양하다. 몇 가지 예를 들어보면, 『콘쟈쿠(今昔)』 제16권 제7화 「越前国敦賀女蒙観音利益語(에치젠지방 츠루가에 사는 여자가 관음의 은덕을 입은 이야기)」는 가난한 여자가 부모가 남겨준 관음보살상의 가호로 호족집안 자제의 아내가 되어 부귀를 누리게 되는 이야기로, 자기를 도와준 여인에게 고마움의 표시로 하카마(袴, 일본식 하의)를 주었는데 그 하카마가 관음상의 어깨에 걸려 있음을 보고 관음이 여인으로 변신하여 자기를 도와주었다는 사실을 확인하게 된다. 이 때 관음상의 어깨에 걸린 하카마는 바로 도움을 준 여인이 관음상의 변신임을 확인케 하는 증거가 되는 것이다. 이와 같은 유형의 이야기가 제16권 제10화까지 이어지고 있는데, 이는 제16권이 관음영험담 만으로 구성되어 있기 때문이다.

이 가운데 제8화「殖槻寺観音助貧女給語(우에츠키데라의 관음이 가난한 여자를 도운 이야기)」와 제9화「女人仕清水観音蒙利益語(키요미즈데라의 관음을 참배한 여인이 그 은덕을 입은 이야기)」는 제7화와 거의 유사한 유형으로, 제9화에서는 가난한 여자가 은인인 노파에게 자기의 머리카락을 잘라 주었고 이 머리카락이 관음상의 손가락에 감겨 있음을 확인하는 것이 약간 다른 점이다. 특이한 것은 제10화라고 할 수 있다.「女人蒙穂積寺観音利益語(여인이 호즈미데라 관음의 은덕을 입은 이야기)」라는 제목의 이야기로, 가난한 여인이 호즈미데라의 천수관음에게 참배하고 자비를 베풀어주기를 빌었지만 별 효과가 없었는데, 어느 날 동생이 궤를 하나 가져와 맡겨놓으면서 나중에 찾아가겠다고 하였다. 그런데 돌아갈 때 발에 말똥을 묻힌 채 돌아갔다. 그 후 아무리 기다려도 동생이 찾으러오지 않으므로 기다리다못해 집으로 찾아가 물어보니 동생은 그런 일은 금시초문이라 했다. 그래서 혹시 관음의 자비로운 영험이 아닌가 생각하며 절에 가서 관음을 보니 불상의 발에 말똥이 묻어 있었다. 이를 보고 관음의 도움을 확인한 그녀는 감격의 눈물을 흘리게 된다는 내용이다. 이 이야기 역시 옷이나 머리카락 대신에 발에 묻은 말똥이 증거로서 제시되고 있는데, 이러한 증거제시의 요소는 불상의 영험에 대한 신빙성을 높이기 위하여 도입된 것으로 볼 수 있을 것이다.

이러한 영험의 증명은 『삼국유사』의 예화에서도 볼 수 있는데, 제4 탑상편 제19화「낙산이대성 관음 정취 조신(洛山二大聖 観音 正趣 調信)」에 보면 의상법사가 당나라에서 귀국하여 관음상을 만들어 모시고 절 이름을 낙산사로 지었다는 이야기 뒤에, 원효와 관음과의 만남을 이야기한 부분이 있는데 다음과 같다.

그 후에 원효법사가 뒤를 이어 와서 여기에 예하려 하였다. 처음에 남쪽 교외
에 이르니 논 가운데서 흰 옷을 입은 여인이 벼를 베고 있었다. 법사가 희롱삼
아 그 벼를 달라고 청하니 여인은 벼가 잘 영글지 않았다고 대답한다. 또 가다
가 다리 밑에 이르니 한 여인이 월수백(月水帛)을 빨고 있다. 법사가 물을 달라
고 청하자 여인은 그 더러운 물을 떠서 바친다. 법사는 그 물을 엎질러 버리고
다시 냇물을 떠서 마셨다. 이 때 들 가운데 있는 소나무 위에서 파랑새 한 마리
가 그를 불러 말한다. "제호(醍醐)스님은 그치십시오." 그리고는 갑자기 숨고
보이지 않는데 그 소나무 밑에는 신 한 짝이 벗겨져 있었다. 법사가 절에 이르
자 관음보살상의 자리 밑에 또 전에 보던 신 한 짝이 벗겨져 있으므로 그제야
전에 만난 성녀가 관음의 진신임을 알았다. 때문에 당시 사람들은 그 소나무를
관음송이라 했다. 법사가 성굴로 들어가서 다시 관음의 진용을 보려고 했으나
풍랑이 크게 일어나 들어가지 못하고 그대로 떠나갔다.[8]

관음을 만나러 가던 도중에 원효법사가 만나 희롱한 여인이 바로 자
신이 만나려던 관음의 진신임을 나중에야 알게 되는데, 그 증거가 되는
것이 관음상의 자리 밑에 벗겨져 있는 신 한 짝이었다. 이 예화는 관음의
도움이라는 영험의 출처를 증명하는 것은 아니지만 벗겨진 신 한 짝을 통
해서 전에 만난 여인이 관음의 진신임을 확인하게 된다는 점에서 앞의 예
화들과의 유사함을 지적할 수 있겠다.

3. 미모를 통한 영험

길상천녀의 대표적인 이미지로서 완벽한 여성으로서의 경우와 현세이
익적 보살의 예화를 보았는데, 이 두 가지 이미지가 공존하는 예가 『코혼
세츠와슈우(古本説話集)』에 수록되어 있어 살펴보고자 한다. 『코혼세츠와

---

8) 『삼국유사』, 이민수 역, 을유문화사 1987. p.260.

슈우(古本説話集)』 제62화 「和泉国国分寺住持艶寄吉祥天女事(이즈미지방의 코쿠분지 주지승이 길상천녀에게 연정을 품은 이야기)」인데 줄거리를 요약하면 다음과 같다.

　　이즈미(和泉)지방의 코쿠분지(国分寺)에 종치기 승려가 있었다. 그는 절에 안치된 길상천녀를 보는 것 만으로 연정을 품게 되어, 껴안기도 하고 손가락으로 만져보기도 하고 입맞춤을 하기도 하면서 수개월이 지났다. 하루는 꿈을 꾸었는데, 평소대로 종루에 올라가 길상천녀를 애무하고 있었다. 그러자 갑자기 천녀상이 움직이기 시작하면서 말을 했다. "당신이 몇 달 동안이나 나에게 정을 품고 사랑해온 것에 실로 감동해서 당신의 아내가 되려고 합니다. 그러니 몇월 몇일에 하리마(播磨)지방의 이나미노(印南野)에 와서 나를 꼭 만나시오."
　　꿈에서 깨어서도 천녀의 모습이 환상처럼 되살아나 어서 그 날이 오기만을 기다렸다. 이윽고 그 날이 되자, 종치기 승려는 약속한 곳으로 걸음을 재촉하는데 이루 말할 수 없을 정도로 예쁜 여자가 여러 가지 화려한 옷을 입고 앞에 나타났다. 이 여자인가 보다 생각했지만 떨려서 가까이 다가가지 못하고 있는데, 그녀가 "정말로 와 주셨군요. 어서 우리가 살 집을 지으세요."라고 말했다. 승려는 어떻게 집을 지어야 할 지 몰라 고민하고 있는데 한 남자가 나타나서 이웃들을 불러모아 집을 지어 주었고 천녀도 사람들에게 여러 가지 물건을 나누어 주기도 하였다. 승려는 집 안을 훌륭하게 정리해 놓고 천녀를 들어오게 한 후 그녀 곁에 누웠을 때의 기분이란 하늘을 날 듯 하였다. 천녀가 말하기를 "나는 이제 당신의 아내가 되었으니 나를 아내로 생각한다면 다른 여자에게 마음을 주어서는 안됩니다."라고 부탁하자 그야 두말할 나위 없다고 약속했다. 이렇게 해서 속세에서의 생활이 시작되었는데, 농사를 지어도 다른 사람보다 수확이 훨씬 많아서 아주 부유한 생활을 하면서 이웃도 도와 주었다.
　　이렇게 유복한 생활을 하던 어느 날, 윗 고을에 볼 일이 있어서 가게 되었다. 며칠이 지나자 한 남자가 비위를 맞추면서 아주 예쁜 여자가 있는데 불러서 발이라도 주무르게 하라고 권하자 승려는 설령 바람기가 생기더라도 관계를 맺지 않으면 되니까 라고 생각하고 그렇게 하라고 했다. 그렇게 지내는 동안 두 사람은 친밀한 관계가 되어 여자를 깊이 사귄 것은 아니지만 몇일 동안 가까이서 지내게 되었다.
　　볼 일을 마친 후 집으로 돌아오자 아내가 몹시 화가 난 모습이었다. 왜 약

속을 어겼느냐며 화를 내면서 이 곳에 더 이상 있을 수 없으니까 돌아가겠다
고 했다. 승려는 변명을 하면서 말렸지만 소용없었다. 그녀는 오랫 동안 간직
한 것이라며 커다란 상자 두 개를 주더니 어디론가 사라져 버렸다. 승려는 후
회하면서 상자를 열어 보니 그 안에 들어 있는 것은 그 동안의 승려의 정액을
모아놓은 것이었다. 그 후 승려는 그런 대로 유복한 생활을 유지하면서 덕 있
는 승려로서 일생을 보냈다고 한다.

길상천녀상에 연정을 품고 행동으로 표현하던 승려가 결국 천녀를 아
내로 얻어 부귀와 영화를 누리는 감응을 얻었지만 자신의 잘못으로 천녀
와 헤어지는 결과를 낳았다. 이 설화에는 현세 이익과 연정을 모두 들어
준 천녀의 두 가지 감응이 잘 나타나 있는데, 주목할 점은 승려의 천녀상
에 대한 연정과 이를 받아들인 영험이다. 이러한 영험의 요소는 앞의 『겐
지모노가타리(源氏物語)』에서 보았던 완벽한 여성으로서의 이미지가 바탕
이 되어 한 걸음 더 발전된 것으로 볼 수 있다. 특히 흥미를 끄는 것은
천녀가 헤어지면서 그 동안 승려와의 부부관계에서 생긴 정액을 고스란히
모아두었다가 되돌려준다는 발상의 특이함이다. 즉 천녀는 승려와의 세속
적인 생활 속에서 다른 부부와 마찬가지로 성관계를 맺으며 살았지만, 이
제 헤어지는 순간이 되자 속세 생활의 상징물인 정액을 돌려주면서 다시
원래대로의 성스러운 천녀의 모습으로 사라지는 것이다.

이 이야기는 『삼국유사』의 조신(調信) 설화를 연상케 한다. 춘원 이광
수의 소설 『꿈』의 소재가 되기도 했던 설화인데, 앞에서 살펴보았던 제4
탑상편 제19화 「낙산이대성 관음 정취 조신(洛山二大聖 観音 正趣 調信)」의
원효법사에 이어 조신(調信)의 설화가 계속되고 있다. 간단히 요약해 보면
다음과 같다.

신라 세달사(世達寺)의 장원을 중 조신에게 맡겨 관리하도록 했다. 조신은
장원에 와서 그 고을 태수의 딸에게 반하여 연모하게 되었다. 그래서 여러 번

낙산사의 관음보살 앞에 가서 남몰래 그녀와 살게 해달라고 빌었지만 몇해 후 그녀에게는 이미 다른 베필이 생겼다. 그는 불당에 가서 관음보살이 자기의 소원을 들어주지 않았음을 원망하며 날이 저물도록 슬피 울다가 지쳐 잠이 들었다. 그런데 꿈속에서 그 낭자가 기쁜 얼굴로 나타나 자기도 조신을 사모했었고 같이 살고자 이렇게 왔다고 했다. 조신은 매우 기뻐하며 그녀와 함께 고향으로 돌아가 40여년을 같이 살았다. 하지만 가난한 살림에 큰 아이가 죽고 어린 딸은 밥 얻으러 갔다가 개에게 물려 눕게 되었다. 내외도 이제 늙고 병들어 예전의 아름다운 모습은 찾아볼 수 없게 되었다. 결국 두 사람은 헤어지기로 하고 각각 아이 둘씩을 데리고 작별하는 순간에 잠이 깨었다. 타다 남은 등잔불은 깜박거리고 밖은 날이 새고 있었다. 마치 한 평생의 고생을 다 겪은 것 같아 모든 세상일에 욕심이 없어졌다. 이에 관음상을 대하기가 부끄러워지고 자신의 잘못을 뉘우쳤다. 꿈속에서 죽은 아이를 묻었던 곳을 파보니 석미륵이 있어 정토사라는 절을 세우고 모셨다.[9)]

이 설화의 경우 조신은 모시던 관음상에 직접 사모의 정을 품은 것은 아니고 태수의 딸을 사랑하게 된 것이지만, 관음상이 꿈을 통해서 그의 소원을 들어주고 깨달음에 이르도록 하고 있다. 즉 관음은 꿈을 통하여 조신의 소망인 사모하는 여인과의 속세의 삶을 경험케 한 것으로, 『코혼세츠와슈우(古本說話集)』의 예화와는 다른 분위기의 영험을 연출해 내고 있다.

4. 색욕의 파계를 통한 감응

한편 『코혼세츠와슈우(古本說話集)』의 예화에서 보았던, 길상천녀에게 사랑을 품은 남자의 세속적인 욕망을 들어주는 요소가 더욱 노골적으로

---

9) 『삼국유사』, 이민수 역, 을유문화사, 1987. p.260.

묘사된 이야기가 있다. 이 이야기는 앞에서 거론했듯이 『니혼료오이키(日本靈異記)』 중권 제13화「生愛欲恋吉祥天女像, 感応示奇表縁(애욕의 마음을 일으켜 길상천녀상을 사랑하자 이에 감응하여 기이함을 나타낸 이야기)」와, 이를 출전으로 한 『콘쟈쿠(今昔)』 제17권 제45화「吉祥天女摂像奉犯人語(길상천녀상을 범한 사람의 이야기)」인데, 두 설화는 내용적으로 매우 유사하지만 『콘쟈쿠(今昔)』의 경우는 출전의 우바새(優婆塞)[10]를 속인으로 바꾸어 전개시키는 과정에서 이야기의 파탄을 가져오는 잘못을 범하였다.[11] 이 점은 본고의 주제와 직접 관련이 없으므로 언급을 생략하고, 먼저 『니혼료오이키(日本靈異記)』를 통하여 그 내용을 살펴보기로 하겠다.

이즈미(和泉)지방의 치누노야마데라(血淳山寺)에 길상천녀의 소상(塑像)이 모셔져 있었다. 쇼오무(聖武)천황 시절에 시나노(信濃)지방의 우바새가 이 산사에 와서 살고 있었다. 우바새는 이 천녀상을 보고 한 눈에 애욕의 마음이 일어 일심으로 연모하면서 하루 여섯 번의 불공 때마다 천녀처럼 아름다운 미인을 얻게 해달라고 빌었다. 그러던 어느 날 밤 천녀상과 관계를 맺는 꿈을 꾸고 다음 날 자세히 보니 천녀상의 치마 허리쯤에 부정의 표시인 음액이 묻어 있어 더럽혀져 있었다. 우바새는 그것을 보고 부끄러움에 "저는 당신 같은 여자를 갖고 싶다고 원했는데 어찌 황공하게도 천녀님 스스로가 저와 관계를 해주신 겁니까"라고 말씀드렸다. 하지만 실제로는 부끄러워서 이 일을 아무에게도 말하지 않았지만, 한 제자가 몰래 이 사실을 듣게 되었다.

그 후 이 제자가 우바새에게 무례하므로 혼내서 쫓아버렸다. 제자는 절에서 쫓겨나 동네로 가서 스승의 욕을 하고 길상천녀와의 정사를 폭로해 버렸다. 마을 사람들은 그의 말을 듣고, 절에 와서 그 사실의 진위를 물으면서 천녀상을 보니 음액이 묻어 더럽혀져 있었다. 우바새는 더 이상 감출 수 없어서 자세한

10) 재가이면서 불도를 닦는 남자로 半僧半俗的 존재이다. 이에 대응되는 여자는 우바이(優婆夷)라고 한다.
11) 이러한 『今昔物語集』의 특징에 대해서는 편자의 작품 전체에 대한 구상이 각 설화에 미친 영향의 관점에서 논한 졸고 『今昔物語集』構想の波紋 −説話集の構想による説話の変容−」(『国文論叢』, 제19호, 1992. 3) 참조.

사정을 털어놓았다.

그러므로 이런 일에서 알 수 있듯이, 신앙이 깊으면 신불(神仏)과도 통할 수 있는 법이란 것을 확연히 알 수 있다. 이 일은 정말 신기한 일이다. 열반경에 "음심이 강한 자는 그림으로 그린 여자에게도 욕정을 일으킨다"라고 이른 것은 바로 이러한 경우를 말함이다.

천녀 스스로가 육체적 욕망을 처리하는 상대가 되어주었다는 점과 그 결과의 증거로서 치마 허리춤에 음액이 묻어 있었다는 이야기의 전개는, 불교의 금기인 색욕을 경계하기는커녕 그 욕구를 들어주었다는 점에서 불교설화로서는 기상천외한 발상이다. 하지만 생각해 보면 우바새는 천녀 자신을 원한 것이 아니라 천녀와 닮은 아름다운 여자를 원한 것이었고, 이는 아직 수행이 부족하여 속인의 욕망을 떨쳐버리지 못한 내면의 모습을 숨김없이 드러낸 것일 뿐으로, 그 욕망 자체까지 있을 수 없는 것으로 치부할 수는 없을 것이다.

오히려 여기에서 주목해야 할 점은 『니혼료오이키(日本霊異記)』의 작자인 쿄오카이(景戒)의 의식이다. 이야기의 말미에 천녀처럼 아름다운 여인을 원한 우바새에게 천녀 스스로가 육체적 상대가 되어준 것은 어찌 보면 그 이상의 감응은 없다고 할 수 있을 정도로 최고의 감응이기도 하다. 그러나 그러한 감응을 얻기 위해서는 '신앙이 깊으면 신불(神仏)과도 통할 수 있는 법'이라고 하여, 무엇보다도 깊고 철저한 신심(信心)을 강조하고 있는 것이다.

한편 『니혼료오이키(日本霊異記)』를 출전으로 한 『콘쟈쿠(今昔)』 제17권 제45화를 보면 말미에 편자의 평어(評語)로서, '이 일로 생각해 볼 때, 음욕이 왕성한 자는 설령 미녀를 보고 애욕의 마음이 일더라도 함부로 마음을 두는 일은 삼가야 한다. 실로 그런 짓은 무익한 일이다(此ヲ思フニ, 譬ヒ多婬ナル人有テ, 好キ女ヲ見テ, 愛欲ノ心ヲ発ト云トモ, 強ニ念ヲ繫ル事ヲ可止シ. 此

レ極テ無益ノ事也, トナム語リ伝ヘタルトヤ.)'라고 하여, 출전과는 대조적으로 처세적 교훈으로 맺고 있는데, 이는 이야기의 본질을 제대로 파악하지 못한 평어라고 해야할 것이다.

이상, 불교의 전래와 더불어 길상천녀에 대한 신앙이 민간에 뿌리를 내리게 되고 그 구체적인 양상을 고전작품 특히 설화를 통해서 살펴볼 수가 있었다. 그 대표적인 것으로 현세이익의 영험과 아름다운 미모를 통한 감응의 예들을 살펴보았는데, 우선 현세의 부귀와 풍요를 가져다주는 보살로서의 영험은 관음과 유사함을 지적할 수 있다. 『쇼쿠니혼기(続日本記)』에 기록된 바와 같이, 길상참회법회가 행해지게 된 유래와 그 공덕으로 인하여 천하 태평과 오곡 풍성의 복덕을 누렸다는 사실은 길상천녀의 현세이익적 영험을 잘 나타내주고 있다.

이와 더불어 천녀의 미모를 통한 감응이 특히 주목을 끈다. 이미 모토오리노리나가(本居宣長)가 주석서 『겐지모노가타리타마노오구시(源氏物語玉の小櫛)』에서, 『겐지모노가타리(源氏物語)』의 호오키기(帚巻) 권에 보인 길상천녀의 완벽한 여성으로서의 이미지에 대해 『니혼료오이키(日本霊異記)』의 치누노야마데라(血渟山寺)의 길상천녀상을 지적한 바 있는 것처럼[12], 길상천녀의 미모를 통한 감응의 이미지는 『니혼료오이키(日本霊異記)』에서 그 근원을 찾을 수 있을 것이다. 이후 『코혼세츠와슈우(古本説話集)』의 예화에서 보았듯이 천녀의 영험은 복합적으로 묘사되기도 하였다.

이처럼 일본 고전에 나타난 길상천녀담을 통해서, 불교의 여신 또는 보살은 혜복을 가져다주는 영험 외에도 미모를 통한 감응을 나타내는 존재로서의 인식이 상당히 보편화되어 있었음을 짐작할 수 있는데, 이 외에

---

12) 本居宣長는 『源氏物語玉の小櫛』 제6권에서, '霊異記に、聖武天皇の御世に信濃ノ国のうばそくが、和泉ノ国の血停の上山寺なる、吉祥天女の像に、深く思ひをかけて、云云せし事見ゆ'라고 주를 달아 설명하고 있다.

관음보살이나 변재천(弁財天) 등도 유사한 이미지로 등장하는 경우를 볼
수 있다.

　나라(奈良) 야쿠시지(藥師寺)의 화상(画像)이나 토오다이지홋케도오(東大
寺法華堂)의 소상(塑像), 쿄오토(京都) 죠루리지(浄瑠璃寺)의 목상(木像) 등으로
형상화된 길상천녀상에는 미모의 여신으로서의 이미지가 잘 투영되어 있
는데, 이는 고전 속에 나타난 천녀의 이미지와 부합되는 것이다. 길상천녀
는 색욕을 금기시하는 성역인 불당이라는 공간과 미묘한 대조를 이루면서
연모와 신앙의 대상으로서 독특한 이미지를 형성하고 있었던 것이다.

제8장 관음보살 영험담

제8장 관음보살 영험담

　12세기 전반에 성립된 일본 최고의 설화집 『콘쟈쿠(今昔)』의 본조(일본)부는 11권에서 31권까지의 21권(18권과 21권은 결권)으로 구성되어 있고, 이 가운데 제16권의 40화 전체가 관음영험담으로 구성되어 있다. 그 뒤를 이어 제17권에는 지장 허공장 미륵 문수 보현 등 제 보살의 영험담이 이어지는데, 16권 전체를 관음영험담으로 구성하고 보살영험담의 필두에 배치해 두었다는 외형적인 특징만 보더라도 당시 관음신앙의 성행을 미루어 짐작할 수 있고, 『콘쟈쿠(今昔)』의 편자가 관음영험담에 둔 비중을 느낄 수 있다. 제16권 외에도 30여화에서 관음보살의 명칭이 보이는데, 본 고찰에서는 제16권과 기타 관음영험관련 설화를 고찰의 대상으로 삼아 관음영험담을 구성하고 있는 요소와 그 특성을 살펴보고자 한다.

1. 사상적 배경

　관음은 관세음보살(觀世音菩薩)의 약칭으로 광세음(光世音) 또는 관자재

(観自在) 보살이라고도 불리운다. 고난에 처한 중생이 구원을 청하면 즉시 구제해 주는 보살로서, 구원을 청하는 중생의 모습에 응하여 천변만화로 변신하여 자비를 행하고, 세지(勢至)보살과 더불어 아미타불의 협시(脇侍) 보살로 알려져 있다.

관음은 대승불교의 대표적인 보살의 하나로 중국과 한국을 거쳐 일본에 전래된 이래 널리 민중에게 전파되었고 일본인들의 정신세계에 커다란 영향을 주었다. 관음신앙의 근원은 구마라습(鳩摩羅什)이 한역한『묘법연화경(妙法蓮華経)』28품 가운데 제25『관세음보살보문품(観世音菩薩普門品)』에 있고, 따라서 이 보문품 만을 독립시켜『관세음경(観世音経)』또는『보문품(普門品)』이라고 부르기도 한다.

그 내용 가운데 특히 현세에서의 고난구제가 주목되는데, 경에 의하면 고난에 처한 중생이 관음의 명호를 부르면서 구원을 청하면 화난(火難), 수난(水難), 풍난(風難), 도장난(刀杖難), 악귀난(悪鬼難), 가쇄난(枷鎖難), 원적난(怨賊難)의 7난을 면하게 해주고, 또한 현세에서의 이익을 얻게 해주는 제화초복(除災招福)의 영험이 있다고 하였다.

관음은 속세의 도처에서 수많은 중생에게 구원의 손길을 보내기 위해서 여러 가지 모습으로 응신(応身)하여 나타났는데, 그 모습과 역할에 따라 성관음(聖観音), 십일면관음(十一面観音), 천수관음(千手観音), 여의륜관음(如意輪観音), 마두관음(馬頭観音), 준제관음(准提観音)의 6관음 또는 여기에 불공견색관음(不空羂索観音)을 더하여 7관음이라 하였고, 법화경의 보문품에서 관음이 33신의 모습으로 나타남을 설하고 있음에 근거하여 33관음으로 부르기도 했다.

한편 일본에 있어서 관음신앙의 역사적 전개를 더듬어 보면, 다이카카이신(大化改新, 645) 이전의 관음에 대한 기록으로서는『후소오랴키(扶桑略

記)』를 들 수 있다. 그 내용을 보면, 비다츠(敏達) 천황 12년(583)에 백제승 일라(日羅)가 일본에 왔을 때 쇼도쿠(聖徳) 태자를 보고 '경례구세관음(敬礼救世観音)'이라고 불렀고, 스이코(推古) 천황 원년(593)에는 백제왕이 만든 금동구세관음상(金銅救世観音像)을 사천왕사(四天王寺) 금당에 안치, 동 3년(595)에는 백제의 공인에게 명하여 만든 관음상을 히소데라(比蘇寺)에 안치, 동 5년(597)에는 백제의 사신으로 왕자 아좌(阿佐)일행이 왔을 때 태자를 보고 '경례구세대자관음(敬礼救世大慈観音)'이라고 공경했다고 한다. 이러한 기록들은 모두 후세의 작위에 의한 것이고 신뢰하기 어렵지만 당시 중국이나 한국에서의 관음신앙의 성행에 비추어 볼 때 다이카카이신(大化改新) 이전에 일본에 관음신앙이 전래되었다고 보는 견해가 일탄적이다.13) 이후 신빙성 있는 기록으로서는 『니혼쇼키(日本書紀)』의 텐무(天武)천황대 슈쵸오(朱鳥) 원년(686)의 기록에 관음이 처음으로 언급되어 있다.

是月 諸王臣等 為天皇 造観世音像. 則説観世音経於大官大寺. 八月己已朔 為天皇 度八十僧. 庚午 度僧尼并一百. 因以 坐百菩薩於宮中 読観世音経二百巻.

텐무(天武) 천황의 의 병 치유를 기원하여 관세음상을 만들고『관세음경(観世音経)』을 타이칸타이지(大官大寺)에서 강설하게 했다는 내용이다.

한편 헤이안(平安) 시대에 들어서면서 일본의 관음신앙은 법화경신앙과 더불어 크게 성행하게 되고, 말법사상의 유포와 정토신앙의 발달로 내세구제의 성격도 띠게 되었다. 나라(奈良) 시대로부터 헤이안(平安) 시대 초기에 이르는 동안의 경향을 보면, 관음의 현세이익적 영험에 대한 희구는 강했지만 어떤 절 어떤 관음상에는 어떠한 영험이 있다고 하여 참배하는 신앙형태는 나타나지 않았다. 그러나 平安 중기에 접어들면서 사원건립과 불

---

13) 速水 侑,『観音信仰』, 塙書房, 1970.

상의 유래를 담은 연기설화가 발달하고, 영험있는 사원과 불상을 모신 곳을 영장(靈場)이라 하여 특별히 두터운 신앙처로 등장하게 되는데, 이러한 양상은 『료오진히쇼오(梁塵秘抄)』의 다음과 같은 노래에 잘 나타나 있다.

観音験を見する寺、清水石山長谷の御山、粉河、近江なる彦根山、ま近く見ゆる六角堂(313)
験仏の尊きは、東の立山美濃なる谷汲の彦根寺、滋賀長谷石山清水、都にま近きは六角堂(428)

『료오진히쇼오(梁塵秘抄)』는 1179년 고시라카와(後白河) 천황에 의해 편찬되었다고 알려져 있는 가요집인데, 위의 두 노래를 보면 당시 관음의 영험이 현저한 절로서 키요미즈(清水), 이시야마(石山), 하세(長谷), 히코네(彦根), 롯카쿠도오(六角堂) 등의 이름이 올라 있음을 알 수 있고, 특히 키요미즈(清水), 이시야마(石山), 하세(長谷) 등 세 절의 관음 영험은 『콘쟈쿠(今昔)』 안에서도 중요한 위치를 차지하고 있다.

이와 같은 신앙의 형태는 관음영장(観音靈場)의 순례행위로 나타나는데, 그 대표적인 예로서 헤이안(平安) 말기에 성립한 서국삼십삼소관음영장(西国三十三所観音靈場) 순례를 들 수 있다. 33관음은 앞에서도 설명했듯이 법화경의 보문품에서 관음이 33신의 모습으로 나타남을 설하고 있는데서 기원한 것으로, 원래는 키나이(畿内) 지방을 중심으로 일어난 것이 차츰 순례가 성행하면서 지방 각지에서도 행해지게 되었고 서로 구별하기 위해 지방 명을 앞에 붙이기에 이르렀다. 그 가운데서도 특히 사이코쿠(西国), 반도오(坂東), 치치부(秩父)의 삼십삼소관음(三十三所観音)이 전국적으로 존숭(尊崇)되었다.

『콘쟈쿠(今昔)』에는 작품성립 시기인 12세기 초 무렵까지 성행해 온 관음신앙을 배경으로 하여 관음영험담이 비중있게 구성되어 있다. 다양한 관음의 종류와 영험의 양상이 종교적인 교리와는 별도로 다양하고 적나라하게 전개되어 있어, 문학작품으로서의 성격 뿐 만 아니라 당시의 관음신앙의 모습을 살피는데 있어 효과적인 단서를 제공하고 있는 것이다.

관음보살의 영험이 『법화경(法華経)』에 기원하고 있음은 이미 밝힌 바 있는데, 『콘쟈쿠(今昔)』에 나타난 영험의 양상 및 관음의 종류를 대비해 가면서 구체적으로 살펴보도록 하겠다.

위기에서의 구원

위기에 처했을 때 관음보살에게 기원하면 구원해 준다고 하였고 일반적으로 그 위기를 7난(難)이라고 표현하고 있는데, 실제로 『법화경(法華経)』의 본문을 보면 뇌우(雷雨) 바위 절벽에서의 추락 등 7난(難)보다 훨씬 더 다양하고 구체적인 경우를 이야기하고 있다. 이러한 영험이 설화 속에서 어떻게 구체적으로 나타나고 있는지 『콘쟈쿠(今昔)』의 예화를 통해 살펴보기로 하겠다.

제16권 제1화는 「승려 行善(교오젠)이 관음보살의 도움에 의해 진단(震旦)으로부터 무사히 돌아온 이야기」라는 제목의 이야기이다. 일본의 유학승인 교오젠(行善)이 불법을 배우기 위해서 고구려에 보내졌을 때의 일로, 당시 고구려가 당나라와의 싸움으로 멸망하고 교오젠(行善)도 도망치다가 커다란 강을 만났는데 배도 없고 건널 방법이 없는 긴박한 상황이었다.

그래서 교오젠(行善)이 어찌할 방도가 없어서 부서진 다리 위에서 오로지 관음보살을 염원하고 있으니 홀연히 늙은 노인이 배를 저으면서 강 가운데서 나와 교오젠(行善)에게 말하기를 "즉시 이 배를 타고 건너라"고 했다. 교오젠(行善)은 기뻐하며 배를 타고 건넜다. 바로 배에서 내려 기슭에서 돌아보니 노인도 보이지 않았고 배도 보이지 않았다. 그러자 교오젠(行善)은 "이것은 관음보살이 도와주신 것이다"고 생각하고 합장하며 "저는 관음보살상을 만들어 모시고 공양을 드릴 것입니다."하고 서원했다. 그리고 그 곳을 벗어나 왕성 쪽으로 가서 한동안 숨어있으니 전란도 진정되었다. "이 나라에 있어도 아무런 이익이 될 게 없을 것 같다"고 생각하고 그 곳에서 당나라로 건너갔다. □란 사람을 스승으로 삼고 불법을 공부했다. 그리고 서원을 세웠던 대로 관음보살상을 만들어 공양하고 밤낮으로 정성을 다하여 공경했다. 그 때 당나라 천황이 교오젠(行善)을 불러 고구려에서 강을 건너던 때의 일들을 들으시고 교오젠(行善)에게 깊이 귀의했다. 그리고 세상에서는 교오젠(行善)에게 '카와베노호 오시'라는 이름을 붙였는데 그것은 관음보살이 노인으로 화하여 강을 건네주었다는 말을 듣고서 부른 것일 게다.

然レバ、行善可為キ方無キニ依テ、破レタル橋上ニ居テ、只観音ヲ念ジ奉ル間、忽ニ老タル翁、船ヲ指テ、河ノ中ヨリ出来テ、行善ニ告テ云ク、「速ニ此船ニ乗テ可渡シ」ト。行善喜テ、船ニ乗テ渡ヌ。即□下テ、陸ニテ見ルニ、翁モ不見エズ、船モ無シ。然レバ、行善、「此レ、観音ノ助ケ給フ也ケリ」ト思テ、礼拝シテ願ヲ発ス。「我レ観音ノ像ヲ造奉テ、恭敬供養シ奉ラム」ト誓テ、其ノ所ヲ遁レ去テ、王城ノ方ニ行テ、暫ク隠レテ有ル程ニ、乱モ静マリヌレバ、「此ノ国ニ有テハ益無カリケリ」ト思テ、其ヨリ伝ハリテ唐ニ渡ヌ。□ト云フ人ヲ師トシテ法ヲ学ス。亦願ヲ発シ所ノ観音ノ像造奉テ、供養シテ、日夜ニ恭敬シ奉ル事無限シ。其ノ時ニ、唐ノ天皇行善ヲ召テ被問ケルニ、彼高麗ニシテ河ヲ渡ル間ノ事共聞給テ、行善ヲ帰依シ給フ事無限シ。亦、世ニ行善ヲ河辺ノ法師ト付タリ。観音ノ化シテ河ヲ渡シ給タレバ、其ヲ聞テ云フナルベシ。

쿄오젠(行善)이 관음에게 기원하자 갑자기 한 노인이 나타나서 배를 제공하고 사라졌고, 이는 틀림없이 관음의 도움일 것이라고 생각한 그는 관음불상을 만들어 받들겠다는 다짐을 하였다. 그 후 당나라에 건너가서

관음불상을 만들어 모셨고, 이러한 사실을 안 당나라의 황제도 그에게 귀
의했다. 세상사람들은 관음의 화신이 그를 도와 강을 건너게 해 주었으므
로 '카와베노호오시(河辺ノ法師)'라고 불렀다고 하는 내용인데, 전형적인 관
음영험담의 하나이다.

다만, 대부분의 관음영험담의 경우 관음이 여인으로 화하여 나타나는
경우가 많은데, 여기서는 노인으로 나타난 점이 특이하고, 당나라의 황제
가 일본승에게 귀의했다는 사실에서 『콘쟈쿠(今昔)』 작자의 자국의식(自国
意識)을 읽을 수 있다는 점이 주목된다. 본 설화는 『니혼료오이키(日本霊異
記)』의 상권 제6화를 출전으로 하고 있는데, 이 부분에 대해 양자를 대조
해 보면 출전에서는 '法師之性 忍辱過人 唐皇所重'이라고 되어 있다.
즉 쿄오젠(行善)의 성품이 다른 사람들보다 뛰어나서 당 황제가 중히 여겼
다고 하고 있는데 지나지 않지만, 『콘쟈쿠(今昔)』는 이를 바탕으로 하여
관음의 신비한 영험을 경험한 쿄오젠(行善)이기에 당 황제가 그에게 귀의
했다고 바꾸어 놓음으로서, 출전에 비해 관음영험과 자국의식(自国意識)의
요소가 한층 강조되었음을 알 수 있게 된다.

이 설화는 관음이 해결해 준다고 하는 7난(難) 가운데 수난(水難)에 관
한 이야기로 볼 수 있겠는데, 이 외에도 『콘쟈쿠(今昔)』 안에는 위기에서
의 다양한 도움이 이야기되고 있고, 이를 정리해 보면 다음과 같다.

> ### ➡ 악귀의 난에서 구원
> a. 히고노쿠니(肥後国) 서생이 귀가하던 중 길을 잃고 헤메다가 귀신(나찰)
>   이 사는 집에 찾아들게 되었는데, 관음에게 도움을 기원하여 재난을 면하
>   게 되었고, 그 후 더욱 열심히 법화경을 신봉하고 관음을 받들어 모시게
>   되었다(제12권 제28화).
> b. 오오미노쿠니(近江国)의 한 남자가 귀신에게 쫓기자 관음에게 도움을 청
>   하며 도망친 덕택에 일단 귀신의 난을 피했지만 근신하던 중 동생으로

변하여 찾아온 귀신을 집안에 들여 놓음으로서 잡아먹혔다(제27권 제13
화).

c. 아즈마노쿠니(東国)에서 상경하던 한 남자가 해가 저물어 빈 집에 머물
게 되었는데 귀신이 사는 집이었다. 이를 알아챈 남자가 말을 타고 도망
치는데 뒤에서 쫓아오는 자가 있어 관음에게 도움을 청하면서 말에서 내
려 다리 밑에 숨었다(이하 欠文)(제27권 제14화).

⇒ **도적의 난에서 구원**

d. 다자이후(大宰府) 관리의 아들이 아내를 데리고 상경하던 중 승려의 모
습을 한 도적에게 속아서 위기에 처하게 되자 하세데라(長谷寺)의 관음
에게 구원을 청하였다. 그러자 관음의 가호로 도적을 물리치고 위기를 벗
어나게 되었다(제16권 제20화).

⇒ **물의 난에서 구원**

e. 나카하라노코레타카(中原維孝)가 임기를 마치고 상경하던 중 그의 부하
겐니(源二)가 파도에 휩쓸려 떠내려 갔는데, 상투에 매단 소관음상의 가
호에 의해 기적적으로 살아났다. 그 후 조그만 절을 세우고 관음상을 모
셨다(제16권 제24화).

⇒ **뱀의 난에서 구원**

f. 니치조오(日蔵)라는 수행자가 밤낮으로 천수다라니를 독송하면서 정진하
던 중 수많은 뱀에게 쫓기게 되었으나 쿠한다키(鳩槃茶鬼)가 구출해 주
었다. 이는 천수관음이 도와준 것이다(제14권 제43화).

g. 야마시로노쿠니(山城国) 쿠제노코오리(久世郡)에 사는 여자애가 어려서
부터 관음품을 독송하고 법화경을 공부했다. 하루는 게를 잡아가던 사람
을 만나 죽은 물고기와 바꾸어서 게를 놓아 주었다. 그 후 그녀의 아버
지가 밭에서 일하다가 개구리를 잡아먹으려는 독사를 발견하고 그 개구
리를 놓아주면 자기 딸을 주겠다고 약속하였다. 독사가 딸을 데리러 오
자 수많은 게가 뱀과 싸워 물리치고 관음의 가호로 무사하게 되었다. 그
래서 죽은 뱀과 게를 모아 묻고 그 위에 절을 세운 것이 카니마타데라
(蟹満多寺)이다(제16권 제16화).

h. 이나바노카와(因幡川)에 대홍수가 났을 때 천정과 지붕만이 남아 떠내려 갔는데, 그 위에서 밥을 짓다가 불이 나서 한 아이가 불을 피해 물로 뛰어 들었다. 물에 떠내려가다가 나뭇가지를 붙잡고 버티다보니 날이 새고 물도 빠지게 되었다. 하지만 자기가 깊은 계곡을 향해 뻗은 작은 가지에 매달려 곧 떨어질 것 같아서 관음에게 구원해 주기를 빌었다. 이를 발견한 사람들이 망을 여러 겹으로 쳐 놓고 뛰어내리게 하여 구사일생으로 목숨을 건졌다(제26권 제3화).

➡ 처벌에서 구원

i. 신라의 왕후가 부정을 저지른 것이 발각되어 왕에게 벌을 받다가 일본 하세데라(長谷寺)의 관음에게 기원하자 구해 주었다(제16권 제19화).

현세에서의 기복(祈福)

관음영험의 대표적인 두 요소가 제화(除禍)와 초복(招福)임을 감안할 때 설화 속에서 현세이익의 양상이 실로 다양하게 나타나는 것은 당연하다. 『콘쟈쿠(今昔)』 안에도 제16권을 중심으로 해서 많은 설화가 수록되어 있는데 예화를 통해 보기로 하자.

제16권 제4화는 「탄고노쿠니(丹後国) 나리아이데라(成合寺) 관음의 영험에 관한 이야기」로, 왜 절의 이름을 나리아이(成合)라고 부르게 되었는가 그 유래를 설명하는 연기담 형식을 취하고 있다. 한 가난한 승려가 산사에서 불도수행을 하고 있었는데, 추운 겨울 많은 눈이 내려 먹을 것이 없어서 굶어죽기 직전이었다. 더 이상 견딜 수 없어 그 절의 관음에게 빌었다.

관음보살은 그 이름을 단 한번 부르기만 하여도 모든 원을 들어주신다고 합니다. 그런데 저는 몇 년 동안 관음보살에게 기원하면서 지내왔는데 불전에서 굶어죽게 되는 것이 슬픕니다. 제가 높은 관위를 구하거나 귀중한 재물을 원한

다면 들어주시기 어렵겠지만 단지 오늘 하루 먹고 목숨을 부지할 정도의 것을
베풀어 주시옵소서.

只一度観音御名ヲ唱フルソラ、緒ノ願ヲ満給ナリ。我レ年来観音ヲ憑ミ
奉テ、仏前ニシテ餓死ナム事コソ悲シケレ。高キ官位ヲ求メ、重キ罪報ヲ
願ハバコソ難カラメ、只今日食シテ命ヲ生ク計ノ物ヲ施シ給へ。

이처럼 간절히 기원하자 멧돼지가 눈에 띄었다. 살생을 해서는 안 된
다고 생각하면서도 굶주림에 못 이겨 멧돼지의 좌우 허벅지를 썰어 끓여
먹자 허기가 가시고 너무 맛이 있었다. 그 후 마을 사람들이 걱정하면서
와 보니 냄비에 편백나무 조각을 끓여먹은 흔적이 있고 옆의 불상을 보니
좌우 허벅지가 잘려 있었다. 그래서 승려가 불상의 허벅지를 잘라 먹은
것을 안 사람들이 그를 비난하자 자초지종을 이야기했고, 관음보살이 멧
돼지로 변하여 구해주신 것임을 알게 된 사람들이 감동하였다. 승려가 관
음이 원래의 모습으로 회복되도록 기원하니 관음상의 좌우 허벅지가 원래
대로 되었다. 그래서 이 절을 成合(나리아이-접합하여 원래대로 됨)라고 부르게
되었다고 한다.

이 설화에는 일반적인 관음의 현세이익의 요소 외에도 관음영험의 증
거제시와 연기담의 요소가 부가되어 있다. 먼저, 승려가 먹은 멧돼지의 허
벅지가 관음불상의 허벅지였다는 것이 나중에 불상의 손상된 허벅지에 의
해 증명이 되는데, 이처럼 관음이 베푼 영험임을 증명하는 과정은 설화
속에서 다양하게 묘사되고 있다.

➡ 관음영험의 사후 증명

a. 가난한 여자가 부모가 남겨준 관음상의 도움으로 권세가의 아내가 되었
   다는 이야기로, 자기를 도와준 여자의 몸에 옷을 걸쳐 주었는데 나중에
   보니 관음상의 어깨에 옷이 걸려 있었다(제16권 제7화).

b. 부모가 죽은 후 가난에 빠진 여자가 우에츠키데라(殖槻寺) 관음에게 기
   원하여 많은 물건을 얻고 권세가의 아들과 결혼하여 행복하게 되었다는

이야기로, 자기를 도와준 여자에게 준 옷이 관음의 몸에 걸쳐 있었다(제
16권 제8화).
c. 가난한 여자가 권세가의 아들과 결혼하여 떠나면서 은인인 노파에게 정
표로 잘라준 머리가 관음의 손에 걸려 있었다(제16권 제9화).
d. 가난한 여자가 호즈미데라(穗積寺)의 천수관음에게 도움을 청하자 그녀
의 동생이 돈이 든 가죽 궤를 맡겨놓고 갔는데, 돌아갈 때 발에 말똥을
묻히고 갔다. 나중에 동생에게 확인하니 그런 일이 없다고 하여 절에 가
서 확인해 보니 관음의 발에 말똥이 잔뜩 묻어 있었다. 그래서 관음이 동
생으로 화하여 자신을 도와준 것을 알았다(제16권 제10화).
e. 이웃 남자의 꼬임에 빠져 절벽에 둥지를 튼 독수리 새끼를 잡으러 내려
갔다가 꼼짝 못하게 되었는데 관음에게 내세를 기원하자 커다란 뱀이 나
타났다. 그래서 떨어져 죽을 각오를 하고 칼로 뱀의 머리를 찌르자 뱀이
그를 매단 채 절벽을 기어오르더니 사라졌다. 남자는 살아 돌아온 후 관
음경을 넣어둔 상자를 열어보니 관음경에 칼이 꽂혀 있었다. 그래서 관음
이 뱀으로 화하여 자신을 구해 준 것을 알고 도심을 일으켜 머리를 깎고
출가했다(제16권 제6화).

또한 나리아이(成合)라는 절 이름의 유래와도 연관시키고 있어 연기담
적 요소도 보이는데, 위에 예화로 든 b 우에츠키데라(殖槻寺)의 관음도 마
찬가지다. 특히 우에츠키데라(殖槻寺) 관음설화는 출전인 『니혼료오이키(日
本靈異記)』와 비교해 보면 『콘쟈쿠(今昔)』의 연기담적 성격이 선명해 진다.

➡ 『니혼료오이키(日本靈異記)』 중권 제34화

나라(奈良) 우쿄오(右京)의 우에츠키데라(殖槻寺)의 근처 마을에 고아인
여자가 살고 있었다. 아직 결혼하지 않아 남편은 없었고 이름도 몰랐다. 부모
가 살아 있을 때에는 매우 유복하고 재산도 많아 많은 집과 창고를 지었다. 관
세음보살 동상 하나를 만들었는데 높이가 이척 오촌이었다. 집에서 떨어진 곳
에 불전을 세우고 그 불상을 안치하고 공양했다.

諾楽右京殖槻寺之辺里 有一孤孃. 未嫁无夫. 姓名未詳也. 父母有時 多
饒留財 数作屋倉 奉鋳観世音菩薩銅像一体. 高二尺五寸. 隔家成仏殿 安
彼像以之供養.

옛날 야마토노쿠니(大和国) 시키노시모노코오리(敷下郡)에 우에츠키데라(殖槻寺)라는 절이 있었다. 등신(等身)의 정관음(正観音) 청동불상의 영험이 현저한 절이었다. 그 근처에 그 고을의 수령이 살고 있었는데 딸이 하나 있었다. 부모는 딸을 매우 귀여워하여 소중히 키웠기 때문에 항상 이 우에츠키데라(殖槻寺)에 데리고 가서 "이 아이에게 사랑스러움과 부를 얻게 해 주시옵소서"하고 기원드렸다. (중략) 이러한 일을 생각해 보니 관음의 가호는 불가사의하다. 실제로 사람으로 화하여 옷을 걸치신 것은 정말로 감격에 겨운 일이다. 우에츠키데라(殖槻寺)의 관음이 바로 이것이다. 그 관음은 지금도 그 절에 안치되어 있다.

今昔、大和ノ国、敷下ノ郡ニ、殖槻寺ト云フ寺ラ有リ。等身ノ銅ノ正観音ノ験ジ給フ所也。其ノ辺ニ其ノ郡ノ郡司有ケリ。一人ノ娘有ケルヲ、父母此レヲ愛テ悲デ思ヒ伝ケレバ、常ニ此ノ殖槻寺ニ将参テ、「此ノ女子ニ愛敬、富ヲ令得メ給ヘ」ト祈リ申ケル程ニ、(中略) 此ヲ思フニ、観音ノ御誓不可思議也。現ニ人ト成テ、衣ヲ被ギ給ヒケム事ノ哀レニ悲キ也。殖槻寺ト云フ此レ也。亦、其ノ観音于今其ノ寺ニ在マス。

『니혼료오이키(日本霊異記)』의 경우 한 가난한 여자가 우에츠키데라(殖槻寺) 근처의 마을에 살고 있었고 집에서 떨어진 곳에 불전을 지어 관음보살상을 안치 공양했다고 하여, 우에츠키데라(殖槻寺)는 주인공 여자의 사는 곳을 나타내는데 지나지 않는다. 그러나 『콘쟈쿠(今昔)』의 경우는 영험스러운 우에츠키데라(殖槻寺)의 관음불상에 참배하여 자녀의 복을 기원했고, 말미에는 영험스러운 관음불상의 소재지가 우에츠키데라(殖槻寺)이고 바로 그 관음불상이 지금도 그 절에 모셔져 있다고 하고 있어, 우에츠키데라(殖槻寺)의 관음에 관한 연기담으로서의 윤색이 두드러짐을 느낄 수 있다. 이 외에도 현세기복적 요소는 없지만 연기담의 성격을 띤 설화로서 다음과 같은 예화들도 수록되어 있다.

a. 쇼오무(聖武)천황 때 토오다이지(東大寺)를 건립하는데 황금이 모자라서

로오벤(良辨)이 꿈의 계시대로 츠바키사키(椿崎)의 바위 위에 여의륜관음(如意輪観音)을 만들어 안치하고 기원을 드리자 황금을 얻을 수 있었다. 그 츠바키사키(椿崎)의 여의륜관음(如意輪観音)은 지금의 이시야마데라(石山寺)의 관음이다(제11권 제13화).

b. 한 승려가 영목(靈木)을 구해 하세데라(長谷寺)의 십일면관음상을 만들어 안치하게 되기까지의 과정을 이야기한 연기담(제11권 제31화).

c. 엔친(延鎭)이란 수행승이 쇼오겐(将監)이란 권세가의 도움으로 십일면관음상을 만들어 안치했는데 다 완성되기도 전부터 많은 영험을 나타내었다. 지금의 키요미즈데라(清水寺)가 바로 그 절이다(제11권 제32화).

d. 기엔(義淵) 승정의 탄생설화로, 그의 부모가 오랫동안 자식이 없어 관음에게 빌어서 기엔(義淵)을 얻게 되었고, 원래 집이 있던 곳에 절을 세우고 여의륜관음(如意輪観音)을 안치했다. 지금의 류우가이지(竜蓋寺)가 바로 그 절인데 관음의 영험이 현저해서 많은 사람들이 참배한다(제11권 제38화).

그렇다면 당시의 많은 사람들은 관음에게 무엇을 원했던 것일까. 앞에서 관음영험의 대표적인 두 요소로서 제화(除禍)와 초복(招福)을 지적했는데, 일반 민중들이 어느 보살보다도 관음보살을 특히 가까이 느끼고 의지했던 것은 바로 초복(招福)의 대상이었기 때문이었고, 영험의 구체적인 내용을 통해 관음신앙의 일면을 살펴보기 위해서 정리해 보면 다음과 같다.

제11권제13화 – 토오다이지(東大寺) 건립을 위한 황금을 기원 – 이시야마데라(石山寺)의 여의륜관음(如意輪観音)

제11권제38화 – 기엔(義淵)승정의 탄생담으로 자식을 기원 – 류우가이지(竜蓋寺)의 여의륜관음(如意輪観音)

제15권제16화 – 센칸나이구((千観内供)의 탄생담으로 자식을 기원 – 관음

제16권 제4화 – 굶주림을 면함 – 나리아이데라(成合寺)의 관음

제16권 제7화 – 경제적 도움(요리), 결혼(권세가의 아내가 됨) – 관음

제16권 제8화 – 경제적 도움(음식, 물품), 결혼(권세가의 아내가 됨) – 우에츠키데라(殖槻寺)의 관음

제16권 제9화 – 경제적 도움, 결혼(권세가의 아내가 됨) – 키요미즈데라(清

3. 관음과 법화경 영험의 공존

일반적으로 관음은 현세이익적 영험이 현저한 보살로서의 이미지가 강하다. 그러나 『콘쟈쿠(今昔)』에는 관음과 법화경 영험이 함께 이야기되면서, 현세뿐만 아니라 내세 또는 명계(冥界)와의 관련성이 주목되는 설화를 볼 수 있다.

제16권 제36화는 「다이고지(醍醐寺)의 승려 렌슈우(蓮秀)가 관음을 모시고 되살아난 이야기」라는 제목의 설화이다. 렌슈우(蓮秀)는 매일 관음품 백 권을 읽고 늘 카모(賀茂)신사에 참배하였다. 그러다가 중병에 걸려 죽고 말았는데 하루가 지난 후 되살아나서 저승에서 있었던 일을 말하였다. 저승길은 아주 무섭고 보이는 것은 험악한 귀신들뿐이었는데, 강가에 이르러 무섭게 생긴 노파를 만났다. 노파는 렌슈우(蓮秀)에게 어서 옷을 벗어주고 강을 건너라고 재촉하는데 네 명의 동자가 나타나서 노파에게 주려던 옷을 빼앗고 렌슈우(蓮秀)는 법화경의 신자로 관음이 보호해 주는 자이니 노파는 결코 그의 옷을 빼앗아서는 안 된다고 했다. 그러자 노파는 나에게 합장을 하고 물러났고, 동자들이 나에게 다음과 같이 말했다.

"너는 여기가 어딘지 아느냐. 여기는 저승이라 하여 악업을 행한 자들이 오는 곳이다. 너는 즉시 원래 살던 세계로 돌아가서 법화경을 열심히 독경하고 더욱 더 관음보살을 받들어 생사의 고통을 벗어나서 정토에 태어나기를 기원하라"고 가르쳐주고 렌슈우(蓮秀)를 데리고 돌아가는데, 도중에 또 두 명의 하늘나라 동자가 와서 나에게 "우리는 실은 렌슈우(蓮秀)가 저승으로 가는 것을 카모노묘오진(賀茂明神)이 보시고 데리고 오도록 보내신 것이다"라고 말했다.

『汝ヂ此ヲバ知レリヤ。冥途也。惡業ノ人ノ来ル所也。汝ヂ、速二本国二返テ、吉、法花経　ヲ読誦シ、弥ヨ観音ヲ念ジ奉テ、生死ヲ離レテ、浄土二生レム事ヲ願ヘ』ト教ヘテ、蓮秀ヲ具シテ将返ル間、途中二亦二人ノ天童来リ向テ云ク、『我等ハ此レ賀茂ノ明神ノ、蓮秀ガ冥途二趣クヲ見給テ、令将返メムガ為二遣ス所也』

즉 어서 돌아가서 법화경을 독송하고 관음을 받들어서 극락정토에 왕생하기를 기원하라는 것과, 동자들은 바로 카모노묘오진(賀茂明神)이 렌슈우(蓮秀)를 저승에서 구해내기 위해서 보낸 것이라고 했다.

흔히 명계(冥界)에서의 구원은 지장보살의 역할처럼 되어 있는데, 이 이야기에서는 관음과 법화경 그리고 카모노묘오진(賀茂明神)의 세 요소가 렌슈우(蓮秀)를 저승에서 되살아나게 했고, 또 법화경과 관음을 받드는 신앙의 정진이 극락정토의 왕생을 이룬다고 하고 있어, 관음과 타 신앙의 영험이 습합되어 나타난 예화로서 주목할 만 하다. 그리고 이와 유사한 경우는 다른 예화에서도 볼 수 있는데 정리해 보면 다음과 같다.

➡ 관음과 법화경 신앙의 공존

a. 귀신(나찰)에게 쫓기던 서기생(書記生)이 관음의 가호와 법화경의 도움으로 무사히 집으로 돌아오게 되었고, 이후 법화경독송과 관음신봉을 열심히 하였다(제12권 제28화).

b. 겐신(源信)은 평소 법화경을 독송하고 염불을 외우면서 극락왕생을 기원하라고 가르쳤는데, 꿈에 관음이 나타나 미소를 머금고 금연화(金蓮花)를 주었다. 그리고 그가 임종이 가까워지자 때때로 관음이 나타나셨다고 했다. 그 후 그의 임종시에 보랏빛 구름과 음악 아름다운 향기가 가득했으니 극락왕생 하였음에 틀림없다(제12권 제32화).

c. 텐노오지(天王寺)의 승려 도오코오(道公)가 쿠마노(熊野) 참배에서 돌아오던 중 역병신에게 혹사당하는 도오소진(道祖神)을 구해주고 그의 부탁대로 법화경을 독송하여 주었다. 그러자 도오소진(道祖神)이 도오코오(道公)에게 말하기를, 도오코오(道公)의 도움으로 자기는 관음의 정토인 보타락산(補陀落山)에 태어나 관음의 권속이 되고 마침내 보살의 지위에 오르게 되었다고 하고 사라졌다(제13권 제34화).

d. 겐손(源尊)이란 승려는 밤낮으로 법화경 독송을 열심히 하였지만 젊은 나이에 중병에 걸려 죽게 되었다. 그러나 하룻밤이 지난 후 소생하여 말하기를, 저승에서 관음의 모습을 한 승려가 나타나 염라왕에게 겐손(源尊)이 법화경 독송의 수행자임을 이야기하자 염라왕과 저승의 사자들이 그의 법화경을 독송하는 소리를 듣고 합장하면서 원래 살던 곳으로 돌려보냈다고 했다. 그 후 그는 병이 낫고 법화경을 독송하다 죽었는데, 법화경의 힘에 의해 명계(冥界)에서 관음의 가호를 입었으니 틀림없이 육도를 벗어나 정토에 태어났을 것이다(제13권 제35화).

e. 미이데라(三井寺)의 승려가 타치야마(立山)의 지옥에 떨어져 고통을 받고 있는 여자의 영혼을 만났는데, 지옥의 고통에서 벗어나도록 그녀의 부모에게 법화경 서사(書写)공양을 해주도록 전해달라는 부탁을 받았다. 그 후 그녀의 부모가 승려의 말대로 법화경 서사(書写)공양을 끝내자 꿈

에 딸이 나타나 말하기를, 자기는 법화경의 위력과 관음의 도움으로 타치야마(立山)의 지옥에서 벗어나 도리천(忉利天)에 태어났다고 알렸다(제14권 제7화).

이상의 예화를 통해서 관음과 법화경 신앙이 함께 이루어지면서 명계(冥界)에서의 구원 또는 극락왕생의 영험이 나타나고 있음을 확인할 수 있다.

한편, 이 외에도 제16권의 제3 5 6 16 25 26 35 36화 등은 관음품(観音品) 또는 보문품(普門品)의 독송을 명시하고 있다. 즉 법화경 안에서도 관음품(観音品) 즉 보문품(普門品)을 특별히 지칭하고 있는 경우인데, 이들 예화는 예외 없이 『홋케겡키(法華験記)』를 출전으로 하고 있어 출전과의 영향관계를 살펴볼 수 있다. 일례로 제16권 제3화의 경우를 보면 출전인 『홋케겡키(法華験記)』 하권 115화에서 '십팔일지재 청승법화경(十八日持斎請僧法華経)'이라고 한 부분을 『콘쟈쿠(今昔)』에서는'매월 십팔일에는 스스로 계를 지키고 승려를 청하여 보문품을 독경하도록 했다.(毎月ノ十八日ニハ、自ラ持斉シテ、僧ヲ請ジテ、普門品ヲ令読誦シム。)'라고 하여, 구체적으로 보문품(普門品)을 명기하고 있고, 이 외의 많은 경우에 『홋케겡키(法華験記)』의 「법화경 제8권(法華経第八巻)」을 『콘쟈쿠(今昔)』는 「법화경 제8권 보문품(法花経ノ第八巻ノ普門品)」과 같이 구체적으로 명기하고 있음이 확인된다.

이러한 사례를 통하여, 당시 법화경 신앙과는 별도로 관음신앙이 보편화되었음을 알 수 있고, 동시에 『콘쟈쿠(今昔)』의 편자는 이러한 시대적 상황을 반영하여 제16권 전체를 관음영험담으로 구성하면서 그 의도에 맞게 구체적인 명칭을 사용하는 개변을 행하였다고 보여진다.

이상 『콘쟈쿠(今昔)』 본조(本朝, 일본)부에 수록된 관음영험담을 통하여 그 배경과 양상에 대해 고찰해 보았다. 문학작품 안에는 정도의 차이는 있겠지만 당시의 시대상황이 반영되어 있기 마련인데, 그 가운데서도 특히 설화문학은 생성 당시의 시대상황과 밀접한 관계가 있다.

『콘쟈쿠(今昔)』의 편자가 법화경 영험담과는 별도로 제16권 전체를 관음영험담으로 구성한 것 자체가 당시 민중들과 관음과의 관계를 엿볼 수 있게 한다. 관음은 현세구복적(現世求福的) 신앙의 대상으로서 일반 민중들이 특히 가깝게 느끼고 의지했던 보살이다. 『콘쟈쿠(今昔)』에 나타난 구체적인 양상이 이를 증명해 주는데, 제화(除災)와 초복(招福)으로 나누어 살펴봄으로써 당시 민중들의 관음에 대한 기원, 그리고 그에 대한 관음영험의 다양함을 살펴 보았다. 그리고 관음영험의 사후 증명은 민중들의 경외심을 불러 일으키기에 충분했고, 연기담(緣起談)적 요소를 가미함으로서 관음에 대한 신앙을 더욱 고취시키려는 의도를 읽을 수 있었다.

특히 관음과 법화경 영험이 함께 이야기되는 경우가 주목되는데, 양자의 밀접한 관련성은 관음영험이 「법화경 제8권 관음보살보문품 제25」에서 기원하고 있다는 점에 기인한다. 이러한 설화의 분석을 통해서는 현세뿐만 아니라 명계(冥界) 또는 내세의 극락왕생과도 깊은 관련성을 지적할 수 있었는데, 이는 당시의 시대상황, 즉 말법 사상의 유포와 정토신앙의 발달로 인한 내세구제의 성격이 설화 속에 반영된 것으로 볼 수 있을 것이다.

본 고찰을 통해 알 수 있듯이, 『콘쟈쿠(今昔)』의 관음영험담에는 당시 민중들의 정신세계와 더불어 편자의 구상에 의한 창의가 잘 발휘되어 있다. 일본문학사상 설화 또는 설화집의 창의성 내지 문학성에 대해서 의문시하는 견해가 지배적이었던 시기가 있었지만, 그 문학성에 대한 최근의 활발한 연구결과에 의해 설화문학이라는 독립된 장르로서 중요한 위치를 차지하기에 이르렀다. 그 선구적 역할을 한 작품이 바로 『콘쟈쿠(今昔)』라고 할 수 있겠는데, 설화의 배경이 되는 시대상황과 편자의 구상에 의한

창의라는 두 가지 측면이 함께 고려되었을 때 작품의 참모습에 접근할 수
있는 것이다.

제9장 설화문학 속의 뱀

-『콘쟈쿠모노가타리슈우(今昔物語集)』를 중심으로 -

제9장 설화문학 속의 뱀

『콘쟈쿠모노가타리슈우
(今昔物語集)』를 중심으로

설화문학에는 여러 가지 동물들이 나름대로의 이미지를 가지고 등장한다. 동물은 인간 이하의 존재로서 인식되는 것이 보통이지만 때로는 인간과 동등하게 취급되어 결혼을 하기도 하고 심지어는 인간보다 우위의 존재로서 신격화되기도 하는 등, 설화문학 속에서의 활동 영역은 실로 광범위하다. 특히 불교에서는 육도(六道) 가운데 축생도(畜生道)를 설정하고 인간과 동물은 삼세(三世)의 인과에 의해 윤회되고 있다고 함으로서 인간과 동물의 깊은 인연을 이야기하고 있다.

이 가운데 뱀은 동서양을 막론하고 인간에게 있어 경이로운 동물이었다. 뱀으로부터 우선 연상되는 것은 기분 나쁜 동물로서의 이미지이다. 다리도 없는 미끈한 것이 지상과 물위를 슬슬 기어다니는 모습에서 인간은 두려움과 이질성을 느끼게 된다. 이러한 이미지가 경외심으로 이어져 고대의 여러 민족들 사이에서 뱀은 신으로 신앙되기도 했고, 반대로 악의 상징으로 여겨지기도 했다.

따라서 뱀은 설화에서도 자주 등장하는 주요 동물 가운데 하나였고 『콘쟈쿠(今昔)』 안에서도 큰 비중을 차지하고 있다.[14] 그럼에도 불구하고 그 동안 『콘쟈쿠(今昔)』에 나타난 뱀의 이미지에 대해서는 별로 연구된 바가 없었다. 따라서 본 고찰에서는 『콘쟈쿠(今昔)』를 중심으로 다른 설화집의 예화와도 견주어 보면서 설화 속에 나타난 뱀의 이미지에 대해서 살펴보고자 한다.

특히 『콘쟈쿠(今昔)』에는 불법화와 세속화가 함께 수록되어 있어 이야기의 성격에 따른 뱀의 이미지를 비교 검토하는데 효과적이고, 또한 구성면에서는 天竺(인도), 震旦(중국), 本朝(일본)으로 나뉘어 있으므로 한국의 경우를 덧붙여 고찰한다면 동아시아권을 중심으로 한 여러 지역의 뱀의 이미지를 총체적으로 파악할 수 있을 것으로 생각한다.

1. 인수혼인(人獸婚姻)과 뱀의 성(性)

설화에서는 종종 인간이 동물과 성교를 하거나 부부가 되기도 하는데 이러한 이야기를 인수혼인담(人獸婚姻談)이라고 한다. 인수혼인담의 성립은 동물을 인간과 가까운 존재로서 인식한 것에 기인한다. 『콘쟈쿠(今昔)』의 예를 보더라도 용 여우 개 뱀 등 다양한 동물이 인수혼인의 대상으로 등장하고 있는데, 이 가운데 용은 주로 인간과의 결합을 통하여 신격(神格)을 부여하는 역할로 등장하므로 예외로 하더라도, 다른 동물들의 경우는

---

14) 뱀이 등장하는 이야기를 정리해 보면 제2권 제16 31화 제3권 제2 4 11 14 19화 제4권 제13 20 27 31화 제5권 제19화 제6권 제20화 제9권 제20화 제10권 제3화 제11권 제15화 제12권 제36 40화 제13권 제17 42 43 44화 제14권 제1 2 3 4 17 19 41 43화 제16권 제6 15 16화 제19권 제21 22화 제20권 제10 11 16 23 24화 제23권 제22화 제24권 제9화 제26권 제7 9화 제28권 제32화 제29권 제32 33 39 40화 제31권 제10 31 34화로, 합계 52화에 이르고 있다.

인간생활과의 밀접한 관계를 지적할 수 있다.

이 가운데 『콘쟈쿠(今昔)』의 뱀은 인수혼인담 안에서도 다양한 이미지를 나타내고 있는데, 먼저 天竺(인도)부의 예를 보기로 하자. 제4권 제31화는 「天竺(인도)의 국왕이 우유를 마시고 격노하여 노파를 죽인 이야기」인데, 내용을 보면 잠자기를 좋아하는 마음씨 나쁜 국왕에게 잠만 자는 병을 고치기 위해서 의사들이 우유를 마시게 했다. 하지만 우유를 싫어한 국왕은 의사들의 목숨을 빼앗아 버렸다. 그런데 한 훌륭한 의사가 국왕의 어머니로부터 커다란 뱀이 자기를 범하는 꿈을 꾼 뒤 국왕을 낳았다는 이야기를 듣고, 국왕이 뱀의 자식임을 알게 된다. 그래서 이렇게 잠만 자는 것이고 그 병을 치료하기 위해서는 우유 밖에 약이 없다는 것도 알았다. 의사는 우유에 다른 약을 섞어서 우유가 아닌 것처럼 해서 국왕에게 먹였으나 이것을 마신 국왕이 알아채고 크게 진노하였다. 하지만 의사는 미리 피신해서 숨어있었더니 약의 효험이 있어 국왕의 병이 모두 나았다. 국왕은 의사를 불러 상을 주고 고마워 했고 세상 사람들도 이 의사를 칭송했다. 이 국왕은 용의 자식이었다고 전해지고 있다.

뱀과 관계하여 태어난 국왕에게는 몽롱한 상태로 잠만 자는 병이 있었는데 그 병을 고친 의사의 기지가 흥미롭고, 뱀이 모후(母后)와 관계를 가짐으로서 국왕이 태어났으므로 뱀의 성이 남성임을 알 수 있다. 또한 이야기 가운데 뱀으로 서술되던 것을 말미에서는 국왕을 용의 자식으로 바꾸어 기술한 것으로 보아 국왕의 탄생을 신성시하려는 의도 외에도 뱀과 용을 동류(同類)로 보았음을 읽을 수 있다.

이와 비교해서 天竺(인도)부의 제3권 제11화를 보기로 하자. 「석종(釈種, 석가의 일족)이 용왕의 사위가 된 이야기」라는 제목의 설화인데, 요약하면 용왕의 딸이 물가에서 놀다가 석종(釈種)을 보고 마음이 끌려 사람의 모습으로 변신하여 사귀게 되었다. 그 후 용왕의 딸은 자기가 인간이 아니라는 것을 실토하게 된다.

실은 저는 이 연못에 사는 용왕의 딸입니다. 매우 고귀한 석가족 분들이 추방되어 유랑하고 있다고 들었습니다만 다행히 당신이 이 연못 근처에서 놀고 계셨기 때문에 제가 찾아와서 무료함을 달래고 친하게 된 것입니다. 저는 전세에 죄를 지었기 때문에 이와 같은 비늘을 가진 몸을 받았습니다. 사람과 동물과는 원래 다른 세계의 것입니다. 그래서 여러 가지 면에서 매우 조심스럽습니다. 저의 집은 이 연못 안에 있습니다.

석종은 아내가 인간이 아님을 알고서도 마음이 변하지 않았고 용녀가 인간이 되게 해달라고 빌었더니 소원대로 사람으로 변했다. 그러자 용왕은 매우 기뻐하면서 석종에게 용궁에서 살기를 권하였다. 하지만 그가 본국으로 돌아가기를 원하자 용왕은 어쩔 수 없이 돌려보내며 그가 본국에서 왕위에 오를 수 있는 방법을 알려 주었다. 그 결과 석종은 왕위에 오르고 용녀를 왕비로 맞이하였지만 왕비에게는 용이었을 때의 성질이 아직 남아 있었다. 그래서 아름답고 청초한 모습이었지만 잠들었을 때와 국왕과 몸을 섞을 때에는 머리에서 뱀의 머리가 아홉 개 나와서 혀를 날름거리며 입 언저리를 핥았기 때문에 국왕은 그 뱀들이 기분 나쁘게 생각되어 왕비가 잠든 사이에 혀를 날름거리는 뱀의 머리를 모두 잘라 버렸다. 그러자 잠에서 깬 왕비가 당신의 자손과 백성들이 대대로 두통에 시달릴 것이라고 했다. 그 후 왕비의 말대로 그 나라에서는 모든 사람들이 두통으로 고통받는 일이 끊이지 않았다고 한다.

이 이야기 역시 뱀과 인간의 인수혼인담이 중심으로, 뱀이 여성으로 등장하여 남자와 결혼하고 있는 점이 대비가 된다. 또한 뱀이 용왕의 딸이라는 점에서 양자가 동류로 인식되고 있음은 앞의 설화와 같고, 용보다 한 단계 하위에 위치하고 있음도 알 수 있다. 따라서 天竺(인도)부의 경우

인수혼인에 있어 뱀의 성은 남성과 여성의 양성이 모두 나타나고 있고 용과 동류인 존재로 그려지고 있음이 확인된다.

한편, 뱀과 인간의 혼인 또는 교접의 예화는 本朝(일본)부의 경우에서도 자주 보이고 있다. 특히 세속 설화의 경우에서 두드러지는데, 한 예로서 『콘쟈쿠(今昔)』의 제29권 제39화를 보기로 하자. 「뱀이 여자의 음부를 보고 욕정을 일으켜 구멍에서 나오다 칼을 맞고 죽은 이야기」라는 제목의 설화로, 내용을 보면 한 젊은 여자가 길을 가다 소변이 급해서 길가의 토담을 향해서 쭈그리고 앉아서 방뇨를 했다. 그런데 볼 일을 마친 후 한나절이 지나도록 일어나지 못하고 안색이 창백한 채 꼼짝 않고 있었다. 지나가던 남자가 어찌된 일인가 해서 자세히 살펴보니 맞은 토담에 나 있는 구멍에서 커다란 뱀이 머리를 안으로 숨긴 채 이 여자를 가만히 지켜보고 있었다. 남자는 뱀이 여자의 오줌누는 모습을 보고 욕정을 일으켜 여자의 넋을 잃게 만들었기 때문에 일어설 수 없었음을 알아채고 허리에 차고 있던 칼을 뽑아 뱀이 들어있는 구멍의 입구에 칼늘을 구멍 안으로 향하게 하여 단단히 꽂아 두었다. 그리고 여자를 들어올려 그 자리를 벗어나게 하자 갑자기 뱀이 토담 구멍에서 창으로 찌르듯이 뛰쳐나오다가 두 갈래로 찢어지고 말았다.

이 이야기 끝에 『콘쟈쿠(今昔)』의 편자는 그런 덤불을 향해서 볼 일을 보아서는 안 된다는 처세훈으로 마무리하고 있는데, 性의 측면에서 보면 여자의 음부를 보고 욕정을 일으킨 뱀은 남성의 모습으로 그려지고 있다. 제24권 제9화 「뱀과 관계한 여자를 의사가 치료한 이야기」의 경우도 마찬가지다. 이 설화는 『니혼료오이키(日本靈異記)』 중권 제41화 「커다란 뱀이 여자를 범하였고 여자는 약의 힘으로 목숨을 구한 이야기」가 출전으로 되어 있는데, 소개하면 다음과 같다.

코우치(河内)지방 사라라(讚良)군 우마카이(馬甘) 마을의 부유한 집에 딸이 있었다. 쥰닌(淳仁) 천황 시대인 텐표오호오지(天平宝字) 3년(759) 여름 4월에 그 딸이 뽕나무에 올라가 뽕잎을 따고 있었다. 이 때 커다란 뱀이 여자가 올라간 뽕나무를 휘감고 기어오르고 있었다. 길을 가던 사람이 보고 딸에게 주의를 주었더니 딸이 보고 놀라서 나무에서 떨어졌다. 그러자 뱀도 딸과 함께 떨어져서 딸을 휘감더니 범하고 말았다. 딸은 정신을 잃고 쓰러졌다. 이것을 본 부모는 의사를 불러, 딸과 뱀을 함께 같은 침상에 올려놓고 집으로 데리고 돌아와 마당에 내려놓았다. 의사는 수숫단 세 다발을 태워서 뜨거운 물과 섞더니 세 말의 즙을 냈고 다시 이것을 다려서 두 말로 만들었다. 그리고 멧돼지 털 열 줌을 잘라서 가루로 만들어 준비해 둔 즙에 타놓고, 여자의 머리와 발의 위치에 두 개씩 못을 박고 거기에 양손과 양발을 묶어서 매달더니 여자의 음부를 벌리고 그 즙을 부어 넣었다. 한 말 정도 들어가자 뱀이 떨어져 나왔으므로 죽여서 버렸다. 하얗게 굳은 뱀의 새끼들이 올챙이 같았는데, 몸통에 멧돼지 털이 박힌 뱀 새끼가 음부에서 닷 되 정도 나왔다. 다시 입에 두말 정도를 부어 넣었더니 뱀 새끼가 전부 나왔다. 그러자 기절해 있던 딸이 눈을 뜨고 입을 열었다. 부모가 이것저것 물어보자 딸은 「마치 꿈을 꾼 것 같은데 이제는 깨어나서 제 정신으로 돌아왔어요」라고 대답했다. 약의 효용은 이와 같은 것이니 어찌 신중하게 복용하지 않을 수 있겠는가.

그로부터 삼 년이 지나서 그 딸은 다시 뱀에게 욕보임을 당하고 죽었다. 딸은 뱀에 대한 연모의 마음이 깊이 스며들어, 사별할 때 부부간의 사랑과 부모자식간의 사랑을 그리워하여 「나는 죽지만 내세에는 반드시 다시 만납시다」라고 말했다. 그 영혼은 전세의 인연에 따르는 것이므로 어떤 자는 뱀 말 소 개 새 등으로 태어나고, 전생의 악연에 따라서는 뱀이 되어 교접하기도 하며 혹은 더러운 짐승이 되기도 한다.

애욕은 모두 같지 않다. 그것은 경전에서 말씀하신 바와 같다. 「옛날 부처와 아난이 묘지 옆을 지나는데 남편과 아내 두 사람이 함께 음식을 마련하여 묘 앞에 공양하면서 사모의 정에 울고 있었다. 남편은 죽은 아내를 그리면서 울었고, 아내는 어머니로서 죽은 자식을 애도하고 또 아내로서 남편을, 여자로서 남자를 생각하며 울었다. 부처는 아내의 통곡을 듣고 소리내어 탄식하자 아난이 말씀드리기를 『무슨 사연이 있기에 여래께서는 탄식하시는 것입니까』하였더니 부처가 아난에게 고하기를 『이 여자는 전생에 한 남자애를 낳았는데 그 아이를 깊이 사랑하여 입으로 그 아이의 성기를 빨았다. 이윽고 삼 년이 지나 어머니는 갑자기 병을 얻어 임종을 당하게 되자 자식을 어루만지고 성기를 빨면서 말하기를 나는 세세생생 다시 태어나 너와 부부로 만나겠다고 하더니 마침내 이웃집 여자로 다시 태어나 남자애의 아내가 되었고, 지금 죽은 남편의 뼈를 묻고 공양을 드리고 있는 것이다. 나는 이 일의 본말을 모두 알고 있기 때문에 이 여자가 나쁜 인연을 지은 것을 탄식하고 있는 것이다」고 하셨다는데, 바로 이 일을 말하는 것이다.

또한 어떤 경전에는 다음과 같이도 말씀하셨다. 「옛날 자식이 하나 있었는데 그 몸이 매우 가벼워서 빨리 달리는 모습이 나는 새와 같았다. 아버지는 늘 그 아이를 소중히 여기고 귀여워하기를 마치 자기 눈동자를 보호하고 소중히 하듯 하였다. 아버지는 자식이 날렵한 것을 보고 비유하여 말하기를『대단하구나 우리 자식, 빨리 달리는 모습이 마치 여우같다』고 하였다. 그러자 그 자식은 죽은 후 여우로 태어났다」고 하신 것이다. 그러니 설령 비유라 하더라도 좋은 비유를 해야하는 법이고 나쁜 비유를 생각해서는 안 된다. 반드시 그 업보가 있기 때문이다.

이 설화 내용 가운데 『콘쟈쿠(今昔)』는 앞부분만 출전으로서 이용하고 있다. 즉 누에에게 주려고 뽕잎을 따던 여자아이가 뱀과 교접한 후 쓰러졌는데 뱀이 여자의 몸에서 떨어지지 않았다. 의사의 처방[15]으로 만든 즙을 여자의 음부에 한 말 정도 부어넣자 뱀이 몸에서 떨어져서 때려 죽였다. 이 때 올챙이 같은 뱀 새끼에 멧돼지 털이 박혀 덩어리진 것이 음부에서 다섯 되 정도 나왔다. 뱀 새끼가 모두 나와버리자 여자아이는 제 정신으로 돌아와 말을 하게 되었다. 하지만 그 후 3년이 지나 이 여자아이는 다시 뱀과 교접하게 되어 끝내 죽고 말았다. 이번에는 이런 일이 모두 전생의 인연에 의한 것임을 알고 치료도 하지 않고 그냥 두었다고 하였다. 이 이야기 역시 뱀이 남성으로 등장하고 있고 여자와의 교접으로 새

---

15) 본문에 의하면, '한 다발의 굵기가 삼 척인 볏짚 세 다발 불에 태우고 그 재를 뜨거운 물에 타서 세 말의 즙을 내서 이것을 다려서 다시 두 말로 만들었다. 이 즙에 멧돼지 털 열 줌을 갈아서 가루로 만든 것을 섞어 여자의 머리를 땅에 대고 다리를 매달아 걸은 다음 그 즙을 음부에 부어 넣었다'고 되어 있다.

끼까지 낳았음을 실제 있었던 일처럼 기술하고 있으니 설화의 묘사는 실로 대단함을 느낄 수 있다.

이와 대조적인 설화의 예가 제29권 제40화이다. 「낮잠자는 승려의 성기를 본 뱀이 정액을 받아먹고 죽은 이야기」라는 제목에서 알 수 있듯이 뱀이 여성으로서 그려지고 있다. 내용은, 젊은 승려가 미이데라(三井寺)에서 고승의 시중을 들던 때의 일이었다. 여름 무렵이어서 대낮부터 졸린 승려는 문지방을 베개 삼아 잠이 들었는데, 꿈에서 젊은 여자가 곁에 와서 눕자 그녀와 성교를 하고 사정(射精)까지 했다. 그 순간 놀라 잠에서 깨어 옆을 보니 오 척 정도 길이의 뱀이 있었다. 소스라치게 놀라며 벌떡 일어나 보니 뱀은 입을 벌린 채 죽어 있었다. 이상하고 무서워서 자기 앞자락을 보니 사정으로 젖어 있었고 뱀의 입에서는 정액을 토해내고 있었다. '잠든 동안 아름다운 여자와 교접한 꿈을 꾼 것은 바로 이 뱀과 교접한 것이었던가. 그렇다면 내가 깊이 잠든 동안에 성기가 발기한 것을 보고 뱀이 다가와서 삼킨 것을 여자와 교접한 것으로 생각한 것이었구나. 그리고 사정했을 때 뱀이 고통을 못 이겨 죽고만 것이다'라고 생각하니 너무 무서워서 그 자리를 떠나 사람이 보지 않는 곳에서 성기를 잘 씻었다. 그리고 이 일이 알려지면 뱀과 관계한 중이라고 소문이 날까봐 비밀로 지내다가 이 일이 너무나 괴이한 일이라서 마침내 친하게 지내던 승려에게 이야기하자 듣고 난 승려도 몹시 놀랐고 그 승려에 의해 이야기가 전해지게 되었다고 했다.

이야기의 말미에 『콘쟈쿠(今昔)』의 편자는 인적이 없는 곳에서 혼자 낮잠 자는 법이 아니라는 처세 교훈으로 마무리하면서, 축생이 사람의 정액을 먹으면 견디지 못하고 반드시 죽고 만다는 것이 사실이라고 하여 당시 믿어지던 속설의 근거로서 이용하고 있다.

한편 뱀의 이미지로서 인수혼인 외에도 주목할 만한 것이 물과의 관련성이다. 앞에서 예로 든 제3권 제11화의 경우에서도 알 수 있듯이 설화 속에서 뱀(또는 용)은 물과 깊은 관련이 있는 동물이었고 나아가서는 수신(水神)으로서 널리 신앙되기도 했다. 그래서 가뭄에 비를 기원하는 기우제의 대상이 되는 것도 용신이었고 용과 뱀이 사는 곳도 연못이나 물 속과 같은 습지가 대부분이다.

이러한 의식은 널리 보편화되어 있다. 예를 들어 우리나라의 경우 고구려 건국 신화인 주몽 신화를 보면 주몽은 수신인 하백(河伯)의 딸 유화(柳花)가 천제의 아들 해모수(解慕漱)와 관계를 맺고 낳은 알이 햇빛 즉 태양의 정령을 받아 태어난 것이므로 부계는 천신(天神)이요 모계는 수신(水神)이라고 볼 수 있다. 광개토대왕 비문에는 주몽에 대해 '천제의 아들이시며 어머니는 하백의 딸(天帝之子 母河伯女朗)'이라 기록하는데 지나지 않고 『삼국유사』에도 다음과 같은 내용이 기록되어 있을 뿐이다.

금와(金蛙)가 즉위하고 당시 태백산(太伯山) 남쪽 우발수(優渤水)에서 한 여자를 얻어 물으니 그 여자는 말했다. "나는 하백(河伯)의 딸로서 이름을 유화(柳花)라고 합니다. 여러 동생들과 함께 물 밖으로 나와서 느는데 남자 하나가 오더니 자기는 천제의 아들 해모수(解慕漱)라고 하면서 나를 웅신산(熊神山) 밑 압록강(鴨緑江) 가의 집 속에 유인하여 남몰래 정을 통하고 가더니 돌아오지 않았습니다. 부모는 내가 중매도 없이 혼인한 것을 꾸짖어서 드디어 이곳으로 귀양보냈습니다"(金蛙嗣位 于時得一女子於太伯山南優渤水 問之云我是河伯之女 名柳花 与諸弟出遊 時有一男子 自言天帝子解慕漱 誘我於熊神山下鴨緑邊室中私之 而往不返 父母責我無媒而従人 遂謫居于此).

『삼국사기』에도 거의 같은 내용이고, 따라서 하백이 물의 신이라고는 명기되어 있지 않은 셈이지만 금와가 유화를 만난 곳이 우발수였고 여러 동생들과 물 밖으로 나와 놀다가 해모수와 정을 통하게 된 정황으로 미루어 보

건대 유화는 물의 신의 딸로서, 좀 더 상상력을 발휘한다면 하백은 물의 신
인 용왕이고 용왕의 딸인 유화는 뱀의 몸을 잠시 인간의 몸으로 화하여 물
밖에 나와 놀다가 해모수를 만나게 된 것으로 볼 수도 있을 것이다.[16]

2. 야래자(夜來者)형 설화와 뱀

야래자(夜来者)형 설화란 밤에 여자가 잠들면 인간 이외의 존재가 남

---

16) 이와 유사한 요소가 태국의 『프라루엉 신화』에도 등장하므로 간단히 소개하고자 한다. 이
신화는 전해지는 계통에 따라 내용에 차이가 있지만 그 가운데 하나만 소개하겠다.

하리푼차이의 왕인 아파이카미니 왕이 카오야이에서 계를 지키며 수행을 하고 있었다.
이 때 바단 왕국의 왕녀인 낭낙(뱀)이 더운 날씨를 피해 서늘한 곳을 찾아 산 속으로 들어
갔다가 수행 중인 왕을 보고 흠모하게 되었다. 그래서 인간의 모습으로 변한 낭낙은 칠 일
간 왕과 즐기고 헤어졌는데 이 때 왕은 정표로서 붉은 옷과 반지를 주었다. 그 후 낭낙은
바단 왕국으로 돌아가 자신이 임신한 사실을 알게 되었다. 자기 나라에서는 알을 낳아야
되는데 인간의 모습을 한 아이가 태어나면 혹시 해를 입을까 두려워하여 왕이 수행하던
곳에 가서 아들을 낳았다. 그리고 아들 옆에 반지와 붉은 옷을 놓아두고 자기 나라로 돌아
갔다. 이후 아이는 사냥꾼이 데려다 기르게 되는데 아이는 자라면서 신기한 징후를 나타냈
고 마침내 왕의 귀에까지 소문이 들렸다. 왕의 물음에 사냥꾼이 그간의 경위를 설명하니
왕은 이 아이가 자기 아이임을 알게 되었고 아룬꾸만이라고 이름을 지었다. 그리고 성장하
자 이웃의 딸만 있는 씨쌋차나라이 왕국에 장가를 보냈다. 장인이 죽자 아룬꾸만은 왕이
되어 쑤코타이까지 영토를 확장하고 쑤코타이 왕국을 세웠는데 이 때부터 그를 프라루엉
이라고 불렀다.

여기에서 낭낙의 낭은 여성을 의미하고 낙은 머리에 벼슬이 있는 전설상의 커다란 뱀을
말하는데 용으로 번역되기도 한다. 그리고 낙 왕국은 바단에 있는데 바단이란 땅 밑을 흐
르는 지하수를 의미한다. 따라서 이 신화를 보면 전형적인 인수혼인담의 요소와 뱀과 물과
의 관계가 잘 드러나 있음을 알 수 있다(이상의 예화는 한국외국어대 태국어과 김 영애 교
수의 발표를 바탕으로 한 것임).

자(귀인)로 변신하여 나타나서 여자와 관계를 맺고 사라지는 줄거리로서, 설화의 구조 면에서 분류한 형태의 하나를 말한다. 그런데 일본에서 야래자형 설화이면서 뱀과 인간과의 인수혼인을 이야기할 때 가장 오래되고 대표적인 설화로 꼽을 수 있는 것이 바로 미와야마(三輪山) 전설일 것이다. 『콘쟈쿠(今昔)』안에도 제31권 제34화에 「야마토노쿠니(大和国)의 하시노하카(箸墓, 젓가락 무덤) 이야기」라는 제목으로 『니혼쇼키(日本書紀)』를 바탕으로 성립된 설화가 수록되어 있어 소개하고자 한다.

옛날 어떤 천황에게 딸이 하나 있었다. 그 모습이 매우 아름다웠으므로 천황과 모후(母后)는 매우 귀여워하면서 소중히 키웠다. 그런데 이 딸은 미혼이었는데 어느 날 누군지 모르는 아주 기품 있는 남자가 딸에게 몰래 다가와서 "나는 당신과 부부가 되고 싶소."라고 말하니, 딸이 "저는 지금까지 남자와 접촉해 본 일이 없습니다. 그런데 어찌 쉽게 당신의 말에 따를 수 있겠습니까. 그리고 부모님에게 이 사실을 알리지 않을 수 없습니다."라고 말했다. 그러자 남자가 "설령 부모님이 아신다 해도 어려울 것 없습니다."라고 하면서 밤마다 찾아와서 말을 걸었지만 가까이 할 수 없었다.

그러던 가운데 딸이 천황에게 "이러이러한 사람이 밤마다 찾아와서 이런 말을 합니다."라고 말씀드리니, 천황은 "그것은 인간이 아닐 것이다. 신이 와서 말씀하신 것일 게다."라고 말했다. 그러다가 딸은 마침내 그 남자와 가까워지고 말았다. 그 후로는 서로 사랑을 나누며 지냈는데, 상대가 누구인지도 모르므로 딸이 남자에게 "나는 당신이 누군지도 모르니 이상하기 이를 데 없습니다. 어디에서 오시는 것인지요. 나를 정말로 생각하신다면 감추지 말고 누구인지 말씀해 주십시오. 그리고 사는 곳도 가르쳐 주십시오."라고 말했다. 그러자 남자는 "나는 이 근처에 살고 있습니다. 내 모습을 보고 싶다면 내일 당신이 가지고 있는 빗 상자 안에 있는 기름병 안을 보시오. 그런데 그것을 보시더라도 두려워 떨면 안됩니다. 만일 두려워하면 나에게 아주 견디기 어려운 일이 될 것입니다."라고 말하니, 딸은 "두려워하지 않겠습니다."라고 약속하였다. 그리고 날이 새자 남자는 돌아갔다.

그 후 딸이 빗 상자를 열고 기름병 안을 들여다보니 병 안에 움직이는 것이 있었다. 무엇이 움직이는가 생각하며 들어서 보니 아주 작은 뱀이 또아리를 틀고 있었다. 기름병 안에 들어있을 정도이니 얼마나 작은지 짐작할 수 있을 것이다. 여자는 이것을 보자마자 그만큼 무서워하지 않겠다고 약속했음에도 불구하고 크게 두려워하면서 비명을 지르고 내팽개친 채 도망쳤다.

그 날 밤 남자가 찾아왔다. 평소와 달리 매우 기분 나쁜 듯한 얼굴을 하고 돌아가는 것을 딸이 "그 정도의 일로 안 오시는 것은 애석한 일입니다"라며 못 가게 붙잡았다. 그 때 남자가 여자의 음부를 젓가락으로 찌르자 여자는 그 자리에서 죽고 말았다. 천황과 황후는 탄식했지만 더 이상 어찌할 도리가 없었다.

그래서 그녀의 묘를 야마토노쿠니(大和国)의 시키노시모노코오리(城下郡)에 만들었는데, 하시노하카(箸墓)라고 하여 지금도 그 곳에 있는 무덤이 바로 그녀의 무덤이라고 전해지고 있다.

하시노하카(箸墓)의 기원담으로서 수록된 이 설화에서도 뱀이 남자로 등장하여 천황의 딸과 관계를 맺는다. 남자가 제시하는 금기, 즉 자신을 보고 절대 두려워 말라는 부탁을 여자가 어기게 되고 그 벌로서 음부를 젓가락으로 찔러 죽였다는 이야기의 전개가 다소 황당한 느낌이 들지만 일본 신화의 저변을 둘러보면 그다지 이상할 것도 없다.

왜냐하면 『코지키(古事記)』에는 이자나기노미코토에게 쫓겨난 스사노오노미코토가 누님인 아마테라스오오미카미를 찾아가서 난동을 부리는 과정에서 아마테라스가 직녀와 함께 신에게 바칠 베를 짜고 있을 때 지붕에 구멍을 뚫고 말가죽을 벗겨서 던져 넣었더니 깜짝 놀란 직녀가 베틀의 북에 음부를 찔려 죽고 말았다는 이야기가 있고, 『니혼쇼키(日本書紀)』 제1권 신대(神代) 상 제8단 「스사노오노미코토의 야마타노오로치(八岐大蛇) 퇴치」에 보면 오오미와(大三輪)신의 세 자식 가운데 히메타타라이스즈히메노미코토라는 신의 이름은 '음부에 화살이 꽂혀 놀란 여신'이란 뜻에서 유래한다는 설이 있기 때문이다.

이 설의 기원이 되는 것이 『코지키(古事記)』에 나오는 진무(神武) 천황이 황후를 고른 이야기로, 천황에게 추천한 여자가 신의 자손임을 증명하는 과정에서 다음과 같은 이야기가 나온다. 세야다타라히메(勢夜陀多良比売)라는 여자가 매우 아름다웠기 때문에 오오모노누시노카미(大物主神)가 그녀에게 반해서 그녀가 대변을 보고 있을 때 빨간 칠을 한 화살로 변하여 대변을 보는 변소로 흘러 들어가 그녀의 음부를 찔렀기 때문에 그녀가 놀라 허둥대며 뛰어다녔다. 그러다가 그 화살을 그 화살을 가져다가 침상 곁에 두었더니 화살이 홀연히 멋진 남자가 되어 그녀와 결혼해서 낳은 자식이 바로 호토타타라이스스키히메노미코토(富登多多良伊須須岐比売命)라고도 하고 다른 이름으로 히메타타라이스케요리히메(比売多多良伊須気余理比売)라고도 한다. 따라서 그녀가 오오모노누시노카미(大物主神)의 딸 즉 신의 후손이라는 것이다.

그러면 위의 『콘쟈쿠(今昔)』예화의 출전이 되는 『니혼쇼키(日本書紀)』의 해당 부분인 제5권 스진(崇神) 천황 10년 9월 조를 잠시 살펴보기로 하겠다.

　그 후 야마토토토히모모소비메노미코토(倭迹迹日百襲姫命)는 오오모노누시노카미(大物主神)의 아내가 되었다. 그런데 이 신은 언제나 낮에는 나타나지 않고 밤에만 찾아왔다. 야마토토토히모모소비메노미코토(倭迹迹日百襲姫命)는 남편에게 "당신은 언제나 낮에는 안 오시므로 확실하게 얼굴을 뵐 수가 없습니다. 그러니 부디 좀 더 머물러 주십시오. 내일 아침 당신의 멋지고 단정한 모습을 삼가 뵙고 싶습니다."라고 말했다. 그러자 오오모노누시노카미(大物主神)는 "당신의 말씀은 지당하오. 나는 내일 아침 당신의 빗 상자에 들어가 있겠소 부디 나의 모습에 놀라지 마시오."라고 말했다. 야마토토토히모모소비메노미코토(倭迹迹日百襲姫命)는 마음 속 몰래 이상하게 여기면서 날이 새기를 기다려 빗 상자 안을 보니 예쁘고 작은 뱀이 들어 있었다. 그 길이나 굵기가 모두 옷에 달린 끈 같았다. 이것을 보자마자 그녀는 놀라 비명을 질렀다. 그러자 오오모노누시노카미(大物主神)는 치욕감을 느끼고 갑자기 인간의 모습으로 변하여 그의 아내에게 "당신은 참지 못하고 놀라 소리쳐서 나에게 모욕을 주었소 반대로 이번에는 나도 당신에게 치욕을 주겠소."라고 말하고, 허공을 밟고 굉음소리를 내며 미모로야마(御諸山=三輪山, 미와야마)로 올라가 버렸다. 그래서 그녀는 하늘로 사라져 가는 신을 쳐다보며 후회를 하고 그 자리에 주저앉았다. 그리고 젓가락으로 음부를 찔러 죽고 말아서 오오이치(大市)에 묻어 주었다. 그래서 당시 사람들은 그 묘를 이름하여 하시노하카(箸墓)라고 불렀다.

『니혼쇼키(日本書紀)』에서도 하시노하카(箸墓)의 유래담으로 기술되어 있지만 내용상으로는 몇 가지 차이를 보인다. 우선 시대적 배경이 신과 천황의 시대로 차이가 있는 것은 『콘쟈쿠(今昔)』가 시간의 흐름에 따른 시대적 변화를 반영한 것으로 보이는데, 여자가 죽게 되는 과정에서 『니혼쇼키(日本書紀)』는 스스로 젓가락으로 음부를 찔러 자살한 것으로 되어 있는데 비하여 『콘쟈쿠(今昔)』에서는 뱀 사나이가 여자의 음부에 젓가락을 찔러 죽이는 것으로 되어 있다.

이 미와야마(三輪山)는 신체산(神体山)으로 유명한데, 신체산(神体山)이란 신을 모시는 신전이 따로 있는 것이 아니라 산 자체가 신앙의 대상이 되는 산을 말한다. 위의 두 예화는 하시노하카(箸墓) 유래담에 비중이 두어져 있는 느낌이고 미와야마(三輪山)의 전설로서는 내용적으로 미약하다. 물론 『니혼쇼키(日本書紀)』에 뱀의 정체가 오오모노누시노카미(大物主神)이고 이 신이 미모로야마(御諸山=三輪山, 미와야마)로 올라가 버렸다고 되어 있기는 하지만 어딘가 부족한 느낌이 든다.

그런데 미와야마(三輪山)의 전설로서 부족한 감을 해결해주는 이야기가 『코지키(古事記)』중권 스진(崇神) 천황 조(3)에 실려 있다. 「미와야마(三輪山) 전설」이란 항목이 바로 그것인데 여기에는 하시노하카(箸墓)의 요소가 전혀 등장하지 않는다. 설화적으로도 한층 흥미로운 전개를 보이고 있는데 다음과 같은 내용으로 되어 있다.

오오타타네코(意富多多泥古)란 사람이 신의 자손이란 것을 알게 된 것은 다음과 같은 이유이다. 이쿠타마요리비메(活玉依毘売)는 그 용모가 단정하고 아름다운 여자였다. 이 때 한 남자가 있었는데 그 모습과 차림새가 비할 바 없이 훌륭했다. 이 남자가 밤중에 홀연히 그녀에게 찾아왔다. 그리고 서로 마음에 들어 부부가 되어 함께 살았는데 얼마 지나지 않아 여자는 임신을 하게 되었다. 그래서 부모는 딸이 임신한 것을 이상히 여기고 딸에게 묻기를 "너는 저절로 임신을 했는데 남편도 없이 어떻게 아이를 갖게 된 것이냐."고 하자 딸이 답하기를 "아주 멋있는 남자가 있는데 그 이름도 모릅니다. 그런데 밤마다 저에게 와서 함께 지내다보니 자연히 임신을 하게 되었습니다."고 했다. 이 말을 듣고 부모는 그 남자의 정체를 알고 싶어서 그녀에게 "적토(赤土)를 침상 앞에 뿌려두고 실패의 삼실(麻糸)을 바늘에 꿰어 남자의 옷자락에 찔러 두어라."고 가르쳐 두었다. 그래서 딸은 가르쳐준 대로 하고서 다음 날 보니 바늘에 꿰어둔 삼실이 방문 자물쇠 구멍으로 빠져나가 실패에 남은 실은 겨우 세 바퀴밖에 안 남았다. 그래서 바로 그 남자가 자물쇠 구멍을 빠져나간 것을 알고 그 실을 따라 찾아가 보니 미와야마(三輪山)에 이르러 신을 모신 사당에서 그쳤다. 이로 인하여 오오타타네코(意富多多泥古)가 미와야마(三輪山)의 오오모노누시노카미(大物主神)의 자손임을 알게 되었다. 그리고 그 삼실이 실패에 세 바퀴 남아 있었기 때문에 그 지방을 이름하여 미와(三輪)라고 하게 된 것이다.

여기에는 미와(三輪)라는 지명의 유래가 이야기되어 있다. 그러나 정체불명의 남자가 뱀이라는 사실은 명기되어 있지 않고 오오모노누시노카미(大物主神)로만 나타나 있다. 그런데 우리에게 흥미로운 사실은 우리 나라의 견훤설화와 매우 흡사하다는 점이다. 후백제의 시조 견훤의 탄생담은 『삼국사기』와 『삼국유사』에 모두 실려 있지만 인수혼인의 요소는 『삼국유사』에만 등장하므로 여기서는 『삼국유사』 제2권 기이(紀異)편 제22 <후백제(後百済) 견훤(甄萱)>의 기록을 인용해 보기로 하겠다.

고기(古記)에 이렇게 말했다. 옛날 한 부자가 광주(光州)의 북촌(北村)에 살고 있었는데 그에게는 용모 단정한 딸이 있었다. 어느 날 딸이 아버지에게

"밤마다 보랏빛 옷을 입은 한 남자가 나의 방에 와서 동침을 하고 갑니다."라
고 말하므로 아버지가 "너는 긴 실을 바늘에 꿰어 그 남자의 옷에 꽂아 두어
라."고 하니 그 말대로 했다. 다음날 아침이 되어 그 실을 더듬어 찾아가 보니
북쪽 담 밑의 커다란 지렁이의 허리에 꽂혀 있었다. 이로부터 한동안 지난 뒤
여자는 태기가 있어 사내아이를 낳았다. 아이가 십오 세가 되자 스스로 견훤이
라 일컬었다.

뱀 대신 지렁이가 등장하지만 일본의 미와야마(三輪山) 전설과 매우
흡사함을 알 수 있다. 그리고 여기서도 역시 지렁이가 남성으로 등장하고
있고 후백제의 시조 견훤의 비범성을 나타내기 위한 이상 탄생담으로서
기록되었음을 알 수 있다.

이상 제2절과 제3절에서 살펴본 바와 같이 인수혼인에 있어서 뱀은
남성의 역할로서 등장하여 인간 여성과 결합하는 경우가 많지만, 여성의
역할로 등장하는 경우도 적지 않다. 설화의 세계에서 일반적으로 개의 경
우는 남성으로, 여우의 경우는 여성으로 등장하는 것과는 비교가 된다.

이처럼 뱀은 남성과 여성 양 성의 이미지를 모두 가지고 있음을 알
수 있는데, 우선 여성의 이미지는 앞에서도 예화를 통해 확인하였듯이 물
의 신으로서의 역할과 깊은 관련이 있다. 고대 사회에서 물의 신으로서
신앙되던 뱀은 농업의 신이기도 했다. 고대인들의 생활의 중심은 농업이
었고 농업에 있어 물은 가장 중요한 요소였기 때문이다. 그러한 물을 다
스리는 신이 뱀이었으므로 사신(蛇神)은 농업과도 관련해서 널리 신앙되어
왔었다. 결국 물의 신 또는 농업신은 생산의 신이고 생산은 바로 여성과
직결되므로, 뱀의 여성적 역할 내지 이미지는 바로 물의 신이라는 점에
기인하는 것으로 귀결된다.

한편 뱀의 또 하나의 상징으로서 남성 이미지의 근원은 뱀의 외형적
모습에서 찾을 수 있을 것이다. 머리에서 꼬리까지 하나의 유연한 봉처럼

되어 있는 뱀의 몸체는 남근과 닮은 모습이고 특히 매끈한 몸체로 지상을 기어다니거나 좁은 구멍으로 빨려 들어가듯이 사라지는 몸통, 머리를 곧 두세우고 상대방을 공격하는 모습 등은 남근의 상징물로서 여겨지기에 충분하였을 것이다. 이러한 이미지는 앞에서 예로 들은 『콘쟈쿠(今昔)』제24권 제9화, 제39화 등에 생생하게 묘사되어 있음을 확인할 수 있었다.

3. 원한과 질투의 화신 뱀

『콘쟈쿠(今昔)』天竺(인도)부 제3권 제4화는 「사리불(舍利弗)이 화가 나서 한동안 칩거한 이야기」라는 제목의 이야기로, 뱀의 본성을 이야기하고 있어서 흥미롭다. 내용을 보면, 부처님이 살결이 하얗고 살이 찐 사리불에게 자신의 가르침에는 맛있는 음식을 금하고 있는데 혼자서 살이 찐 이유를 나무라듯이 묻자 갑자기 화를 내고 은거해 버렸다. 그 후로는 국왕과 대신과 장자(長者)가 사리불에게 가서 여러 가지 물건을 바치면서 가르침을 청하여도 응하지 않았다. 그래서 국왕을 비롯한 많은 사람들이 부처님께 찾아가서 사리불이 자기들의 청을 받아들이도록 권하여 주기를 청하였다. 그러자 부처님께서 이들에게 "사리불은 전생에 독사였다. 그 전생의 마음이 깊이 물들어 있기 때문에 지금 나의 말을 듣고 원망하는 마음을 일으킨 것이다"라고 말씀하시고, 바로 사리불을 불러 "너는 즉시 사람들의 청함에 응하여 불법을 위해 스승이 되도록 하라"고 당부하셨다. 그래서 사리불은 부처님의 가르침에 따라 나라 안의 모든 사람들의 청을 받아들여 불사에 정진하기를 이전과 다름없이 했다는 것이다.

사리불은 부처의 십대 제자 가운데 한 사람으로 특히 지혜 제일의 제자로서 널리 알려질 정도로 훌륭한 제자이지만 이처럼 석존의 한 마디에 화를 내는 것은 바로 그가 전생에 독사였고 그러한 독사의 성질이 남아있어서 자신을 다스리지 못했기 때문이란 것이다. 이 설화는 성자인 사리불에게서 보통 사람과 다름없는 인간적인 모습을 발견할 수 있다는 점에서도 흥미롭지만, 뱀의 본성으로서 화를 참지 못하는 이미지를 읽을 수 있어 주목된다.

이처럼 뱀이 인간의 본성과 결부되어 묘사되는 경우 가운데 특히 주목을 끄는 것이 질투의 화신으로서의 뱀의 이미지이다. 뱀이 여성으로서의 이미지를 지니고 있음은 앞에서 살펴본 바와 같은데, 이는 생산자로서의 여성의 이미지였다. 그러나 이와는 별도로 설화에는 여성의 속성 내지는 본질을 상징하는 뱀의 이미지가 자주 등장하고 있고 그 대표적인 것이 질투의 화신으로서의 이미지이다. 질투도 애정 표현의 일종이라고 할 수 있지만 이것은 정상의 도를 넘어선 뒤틀린 애정의 표현이고 질투에 사로잡힌 여성은 어떤 면에서는 뱀의 징그럽고도 두려운 모습과 공통의 감정을 불러일으키는 지도 모르겠다. 먼저 다음에 예로 든 『홋신슈우(発心集)』 제5권 제3화 「어머니가 딸을 질투하여 손가락이 뱀이 된 이야기」라는 설화를 보기로 하자.

어느 지방인지 분명히 들었지만 잊어버렸는데, 어느 곳에 몸이 남자로서 한창 때이나 나이가 있는 아내를 데리고 사는 남자가 있었다. 그 아내에게는 전남편의 자식(딸)이 하나 있었는데 무슨 생각을 했는지 남편에게 "나에게 여가를 좀 주십시오. 집 안에 있는 방 하나에 따로 살면서 여유롭게 염불이나 하면서 지내겠습니다. 그런데 바깥의 다른 여자와 지내기보다는 여기 있는 딸을 데리고 살면서 시중을 들게 하십시오. 전혀 모르는 사람을 맞이하기보다는 나를 위해서도 좋을 것입니다. 나는 이제 나이가 들어서 부부로 지내는 것이 여러 가지 면에서 마음이 무겁습니다."라고 말하자 남자도 놀랍게 생각했다. 딸 또한 말도 안 되는 일이라고 했지만 이것은 그냥 넘어갈 일이 아니라면서 기회 있을 때마다 열심히 설득했다. 그러자 남자도 "그렇다면 알겠다."고 하고 아내의 말대로 하여, 집 안쪽에 아내를 살게 하고 남자는 아내가 데리고 온 딸과 함께 지냈다.

이리하여 때때로 아내를 들여다보면서 어떤지 안부를 묻기도 하고 했다. 딸도 남자도 여자를 소홀히 하지 않으면서 세월을 보냈는데, 어느 날 남자가 외출하고 없는 사이에 딸이 어머니에게 가서 한가롭게 이야기를 나누었는데 어머니가 아주 깊이 생각에 잠겨 있는 것을 이상히 생각하고 "저에게 무슨 말못할 일이 있겠습니까. 걱정되는 일은 저에게 상의하세요."라고 하니 어머니는 "조금도 생각하는 것 없다. 단지 요즈음 마음이 심란해서 그렇다."라고 얼버무리는 모습이 보통 이상한 게 아니어서 딸은 더욱 추근추근 물었다.

그러자 어머니가 말하기를 "사실은 무엇을 감추겠느냐 몹시 걱정스러운 일이 있다. 이 집안에서 우리가 이렇게 사는 모습은 내 마음에서 우러나와 권하여 생긴 일이다. 그러니 누구도 결코 원망할 수 있는 일이 아니다. 그러나 밤에 잠이 깼을 때 곁에 아무도 없는 쓸쓸함에 약간 마음의 동요를 느낄 때도 있다. 그리고 낮에는 몰래 엿볼 때도 있다. 이런 상황이 될 것을 생각지 못했다고 한다면 그 뿐이겠지만, 마음 속이 혼란스러운 것을 '이렇게 된 것은 다른 사람 때문이 아니라 바로 내 탓이다. 아, 어리석은 몸이로다.'하고 생각을 고쳐 먹으면서 지냈지만 이 일이 깊은 죄가 되는 것이었는지 비참한 일이 생겼다." 라고 하며 좌우 양손을 내민 것을 보니 엄지 두 개가 모두 뱀으로 변해 있었고, 눈을 의심하며 보니 혀를 내밀고 날름거리고 있었다.

딸은 이 모습을 보고 눈앞이 캄캄해지고 가슴이 뛰었다. 그리고 아무 말도 없이 머리를 깎고 비구니가 되어 버렸다. 남자가 돌아와서 이것을 보고 그 또한 승려가 되어 버렸고 원래의 아내도 속세의 모습을 버리고 비구니가 되어 세 사람 모두 같은 모습으로 불도를 닦으며 지냈다. 아내는 비참한 모습을 조석으로 슬퍼하며 지내자 뱀도 마침내 원래의 손가락으로 돌아왔다. 나중에 아내는 도읍에서 걸식을 하며 다녔다고 한다. 옛날 노인이 직접 본 이야기라고 했으니 가까운 과거의 일이다.

여자의 습성이 다른 사람을 질투하고 물건을 탐내는 마음이 있으므로 대부분 깊은 죄의 대가를 받는 것이다. 오히려 이처럼 죄스러운 마음을 드러냄으로써 뉘우침이 죄를 멸하는 경우도 있다. 시침떼고 마음 속으로만 생각하며 일생을 보내는 사람은 커다란 지옥의 업보를 단단히 장만하는 것이니 몹시 불쌍한 일이다. 부디부디 마음을 다스릴 줄 아는 사람이 되어 현세의 자신의 죄업이 전세의 업보임을 알고 또한 집착심은 꿈속의 일시적인 희롱이라고 생각하여, 조그만 마음이라도 뉘우치는 마음을 일으켜야 한다. 어느 경론(経論)에 의하면 "만약에 사람이 무거운 죄를 지었어도 조금이라도 뉘우치는 마음이 있으면 정업(定業)은 되지 않는다."라고 했도다.

우선 질투심을 품은 여자의 손가락이 뱀으로 변했다는 점이 주목을 끈다. 뱀으로의 변신담의 경우 인간의 몸 자체가 뱀으로 변하는 것이 일반적임을 생각할 때 이처럼 양 엄지손가락만이 뱀으로 변한 경우는 특이하다고 하겠다.

남편은 이제 남자로서 한창 때이고 아내는 나이가 들었으니 아마 연상의 아내였으리라. 남자로서 한창 때인 남편과 여자로서 한창 때를 지난 아내의 설정에서 이 이야기의 비극은 비롯된다. 아내는 염불이나 외면서 지내고 싶으니 새 여자를 맞으라고 했지만 사실은 아내로서 부부생활 자체가 심적으로나 육체적으로나 모두 무거운 짐이 되고 있음을 토로하고 있다. 그래서 자기 대신에 데리고 온 딸에게 아내의 역할을 맡길 생각을 한 것인데, 이것이 예기치 못한 질투의 근원이 되는 것이다. 즉 다른 여자보다 딸이라면 남편을 맡겨도 마음이 편할 것으로 생각했지만 오히려 한 지붕 밑에서 동거하는 남편과 딸의 일거수 일투족에 신경이 쓰이게 되고 심지어는 두 사람의 부부생활까지 엿볼 정도로 질투의 불꽃이 타오르게 된다. 결국 어머니로서 자기의 딸을 질투하게 되는 묘한 관계 속에서 어머니의 좌우 양 엄지손가락은 혀를 날름거리는 뱀으로 변하고 만 것이니, 뱀을 통하여 여자의 질투를 경계하는 의도가 엿보인다.

한편 『우지슈우이모노가타리(宇治拾遺物語)』에는 여자의 원한으로 인하여 신체의 일부가 뱀으로 변한 이야기가 있다. 제4권 제5화 「돌다리 밑의 뱀에 대한 이야기」인데, 어떤 여자가 돌다리를 밟고 지나갔는데 그 돌다

리 밑에 있던 뱀이 그녀의 뒤를 따라갔다. 그래서 뱀이 자기를 밟고 지나
간 것에 화가 나서 그녀를 해치려고 따라간 줄 알았는데 그날 밤 그녀가
꿈을 꾸니 허리에서 위는 사람이고 아래는 뱀인 청순한 여자가 나타나서,
자기는 어떤 사람에게 원한을 품었기 때문에 이처럼 뱀의 몸으로 태어나
무거운 돌다리 밑에서 고통을 받고 있었는데 오늘 당신이 돌다리를 밟고
가면서 치웠기 때문에 그 고통에서 벗어났다고 말했고, 그 후 그녀는 행
복하게 살았다는 내용이다. 여자가 품은 원한이 뱀으로 변하게 했고 그것
도 하반신만 뱀의 모습으로 변하게 한 것이다.

『콘쟈쿠(今昔)』 제31권 제10화도 여자의 질투가 얼마나 집요하고 무서
운 것인가를 느끼기에 충분한 설화이다. 「오와리노쿠니(尾張国) 마가리노
츠네카타(勾経方)가 아내의 꿈을 꾼 이야기」라는 제목으로, 츠네카타(経方)
가 임지에서 새 첩을 두고 지내다 본가로 상경하기 전날 첩과 동침을 했
는데 꿈에 본처가 나타나 두 사람 사이를 갈라놓고 한바탕 소동을 부리는
것이었다. 그 후 집에 돌아와 보니 본처도 츠네카타(経方)와 똑같은 꿈을
꾸었다고 하면서 남편을 추궁하는 것이었다. 츠네카타(経方)는 여자의 질
투에 기가 질렸고, 이야기 말미에 『콘쟈쿠(今昔)』의 편자는 '생각건대 이
본처는 얼마나 죄가 깊은가, 질투는 커다란 죄악이니 내세에는 틀림없이
뱀으로 태어날 것이라고 사람들이 말했다'고 끝맺고 있음으로 보아 당시
사람들이 질투가 심한 여자는 다음 생에 뱀으로 태어난다고 생각하고 있
었음을 알 수 있다.

이처럼 여자의 원한이 몸 전체를 뱀으로 변하게 하여 복수의 화신이
되는 무서운 이야기가 『콘쟈쿠(今昔)』 제14권 제3화에 실려 있는 도오죠
오지(道成寺) 연기담이다. 「키이(紀伊)지방 도오죠오지(道成寺)의 승려가 법
화경을 서사공양(書写供養)하여 뱀을 구제한 이야기」라는 제목으로 다음과

같은 내용의 설화가 수록되어 있다.

　　옛날 쿠마노(熊野)신사에 참배하러 가는 두 사람의 승려가 있었다. 한 사람은 늙었고 한 사람은 젊고 잘 생겼다. 무로군(牟婁郡)에 이르러 어떤 민가를 빌려 두 사람이 같이 묵었다. 그 집의 주인은 젊은 과부였고 하녀가 두 세 명쯤 있었다.

　　이 집 주인 여자는 묵고 갈 젊은 남자의 모습이 멋진 것을 보고 깊이 애욕의 마음을 일으켜 열심히 시중을 들며 음식을 차렸다. 그러다 밤이 되어 두 승려는 이미 잠이 들었는데, 한밤중 무렵 주인 여자가 가만히 이 젊은 승려가 자고 있는 곳에 기어 들어와 입고 있던 옷을 위에 뒤집어씌우고 옆에 나란히 누워 승려를 깨웠다. 승려는 놀라 잠에서 깨어 떨면서 어찌할 바를 몰랐다. 그러자 여자가 말하기를 "저는 지금까지 우리 집에 다른 사람을 재워 본 일이 없습니다. 그런데 오늘 밤 당신을 묵게 한 것은 낮에 당신을 처음 보았을 때부터 내 남편으로 삼고 싶은 마음이 간절했습니다. 그래서 당신을 묵게 해서 내 뜻을 이루어야지 하고 생각해서 이렇게 당신 곁에 온 것입니다. 저는 남편도 없고 과부의 몸입니다. 부디 저를 불쌍히 여겨 주십시오."라고 했다. 이 말을 들은 승려는 크게 놀라고 두려워서 자리에서 일어나 앉아 여자에게 답하기를 "나에게는 숙원한 바가 있어서 평소에 심신을 깨끗이 하고 먼 여행길을 나서 쿠마노곤겐(熊野権現)을 모신 신전에 참배하러 가는 중인데 여기에서 갑자기 그 숙원을 깨뜨리는 것은 서로에게 큰 죄가 될 것이오. 그러니 즉시 당신은 그런 마음을 버리시오."라고 말하며 열심히 그녀를 물리쳤다. 그러자 여자는 크게 원망하면서 밤새도록 승려를 껴안고 몸을 비비면서 희롱을 걸었지만 승려는 여러 가지 이유를 들어 그녀를 달래면서 "나는 당신이 말하는 것을 거절하는 것이 아니오. 그러니 지금부터 쿠마노에 참배하고 이 삼 일 동안 신전에 등불과 공물을 바치고 돌아오는 길에 당신 말한 대로 따르겠소."라고 약속을 했다. 여자는 약속을 믿고 기대하면서 자기 처소로 돌아갔다. 이윽고 날이 새자 승려는 그 집을 떠나 쿠마노 참배 길에 올랐다.

　　그 후 여자는 약속한 날을 손꼽으며 다른 생각은 품지 않고 오로지 그 승려만을 그리며 여러 가지 준비를 갖추고 기다렸다. 그런데 승려는 돌아오는 길에 그녀를 두려워하여 집에 들리지 않고 다른 길로 도망치듯이 지나쳐 버렸다. 여자는 승려가 더디 오는 것을 기다리다 못해 길가로 나가 오가는 사람들에게 물었는데 마침 쿠마노에서 오는 승려가 있었다. 그래서 여자가 그 승려에게 묻기를 "이러이러한 색깔의 옷을 입은 젊고 늙은 두 사람의 승려가 쿠마노에서 돌아오지 않았습니까?"하니, 승려가 말하기를 "그 두 사람의 승려는 이미 돌아간지가 이 삼 일이나 되는데요."라고 했다. 이 말을 들은 여자는 아차 하고 손뼉을 치며 "이미 다른 길로 도망쳐 갔구나."라고 생각했다. 그리고 크게 화를 내면서 집을 돌아와 침실에 틀어 박혔다. 아무 소리도 내지 않고 한참 지나자 그만 죽고 말았다. 집안의 하녀들이 이것을 보고 울며 슬퍼하는데, 갑자기 양팔 벌린 길이의 다섯 배정도 되는 독사가 침실에서 나오더니 집을 나서서 길로 향했다. 그리고 쿠마노에서 돌아오는 길을 따라 달려갔다. 사람들은 이것을 보고 크게 놀라며 두려워했다.

한편 두 사람의 승려는 저 만큼 앞에 걸어가고 있었는데 우연히 어떤 사람이 알려 주기를 "이 뒤에서 기이한 일이 있었습니다. 양팔 길이의 다섯 배나 되는 커다란 뱀이 나와서 산과 들을 지나 마구 달려오고 있습니다."라고 했다. 이 말을 들은 두 승려는 "틀림없이 그 집 여주인이 약속을 깬 것에 원한을 품고 독사가 되어 뒤쫓아오고 있는 것일 게다."라고 생각하고 쏜살같이 달려 도망쳐서 도오죠오지(道成寺)라는 절로 피해 들어갔다. 절의 승려들이 이들을 보더니 "무슨 일이 있어 뛰어오느냐"고 물었다. 두 사람은 일의 자초지종을 자세히 말하고 도움을 청했다. 절의 승려들이 모여서 이 일을 상의한 끝에 종을 끌어내려서 젊은 승려를 종 안에 가두어두고 절 문을 꼭 닫았다. 그리고 늙은 승려는 절의 승려들과 함께 숨었다.

한참 지나자 큰 뱀이 이 절까지 쫓아와서 문을 닫아 놓았지만 넘어서 안으로 들어왔다. 그리고 불당을 한 두 번 맴돌더니 그 승려를 가두어둔 종루의 문 앞에 이르러서 꼬리로 백 번 정도 문을 두들겼다. 마침내 문을 두드려 부수고 뱀이 들어왔다. 그리고 종을 감더니 꼬리로 용두(龍頭)를 두 세 시간 쯤 계속 두들겼다. 절의 승려들은 이것을 보고 두려웠지만 이상한 생각이 들어서 사방의 문을 열고 모여들어 그 광경을 보니, 독사가 두 눈에서 피눈물을 흘리며 머리를 쳐들고 혀를 날름거리면서 원래 왔던 쪽으로 달려가 사라졌다. 절의 승려들이 보니 그렇게 커다란 종이 뱀이 내뿜은 독의 열기로 타버려서 엄청난 불꽃이 피어오르고 있었다. 도저히 다가갈 수 없었다. 그래서 믈을 끼얹어 종을 식힌 다음 치워보니 종 안의 승려는 완전히 타 없어지고 해골조차 보이지 않았고 겨우 재만 남아 있었다. 노승은 이것을 보고 울고 슬퍼하며 돌아갔다.

그 후 그 절의 지위가 높은 노승의 꿈에 이전의 뱀보다 더 큰 뱀이 곧바로 다가오더니 노승을 향해 말하기를 "나는 종 안에 가두어두었던 승려이오. 악녀가 독사가 되었는데 나는 마침내 그 독사에게 잡혀서 독사의 남편이 되었소. 비천하고 더러운 뱀의 몸이 되어 한없는 고통을 받고 있소. 이제 그 고통을 벗어나고자 하나 나의 힘이 미치지 못하오. 살아있을 때 법화경을 지니고 수행했습니다만, 원하건대 부디 성인(聖人)의 광대한 은덕을 입어서 이 고통에서 벗어나고 싶소. 특별히 광대무량한 대 자비의 마음으로 심신을 청정하게 하고 법화경 여래수량품을 서사(書寫)하여 우리 두 마리 뱀을 위해 공양을 올려 이 고통을 벗어나게 해 주십시오. 법화경의 힘이 아니면 어떻게 고통에서 벗어날 수가 있겠습니까?"하고 돌아가니, 꿈에서 깨어났다.

그 후 노승이 이 일을 생각하자 갑자기 도심(道心)이 일어나 스스로 여래수량품을 서사하고 자신의 의식(衣食)을 희사하여 많은 승려를 청함으로써 하루 동안 법회를 열어서 두 마리 뱀의 고통을 벗어나게 하기 위해서 공양을 올렸다. 그 후 다시 노승이 꿈을 꾸었는데 한 사람의 승려와 한 사람의 여자가 나타나서 모두 웃음을 머금고 기뻐하는 기색으로 도오쬬오지(道成寺)에 와서 노승에게 합장하며 말하기를 "스님께서 청정한 선근(善根)을 닦아주심으로 해서 우리 두 사람은 즉시 뱀의 몸을 버리고 좋은 곳으로 떠나, 여자는 도리천(忉利天)에 태어났고 승려는 도솔천(都率天)에 오르게 되었습니다."라고 고하기를 마치자 각자 헤어져서 하늘로 올라가자 꿈이 깨었다.

그 후 노승은 기쁘고 감격하여 법화경의 위력을 더욱 깊이 신봉하게 되었다. 실로 법화경의 영험은 생각이 미치지 못할 정도로 현저한 것이다. 새롭게 뱀의 몸을 버리고 천상계에 태어난 것은 오로지 법화경의 위력이다. 이 일을 보고들은 사람들은 모두 법화경을 받들어 믿고 서사하고 독송(読誦)했다. 그리고 노승의 마음 또한 훌륭한 것이었다. 이것도 전생으로부터의 좋은 인연이 있었기 때문이다. 이 일을 생각해보건대 그 악녀가 승려에게 애욕의 마음을 일으킨 것도 모두 전생의 인연에 의한 것일 게다.

그렇기는 하지만 여인의 악한 마음이 지독한 것은 실로 이와 같은 것이다. 그렇기 때문에 여자를 가까이 하는 것을 부처님은 단호히 경계하신 것이다. 이러한 것을 잘 알아서 여자를 가까이 하는 것을 피해야 한다고 전해진다.

여자가 한을 품으면 오뉴월에도 서리가 내린다는 말이 있지만 이 이야기에 있어서도 여자의 원한을 풀어야 할 대상은 남성이고 왜곡된 사랑 또는 지나친 사랑에 대한 집념이 원한의 배경이 되고 있다. 앞의 『発心

集』의 예화와는 달리 이 경우는 사랑의 열정에 넘치는 여자와 이를 받아들일 수 없는 구도자의 신분인 남자의 설정이 비극의 씨앗을 잉태하고 있다. 젊고 한창 때인 과부가 젊고 잘생긴 승려에게 반하여 밤새도록 남자를 희롱하며 유혹하였지만 이를 거절당했을 때 여자의 자존심은 크게 상처를 입고 남자에 대한 원한 또한 이에 비례하여 커지기 마련이다. 이러한 여성의 내면적 심리가 육체적 변신으로 연결되어 스스르 죽음을 택함과 동시에 독사로 변하게 된 것이다. 독사가 된 후 남자를 쫓는 광경은 말 그대로 복수의 화신 그 자체이고, 그 과정 묘사는 여자의 내면적 원한을 너무도 생생하게 그리고 긴장감 넘치게 그리고 있다. 특히 여자의 원념(怨念)이 열기로 화하여 불꽃을 일으키면서 종을 태우고 뼈까지 태워 없앴으니 그 처절함에 몸을 떨지 않을 수 없다.

이 설화는 도오죠오지(道成寺)의 연기담으로 잘 알려져 있고 후대에는 죠루리(淨瑠璃) 카부키(歌舞伎) 등 연극으로도 상연되어 일본인들에게는 친숙한 이야기로 변모해 가지만, 이야기의 근원을 거슬러 올라가면 우리나라의 의상대사와의 관련성이 지적된다.

즉 의상대사가 당나라에 유학 갔을 때 그를 따르던 선묘(善妙)라는 여성과의 일화를 말하는데, 우리나라의 자료로서 고려 문종 때 박인량(朴寅亮)이 편찬한 「해동화엄시조부석존자찬(海東華嚴始祖浮石尊者讚)」이 『원종문류(圓宗文類)』에 실려 있고 『신증동국여지승람(新增東国輿地勝覽)』 중권 제25 영주 부석사 조에도 간략한 관련기사가 보이지만 자세한 내용을 알기 위해서는 『송고승전(宋高僧伝)』의 기록에 의존하지 않을 수 없다. 이에 의하면 원효와 함께 당 유학길에 오른 의상은 양주(揚州)의 한 신사(信土)의 집에 머물게 되는데 그 집에는 선묘(善妙)라는 아리따운 딸이 있어 의상을 사모하게 되었다. 그러나 선묘(善妙)의 구애를 받은 의상은 조금도 마음이 흔들리지 않았고 오히려 그녀를 불도에 발심케 하니 그녀는 의상에게 귀의하여 그가 불도를 이루는 일에 자신을 바칠 것을 서원하였다. 마침내 학업을 마친 의상이 본국으로 돌아가게 되자 선묘는 커다란 용으로 변하여 의상의 뱃길을 보살피며 무사히 귀국할 수 있도록 도왔다. 귀국 후 의상은 불법을 펴기에 적합한 곳을 찾았지만 방해하는 무리가 있어 절을 세우지 못하고 있자 선묘(善妙)는 큰 바윗돌로 변하여 떨어질 듯 말 듯한 상태로 공중에 떠있자 나쁜 무리들이 놀라 도망갔다. 그래서 의상이 그 곳에 절을 지은 것이 부석사(浮石寺)이다.

이러한 의상과 선묘 이야기는 일본에도 전해지게 된다. 일본에 화엄종이 전해지게 된 유래를 기록한 『화엄종조사회전(華嚴宗祖師絵伝)』(또는 『화엄연기(華嚴縁起)』라고도 함)은 「원효회(元暁絵)」와 「의상회(義湘絵)」의 두 부로 되어있는데 모두 『송고승전(宋高僧伝)』의 내용에 바탕하여 그림과 함께 묘사되어 있고 의상과 선묘 이야기는 「의상회(義湘絵)」에 실려 있다. 그리고 이 설화는 좀 더 변모하여 『홋케겡키(法華験記)』와 『콘쟈쿠(今昔)』, 『도오죠오지엔기(道成寺縁起)』에서 보이는 바와 같이 의상을 사모하던 선묘가 젊은 승려를 뒤쫓는 질투에 찬 과부로 등장하는 줄거리의 과정을 거쳐 죠루리(浄瑠璃)와 카부키(歌舞伎) 등에 이르러서는 다시 선묘와 같은 미소녀인 키요히메(清姫)로 전개되어 간 것이다.

4. 집착심과 뱀

속세의 인간은 남녀를 불문하고 집착에 사로잡히기 쉬운 존재이다. 설화를 통해서 보면 집착의 대상 및 양상이 다양하게 그려지고 있어 인간의 본성을 들여다볼 수 있는 단서가 되는데, 특히 집착심에 빠진 자와 뱀의 관계가 눈길을 끈다.

우선 집착의 대상으로서 일반적으로 가장 먼저 들 수 있는 것이 돈 황금과 같은 재물일 것이다. 『콘쟈쿠(今昔)』제14권 제4화는 「여자가 법화경의 힘으로 뱀의 몸에서 벗어나 천상계에 태어난 이야기」라는 제목으로 다음과 같은 내용의 설화이다. 쇼오무(聖武) 천황에게 하룻밤 사랑의 은총을 입은 여자가 금 천냥을 하사 받았는데, 죽을 때까지 이 재물에 집착하여 자기의 무덤에 같이 묻어달라고 유언을 했다. 그래서 유언대로 같이 묻어 주었다. 그런데 그녀가 키비(吉備) 대신 꿈에 나타나 자기는 재물에 집착한 죄로 죽은 후 독사의 몸이 되어 황금 곁을 떠나지 못하고 있음을 호소하고 그 돈으로 법화경을 서사하여 공양해 줄 것을 부탁하였다. 그래서 대신이 무덤을 파보니 정말 금 천냥이 있어서 그 돈으로 법화경 서사 공양을 해 주었더니 그녀가 다시 꿈에 나타나 이제 뱀을 몸을 벗고 도솔천(兜率天)에 태어나게 되었다고 고하고 사라졌다.

전형적인 법화경 영험담의 하나인데, 재물에 집착하면 내세에 뱀으로 태어난다는 생각이 바탕이 되고 있다. 이와 같이 재물에 집착하는 것은 속인에만 한한 것은 아니었다. 제14권 제1화 「무쿠(無空) 율사를 구하기 위해 비와(枇杷) 대신이 법화경을 서사한 이야기」에서는 무쿠(無空) 율사의 예화를 기록하고 있다. 율사가 제자들에게 자신의 장례식 비용으로 사용하도록 하기 위해서 천정에 금전을 숨겨두었다가 이 사실을 알리지 못한 채 죽었다. 그 후 생전에 친하게 지냈던 키비(吉備) 대신의 꿈에 나타나, 금전에 집착한 죄로 죽은 후에도 뱀이 되어 그 돈을 감싸고 지키는 고뇌를 호소하였다. 대신은 제자들과 같이 승방의 천정을 확인해 보니 정말로 일만 전의 돈을 뱀이 감싸고 있다가 도망치는 것이었다. 그래서 대신은 제자들과 함께 율사의 내세를 위해 이 돈으로 법화경 서사 공양을 해 주었더니 율사가 다시 꿈에 나타나 이제 뱀의 몸을 벗어나 극락왕생 하게 되었다고 알리고 사라졌다는 내용으로, 이 설화 역시 전형적인 법화경 영험담의 성격을 띠고 있다.

이처럼 재물에 대한 집착은 승속(僧俗)을 불문하고 인간이 지닌 본성의 하나였고, 이로 인한 업보로서 사후 뱀의 몸을 받아 태어난다는 것이다. 그런데 설화를 통해서 보면 인간이 집착하는 대상은 다양했음을 알 수 있는데, 그 가운데 특이한 것이 나무와 꽃에 대한 집착이다.『콘쟈쿠(今昔)』제13권 제42화「로쿠하라미츠지(六波羅蜜寺)의 승려 코오젠(講仙)이 법화경 영험의 설법을 듣고 은덕을 입은 이야기」에는 코오젠(講仙)이란 승려의 예화를 싣고 있다. 그는 오랫 동안 절에서 정독사(定読師)[17]로 살면서 법화경 신앙과 염불 수행을 했고 임종 때에도 마음이 흐트러지지 않은 채 올바른 마음으로 생을 마쳤으므로 주위 사람들은 그가 틀림없이 극락왕생 했으리라고 믿고 있었다. 그런데 세월이 흐른 뒤 그의 죽은 영혼이 다른 사람에게 달라붙어 다음과 같이 말했다.

나는 이 절에 살았던 정독사(定読師) 코오젠(講仙)입니다. 나는 오랜 동안 법화경 설법을 듣고 때때로 도심을 일으켰고 극락왕생을 기원하면서 끊임없이 염불을 외웠으므로 내세에 기대를 걸고 있었습니다. 그런데 아주 하찮은 일로 인하여 조그마한 뱀으로 태어나 버렸습니다. 그 이유는 내가 사람으로 태어났을 때 승방 앞에 귤나무를 심었는데, 세월이 흐르자 점점 자라서 가지와 잎이 무성해지고 꽃도 피어 열매를 맺게 되었습니다. 그래서 나는 밤낮으로 이 나무를 소중히 길렀습니다. 떡잎 때부터 열매를 맺게 되기까지 언제나 자주 보면서 정성을 들인 것입니다. 이러한 행위 자체가 중한 죄에 해당하는 것은 아니지만

---

17) 법회에서 설법을 하는 강사(講師)의 보조 역할로, 주로 경문을 읽어주는 역할을 하는 승려를 말함.

애착에서 벗어나지 못했다는 죄를 범한 것이 되어, 지금 작은 뱀의 몸으로 태어나 그 나무 밑에서 살게 된 것입니다.

절의 승려들이 이 이야기를 듣고 확인해 보니 정말로 세 척 정도의 뱀이 귤나무 뿌리를 휘감고 달라붙어 살고 있었다. 승려들은 애석해 하면서 코오젠(講仙)의 내세를 위해 사람들에게 시주를 받아서 법화경을 서사 공양해 주었고, 그 공덕으로 그는 뱀의 몸을 벗고 극락왕생 하게 된 것이다.

이 이야기 다음에 제43화에서도 한 여자가 붉은 매화에 너무 집착하여 죽은 후 뱀의 몸으로 태어나서도 그 매화 곁을 떠나지 못하였다는 내용의 설화가 이어지고 있다. 『홋신슈우(発心集)』 제1권 제8화에 보면 오오에노스케쿠니(大江佐国)가 꽃을 사랑하여 나비로 태어난 이야기가 있는데, 이 이야기 끝에도 앞의 코오젠(講仙) 설화를 부연해 놓았다. 아마 집착을 버리지 못한 죄로 인하여 이류(異類)로 태어났다는 점에서 서로 통한다고 생각한 편자의 구성 결과일 것이다. 이처럼 설화의 세계에서는 생전의 지나친 집착에 의해 사후 이류(異類)로 태어나는 것이 보편화되어 있음을 알 수 있는데, 특히 불교설화의 세계에서는 육도 윤회의 원리를 반영하여 뱀으로 전생(転生)하는 경우가 많았다. 앞 절에서 여자의 원한 및 질투의 결과 뱀으로 화하는 경우를 살펴보았는데, 결국 여자의 원한 및 질투 또한 상대방에 대한 사랑의 집념이라고 보았을 때 이성에 대한 사랑이든 물질이든 그 집념의 대상과 관계없이 뱀으로 전생(転生)한다고 믿었던 당시의 정신세계의 일단을 엿볼 수 있을 것 같다.

이상 『콘쟈쿠(今昔)』의 수록화를 중심으로 뱀에 대한 이미지를 고찰해 보았다. 뱀은 인간과 혼인 또는 성교를 하는 동물로서 인식되고 있었고, 이러한 인수혼인에 있어서 뱀은 남성의 역할로서 등장하여 인간 여성과 결합하는 경우가 많지만, 여성의 역할로 등장하는 경우도 적지 않음을 알 수 있다. 이 가운데 여성으로서의 이미지는 물의 신으로서의 역할과 깊은 관련이 있다. 고대인들의 생활의 중심은 농업이었고 농업에 있어 물은 가장 중요한 요소였는데, 그러한 물을 다스리는 신이 뱀이었으므로 사신(蛇神)은 농업과도 관련해서 널리 신앙되어 왔던 것이다. 결국 물의 신 또는 농업신은 생산의 신이고 생산은 바로 여성과 직결되므로, 뱀의 여성적 역할 내지 이미지는 바로 물의 신이라는 점에 기인하는 것으로 귀결된다.

한편 뱀의 또 하나의 상징으로서 남성 이미지의 근원은 뱀의 외형적 모습에서 찾을 수 있을 것 같은데, 머리에서 꼬리까지 하나의 유연한 봉처럼 되어 있는 뱀의 몸체는 남근과 닮은 모습이고 특히 매끈한 몸체로 지상을 기어다니거나 좁은 구멍으로 빨려 들어가듯이 사라지는 몸통, 머리를 곤두세우고 상대방을 공격하는 모습 등은 남근의 상징물로서 여겨지기에 충분하였을 것이다.

또한 설화를 통해서 보면 인간은 승속(僧俗)과 남녀를 불문하고 집착에 사로잡히기 쉬운 존재였고, 집착의 대상 및 양상이 다양하게 그려지고 있어 인간의 본성을 들여다볼 수 있는 단서가 되는데, 집착심과 뱀의 관계가 눈길을 끈다. 여자의 집착 대상이 이성에 대한 사랑이었을 때 이에 대한 배신의 결과는 원한 및 질투로 나타나게 되는데, 이와 같은 사랑의 집착이든 물질에 대한 집착이든 지나친 집착은 죄악이고 사후 뱀으로 전생(轉生)하는 업보를 받게 된다고 믿고 있었다. 그리고 많은 불교 설화의 예를 통해서 보면, 그 근본에는 불교의 세계에서 중시하는 육도 윤회의 원리가 반영되어 있다는 사실을 감지할 수 있게 된다.

제10장 『콘쟈쿠모노가타리슈우(今昔物語集)』의 『莊子』관련설화 고찰

제10장 『콘쟈쿠모노가타리슈우(今昔物語集)』의 『莊子』 관련설화 고찰

　　『콘쟈쿠(今昔)』는 많은 선행 자료를 출전 또는 참고자료로 삼아 완성된 작품이다. 따라서 그 동안의 연구에서는 출전을 밝히는 작업에서 시작하여 출전과 『콘쟈쿠(今昔)』와의 대비를 통한 작품의 특징을 규명하는 고찰이 이어져 왔다.

　　그런데 震旦(중국)부 설화의 경우는 출전이 밝혀지지 않은 설화도 많기 때문에, 비교적 출전이 명확히 밝혀진 설화가 많은 本朝(일본)부 설화에 비해 그 특징을 밝히는데 어려움을 겪어왔고, 震旦(중국)부 가운데서도 특히 세속부 설화의 경우는 더욱 그러했다.

　　본 고찰은, 이러한 여건 때문인지 그 동안 연구가 부족했던 震旦(중국)부의 세속 설화를 『莊子』와 관련된 설화를 중심으로 살펴봄으로서 『콘쟈쿠(今昔)』의 특징, 특히 설화의 성립과정과 논리에 대해 생각해보고자 한 것이다.

　　『콘쟈쿠(今昔)』의 수록 설화를 성립과정이라는 시각에서 분류하면 세 부류의 설화군으로 분류할 수 있을 것이다. 첫 번째는 同文的 성격이 강한 先行자료가 밝혀진 경우로 『콘쟈쿠(今昔)』의 선행자로에 대해 출전 또는 典拠라는 용어를 주로 사용한다. 두 번째는 同文的 성격은 약하나 근원자료가 밝혀진 경우로 일반적으로 근원자료에 대해 원전 또는 原話라는 용어를 사용한다. 세 번째는 근원자료가 미상인 경우인데, 이 경우에 있어서도 지금까지의 연구 결과에 의하면 구승 설화를 『콘쟈쿠(今昔)』의 편자가 직접 문자화했을 가능성은 희박하다고 보는 것이 유력하다.

이 가운데 『콘쟈쿠(今昔)』 안에는 두 번째의 同文的 성격은 약하나 근원자료가 밝혀진 경우에 해당하는 설화가 많이 존재하나 출전이 밝혀진 설화의 경우에 비해 아직 연구가 활발치 못하고 原典·原話임을 밝히는 문헌학적 연구단계에 머물고 있다. 그리고 방법론에 있어서도 이렇다할 효과적인 방법이 보이지 않고 있는 실정이다. 따라서 이번 고찰은 하나의 방법으로서 原典 또는 原話에서 『콘쟈쿠(今昔)』에 이르는 과정을 검토해 봄으로서 설화의 성립과정과 논리에 대해 생각해보고자 한 것이다.

1. 榮啓期 설화의 논리 -『莊子』와의 비교 -

본 고찰에서 검토 대상으로 삼은 것은 『莊子』를 原典으로 하는 설화 5화가 되겠는데, 이를 관련설화와 함께 제시해보면 다음과 같다.

『今昔』	『莊子』	관련설화
巻10 第10話 孔子、逍遥して榮啓期に値ひて聞く語	巻6 雑篇 漁父第31	『宇治』巻제6 제8화 帽子の叟孔子と問答の事
巻10 第11話 莊子、監河候に粟を請ふ語	巻5 雑篇 外物第26	『宇治』巻15 제11화 後の千金の事
巻10 第12話 莊子、人の家に行き、主、雁を殺して肴に備ふる語	巻4 外篇 山木第20	『十訓抄』第2の2 可離憍慢事
巻10 第13話 莊子、畜類の所行を見て走り逃ぐる語	巻4 外篇 山木제20 秋水제17	
巻10 第15話 孔子盗跖に教ふる為に其の家に行き、怖ぢ返る語	巻6 雑篇 盗跖第29	『宇治』巻15 제12화 盗跖と孔子と問答の事

　　모두 5화 가운데 『宇治拾遺物語』(『우지(宇治)』로 약칭함)와의 同文性의 공통화가 3화에 이르고 있어 『콘쟈쿠(今昔)』와 『우지(宇治)』의 共通母胎的 설화가 출전으로서 존재했었을 거라고 짐작이 된다. 하지만 그 공통모태적 출전이 현존하지 않는 현 상황에서 原典인 『莊子』와 『우지(宇治)』의 존재는 『콘쟈쿠(今昔)』의 설화 성립과정과 논리를 밝히는데 중요한 단서를 제공한다.

　　한 예로서 『콘쟈쿠(今昔)』 제10권 제10화를 중심으로 3자의 대조를 통하여 차이점을 중심으로 살펴보기로 하겠다. 공자가 栄啓期라는 노인을 만나 가르침을 받는다는 이야기인데, 전체적으로 『콘쟈쿠(今昔)』와 『우지(宇治)』는 매우 유사한 표현 및 내용으로 되어 있다. 우선 제목을 비교해보면

『莊子』巻6 雑篇 ⓐ 漁父 第31	『今昔』巻10　第10話「孔子、逍遥して ⓐ栄啓期に値ひて聞く語」	『宇治』巻6　第8話「ⓐ帽子の叟孔子と問答の事」

와 같이, 『콘쟈쿠(今昔)』에만 ⓐ栄啓期라는 등장인물의 이름이 구체적으로 명기되어 있는 것이 큰 차이점인데, 이러한 차이점이 생기게 된 것은 『콘쟈쿠(今昔)』가 제5단락에서 그에 대한 부연설명을 하고 있기 때문이다. 이 점에 대해서는 나중에 다시 언급하기로 하고, 먼저 제1단락의 공자의 제자가 노인과 만나는 장면을 비교해보면 다음과 같다.

| 孔子의 제자가 노인과 만남→漁父가 공자의 ⓑ두 제자 子貢, 子路를 불러 대면함. | 今は昔、震旦に孔子、□云ふ所に、林の中の丘の有る所に行きて逍遥し給ひけり。孔子は琴を弾き給ふ。弟子十余人許を引き将て廻に居令めて文を読ま令む。其の時に、海より小船に乗りたる翁の、帽子を着たる、漕ぎ来りて船を葦に繋ぎて陸に登りて杖を突きて来りて、孔子の弾き給ふ琴の調べの畢るを聞く。孔子の弟子等、此の翁を見て怪しび思ふ間に、翁、弟子一人を招く。然れども弟子等、目に見係けずして行かず。翁、強に招く時に、ⓑ一人の弟子寄りぬ。 | 今は昔、唐に孔子、林の中の岡だちたるやうなる所にて逍遥し給ふ。我は琴を弾き、弟子どもは書を読む。ここに舟に乗りたる曳の帽子したるが、舟を葦につなぎて、陸にのぼり、杖をつきて、琴の調の終るを聞く。人々怪しき者かなと思へり。この翁、孔子の弟子どもを招くに、ⓑ一人の弟子招かれて寄りぬ。 |

『荘子』에서는 노인이 어부로 되어 있고 이것이『荘子』雑篇의 篇目名(「漁夫」)이 되고 있는데『今昔』나『宇治』는 노인으로 되어 있다. 또『荘子』에서는 ⓑ와 같이 어부가 만난 공자의 제자가 2명이고 자공과 자로라는 구체적인 이름을 들고 있는데 비하여『今昔』나『宇治』는 밑줄 (b)와 같이 막연히 한사람의 제자로 되어 있는 점이 다르다.

다음 제2단락은 노인과 공자의 제자가 공자는 무엇하는 사람인가를 묻는 장면으로 3자 비교는 다음과 같다.

| 孔子의 제자와 노인과의 문답 장면 → 노인은 공자에 대해 참된 본성이 위태롭고 참된 도에서 멀어졌다고 평함.（仁則仁矣．恐不免其身．苦心労形．以危其真．嗚呼遠哉．其分於道也．） | 翁、弟子に問ひて云く、「此の琴弾き給ふ人は誰ぞ。若し国の王か」と。弟子の云く、「国の王にも非ず」と。翁の云く、「然らば国の大臣か」と。弟子の云く、「大臣にも非ず」と。翁の云く、「然らば国の司か」と。弟子の云く「国の司にも非ず」と。翁の云く、「然らば何人ぞ」と。弟子の云く、「只、国の賢き人として、公の庁を直し、悪しき事を止め、善き事を勧め□人也」と。翁、此を聞きて疵笑ひて云く、「ⓒ此、極めたる嗚呼の人也」と云ひて去りぬ。 | 翁曰く、「この琴弾き給ふは誰ぞ。もし国の王か」と問ふ。「さもあらず」といふ。「さは国の大臣か」「それにもあらず」「さは国の司か」「それにもあらず」「さは何ぞ」と問ふに、「ただ国の賢き人として政をし、悪しき事を直し給ふ賢人なり」と答ふ。翁あざ笑ひて、「ⓒいみじき痴者かな」といひて去りぬ。 |

노인이 공자가 무엇하는 사람인가를 묻자 제자는 '나라의 賢人으로서 정치를 바르게 하고 악한 일을 금하며 선한 일을 권하는 사람(国の賢き人として、公の庁を直し、悪しき事を止め、善き事を勧め□人也)'이라고 칭송하지만, 노인은 ⓒ와 같이 '매우 어리석은 사람(極めたる嗚呼の人)'으로 혹평을 하고 있다.

이어서 제3단락에서는 보통 노인이 아니라고 생각한 공자가 직접 노인을 만나 대화를 나누는 장면을 묘사하고 있는데 비교해 보면 다음과 같다.

| 孔子와 노인의 대면→ 공자가 노인에게 가르침을 청하니, 노인은 四患과 八疵를 중심으로 教示함 | 弟子、翁の言を聞きて帰りて孔子に此の事を語る。孔子、此を聞きて云く、「其は極めたる賢き人にこそ有るなれ。速やかに呼び還す可し」と。弟子走り行きて、翁の、今船に乗りて既に漕ぎ出づるを呼び還す。翁、呼ば被て還りて孔子に会ひぬ。孔子、翁に云く、「君、何人ぞ」と。翁の云く、「我、何人にも無し。只、船に乗りて心を行かさむが為に罷り行く翁也。亦、君は何事を役とし給ふ人ぞ」と。孔子の云く、「ⓓ己は世の庁を直し、悪しき事を止め善き事を行はむが為に罷り行く者也」と。 | 御弟子不思議に思ひて、聞きしままに語る。孔子聞きて、「賢き人にこそあなれ。とく呼び奉れ」。御弟子走りて。今舟漕ぎ出津琉を呼び返す。呼ばれて出で来たり。孔子のたまはく、「何わざし給ふ人ぞ」。翁の曰く、「させる者にも侍らず。ただ舟に乗りて、心をゆかさんがために、まかり歩くなり。君はまた何人ぞ」「ⓓ世の政を直さんために、まかり歩く人なり」。 |

가르침을 청하는 공자에게 原典인 『莊子』에서는 노인이 八疵(팔자, 여덟 가지 허물)[18]과 四患(사환, 네 가지 걱정거리)[19]을 중심으로 教示하면서 이런

---

18) 팔자(八疵)란 사람이 가지고 있는 여덟 가지 허물로서, 제가 할 일도 아닌데 그 일을 하는 것을 총(摠)이라 하고 임금이 돌아보지도 않는데 굳이 진언하는 짓을 영(佞)이라 하며 남의 기분에 영합하여 말하는 일을 첨(諂)이라 하고 일의 시비를 가리지 않고 말하는 것을 유(言臾)라 하며 즐겨 남의 결점을 말하는 것을 참(讒)이라 하고 남의 교제를 끊거나 친한 사이를 갈라 놓는 것을 적(賊)이라 하며 일부러 남을 칭찬하며 속여서 악에 밀어 넣는 일을 특(慝)이라 하고 선악을 가리지 않고 다 받아들여 안색을 살피며 상대방이 좋아하도록 장단을 맞추는 짓을 험(險)이라 하는데, 이 여덟 가지 허물은 밖에서는 사람들을 어지럽히고 안에서는 몸을 상하게 하므로 군자는 이 일들을 벗삼지 않고 명군은 신하로 삼지 않는다고 하였다.

19) 사환(四患)은 네 가지 걱정거리로서, 즐겨 큰 일을 하려 하며 범상함을 고치고 바꾸어서

것이 없어야만 가르침을 받을 수 있다고 하고 있다.

한편 『콘쟈쿠(今昔)』와 『우지(宇治)』에서는 두 사람이 서로 무엇 하는 사람인가를 묻는 과정에서 공자는 스스로를 ⓓ와 같이 '세상 다스리는 일을 바르게 하고 나쁜 일을 금하며 선한 일을 행하도록 하기 위해서 돌아다니는 자(己は世の庁を直し、悪しき事を止め善き事を行はむが為に罷り行く者也)'라고 자기 하는 일을 설명하고 있다. 이에 대해 노인은 다음의 제4단락 ⓔ와 같이 '그것은 매우 쓸데없는 짓이다(其、極めて墓無き事也)'라고 평하면서 예화를 통해 가르침을 내리는데, 3자를 비교해 보면 다음과 같다.

노인의 例話를 통한 가르침→①그림자와 발자국을 떼어버리려는 자의 어리석은 행위 / 해법 제시 – 참된 본성을 지키고 外物(명성 등)은 돌려보내고 본래의 자기로 돌아올 것 (謹修而身. 慎守其真. 還以物与人. 則无所累矣.)	① 翁の云く、「ⓔ其、極めて墓無き事也。世に陰を厭ふ人有り。晴に出でて陰を離れむと走る時には陰を離るゝ事無し。陰に寄りて心静かに居なば、陰は離る可きに、然は為ずして、晴に出でゝ離れむ離れむと為る時には、身の力こそ尽くれども陰離るゝ事無し。 ② 亦、犬の死骸水に流れて下る。此を要して走る者有り、即ち、水に溺れて死にぬ。然れば此等の譬の如く、此、極めて益無き事也。ⓕ只然る可き所に居所を示めて、静かに一生を送ら被む、此、此の生の望也。而るに、其の事を思はずして、心を世世に染めて騒が被る事、極めて墓無き事也。 ③ 我が身には三の楽有り。人と生れたる、此、一の楽也。人に男女有り、而るに男と生れたる、此、二の楽也。我、今年九十五に成る、此、三の楽也」と云ひて、孔子の答えを聞かずして還り行きて、船に乗りて漕ぎ出でゝ去りぬ。	① 翁の日く「ⓔきはまりてはかなき人にこそ。世に影を厭ふ者あり。晴に出でて離れんと走る時、影離るる事なし。陰に居て心のどかに居らば、影離れぬべきに、さはせずして、晴に出でて離れんとする時には、力こそ尽くれ、影離るる事なし。 ② また犬の屍の水に流れて下る、これを取らんと走る者は、水に溺れて死ぬ。かくのごとくの無益の事をせらるるなり。ⓕただ然るべき居所占めて、一生を送られん、これ今生の望なり。この事をせずして、心を世に染めて騒がるる事は、きはめてはかなき事なり」といひて、返答も聞かで、帰り行く。舟に乗りて漕ぎ出でぬ。

─────────────────

공명을 올리려는 짓을 도(叨)라 하고 지식을 내두르며 멋대로 행동하고 남을 침범하여 차지하는 일을 탐(貪)이라 하며 제 잘못을 알면서도 고치지 않고 충고를 듣고도 오히려 나쁜 짓을 더욱 심하게 하는 것을 흔(很)이라 하고 남의 의견이 자기와 같으면 좋아하고 같지 않으면 선이라 해도 인정치 않는 짓을 긍(矜)이라 한다고 했다.

우선 첫 번째 예화 ①을 보면『콘쟈쿠(今昔)』나『우지(宇治)』는 그림자를 떼어내 버리려는 자의 어리석은 행위를 들고 있는데,『荘子』에서는 그림자가 두렵고 발자국을 싫어하는 두 가지의 어리석은 행위를 들고 있는 차이를 보이고 있다. 즉 자기의 발자국과 그림자를 떼어내 버리려고 빨리 달릴수록 발자국은 많아지고 결국은 기운이 빠져 죽기 된 사람을 예로 들면서, 그늘에 있으면 그림자가 사라지고 가만히 멈춰서 있으면 발자국이 나지 않는 것을 몰랐던 것을 경계한다. 말하자면 요즈음 유행하는 느림의 미학과 관련 있는 대목으로 생각된다.

이어서『콘쟈쿠(今昔)』와『우지(宇治)』는 두 번째 예화인 물에 떠내려 가는 개의 시체를 얻으려고 뛰어가는 자가 물에 빠져 죽는 예화를 든 후, 이들 예처럼 무익한 일에서 벗어나는 해법으로서 밑줄 ⓕ처럼 '적절한 곳에 머물면서 조용히 일생을 보내는 것이 생의 바램(只然る可き所に居所を示めて、静かに一生を送ら被む、此、此の生の望也)'이라고 하고 있다. 한편『荘子』에서는 첫 번째 예화(장자 입장에서 보면 하나밖에 없는 예화이지만) 끝에 가르침을 내리는데 '참된 본성을 지키고 外物(명성 등)은 그것을 부여한 자에게 돌려보내고 본래의 자기로 돌아올 것(謹修而身. 慎守其真. 還以物与人. 則无所累矣.)'을 가르치고 있다. 따라서 양자의 내용을 비교해 보았을 때『콘쟈쿠(今昔)』나『우지(宇治)』의 가르침은 原典인『荘子』의 가르침과는 그 위지에 있어서 상당한 거리가 있음을 확인할 수 있다. 즉『콘쟈쿠(今昔)』에서는 '적절한 곳에 머물면서 조용히 일생을 보내라'고 하고 있는데 비해『荘子』에서는 참된 본성을 강조하고 있는 것이다.

『荘子』에 의하면 이 대목에 바로 이어서, 공자가 어부에게 "무엇을 참된 본성이라 하는가(孔子愀然曰. 請問. 何謂真)"하고 묻자 어부는 "참된 본성이란 정성의 극치요, 정성이 없으면 남을 감동시킬 수 없다(真者. 精誠之至

也. 不精不誠. 不能動人)”라고 하고, ‘참된 본성이란 하늘에서 받으며 인위에 의하지 않은 자연스러운 것이므로 바꿀 수가 없다. 때문에 성인은 하늘에 따르고 참된 본성을 존중하며 세속 따위에 구애되지 않는다(眞者. 所以受於 天也. 自然不可易也. 故聖人法天貴眞. 不拘於俗)’는 가르침을 내리고 있어 『콘쟈 쿠(今昔)』와는 상당한 차이가 있음을 알 수 있다.

다음으로 『콘쟈쿠(今昔)』의 ③을 보면 『莊子』나 『우지(宇治)』에는 보이지 않는 세 번째 예화인 三樂에 대한 이야기가 나온다. 이 三樂에 관한 이야기의 原典은 선행 주석서에서 밝히고 있듯이 『列子』의 天瑞 제1 제7장으로, 관련 부분을 인용하면 다음과 같다.

孔子遊於太山. 見榮啓期行乎郕之野. 鹿裘帶輇. 鼓琴而歌. 孔子問曰. 先生所以樂. 何也. 対曰. 吾樂甚多. 天生万物. 唯人為貴. 而吾得為人. 是一樂也. 男女之別. 男尊女卑. 故以男為貴. 吾既得為男矣. 是二樂也. 人生有不見日月. 不免襁褓者. 吾既已行年九十矣. 是三樂也. 貧者士之常也. 死者人之終也. 処常得終. 当何憂哉. 公子曰. 善乎. 能自寛者也.

공자가 태산에 놀러가다 郕(성, 노나라 지명)지방의 들판을 가는 榮啓期를 만났다. 보니 사슴가죽 옷을 입고 끈을 허리띠 대신에 맨 허름한 모습으로 거문고를 타며 노래를 부르고 있었다. 공자가 “당신이 즐거움으로 삼는 것이 무엇이오?”하고 묻자, “나의 즐거움은 아주 많소. 하늘은 만물을 낳았지만 그 가운데 인간이 가장 존귀하오. 그런데 나는 인간으로 태어났으니 이것이 첫 번째 낙이오. 또한 사람에게는 남녀의 구별이 있고 남존여비인데 나는 남자로 태어났으니 이것이 두 번째 낙이오. 그리고 인간으로 태어났어도 일월도 보지 못하는 자와 어려서 죽는 자도 있는데 나의 나이 이미 구십이니 이것이 세 번째 낙이오. 가난은 선비에게 항상 있는 일이고 죽음은 인간의 끝이오. 항상 선비로 있으면서 인생을 다한다면 걱정할 것이 무엇이겠소.”라고 답했다. 이 말을 듣고 공자가 “훌륭하시오, 생각에 여유가 있는 분이시오.”라고 말했다.

즉 인간으로 태어난 것, 남자로 태어난 것, 구십 오 세까지 산 것을 세 가지 낙으로 들고 있는데, 이 예화는 본 설화의 내용이나 취지와는 어울리지 않는 것이었다. 그럼에도 불구하고 『콘쟈쿠(今昔)』가 三樂의 예화를 덧붙이게 된 것은, 三楽에 관해서는 11세기 초에 성립한『와칸로오에이슈우(和漢朗詠集)』나 13세기 초에 성립한『메이분쇼오(明文抄)』등에도 실려있듯이 당시 일본에서도 널리 알려진 것이었음을 감안할 때,『콘쟈쿠(今昔)』는 '적절한 곳에 머물면서 조용히 일생을 보내는 것'을 보다 강조하기 위한 나머지 인생의 낙과 연관시키는 무리를 범하게 된 결과라고 생각된다.

한편 제5단락을 보면, 앞의 제목에서 지적했듯이『콘쟈쿠(今昔)』에만 노인의 이름을 명기하고 있는데, 3자를 비교해 보면 다음과 같다.

| 헤어짐과 마무리 | 孔子、其の漕ぎ行く翁の後を見て、二度礼し給ふ。船に乗りて行く棹の音聞えず成るまで礼み入りて入給へり。棹の音聞えず成りぬる後にぞ車に乗りて還り給ひける。⑧此の翁の名をば栄啓期となむ云ひけると人の語り云へたるとや。 | 孔子その後を見て、二度拝みて、棹の音せぬまで、拝み入りて居給へり。音せずなりてなん、車に乗りて帰り給ひにける由、人の語りしなり。 |

밑줄 친 ⑧부분을 보면 '이 노인의 이름을 栄啓期라고 한다(此の翁の名をば栄啓期となむ云ひける)'라고 하여 지금까지 공자에게 가르침을 내린 노인의 이름을 구체적으로 밝히고 있다. 이것은 앞 단락에서 거론한『列子』의 三楽説이 孔子와 栄啓期의 대화로 되어 있음을 상기해 볼 때,『콘쟈쿠(今昔)』로서는 자연스러운 부연이었다고 생각한다.

즉『今昔』는 三楽説을 덧붙임으로서 栄啓期라는 인명에 대한 정보를 입수하게 된 것이고 이를 제목에도 부연하게 된 것이다. 그러나『콘쟈쿠(今昔)』는 설화 전체의 흐름에서 보았을 때에는 내용과 어울리지 않는 三楽의 예화를 덧붙이는 우를 범하는 데서 그치지 않고 공자의 대화 상대자로서 原典『莊子』와는 전혀 상관없는 栄啓期를 등장시키는 왜곡마저 저지르는 결과를 초래한 것이다.

2. 莊子에 대한 인물평 -孔子와의 비교-

　　이처럼 原典『莊子』에서『콘쟈쿠(今昔)』에 이르는 과정을 통하여『콘쟈쿠(今昔)』의 내용이 原典에서 상당히 멀어진 모습을 살펴보았는데, 한 가지 더 주목하고 싶은 것은 등장인물에 대한 평가이다. 즉 앞 절 제2단락의 ⓒ와 같이 공자를 '매우 어리석은 사람(此、極めたる嗚呼の人也)'이라 하고, 제4단락의 ⓔ와 같이 공자의 하는 일을 '매우 쓸데없는 일(其、極めて墓無き事也)'이라 하여, 일반적으로 생각하는 공자에 대한 평가와는 다르게 매우 부정적이라는 사실이다. 그래서『莊子』와 관련된 설화 5화에 걸쳐 孔子 및 莊子에 관한 인물평을 발췌해 보면 다음과 같다.

　➡ **인물평 : 장자에 대한 평가 -공자와의 비교-**
　① 莊子에 대한 소개 및 평(제11화 제12화 제13화)
　　제11화 서두 : 今は昔、震旦の周の代に、莊子と云ふ人有りけり。心
　　　　　　　　　　賢くして悟り広し。
　　제12화 서두 : 今は昔、震旦に、莊子と云ふ人有りけり、心賢くして
　　　　　　　　　　悟り広し。
　　제13화 서두 : 今は昔、震旦に、莊子と云ふ人有りけり、心賢くして
　　　　　　　　　　悟り広し。
　　　　문중 : 此、賢き事也。人、此の如き思ふ可し。
　　　　말미 : 此、賢き事也。実に親しと云へども、人、他の心を
　　　　　　　　知る事無し。然れば莊子は妻も心賢く悟り深かりけり。
　② 孔子에 대한 소개 및 평(제10화 제15화)
　　제10화 서두 : 今は昔、震旦に孔子、□云ふ所に、林の中の丘の有る
　　　　　　　　　　所に行きて、遥し給ひけり。
　　　　문중 : 此、極めたる嗚呼の人也。／ 其、極めて墓無き事也。
　　제15화 말미 : 孔子、亦云ふ可き事思え給はざりければ、座を起ちて
　　　　　　　　　　忽ぎ出で給ひぬ。馬に乗り給ふに、吉く恐れ給ひにけ

れば、轡を二度取りはづし、鐙を頻に踏み誤ち給ふ。
此を、世の人、孔子倒れし給ふと云ふ也。
③『荘子』とは 관련 없으나 제9화에 공자에 대한 소개 및 평이 있음.

　제9화 서두 : 今は昔、震旦の周の代に魯の孔丘と云ふ人有りけり。
父は叔梁と云ふ、母は顔の氏也。此の孔丘を世に孔子
と云ふ、此也。身の長九尺六寸也。心賢くして悟り深
し。幼稚の時には老子に随ひて文籍を習ふに、悟り得
ずと云ふ事無し。長大の後には、身の才広くして、弟子、
其の数多し。然れば公に仕へては政を直し、私に行き
ては人を教ふ。総べて事として愚ならず。此に依りて
国の人、皆首を傾けて貴ぶ事限り無し。

　문중 : 孔子は悟り広くして知らぬ事在さずとこそ知り奉るに、
極めて悚にこそ在しけれ。

　말미 : 孔子は此ぞ智り広く在しれば、世の人、皆、首を傾けて
貴び敬ひけり。

　이를 보면『荘子』관련설화 5화 가운데 孔子를 소재로 한 설화가 2화(제10화 제15화)이고, 荘子 자신의 설화가 3화(제11화 제12화 제13화)인데,『콘쟈쿠(今昔)』의 두 사람에 대한 평가가 대조적이다. 먼저 荘子에 대한 소개 및 평을 보면 제11, 12, 13화가 모두 '현명하고 깨달음이 넓다(心賢くして悟り広し)'라는 정형화된 표현으로 긍정적인 평을 하고 있다. 이에 비해 孔子의 경우는 앞의 제10화에서 본 것처럼 '매우 어리석은 사람／ 매우 쓸데없는 일(此、極めたる鳴呼の人也 ／ 其、極めて墓無き事也)'이라고 평하고 있고, 제15화 역시 孔子의 실패담에 이어 공자의 비참하고 꼴사나운 모습으로 마무리하고 있어 매우 부정적이었다.

　그리고 ③의 제9화는『荘子』를 原典으로 하고 있지는 않으나 孔子에 대한 소개 및 평이 있어서 소개해 놓은 것이다. 이를 보면 서두와 말미에서는 孔子에 대해 긍정적인 소개를 하고 있으나 문중에서는 '孔子는 깨달음이 넓어서 모르는 일이 없다고 들었는데 매우 어리석으시군(孔子は

悟り広くして知らぬ事在さずとこそ知り奉るに、極めて悚にこそ在しけれ'와 같이 매우 어리석다고 평하고 있어 부정적이다. 이것은 설화내용 자체가 어린아이들 이야기에 논리적으로 반박하지 못하고 설득 당하는 孔子의 실패담을 내용으로 한 것이기 때문에 이런 평을 듣는 것이 당연할 것이다. 그럼에도 불구하고 서두와 말미에서는 우호적인 소개 및 평을 한 것은, 『콘쟈쿠(今昔)』 편자가 孔子에 대해 지니고 있던 일반적인 인식을 반영한 것으로 보이는데, 결과적으로 보면 한 이야기 안에서 孔子에 대한 긍정과 부정의 서로 상반된 평을 하게 되는 모순을 야기하게 되었다.

이상의 고찰을 통하여 인물평에 대한 결과를 정리해 보면, 첫째 『莊子』를 原典으로 하고 있는 설화이므로 莊子에 대한 우호적 평가는 당연한 것으로 생각되고, 두 번째로 孔子에 대해서도 기본적으로는 우호적이었겠지만 原典인 『莊子』 자체가 孔子의 잘못을 소재로 하여 자신의 논리를 전개하기 위해서 孔子의 잘못을 지적하는 소재가 많음에 비추어 볼 때, 『콘쟈쿠(今昔)』에서 孔子에 대한 평가가 부정적일 수밖에 없었던 것은 결국 原典인 『莊子』의 영향으로 보인다. 그렇기 때문에 제9화와 같이 『莊子』를 原典으로 하지 않는 설화 속의 공자는 설령 공자의 실패담일지라도 기본적으로는 공자에 대한 소개 및 평이 우호적이 되고, 내용과 모순되는 결과를 야기한 것이라고 생각한다.

3. 『莊子』를 벗어난 설화 성립의 논리

위에서 예화로 분석한 제10화 외에도 『콘쟈쿠(今昔)』에는 原典과는 상당한 거리가 있는 내용으로 변모 왜곡되었거나 아니면 비슷한 내용일지라도 논리가 단순화된 예화가 있는데, 이를 통하여 설화 성립의 논리를 살펴볼 수 있다.

예를 들어 제12화를 보면, 곧은 나무와 굽은 나무 가운데 곧은 나무는 쓸모가 있으므로 바로 잘리게 되고 굽은 나무는 쓸모가 없으므로 오랫동안 잘리지 않고 살아남을 수 있고, 잘 우는 거위와 울지 않는 거위 가운데 잘 우는 거위는 쓸모가 있으므로 오랫동안 살아남게 되고 울지 않는 거위는 쓸모가 없으므로 바로 죽게 된다는 이야기 끝에 결론을 내리고 있는데, 이 부분을 『莊子』와 비교해서 인용해 보면 다음과 같다.

➡ 『今昔』제10권 제12화 「莊子、人の家に行き、主、雁を殺して肴に備ふる語」

その時に莊子の云く、「昨日の杣山の木は、不用なるを以て命を持つ。今日の主人の雁は才有琉を以て命を生く。此を以て心得るに、賢き者も愚かなる者も、命を持つ事は其には依らず、只、自然ら然ら令むる事也。然れば、才有れば死なざるぞ、不用なれば死ぬるぞ、とも定む可からず。不用の木も命長し。鳴かぬ雁も忽に死にぬ。此を以て緒の事は知る可し」と。

➡ 『莊子』卷4 外篇 山木 第20

先生将何処. 莊子笑曰. 周将処夫材与不材之間. 材与不材之間. 似之而非也. 故未免乎累. 若夫乗道徳而浮游則不然. 无誉无訾. (중략) 弟子志之. 其唯道徳之郷乎.

"선생님은 대체 어느 입장에 머물겠습니까?" 장자가 웃으며 말했다. "나는 그 쓸모 있음과 없음의 중간에 머물고 싶다. (그러나) 쓸모 있음과 없음의 중간이란 도와 비슷하면서도 실은 참된 도가 아니므로 화를 아주 면하지는 못한다. 만약 (이런 쓸모 있음과 없음 따위를 초월한) 자연의 도에 의거하여 (세속 밖에서) 유유히 노닌다면 그렇지 않게 된다. (중략) 제자여, 이것을 명심해라. 다만 (자연의) 도덕의 경지에서 노니는 자만이 화를 면할 수 있음을."

『콘쟈쿠(今昔)』에서는 굽은 나무는 쓸모가 없으므로 그 생명을 오래도

록 유지할 수 있었고 반대로 잘 울지 못하는 거위는 쓸모가 없으므로 일찍 죽게 된 이야기 끝에 '이로서 알 수 있듯이 현명한 자도 어리석은 자도 목숨을 유지하는 것은 그 것 즉 현명하고 어리석은 것에 의한 것이 아니라 저절로(운명적으로) 그런 것(此を以て心得るに、賢き者も愚かなる者も、命を持つ事は其には依らず、只、自然ら然ら令むる事也)'이라면서, '이로서 모든 일이 그런 것임을 알아야 한다(此を以て緒の事は知る可し)'라는 식으로 얼버무리고 있다.

하지만 『荘子』의 취지는 이와 다르다. 유용한 것 무용한 것 그 어느 쪽이든 화를 면할 수 없고 또 중간을 택한다 해도 그 자체가 有爲인 이상 역시 화는 면치 못한다. 그러므로 시비를 초월한 자연의 대도에서 유유자적하는 자만이 화를 면할 수 있다고 하여 무위자연을 강조하고 있는 것이다.

이와 같은 原典에서의 이탈은 鎌倉시대의 설화집 『짓킨쇼오(十訓抄)』에 이르러서는 '교만함을 버리고 몸을 삼가야 한다(よく憍慢をば捨てて、身を慎むべし)'와 같이, 아예 교만해서는 안 된다는 교훈을 위한 비유담으로서 자리잡게 된다.20)

이러한 예는 제13화의 후반부인 「물에서 노니는 물고기의 마음을 아는 이야기」나 제15화의 孔子가 도적 盜跖을 가르치러 갔다가 오히려 훈

---

20) 『十訓抄』 第2 可離憍慢事（二）
　　大方、世にある道の煩はしくふるまひにくき事、薄き氷を踏むよりも危く、けはしき流竿さすよりも甚だしきものなり。荘子山を過ぎ給ふに、木を伐るものあり。直奈留をば伐りて、ゆがめるをば伐らず。又人の家にやどり給ふに、雁二つあり。主、よく鳴くをばいけて、鳴かざるをば殺しつ。明くる日、弟子荘子に申していはく、「昨日山中の木は、直なるをば伐りて、ゆがめるをば伐らず。又家の二つの雁は、よく鳴くをばいけて、鳴かざるをば殺しつ。よき木もきられ、よく鳴かざるをも殺されぬ」と申す。荘子いはく、「世の中のためし、これにあり」と答へ給へり。かかるにつけても、よく憍慢をば捨てて、身を慎むべしと見えたり。

계 받고 온 이야기 등에서도 공통적으로 지적할 수 있다.

또 하나 설화의 성립과정과 논리의 측면에서 지적할 수 있는 것은 成句 또는 고사성어와 결부시키는 해석이다. 예를 들어 제11화「장자가 監河候에게 좁쌀을 빌리러 간 이야기(莊子、監河候に粟を請ふ語)」는, 莊子가 監河侯에게 좁쌀을 빌리러 갔더니 5일 후에 천냥의 돈이 들어올 테니 그때 그 돈을 빌려 주겠다고 하자, 莊子가 수레바퀴 자국으로 생긴 마른 웅덩이 속에 있던 붕어의 이야기를 한다. 즉 한 방울의 물이라도 시급한 붕어가 물을 구하자 사흘 후에 江湖로 놀러가니 그때 데리고 가서 놓아주겠다고 했더니 오늘의 한 방울 물이 소중하다고 했다는 이야기로, 『콘쟈쿠(今昔)』의 관련 부분을 『莊子』와 함께 인용해 보면 다음과 같다.

■➡『今昔』 제10권 제11화의 말미
　鮒の云く、「我、更に三日を待つ可からず。只今日一滴の水を得令めて、先づ喉を潤へよ」と云ひしかば、鮒の云ふに随ひて一滴の水を与へてなむ助けてし。然れば、彼の鮒の云ひしが如く、我が今日の命、物食はずしては更に生く可からず。後の千金益有らじ」と云ひけり。其の後より後の千金と云ふ事は如此く云ふ也となむ語り伝へたるとや。

■➡『莊子』 卷5 雜篇 外物 第26 -[轍鮒之急] [涸轍鮒魚]의 出典-
　吾得斗升之水然活耳. 君乃言此. 曾不如早索我於枯魚之肆.
　나는 지금 한 말이나 한 되의 물만 얻으면 살 수 있소. 그런데 당신이 그렇게 말하다니 차라리 건어물전에나 가서 나를 찾는 게 나을 거요.

『莊子』의 말미에서는 "나는 지금 한 말이나 한 되의 물만 얻으면 살 수 있소. 그런데 당신이 그렇게 말하다니 차라리 건어물전에나 가서 나를 찾는 게 나을 거요."라고 끝을 맺고 있어, '철부지급(轍鮒之急)' 또는 '학철부어(涸轍鮒魚)'라는 한자성구를 탄생시킨 기원이 되고 있다. 그러나 『콘쟈쿠(今昔)』에서는 下線部와 같이 '後の千金'이란 표현이 성립하게 된 기원 설화로서 자리매김되고 있고, 이것은 同文的同話를 수록하고 있는 『우지(宇治)』의 경우도 마찬가지임에 비추어 볼 때, 당시 일본에서는 상당히 알려진 成句가 아니었나 생각된다.

이처럼 成句의 기원 설화로서의 기능은 제15화도 마찬가지인데, 관련 자료를 인용해 보면 다음과 같다.

➡ 『莊子』卷6 雜篇 盜跖 第29

孔子再拝. 趨走出門. 上車執轡三失. 目芒然无見. 色若死灰. 拠軾低頭. 不能出気.

孔子는 두 번 절하고는 빠른 걸음으로 달려 문을 나와 수레에 올랐지만 고삐를 잡으려다 세 번이나 놓쳤고 눈은 멍하니 아무것도 보이지 않으며 얼굴은 꺼진 잿빛 같았다. 수레 앞턱의 가로나무에 기댄 채 고개를 떨구고 숨도 내쉬지 못할 정도였다.

➡ 『今昔』 제10권 제15화「孔子盜跖に敎ふる爲に其の家に行き、怖ぢ返る語」의 말미

孔子、亦云ふ可き事思え給はざりければ、座を起ちて忽ぎ出で給ひぬ。馬に乗り給ふに、吉く恐れ給ひにければ、轡を二度取りはづし、鐙を頻に踏み誤ち給ふ。此を、世の人、孔子倒れし給ふと云ふ也となむ語り伝へたるとや。

➡ 『宇治』卷15 제12화 「盜跖と孔子と問答の事」 의 말미

孔子またいふべき事覚えずして、座を立ちて、急ぎ出でて、馬に乗り給ふに、よく臆しけるにや、轡を二たび取りはづし、鐙をしきりに踏みはづす。これを、世の人、「孔子倒れす」といふ なり。

➡ 『源氏物語』「胡蝶の卷」

右大将の、いとまめやかにことごとしきさましたる人の、恋の山には孔子の倒れまねびつべき気色に愁へたるも、さる方にをかしと、みな見くらべたまふ中に

천하의 대 도적 盜跖에게 설교를 하러 갔다가 오히려 당하고 돌아오는 공자의 이야기 끝에 『莊子』는 孔子의 낭패를 당한 모습을 기술하고 있다. 이를 바탕으로 『콘쟈쿠(今昔)』에서는 下線部와 같이 일본식 성구인 '孔子倒れ'의 기원과 연관시키고 있다. 이러한 표현은 앞에서 살펴본 '後の千金'의 경우와 마찬가지로 『우지(宇治)』나 『겐지모노가타리(源氏物語)』의 용례를 보아 알 수 있듯이 『今昔』에서 새롭게 만들어진 표현이 아니었다. 즉 『今昔』의 편자는 『莊子』 설화를 수록하면서 당시 널리 알려져 있던 成句를 借用하여 일본식 成句의 기원 설화로서 기능하게 한 것으로 보이는데, 孔子와 같은 성인도 때로는 실수를 할 수 있다는 의미로 사용되었던 것 같다.

이상 『콘쟈쿠(今昔)』의 『莊子』 관련설화를 통해서 살펴보았듯이, 原典에서 기원하여 설화화되는 과정에서는 原典의 취지가 단순화 또는 왜곡되어 정착되는 경우가 많고, 또는 인물평이라든지 일본식 成句의 기원담으로서 자리매김되는 경우도 볼 수 있었다.

예화로 살펴본 공자와 榮啓期의 설화에서도 알 수 있듯이, 原典인 『莊子』에 있어서의 그림자와 발자국을 통한 예화는 노인의 가르침 가운데 극히 사소한 부분에 지나지 않았지만, 『콘쟈쿠(今昔)』의 경우는 이러한 예화가 설화의 성립과정과 논리에 있어서는 가장 중요한 핵심이 되는 것이고, 경우에 따라서는 여기에 附加하여 成句의 기원담으로서 기능하게 되는 것을 보았다.

따라서 설화의 성립논리라는 시각에서 보면 原典의 취지를 그대로 유지할 필요도 없는 것이고, 오히려 原典으로부터 단순화 내지 멀어지는 현상은 지극히 당연한 것, 말하자면 설화 자체의 생존 전략이라고도 할 수 있는 것이다.

설화는 생명력을 지니고 있다. 어느 때 어느 곳에서 설화가 생성되었을 때 모든 설화가 전승되는 것은 아니다. 생명력을 지닌 설화, 즉 재미있다든지 무섭다든지 교훈적이라든지 호기심을 채워 준다든지, 전하여 즐길 만한 요소를 갖춘 이야기만 살아남는 것이고, 이러한 요소들이 바로 설화 생명력의 원동력인 것이다.

이렇게 보면 지금까지『콘쟈쿠(今昔)』의 예화에 나타난 原典의 단순화 내지 왜곡, 설화 나름대로의 논리, 일본화된 成句와의 관련지음 등의 모습을 통하여 原典에서 멀어진 것을 부정적으로 볼 것이 아니라 설화로서 기능하기 위한 적극적인 성립논리로서 받아들이는 시각이 바람직하다고 할 수 있을 것이고, 이러한 설화의 성립논리가 반영되어 나타난 것이『콘쟈쿠(今昔)』의『莊子』 관련설화임을 확인할 수 있었다.

제11장 『콘쟈쿠모노가타리슈우(今昔物語集)』의 出典 受容 方法
– 법화경 영험담의 경우 –

제11장 『콘쟈쿠모노가타리슈우(今昔物語集)』의
出典 受容 方法

- 법화경 영험담의 경우 -

『콘쟈쿠(今昔)』에 수록된 설화는 많은 선행 자료를 출전으로 삼고 있다. 특히 本朝部의 경우를 보면 출전을 알 수 없는 설화가 많은 世俗話에 비하여 仏法話의 경우는 출전이 밝혀진 설화가 반수 이상이다. 주된 선행 자료로서는 『니혼료오이키(日本靈異記)』, 『산보오에코토바(三宝絵詞)』, 『니혼오오죠오고쿠라쿠키(日本往生極楽記)』, 『홋케겡키(法華験記)』, 『지조오보사츠레이겡키(地蔵菩薩霊験記)』(散逸) 등을 들 수 있다.

따라서 『콘쟈쿠(今昔)』의 문학적 특성을 규명하고자 하면 먼저 선행 자료와의 대조 분석이 반드시 필요하다. 하지만 선행 연구를 보면 문헌학적인 출전 관계를 밝히는데 중점이 두어져 왔었고, 『콘쟈쿠(今昔)』의 『홋케겡키(法華験記)』 수용을 내용과 관련시켜 분석한 연구로서는 『콘쟈쿠(今昔)』가 『홋케겡키(法華験記)』의 많은 설화가운데 어떤 설화를 채택하고 어떤 설화를 채택하지 않았나에 초점을 맞춰 고찰한 池上洵一 씨의 연구가 주목할 만한 성과였다.[21]

---

21) 池上洵一,「今昔物語集における説話の選択ー本朝法華験記の場合ー」, 国文神戸,

본 고찰은 이와 같은 선행 연구를 바탕으로 하여『콘쟈쿠(今昔)』의 편자가『홋케겡키(法華驗記)』를 출전으로 하여 법화경 영험담을 수용하는 과정에서 어떠한 구상 하에 어떠한 문학적인 영위를 하였는가를 분석함으로서 작품의 문학적 특성을 밝히고자 한다.

이미『홋케겡키(法華驗記)』중권 제63화를 출전으로 한『콘쟈쿠(今昔)』제13권 제29화를 분석 대상으로 하여『콘쟈쿠(今昔)』편자의 창조적인 출전 수용을 밝힌 바 있으나,22) 본 고찰에서는 한 단계 더 발전시켜『콘쟈쿠(今昔)』가『홋케겡키(法華驗記)』로부터 법화경 영험담으로서 수용한 전 설화를 대상으로 분석의 폭을 넓힘으로서 출전 수용 과정에 나타난『콘쟈쿠(今昔)』의 문학적 특성이 좀 더 확실히 드러날 것으로 생각한다.

1. 양 작품의 출전 관계

長久年間(1040~44) 鎭源에 의해 성립된『홋케겡키(法華驗記)』는 상 중 하의 3권에 129화의 설화가 실려 있다. 당시 법화경 신앙의 성행을 엿볼 수 있는 귀중한 자료이기도 한 본 작품은 보살 비구 사미 비구니 우바새 우바이 동물 등 異類의 순으로 구성되어 있다.

서문에 의하면 '故に什公東に訳しての後、上宮に請じてより以降、もしは受持読誦の伴、もしは聴聞書写の類、霊益に預る者これを推すに広し'라고 하여, 鳩摩羅什이 법화경을 한역하고 聖徳太子가 받아들여 전한 이래로 수많은 사람들이 법화경에 의한 신앙과 수행 그리고 영험을

1972. 6

22) 졸고,「『今昔物語集』구상의 明과 暗」, 日語日文学研究, 제36집 2000.6.

경험했다고 하였고, '而して中比巨唐に寂法師といふものありき。験記
を製りて世間に流布せり。観ればそれ我が朝古今未だ録さざりき'라고
하여, 당나라의 義寂 법사가 『法華験記』를 편찬하여 세상에 유포하였지
만 자기 나라에는 고금을 통하여 아직 이런 靈驗記를 편찬한 바 없다고
기록하고 있다. 따라서 鎭源은 義寂 법사의 『法華験記』를 모범 삼아 일
본의 법화경 영험담을 편찬하고자 하였고 이러한 경쟁의식이 書名의 『다
이니혼코쿠홋케쿄오겡키(大日本国法華経験記)』란 명칭으로 반영되어 나타난
것으로 보인다.23)

한편 『콘쟈쿠(今昔)』의 구성을 보면 제12권 제25화~제40화, 제13권
제1화~제44화, 제14권 제1화~제29화까지가 법화경의 영험담으로 이루
어져 있다. 즉 세 권에 걸쳐 총 89화에 이르는 방대한 수의 법화경 영험
담이 하나의 영역을 이루면서 수록되어 있는데, 이것은 般若経 方広経
涅槃経 등 기타 경전의 영험담이 제14권의 말미에 15화 정도 수록된 것
과 비교해 볼 때 법화경 영험담의 비중이 얼마나 큰지를 느낄 수 있다.
이하, 두 작품의 출전 관계를 대응시켜 표로 나타내보면 다음과 같다.

〈今昔〉	十二12	十二30	十二32	十二33	十二35	十二36	十二37	十二38	十二39
〈法華〉	下110	下100	下83	下82	中66	下86	下87	上39	上34
〈今昔〉	十二40	十三1	十三2	十三3	十三4	十三5	十三6	十三7	十三8
〈法華〉	中49	上11	上18	中44	中59	中65	上32	上23	上39

---

23) 이와 유사한 경우로서 통칭 『日本霊異記』로 불리우는 『日本国現報善悪霊異記』를 들
수 있다. 즉 서문에 보면 '옛날 중국에서는 당나라시대에 『冥報記』나 『般若験記』를 만들
었다. 그런데 어찌 타국에서 전래된 것만을 경외하고 자국의 기이한 일들을 믿고 두려워하
지 않을 것인가. 이에 일어나 주변을 돌아보니 이대로 가만히 있을 수 없다. 앉아서 생각
해 보니 침묵하고 있을 수도 없다. 이러한 연유로 약간의 들은 바를 기록하여 『日本国現
報善悪霊異記』라고 이름을 붙이고, 이것을 상 중 하의 세 권으로 만들어 후세에 전하기
로 하였다'라고 하여 외국의 사례를 의식한 書名임을 알 수 있다.

〈今昔〉	十三10	十三11	十三13	十三14	十三15	十三16	十三17	十三18	十三19
〈法華〉	上22	上13	上8	下109	上16	上21	上14	下91	上40
〈今昔〉	十三20	十三21	十三22	十三23	十三24	十三25	十三26	十三27	十三28
〈法華〉	中61	下92	下88	下79	中68	中69	下122	中74	中60
〈今昔〉	十三29	十三30	十三31	十三32	十三33	十三34	十三35	十三36	十三37
〈法華〉	中63	中64	中62	中50	中67	下128	上28	下18	中76
〈今昔〉	十三39	十三40	十三41	十三42	十三44	十四1	十四2	十四3	十四5
〈法華〉	上33	中48	上17	上37	上29	上7	下125	下129	下127
〈今昔〉	十四6	十四7	十四9	十四10	十四12	十四13	十四14	十四15	十四16
〈法華〉	下126	下124	下108	下112	上31	中78	中77	下89	中58
〈今昔〉	十四17	十四18	十四19	十四20	十四21	十四22	十四23	十四24	十四25
〈法華〉	下93	中60	上27	上26	中53	上25	上24	上36	上30
〈今昔〉	十五11	十五12	十五28	十五29	十五30	十五34	十五35	十五40	十五43
〈法華〉	中52	中51	中73	下90	下94	下101	下95	下99	下102
〈今昔〉	十五44	十五45	十五46	十六3	十六6	十六16	十六25	十六26	十六35
〈法華〉	下111	下104	下97	下15	下113	下123	下107	下114	下116
〈今昔〉	十六36	十六39	十六40	十六41	十六42				
〈法華〉	中70	上38	中72	中71	中57				

이를 보면 『콘쟈쿠(今昔)』의 제12권 후반부에서 제14권 전반부에 걸친 법화경 영험담의 거의 모든 이야기(출전 미상인 제13권의 제12 38 43화와 제14권의 제4 8 11화를 제외하고)가 『홋케겡키(法華驗記)』에 의거하고 있음을 알 수 있는데, 이외에도 제11권의 제1, 2, 7, 10, 11화와 제12권의 1, 26, 27, 34화와도 관련이 있다.

그런데 양 작품의 출전 관계를 논하는데 있어 한 가지 주의할 점은, 『홋케겡키(法華驗記)』에는 『니혼료오이키(日本靈異記)』, 『산보오에코토바(三宝絵詞)』, 『니혼오오죠오고쿠라쿠키(日本往生極楽記)』와 중복되는 설화가 상당히 있기 때문에 『콘쟈쿠(今昔)』가 직접 『홋케겡키(法華驗記)』에 의거했는지 아니면 다른 세 자료에 의거했는지를 검토하는 과정이 필요하다는 사

실이다. 예를 들어보면,

〈日本靈異記〉	下6　　上19　　下19　　中6　　中15　　下13
〈三宝絵詞〉	中16　中9　　中4　　中10　　中11　　中17
〈法華驗記〉	上10　下96　下98　下105　下106　下108
〈今昔物語集〉	十二27　十二26　十二25　十四9

와 같은 同類話를 수록하고 있고, 따라서 『콘쟈쿠(今昔)』의 출전을 밝히기 위해서는 『니혼료오이키(日本靈異記)』, 『산보오에코토바(三宝絵詞)』 등과도 내용 면에서 검토가 이루어져야만 한다. 검토의 결과, 『콘쟈쿠(今昔)』의 제12권 제25 26 27화와 제14권 제9화는 『三宝絵詞』와 『法華驗記』가 『니혼료오이키(日本靈異記)』를 출전으로 하고 있고, 『콘쟈쿠(今昔)』 또한 『니혼료오이키(日本靈異記)』를 직접적인 출전으로 하고 있는 것으로 판단된다. 따라서 『홋케겡키(法華驗記)』와의 직접적인 전승 가능성은 희박하므로 본 고찰 대상에서 제외했다.

2. 冒頭改變의 방법

위에서 살펴본 바와 같이 『콘쟈쿠(今昔)』는 방대한 양의 법화경 영험담을 『홋케겡키(法華驗記)』에 의거하고 있는데, 그 특징을 살펴보기 위해서 『콘쟈쿠(今昔)』 편자의 문학적 영위를 잘 나타내고 있다고 생각되는 제14권 제1화를 중심으로 하여 살펴보기로 하겠다.

이 설화는 『홋케겡키(法華驗記)』의 상권 제7화를 출전으로 하고 있는데, 無空율사를 구하기 위해 枇杷대신이 법화경을 서사한 이야기로, 전체의 줄거리는 도입부 전개부 결말부의 세 부로 나누어 볼 수 있다. 따라서 각 부에 나타난 『콘쟈쿠(今昔)』의 특징을 지적하고 다른 예화의 경우도 함께 살펴봄으로서 법화경 영험담 전반에 걸친 『콘쟈쿠(今昔)』의 출전 수용 방법을 고찰하고자 한다.

도입부는 주인공에 대한 설명부분으로, 比叡山의 승려 無空율사는 어려서 출가하여 僧綱의 지위까지 올랐고, 현세의 영화와 명리를 버리고 염불을 외우면서 열심히 수행하였기 때문에 항상 가난하였다는 내용으로 되어 있다. 이를 출전인 『홋케겡키(法華驗記)』와 비교해 보면 『콘쟈쿠(今昔)』는 내용이 크게 증폭되어 있음이 주목되는데, 양자를 비교해보면 다음과 같다.

	『法華驗記』上7	『今昔』十四1
도 입 부	律師無空 ⓐ平生念仏業 ⓑ衣食常乏	今昔、比叡ノ山ニ無空律師ト云フ人有ケリ。幼クシテ山ニ登テ出家シテ後、身ニ犯ス所無シ。亦、心正直ニシテ道心深かりケリ。然レバ、僧綱ノ位マデ成ケレドモ、遂ニ現世ノ栄花名聞ヲ永ク棄テテ、後世ノ菩提ヲ偏ニ願フ。此ニ依テ、本山ニ籠居テⒶ念仏ヲ唱ヲ業トシテ、怠ル事無シ。此レ一生ノ間ノ勤也。Ⓑ亦、常ニ衣食ニ乏クシテ、更ニ憑ム方無シ。何況ヤ、房ニ一塵ノ貯ヘ有ラムヤ。

『홋케겡키(法華驗記)』의 ⓐ＜平生念仏業＞ ⓑ＜衣食常乏＞는 『今昔』의 Ⓐ ＜念仏ヲ唱ヲ業トシテ、怠ル事無シ。此レ一生ノ間ノ勤也。＞ Ⓑ ＜亦、常ニ衣食ニ乏クシテ、更ニ憑ム方無シ。＞와 일치하고 있고, 『今昔』의 나머지 내용은 부연 설명된 부분이다.

이를 구체적으로 보면, 『홋케겡키(法華驗記)』에는 無空율사가 평소 염불을 업으로 삼고 수행하여 衣食이 늘 부족하였다는 정도의 설명에 그치고 있는데, 이를 바탕으로 하여 『콘쟈쿠(今昔)』는 無空에 대해 세 가지 면에서의 설명을 부연하고 있다. 우선 신분에 있어서는 比叡山 소속이라는 것과 僧綱의 지위까지 올랐다는 사실을 덧붙이고 있고, 수행모습에 대해서는 출전에서 단순히 '평소 염불을 업으로 삼았다'고 하는 구절을 바탕으로 하여 어려서 출가하였다는 점과 마음이 바르고 도심이 깊었다는 점을 부연하였다. 그리고 마지막에 출전의 '衣食이 늘 부족하였다'는 설명에 이어서 '어찌 승방에 티끌 만한 재산이 있었겠는가'라고 하여 그의 청빈함과 가난함을 강조하고 있다.

이 가운데 比叡山 소속이라는 것과 僧綱의 지위까지 올랐다는 사실의 부연 설명은 高橋 貢씨가 지적했듯이[24] 『콘쟈쿠(今昔)』 편자가 比叡山과 관련이 깊은 승려였을 거라는 짐작을 뒷받침해주는 사례가 되겠고, 마지막에 덧붙인 '어찌 승방에 티끌 만한 재산이 있었겠는가'라는 표현은 다음 단락에서 우연히 一万銭의 돈을 얻게 된다는 내용의 전개를 위한 사전 포석으로 마련되었다고 보여진다. 나머지, 어려서 출가하였다는 점과 마음이 바르고 도심이 깊었다는 점의 부연은 『콘쟈쿠(今昔)』가 『홋케겡키(法華驗記)』를 수용하는 과정에서 사용한 定型化된 표현이었음을 많은 예화를 통해서 확인할 수 있는데, 다음 예화를 통해 보기로 하자.

    a. 幼少登山 『法華』上23
       幼ニシテ比叡ノ山ニ登テ、出家シテ『今昔』十三7
    b. 能誦法花 専修仏道 『法華』中79
       幼ノ時ヨリ法花経ヲ受ケ習テ、昼夜ニ読誦シテ仏道ヲ修行ス 『今昔』
       十三23

    c. 沙門玄常 平安宮人 姓平氏 比叡山僧矣 沙門背世心深 賄賂思浅 若
       年辞山 跡趣緒方 持法花経 兼有恵解 暗誦方便安楽寿量普門四品
       行住坐臥 常不懈怠 (中略) 住雪彦山苦行誦経 『法花』中74
       比叡ノ山ニ玄常ト云フ僧有ケリ。本、京ノ人ナリ。幼クシテ比叡ノ山

<hr>

24) 高橋 貢(1974),『中古説話文学序説』桜楓社.

二登テ、出家シテ師二随テ法門ノ道ヲ習フニ、悟リ有テ、弘ク其ノ義
理ヲ知レリ。亦、法花経ヲ受ケ習テ心二思ハク、「法花経ノ中二、方便、
安楽、寿量、普門、此ノ四品ハ、此レ肝心二在マス」ト悟テ、此レヲ
四要品ト名付テ、殊二持チ思エテ、昼夜二誦スル事不怠ズ。(中略)　而
ル間、本山ヲ去テ播磨ノ国、□雪彦山二移リ住シヌ『今昔』十三27

　　우선 a의 예처럼 어려서 출가했다는 출전의 기술내용을 바탕으로 약
간의 개변을 행한 경우가 있고, b와 같이 출전에는 없지만 어려서부터 법
화경을 밤낮으로 독송하여 수행에 정진했다는 내용을 부가한 경우가 있
다. 즉 출전의 내용과 무관하게『콘쟈쿠(今昔)』는 대부분의 법화경 영험담
의 경우에 수행자가 어려서 출가하여 比叡山에 올라 법화경을 지니고 수
행했다는 정형화된 내용으로 부가 기술하고 있음이 확인된다.

　　또한 c의 대조에서 볼 수 있듯이 수행자의 성품 내지는 수행 모습에
대한 표현에 있어서도『콘쟈쿠(今昔)』나름대로의 특징을 엿볼 수 있다.
즉 출전의 ‘背世心深　賄賂思浅　若年辞山　跡趣緒方　持法花経’과 같이
어려운 표현의 일부는 생략하고 쉽고 정형적인 표현으로 바꾸어 ‘幼クシ
テ比叡ノ山二登テ、出家シテ師二随テ法門ノ道ヲ習フニ　…亦、法花
経ヲ受ケ習テ’라고 표현한다든지, ‘兼有恵解　暗誦方便安楽寿量普門四
品　行住坐臥　常不懈怠’라는 부분을 ‘悟リ有テ、弘ク其ノ義理ヲ知レ
リ。亦、…心二思ハク、『法花経ノ中二、方便、安楽、寿量、普門、此
ノ四品ハ、此レ肝心二在マス』ト悟テ、此レヲ四要品ト名付テ、殊二
持チ思エテ、昼夜二誦スル事不怠ズ’와 같이 표현하여, 마치 주인공의
생각을 알고 있는 입장에서 쉽게 해설하듯이 풀어쓰는 기법을 도입하고
있어 이해하기 쉽고도 생생한 느낌을 전해주고 있다. 또한 출전에서 ‘若
年辞山’이라고 한 부분은 본론부의 ‘住雪彦山苦行誦経’와 함께 연결시
켜 ‘而ル間、本山ヲ去テ播磨ノ国、□雪彦山二移リ住シヌ’와 같이 뒤

로 옮겨서 본론의 도입부로 활용하므로서 보다 합리적인 줄거리의 전개를
도모하였다. 단 출전에 없는 '播磨ノ国、□'의 부분은 雪彦山의 위치를
보다 구체적으로 설명하기 위해 덧붙인 것으로, 이것 역시 다른 예화에서
도 자주 확인되는 『콘쟈쿠(今昔)』 편자의 방법이다.

3. 전개부의 특징

설명적인 전개

전개부는 無空율사가 一万銭을 얻은 후 천정에 감추어두고 죽은 후
枇杷대신인 仲平의 꿈에 나타난 일과 대신이 율사의 꿈 이야기를 확인하
는 과정으로 이루어져 있는데, 줄거리를 정리하면 다음과 같은 세 소단락
으로 구분할 수 있겠다.

(1) 無空율사는 우연히 一万銭을 얻게 되자, 자기가 죽은 후 제자들에게
    누를 끼치지 않기 위해서 자신의 장례비용으로 쓰도록 하려고 천장 위
    에 감추어 두었다가 이 사실을 제자들에게 알리는 것을 깜박 잊고 그만
    병이 들어 죽고 말았다.
(2) 無空율사는 생전에 관계가 깊었던 枇杷대신(仲平)의 꿈에 초라한 모습
    으로 나타나서 말하기를, "돈을 감추어두고 잊은 채 죽은 일로 인하여
    뱀의 몸을 받게 되었고 지금도 돈 있는 곳에서 떠나지 못하고 고통스러
    운 생활을 하고 있으니 법화경을 서사 공양하여 이 고통을 벗어나게 해
    달라"고 하였다.
(3) 그 후 대신이 직접 산에 올라가 율사의 방으로 가서 천장 위를 살펴보
    게 하였더니 꿈에 들은 바대로 뱀이 돈을 감싸고 있다가 사람을 보고
    도망치는 것이었다. 그래서 대신이 제자들에게도 이 사실을 알리니 모

두 슬퍼하였다.

위 내용을 출전인『法華驗記』와 대조하여 표로 나타낸 후『今昔』의
방법을 고찰해보기로 하겠다.

	『法華驗記』上7	『今昔』十四1
전개부 (1)	自謂 ㉠我貧亡後定煩遣弟 竊以万錢置于房内天井之上 欲支葬斂 ㉡律師臥病言不及錢 忽以退世	而ルニ、Ⓐ律師錢万ヲ自然ラ得タリ。其ノ時ニ、律師ノ思ハク、㉓「我レ死ナム時ニ、弟子共必ズ煩ヒ有リナム。然レバ、此ノ錢ヲ人ニ不令知ズシテ隠シ置テ、没後ノ料ニ充テム。只、死ナム時ニ臨テ、弟子共ニ令告知ム」ト思テ、房ノ天井ノ上ニ窃ニ隠シ置。其ノ後、弟子共敢テ此ノ事ヲ不知ズ。㉔而ル間、律師身ニ病ヲ受テ悩ミ煩フ間、此ノ錢隠シ置タル事ヲ忘レテ、弟子共ニ不告知ズシテ、遂ニ死ヌ。
전개부 (2)	枇杷左大臣与律師有旧契 大臣夢 律師衣裳垢穢 形容枯槁 来相語日 ㉢我以有伏蔵錢貸 ㉣不度而受蛇身 願以其錢可書写法華経	其時ニ、枇杷ノ大臣ト云フ人在マス。Ⓑ名ヲバ仲平ト云フ。此ノ人、彼ノ律師ト年来師檀ノ契リ深クシテ、万事ヲ憑テ過ギ給ヒケル間、律師ノ失タル事ヲ殊ニ歎キ思給ケルニ、大臣ノ夢ニ、律師衣服穢気ニ、形貌衰ヘ弊クシテ、来テ云ク、「㉕我レ生タリシ時、偏ニ念仏ヲ唱フルヲ以テ業トシテ、『必ズ極楽ニ生レム』ト思ヒシニ、我ガ身ニ貯ヘ無カリシニ依テ、『没後ニ弟子共煩ヒ有リナム』ト思テ、錢万ヲ没後ノ料ニ充テムガ為ニ、房ノ天井ノ上ニ隠シ置タリキ。『死ナム時ニ臨デ、弟子共ニ令告知ム』ト思給ヒシニ、病ニ煩ヒシ間、其ノ事忘レテ、不告ズシテ死ニキ。于今其ノ事ヲ知ル人無シ。㉖己レ其ノ罪ニ依テ、蛇ノ身ヲ受テ、錢ノ所ニ有テ苦ヲ受ル事量無シ。己レ生タリシ時、君ト契ヲ成ス事深リキ。願クハ、君彼ノ錢ヲ尋ネ取リ給テ、法花経ヲ書写供養シテ、我ガ此ノ苦ヲ救ヒ給ヘ」ト云フ、ト見テ夢覚ヌ。
전개부 (3)	大臣自到旧坊搜得万錢 錢之中有小蛇 見人逃去	其ノ後、Ⓒ大臣歎キ悲デ、忽ニ、使ヲバ不遣ズシテ、自ラ山ニ登テ、律師ノ房ニ行テ、Ⓓ人ヲ以テ天井ノ上ヲ令見メ給フニ、実ニ夢ノ告ノ如ク錢有リ。錢ノ中ニ、蛇錢ヲ纏テ有リ。人ヲ見テ逃去ヌ。Ⓔ大臣房ニ有ル弟子共ニ此ノ夢ノ告ヲ語リ給ヘバ、弟子共此レヲ聞テ、泣キ悲ム事無限シ。

먼저 전개부(1)은 '而ルニ'라는 접속사로 시작되고 있다. 즉 도입부에서 주인공에 대한 설명을 마치고 '그런데'라는 말로 본격적인 이야기로 접어드는 것이다. 전개부(2)와 전개부(3)에서도 '其時ニ', '其ノ後'로 이어지고 있고, 유사한 표현으로서 '然レバ', '而ル間' 등도 사용되고 있다. 이것은 다른 대부분의 예화에서도 공통적으로 나타나고 있고, 따라서『콘쟈쿠(今昔)』의 상투적인 방법으로서 단락과 단락을 이어가는 접속표현과 지시어의 頻出을 지적할 수 있다.

이러한 특징에 대해 山田俊雄 씨도『겐지모노가타리(源氏物語)』나『마쿠라노소오시(枕草子)』와 같은 왕조여류문학과는 상당한 차이를 나타내는 설화문학 전반에 걸친 특징이라고 지적하였지만25), 다른 설화문학 작품과 비교해 보았을 때 특히『콘쟈쿠(今昔)』의 경우에 두드러진다고 할 수 있을 것이다.

이와 더불어『콘쟈쿠(今昔)』에는 주어와 목적어를 너무 빈번하게 사용하고 있음도 지적할 수 있는데, 이러한 방법은 문학작품으로서의 완성도를 떨어뜨리는 결과를 낳기도 한다. 그럼에도 불구하고 지시사 접속사 주어 목적어 등이 빈번히 사용되고 있는 현상을 어떻게 설명해야 될 지는 풀어야 할 과제이다. 현 단계에서의 한 가지 해답으로서 '구승문예'의 방법이 그 흔적을 남기고 있기 때문일 가능성을 지적해두고자 하는데, 이 문제는 다른 특징과도 함께 고찰됨으로서 규명되어야 할 것으로 생각한다.

극적 장면의 연출

『콘쟈쿠(今昔)』의 출전수용 과정을 살펴보면 줄거리의 합리적인 전개

---

25) 山田俊雄 編(1974),『日本の説話 7 -言語と表現』東京美術.

를 위하여 출전에 없는 내용을 부가한다든지 또는 출전을 바탕으로 약간
의 변화를 통하여 독자로 하여금 이해하기 쉽도록 궁리한 부분을 접할 수
있다.

　먼저 전개부(1)에서 『콘쟈쿠(今昔)』는 Ⓐ '律師銭万ヲ自然ラ得タリ'
라는 설명을 부연하였다. 이는 출전에는 없는 내용으로, 율사가 가난한 처
지임에도 불구하고 갑자기 일만전이란 거금을 천정에 숨겨두었다는 데 대
해 납득하기 어려웠던 편자가 나름대로 합리적인 설명을 부연하려는 의도
의 결과로 보인다.

　전개부 (2)에서는 枇杷대신에 대해 Ⓑ '名ヲバ仲平ト云フ'와 같이
나카히라(仲平)라는 인명을 구체적으로 밝히고 있는데, 이처럼 지명이나 인
명을 구체화하려는 의도는 『콘쟈쿠(今昔)』 편자의 일관된 방침이었다고 보
인다. 그렇기 때문에 집필 당시 정보가 부족하여 구체적으로 표기하지 못
한 경우에는 일단 공백으로 남겨두면서까지 자신의 방침을 고수하려 했던
흔적이 현존 사본의 공백에 잘 나타나 있다. 후지와라노나카히라(藤源仲平)
는 関白太政大臣 후지와라노모토츠네(藤源基経)의 아들로, 枇杷를 좋아하
여 저택에 이 나무를 많이 심은데서 枇杷大臣으로 널리 알려진 인물이었
으므로 그의 이름을 보충하여 기술한 것으로 보인다.

　전개부(3)에서는 첫 부분의 Ⓒ '大臣歎キ悲デ、忽二、使ヲバ不遣ズ
シテ'와 말미의 Ⓔ '大臣房二有ル弟子共二此ノ夢ノ告ヲ語リ給ヘバ、
弟子共此レヲ聞テ、泣キ悲ム事無限シ' 등의 부가 외에 특히 주목해야
할 변화는 바로 Ⓓ '人ヲ以テ天井ノ上ヲ令見メ給フ二'라고 하여 출전
과는 행위의 주체가 달라진 점이다. 즉 『홋케겡키(法華験記)』에서는 僧坊
에 이르러 돈을 찾아낸 주체가 대신 자신임에 비해, 『콘쟈쿠(今昔)』에서는
하인을 보내지 않고 대신이 직접 율사의 방에 가서 사람(아마 율사의 제자일

것임)을 시켜서 돈을 찾아내게 한 것으로 되어 있다.

이 변화는 전개부 전체의 흐름과 관련이 있다. 즉 출전에서는 설화 전체가 無空율사와 枇杷대신 두 사람에 의해 전개되고 있음에 비해,『콘쟈쿠(今昔)』에서는 율사와 대신 외에도 율사의 제자들도 관련되고 있다는 점이다. 출전에서도 율사가 자신이 가난하기 때문에 죽은 후 장례문제로 제자들에게 어려움을 줄 것이라고 생각하는 부분에서 제자가 등장하기는 하지만, 이것은 율사의 생각 안에 머무는 상태였지 실제 장면에 등장하지는 않았다. 그러나『콘쟈쿠(今昔)』는 이를 바탕으로 하면서도 숨겨둔 돈을 찾아내는 장면, 말하자면 본 설화의 가장 중요한 장면에 제자들을 실제로 참여시키고 있다. 그래서 대신은 제자에게 직접 돈을 찾아내게 하고, 돈을 감싸고 있던 뱀이 도망가는 모습을 제자들과 함께 확인하게 된다. 말하자면 제자들은 대신이 꾼 꿈이 거짓이 아니었음을 확인하는 역할을 하고 있는 것이다. 이러한 변화는 설화에 극적인 장면을 연출, 전개하는 효과를 가져오고 있다.

『콘쟈쿠(今昔)』 제13권의 제29화도 이러한 예에 해당된다. 「比叡山 승려 明秀의 해골이 법화경을 독송한 이야기」라는 제목의 설화로, 법화경을 독송하는 수행에 전심한 승려 明秀가 임종을 하게 되고, 장례를 치른 후의 일이 다음과 같이 전개된다.

『法華験記』 中63	『今昔』 十三29
於其墓所常誦此経 人 往聞之 不異存生音矣	葬シテ後、「夜ルニ成レバ、墓所ニ常ニ法花経ヲ誦スル音有リ」ト人告グ。得意ト有リシ輩、此ノ事ヲ聞テ、夜ル蜜ニ墓所ニ行テ聞クニ、確ニハ非ズト云ヘドモ、薮ノ中ニ□ニ法花経ヲ誦スル音有リ。吉ク聞ケバ、明秀ガ生タリシ時ニ誦セシ音ニ似タリ。此ヲ聞テ、哀ビ悲デ、返テ人ニ語ル。一院ノ内ノ人、皆此レヲ聞キ継テ、行テ聞クニ其音有リ。

출전인 『홋케겡키(法華驗記)』 중권 제63화와 비교해 보면, 출전에는 단순히 '明秀가(죽어서도) 늘 묘지에서 법화경을 읽었고, 사람이 가서 들으니 살아있을 때의 목소리와 다름이 없었다'고 기술하고 있다. 이에 비해 『콘쟈쿠(今昔)』는 '장례를 치른 후 항상 묘지에서 법화경 읽는 소리가 난다는 사실을 알리러 온 사람이 있어서 생전에 明秀와 친하게 지냈던 사람들이 밤에 가서 들어보니 정말로 수풀 속에서 희미하게 법화경 읽는 소리가 들렸다. 자세히 들어보니 明秀가 살아있을 때 읽던 경 읽는 소리와 비슷해서 감격하여 돌아가서 절 안 사람들에게 전했다. 다른 사람들도 가서 들어보니 정말로 경 읽는 소리가 났다'고 하고 있다.

이 부분은 본 설화의 절정에 해당하는 장면으로, 출전의 단순한 내용을 바탕으로 『콘쟈쿠(今昔)』는 경 읽는 소리가 나는 사실을 전하는 사람의 등장과, 明秀와 친한 사람들에 의한 목소리의 확인, 그리고 이를 전해들은 절 안 사람들의 재확인에 이르는 과정으로 묘사하여 최대한 극적인 효과를 거두고 있는 것이다. 말하자면 『콘쟈쿠(今昔)』의 편자는 설화 독자들이 어느 부분에서 흥미를 느낄 것인가를 예리하게 파악하고 그러한 장면에서는 과감하게 표현을 부연하여 극적인 장면을 연출하는데 힘을 기울였던 것이다.

臨場感의 증대

한편 두 작품의 전개부 비교에서 두드러진 차이의 하나로서 『콘쟈쿠(今昔)』의 심리묘사와 회화문의 증폭을 들 수 있다. 우선 전개부 (1)에서 율사가 一万錢의 거금을 얻은 후 생각하는 장면을 보면, 출전인 『홋케겡키(法華驗記)』에서는 ㉠ '我貧亡後定煩遺弟'와 같이 '자기가 가난하기 때문에 죽은 후 틀림없이 제자들에게 폐를 끼치게 될 것이다'라고 되어 있

다. 그런데 『콘쟈쿠(今昔)』는 출전의 이러한 줄거리에 이어서 ㉮ ‘然レ
バ、此ノ銭ヲ人二不令知ズシテ隠シ置テ、没後ノ料二充テム。只、死
ナム時二臨テ、弟子共二令告知ム’와 같이 ‘그러니 이 돈을 다른 사람들
몰래 감추어 두었다가 장례비용으로 쓰기로 하고 죽기 전에 제자들에게
알리자’라는 내용을 덧붙이고 있는데, 이것은 출전에서 ㉢ ‘律師臥病言不
及錢 忽以退世(율사가 병이 들어 제자들에게 돈에 대해 말하지 못하고 세상을 떠났다)’
라는 내용이 아무런 설명 없이 이어지는 것에 보완의 필요성을 느끼고 전
후 흐름에 맞게 부연한 것으로 보인다.

또한 전개부(2)를 보면 생전에 枇杷대신과 친하게 지냈던 율사가 초
라한 모습으로 대신의 꿈에 나타나서 이야기하는 부분에서 『콘쟈쿠(今昔)』
의 장황한 대사가 주목된다. 대사 중에서 후반부의 ㉱부분은 양자가 거의
일치하나, ㉯부분은 『콘쟈쿠(今昔)』의 특징이 잘 나타나 있다. 즉 출전에
서는 ㉡‘我以有伏藏錢貸’라고 하여 ‘내가 깊이 감추어둔 돈이 있다’라고
간단히 기술하고 있음에 비해, 『콘쟈쿠(今昔)』에서는 ㉯의 밑줄 부분처럼
‘내가 살아있을 때 열심히 염불을 외우면서 반드시 극락왕생하려고 하였
는데, 내가 가진 재산이 없어서 죽은 후 제자들에게 폐를 끼칠 것이라는
생각이 들어 일만전을 장례비용으로 쓰게 하기 위해서 승방의 천정에 감
추어 두었다. 죽음에 임하여 이 사실을 제자들에게 알릴 생각이었으나 병
을 앓는 동안 깜박 잊고 알리지 못하고 죽고 말았다’라고 전후 사정을 길
게 설명하고 있는 것이다.

이처럼 대사가 꿈에 나타나 일의 자초지종을 설명하고 蛇道에 떨어진
자신의 구원을 청하는 대목은 이 설화의 가장 중요하고도 흥미로운 대목
이고, 이를 잘 알고 있는 『콘쟈쿠(今昔)』의 편자는 앞에서 지적한 바와 마
찬가지로 과감한 대사의 증폭으로 마치 독자 자신이 실제의 장면에 임하

고 있는 듯한 느낌이 들게 하는 것이다.

그런데 장황한 대사의 부연을 자세히 살펴보면 전개부(1)의 ㉮ '我レ死ナム時ニ、弟子共必ズ煩ヒ有リナム。然レバ、此ノ銭ヲ人ニ不令知ズシテ隠シ置テ、没後ノ料ニ充テム。只、死ナム時ニ臨テ、弟子共ニ令告知ム'가 전개부(2)의 ㉰에 거의 같은 어구로 반복되고 있음을 알 수 있다.

이와 같은 동일한 어구의 반복은 구승문예의 경우에서는 극적인 장면에서 청중의 흥미와 관심을 고조시키는 나름대로의 효과를 거둘 수 있지만, 문자문예의 경우에는 이야기 전개를 장황하게 만들고 작품성을 떨어뜨리는 부정적인 결과를 가져오게 되는 것이다.

이처럼 회화문의 적극적인 활용을 엿볼 수 있는 예화로서『콘쟈쿠(今昔)』제13권 제33화도 좋은 예가 될 것이다.「竜聞法花読誦依持者語降雨死語(용이 법화경 독경을 듣고 수행자의 말에 따라 비를 내리게 한 이야기)」라는 제목인데, 竜 한 마리가 竜菀寺 승려의 법화경 독경소리와 설법을 듣고 감동하여 은혜에 보답하고자 자신의 목숨을 버리고 큰 비를 내리게 함으로서 가뭄을 구했다는 내용으로, 말미에 죽은 용의 명복을 빌기 위해 竜海寺 등 네 절이 건립되었다고 하여 사원 건립 연기담으로 되어 있다.

출전인『홋케겡키(法華験記)』중권 제67화 비교하여『콘쟈쿠(今昔)』의 회화문을 이용한 변화가 두드러진 부분만을 발췌, 대조해보면 다음과 같다.

『法華験記』中67	『今昔』十三33
感講経貴　変人毎来住講経庭　聞法華経　日来不退遶於三年　沙門与竜成親昵志　於始是事	而ル間、一ノ竜有リ。此ノ講経読誦ノ貴キ事ヲ感ジテ、人ノ形ト成テ、此ノ講経ノ庭ニ来テ、毎日ニ聴聞ス。其ノ時ニ、Ⓐ僧竜ニ問テ云ク、「汝常ニ来テ法ヲ聞ク。此レ、何人ゾ」ト。竜本意ヲ答フ。僧竜ノ心ヲ知テ、親昵ノ契ヲ成シツ。竜亦法ヲ貴ブ故ニ、僧ノ心ニ随フ。而ル間、此ノ事世ニ広ク聞エニケリ。

ⓑ時人此事奏聞天皇	Ⓑ人天皇ニ奏シテ云ク、「大安寺ノ南ニ寺有リ。其ノ寺ニ住ム僧、年来竜ト心ヲ通シテ、親昵ノ契ヲ結べリ。然レバ、彼ノ僧ヲ召シテ、『竜ニ雨ヲ可降キ由ヲ可語シ』ト可被宣下也」ト。
天皇下勅命請件僧　沙門講経竜来聞法　語其竜当令下雨　沙門若不辨此事早駈追不可令住日本国	天皇僧ニ仰セテ宣ハク、「汝ヂ年来法花経ヲ講ズルニ依テ、竜常ニ其ノ所ニ来テ法ヲ聞ク。Ⓒ而ルニ、近来天下旱魃シテ、五穀皆枯失ナムトス。国ノ歎キ何事カ此レニ過ム。汝ヂ速ニ法花経ヲ講ゼムニ、其ノ竜必ズ来テ法ヲ聞カムニ、竜ヲ語ヒテ、雨ヲ可降シ。若シ此レヲ不叶ズハ、汝ヲ追却シテ、日本国ノ内ニ不可令住ズ」ト。

　우선 설화의 도입부에서 용이 사람으로 변하여 법화경을 들으러 오는 장면인데, 출전에 보면 승려의 독경 소리에 감동한 용이 사람으로 변신하여 늘 법화경 독경 소리를 들으면서 3년이 지났다 라고 단순한 서술문 형식으로 되어 있다. 그런데 『콘쟈쿠(今昔)』는 Ⓐ '僧竜ニ問テ云ク、"汝常ニ来テ法ヲ聞ク。此レ、何人ゾ"ト'와 같이 사람으로 변하여 경을 청문하러 온 용에게 승려가 "너는 항상 와서 법문을 듣는데 도대체 누구인가"라고 용에게 정체를 묻는 대화형식을 취하고 있다. 출전의 내용을 답습하면서도 단순히 읽는 설화가 아니라 듣는 설화 나아가서는 장면의 연상을 통한 보는 설화로서의 생동감을 느끼게 하고 있다.

　다음의 이어지는 전개에서도 『콘쟈쿠(今昔)』의 창의가 돋보인다. 출전을 보면, 당시 승려와 용이 친하게 지낸다는 소문이 났고, 가뭄으로 오곡이 메마르게 되자, ⓑ '時人此事奏聞天皇(당시 사람들이 이 일을 천황에게 고하였다)'라고 서술하고 있다. 물론 여기서 이 일이란 승려와 용이 친하게 지낸다는 것을 의미한다. 이에 비해 『콘쟈쿠(今昔)』는 Ⓑ와 같이 서술문 형식을 탈피하여 사람들이 천황에게 직접 아뢰는 대화형식으로 변화를 시도하였다. 그 내용을 보면, 大安寺 남쪽에 절이 있고 그 절에 사는 승려가 평소 용과 마음이 통하는 친교를 맺고 있으니 그 승려를 불러서 용에게

비를 내리게 하도록 칙명을 내리셔야 한다고 건의하고 있다. 여기에서 승려가 大安寺 남쪽 절에 산다는 사실은 이미 본 설화의 도입부에서 '今昔、□天皇ノ御代二奈良ノ大安寺ノ南二竜菀寺卜云フ寺有リ。其ノ寺二一人ノ僧住ケリ'라고 한 부분을 되살린 것으로, 앞에서 지적한 바와 같이 같은 어구의 반복에 의한 장황함을 느낄 수도 있지만 대화 형식으로 생생한 현장감을 살렸다는 점에서는 효과적인 방법이었다고 생각된다.

이어서 천황이 승려를 불러 분부를 내리는 부분인데, 『콘쟈쿠(今昔)』는 출전의 대화 형식을 그대로 답습하고 내용 또한 유사하다. 다만 『콘쟈쿠(今昔)』의 경우는 천황의 말 가운데 ⓒ '而ルニ、近来天下旱魃シテ、五穀皆枯失ナムトス。国ノ歎キ何事カ此レ二過ム'와 같이 '근래 천하가 가뭄으로 인하여 오곡이 전부 말라 시들어버렸으니 나라의 걱정이 이보다 더 큰일이 어디 있겠소'라는 부분을 첨가함으로서 승려에 대한 천황의 분부가 더욱 절실하고 필연적임을 느끼게 하는 효과를 나타내고 있음이 주목된다.

4. 결말부의 評語

결말부는 주로 評語를 통하여 이야기에 대한 『콘쟈쿠(今昔)』 편자 나름대로의 해석 또는 교훈을 표현하는 경우가 많은데, 몇 가지 사례를 들어보면 다음과 같다.

    a. 然レバ、譬ヒ犯シ有リト見ルト云ヘドモ、吉ク尋ネ知テ罰ヲ可加シ。何況ヤ僧二於テハ可憚シトナム語リ伝ヘタルトヤ『今昔』十三20

□『法華験記』中61

b. 実ニ、法花ノ力、明王ノ験新タ也。長久年中ノ比遂ニ失ニケリトナ
ム語リ伝ヘタルトヤ『今昔』十三21
豈非妙法威神　明王加護哉　誰於此経有生疑不信者　長久年中去世矣
『法華験記』下92

c. 聖人、弥ヨ道心ヲ発シテ、法花経ヲ誦スル事永ク不退ズシテ失ニケリ
トナム語リ伝ヘタルトヤ『今昔』十三22
聖人発大菩提心　誦読法華　永期菩提矣『法華験記』下88

d. 然ル間、聖人年漸ク傾テ入滅ノ時ニ至ルニ、此ノ二人ノ童不離ズシ
テ昼夜ニ奉仕ス。遂ニ聖人失ヌレバ　此ノ童部泣キ悲デ聖人ヲ葬シ
ツ。其ノ後、七々日ニ至マデ滅後ノ事ヲ営テ、四十九日畢テ二人乍
ラ　掻消ツ様ニ失ケリ。Ⓐ其後、其ノ二人ノ童ヲ尋ヌルニ、遂ニ誰ト
不知デ止ヌ。「護法ノ奉仕シ給ヒケル也」トナム人疑ヒケリ。如此ク
ナム語リ伝ヘタルトヤ『今昔』十三23
是二童子至于滅期　更不相籬　専心給仕　入滅之後　悲歎哀逗　勤修四
十九日　即日而去矣『法華験記』中79

e. 此レヲ見聞ク人法花経ノ威力ノ殊勝ナル事ヲ知テ、法蓮聖ヲ帰依シ
ケリトナム語リ伝ヘタルトヤ『今昔』十三40
□『法華験記』中48

f. 尚、人驕慢ノ心ヲバ可止キ也トナム語リ伝ヘタルトヤ『今昔』十三41
□『法華験記』上17

g. 然レバ、女人ノ悪心ノ猛キ事、既ニ如此シ。此ニ依テ、女ニ近付ク
事ヲ仏強ニ誡メ給フ。此ヲ知テ可止キ也トナム語リ伝ヘタルトヤ
『今昔』十四3
□『法華験記』下129

『콘쟈쿠(今昔)』의 評語는 a, e, f, g와 같이 출전에는 없는 내용을 편
자가 임의로 부연하는 경우와 b, c, d와 같이 출전의 내용을 바탕으로 기
술하는 경우가 있다. 그리고 후자의 경우는 다시 b, c와 같이 출전을 답
습한 경우와 d와 같이 출전을 바탕으로 하되 편자의 창의성을 발휘하는
경우로 나누어 볼 수 있겠는데, d의 Ⓐ를 보면 심리묘사를 통하여 내용을

부연하는 방법을 취하고 있음을 알 수 있다. 또한 부연되는 내용면에서
보면 e와 같이 법화경의 영험을 강조하기도 하고 f와 같이 교만한 마음을
가져서는 안 된다든지 g와 같이 여자를 가까이 해서는 안 된다는 처세교
훈을 덧붙이기도 한다.

그런데 경우에 따라서는 설화의 전승 과정에 대한 단서를 발견할 수
있는 부분이 바로 評語기도 한데, 지금까지 살펴온『콘쟈쿠(今昔)』설화
의 결말부를 출전과 대조해 보면 다음과 같다.

	『法華験記』上7	『今昔』十四1
결말부	ⓐ大臣忽令書写供養法花経一部畢 他日夢 律師衣服鮮明 顔色悦懌 手持香炉来 語大臣曰 吾以相府之恩 得免蛇道 今詣極楽 謂了西向 飛去矣	Ⓐ大臣京ニ返テ、忽ニ此ノ銭ヲ以テ法花経一部ヲ書写供養シ給テ、其後、程ヲ経テ、大臣ノ夢ニ、彼ノ律師法眼鮮ニシテ、手ニ香炉ヲ取テ来テ、大臣ニ向テ云ク、「我レ君ノ恩徳ニ依テ、蛇道ヲ免ルル事ヲ得テ、年来ノ念仏ノカニ依テ、今極楽ニ参レル也」ト云テ、西ニ向テ飛ビ去ヌ、ト見テ夢覚ヌ。Ⓑ其ノ後、大臣喜ビ給テ普ク世ニ語ルヲ聞キ継テ、語リ伝ヘタルトヤ。

내용을 보면, Ⓐ의 '대신은 율사의 원대로 법화경 한 부를 서사 공양
해 주었다. 그러자 얼마 후 대신의 꿈에 율사가 나타나 당신의 은덕으로
뱀의 몸을 벗어날 수 있었고, 평소 수행한 염불의 공덕으로 이제 극락에
태어나게 되었음을 알리고 서쪽을 향해 사라져 갔다'라는 부분과, Ⓑ '그
후 대신이 기뻐하면서 널리 세상에 이야기한 것이 전해오게 된 것이다'라
는 후일담으로 되어 있다. 이 가운데 Ⓐ는 출전 ⓐ의 내용을 거의 답습하
고 있는데 지나지 않으나,『今昔』에서 Ⓑ를 부연한 것이 주목된다.

Ⓑ의 내용은 이 설화가 어떻게 전해지게 되었나 하는 伝承源을 밝힌
부분인데, 이에 대해 콘노토오루(今野達) 씨는 '大臣を伝承源としたのは
作為的なもの'26)라고 하여『콘쟈쿠(今昔)』편자의 작위에 의한 부연이라

설명하였다. 즉 『콘쟈쿠(今昔)』 편자는 잘 알려진 실존인물 枇杷대신을 伝承源으로 삼음으로서 설화에 신빙성을 한층 높이는 방법을 사용한 것이다.

이와 유사한 방법은 바로 다음 설화인 제14권의 제2화 「信濃国為蛇鼠写法花救苦語(시나노 지방에서 뱀과 쥐를 위해 법화경을 서사하여 고통에서 구해 준 이야기)」에서도 확인된다. 내용을 소개하면, 信濃지방 관리가 임기를 마치고 상경하던 중 자기를 계속 따라오는 뱀이 옷 궤 안에 숨어있는 쥐와 숙적 관계임을 꿈의 계시를 통해 알고 법화경을 서사 공양하여 뱀과 쥐를 모두 忉利天에 태어나게 했다는 법화경의 서사 공양 공덕담이다. 이야기의 말미에 『콘쟈쿠(今昔)』의 편자는 '法花経ノ威力不可思議也。守ノ京ニ上テ語ルヲ聞キ継テ、如此ク語リ伝ヘタルトヤ'라고 評語를 덧붙여서 법화경의 영험을 강조하는 한편, 이 설화의 당사자인 信濃지방의 관리를 설화 전승자로 삼고 있어, 본 설화에 대한 신빙성을 강조하고 있는 것이다.

이상 『콘쟈쿠(今昔)』의 법화경 영험담을 중심으로 출전인 『홋케겡키(法華験記)』와의 비교를 통해 『콘쟈쿠(今昔)』 편자의 수용 방법을 살펴 보았다. 그 결과를 『콘쟈쿠(今昔)』의 시각에서 정리해 보면, 도입부에서는 대체로 주인공에 대한 소개 및 수행 모습이 출전에 비해 자세하게 설명되고 있는데, 특히 정형화된 표현이 자주 사용되고 있음을 볼 수 있다. 그리고 도입부에서 전개부로 넘어가는 과정과 전개부 전체에서 접속어가 빈번히 사용되고 있고, 전체적으로 주어 목적어 지시어 등의 사용도 많이 증가하고 있음을 지적할 수 있다.

또한 전개부의 특징으로서, 『콘쟈쿠(今昔)』에서는 설화의 절정에 해당

---

26) 日本古典文学全集,『今昔物語集(1)』(小学館, 1983)의 頭注.

되는 장면에서는 최대한 극적 효과를 올리는 창의성을 발휘하여 과감하게 표현을 부연하고 있음을 지적할 수 있고, 대화문의 사용 및 전지적 작가 시점에 의한 심리 묘사의 구사도 주목된다.

결말부에서는 편자의 評語를 통하여 법화경 영험의 강조나 처세 교훈적 요소를 부가하였고, 설화의 신빙성을 높이기 위하여 伝承源을 덧붙이는 방법을 볼 수 있다.

이와 같은 고찰을 통해 나타난 사항은 『콘쟈쿠(今昔)』의 문학적 특징을 밝히는 단서가 되고, 나아가서는 편자 상과도 관련지어 생각해 볼 수 있을 것이라고 생각한다. 살펴본 바와 같이 『콘쟈쿠(今昔)』의 문장은 총체적으로 말하면 설명적이고 논리적이고 구체적이다. 이러한 특징을 잘 나타내주는 것 중의 하나가 주어 목적어 접속어 지시어를 多用하여 문장을 전개해 가는 표현법이다. 출전에서는 어떤 동작의 주체와 대상을 명기하면 반복하지 않고 있음에도 불구하고 『콘쟈쿠(今昔)』는 몇 번이고 반복하기를 주저하지 않는다. 그렇게 함으로서 주술관계, 지시어의 내용 등이 분명해져 이야기의 전개가 매우 이해하기 쉽게 되고, 게다가 화제나 장면이 바뀔 때마다 접속어를 사용함으로서 문과 문 사이를 긴밀한 관계로 연결하면서 이야기 전체를 형성해 가는 것이다.

따라서 출전의 原話에 비해 『콘쟈쿠(今昔)』의 설화는 설명적이고 논리적이 되지만, 한편으로는 문장의 장황함을 피할 수 없는 결과를 낳게 되었는데, 이는 '구승문예'에서 자주 볼 수 있는 특징이다. 즉 '문자문예'라면 같은 이야기 안에서 몇 번이고 반복하여 주어를 명기한다든지 접속어를 빈번히 사용하여 다짐하듯이 이야기를 진행시키는 일은 드물 것이므로, 『콘쟈쿠(今昔)』의 이러한 특징은 바로 귀에 호소하는 '구승문예'에 어울리는 문체인 것이다.

또한 『콘쟈쿠(今昔)』는 설화의 극적 장면을 연출하기도 하고 臨場感 넘치는 표현 방법을 구사하기도 하고 있다. 작중 인물의 심리묘사나 대화체를 통하여 바로 눈 앞에서 사건이 전개되고 있는 듯한 느낌을 주기도 하고, 독자가 가장 흥미를 느낄 만한 대목에서는 과감한 부연 묘사를 하기도 한다.

이처럼 '구승문예'적인 특징을 내포하고 있는 『콘쟈쿠(今昔)』이지만 편자의 궁극적인 구상은 '구승문예'로서가 아니라 '문자문예'로서의 완성에 있었고, 이와 같은 '구승문예'와 '문자문예' 사이에 존재하는 긴장관계가 바로 『콘쟈쿠(今昔)』의 문학적 특성을 이루고 있음을 간과해서는 안될 것이다. 『콘쟈쿠(今昔)』가 등장하기 전까지 일본문학사상 '구승문예'와 '문자문예'의 접목은 예를 찾아보기 어려웠고, 그런 의미에서는 '異端'적인 존재였다고도 할 수 있다. 왕조·귀족사회의 고전적 아름다움과 우아함을 묘사하고 花鳥風月을 읊는 전통적인 문학관에서 보아도 물론 '異端'적 존재였지만, 같은 설화문학의 흐름에서 보더라도 『콘쟈쿠(今昔)』는 이전까지의 작품과는 한 획을 긋는 선구적 존재였던 것이다. '구승문예'와 '문자문예'의 접목에 의한 새로운 표현기법을 획득하였고, 독자적인 세계를 구축하는데 성공함으로서, 이제 『콘쟈쿠(今昔)』는 일본문학사상 '異端'의 위치를 벗어나 '先驅'적 작품으로서 평가받게 되었다고 할 수 있을 것이다.

제12장 설화문학 속의 여우 혼인담
- 『콘쟈쿠모노가타리슈우(今昔物語集)』를 중심으로 -

제12장 설화문학 속의 여우 혼인담

1. 머리말

앞에서 설화문학의 가장 큰 특징으로서 전승성을 지적한 바 있다(제1장 제2절). 그리고 전승성을 구체적으로 분석하여, 전승의 범위 면에서는 시간적 전승과 공간적(=지리적) 전승으로, 전승의 형식면에서는 구승과 서승으로, 전승의 내용 면에서는 계승과 창조로 정리한 바 있다. 본 장에서는 우리에게 낯익은 예화를 통해 설화문학의 전승성에 초점을 맞추어 살펴보기로 하겠다.

예로부터 인간과 동물은 깊은 관계를 가지고 지내왔고, 따라서 설화 속의 동물은 매우 중요한 역할을 하고 다양한 이미지로 묘사된다. 졸고에서 지적했듯이 동물은 인간 이하의 존재로서 인식되는 것이 보통이지만 때로는 인간과 동격으로 취급되기도 하고 인간보다 우위의 신격을 지니기도 한다.27)

이 가운데 인수혼인(人獸婚姻)은 동물을 인간과 동격으로 취급한 경우라고 볼 수 있는데, 본 고찰에서는 뱀과의 인수혼인담 고찰에 이어 여우와 관련한 이미지와 인수혼인담을 중심으로 고찰해보고자 한다.

여우는 동양 문화권에서는 문학의 소재로서 널리 등장되어 온 것을 보더라도 알 수 있듯이 인간생활과 밀접한 관계를 지닌 동물이었다. 특히 과거로 거슬러 올라갈수록 그 관계가 깊었음을 알 수 있는데, 단순한 동물로서가 아니라 경우에 따라서는 神格을 지니기도 하고[28] 또는 인간의 몸에 들어와 병마를 일으키는 靈鬼의 역할을 하기도 한다.[29] 이러한 여

---

27) 졸고, 「『今昔物語集』에 나타난 뱀의 이미지」(『日本研究』제17호, 한국외국어대학교 일본연구소, 2001)

28) 柳田国男는 「여우는 그 의미 있는 듯한 눈초리와 거동에 의해 옛날에는 오히려 친절하게 사람에게 경고를 주는 동물로 신용되었다. 물론 나쁜 짓을 하는 여우도 때로는 있기 때문에 어느새 선악의 차등이 두어지고 마을과 연고가 깊은 老狐만은 부탁하면 예언을 해주기도 하고 모르던 과거를 이야기해주기도 하고 그 외에 우리 힘으로 불가능한 임무도와서 해낼 수 있게 해주기도 하게 되어 나중에는 이 여우를 조그만 신사에 모시기도 하게 되었다(狐はあの意味ありげな目つきと挙動とによって、昔はむしろ親切に人を警告するものと信用せられていた。無論悪いことをする狐も時々はあるので、いつとなく善悪の差等が想定せられ、村と縁故の深い老狐だけは、頼めば予言もし知らない過去も談り、其他我々に出来ない任務を助けてしてくれるといふことになって、後には之を小さな社にも祭るやうになった)」(「狐飛脚の話」)라고 설명하였다. (吉野裕子『狐』法政大学出版局 1983에서 재인용). 여우와 이나리(稲荷)신앙에 대해서는 후술하는 주 4)를 참조바람.

29) 일례로 『삼국유사』의 경우를 보면 여우는 2화에 걸쳐 등장한다. 제1권 紀異 편 제25화「태종 춘추공」에 보면 백제 의자왕 때 나라가 어지러운 징조의 하나로서「二月 衆狐入義慈宮中 一白狐 坐佐平書案上(이월에는 여우 여러 마리가 의자왕의 궁중으로 들어왔는데 그 중 한 마리는 佐平의 책상 위에 올라앉았다)」고 되어 있고, 제5권 神呪 편 제1화「密本摧邪」에는 선덕왕 덕만이 병을 고치기 위해서 밀본 법사를 궁으로 불러들이니「本在宸仗外 読薬師経 巻軸纔周 所持六環 飛入寝内 刺一老狐与法惕 倒擲庭下 王疾乃瘳 時本頂上発五色神光 観者皆驚(밀본은 왕의 거처 밖에서 약사경을 읽었다. 경을 다 읽고 나자 가졌던 六環杖이 침실 안으로 날아 들어가더니 늙은 여우 한 마리와 중 法惕을 찔러서 뜰 아래에 거꾸로 내던지니 왕의 병이 이내 나았다. 이때 밀본의 이마 위에 오색의 신비스런 빛이 비치어 보는 사람이 모두 놀랐다)」라고 되어 있어, 여우가 나라의 어지러운 징조나 병의 원인이 되는 존재로 그려지고 있다. 그리고 『今昔』의 제20권 제7화에도, 항

우에 대한 이미지는 오늘날까지 그림자를 드리우고 있다.

하지만 설화 속의 동물담은 차지하는 비중에 비하여 그 동안 연구가 부족했다는 느낌이 든다. 동물담의 고찰을 통해서 동양 문화권에서의 설화 비교의 단서로 삼을 수 있고, 나아가서는 문화적 특징을 규명하는 방법이 될 수도 있을 것이다. 이러한 관점에서 본 고찰에서는 일본의 대표적인 설화집인 『콘쟈쿠(今昔)』를 중심으로 여우의 이미지와 인수혼인담을 고찰해보기로 한 것이다. 구체적으로는 『콘쟈쿠(今昔)』의 여우담에 대한 전반적인 분포와 구성상의 특징 이미지를 살펴보고, 나아가서 인수혼인에 초점을 맞추어 고찰을 진행하고자 한다.

2. 여우의 등장과 이미지

여우가 등장하는 『콘쟈쿠(今昔)』의 설화를 조사해 보면, 天竺(인도)부 불법화에 1화(제1권 제26화) 세속화에 4화(제5권 제13 19 20 21화) 本朝(일본)부 불법화에 8화(제12권 제40화 제14권 제5 22화 제16권 제17화 제17권 제33화 제20권 제79 14화) 세속화에 17화(제23권 제17화 제25권 제6화 제26권 제17화 제27권 제28 29 31 32 33 37 38 39 40 41 42 43 44화 제 28권 제36화)로, 모두 30화이다. 따라서 전체적으로는 불법화가 9화, 세속화가 21화로, 세속화에 많이 등장하고, 이것은 여우가 예로부터 인간 생활과 가까운 관계에 있던 동물임을 말해준다.

『콘쟈쿠(今昔)』에 등장하는 분포를 보면 本朝(일본)부의 세속화인 제27

상 모노노케(物の怪)에게 시달리던 왕비를 위해서 명성이 자자한 고승을 불러 加持祈祷를 행하였더니 즉시 그 효험이 나타나 왕비의 시녀 품 속에서 한 마리의 늙은 여우가 뛰쳐나왔으므로 이 여우를 교화하니 왕비의 병이 나았다는 설화가 수록되어 있다.

권 제28화부터 44화까지에 집중적으로 등장하는 점이 주목되는데, 이는
작품의 구성과 관련이 있다. 즉 제27권은 「本朝付靈鬼」라는 부제목 하
에 모두 45화로 구성되어 있는데, 내용을 보면 제1화에서 제33화까지가
靈鬼에 관한 이야기, 제34화에서 제41화까지가 둔갑하는 동물담, 제42화
에서 제45화까지가 기타 귀신담으로 되어 있다. 따라서 이 분포 및 구성
만 보더라도 여우는 靈鬼 내지는 둔갑하는 동물로서 중요한 위치를 차지
하고 있음을 짐작하게 한다.

구체적으로는 어떠한 이미지로 등장하는지 살펴보면, 天竺(인도)부에서
는 주로 은혜를 갚는 동물, 약삭빠르고 꾀가 많은 동물의 이미지로 등장
하고 있고, 本朝(일본)부에서는 좀 더 다양하게 나타난다.

우선 변신하는 동물로서의 이미지를 볼 수 있다. 제26권 제17화는, 마
죽(芋粥)을 좋아하는 고이(五位)라는 남자에게 후지와라노토시히토(藤原利
仁)라는 무장이 자기 고향에 같이 따라가면 마죽을 실컷 먹여 주겠다고
하고, 츠루가(敦賀)의 집으로 데려가서 기가 질릴 정도로 장만하여 음식을
내 놓았다. 그러자 엄청나게 마련된 마죽에 기가 질려, 마죽을 실컷 먹었
으면 원이 없겠다던 평소의 생각은 사라지고 식욕도 나지 않았다는 내용
이다. 芥川竜之介가 『芋粥』의 소재로 삼은 설화로, 토시히토(利仁)의 호
쾌함과 고이(五位)의 소심하고 왜소함이 절묘한 대비를 이루면서 웃음을
자아내는 名篇으로 알려져 있다. 이야기 가운데 토시히토(利仁)가 여우를
붙잡아서 자신의 고향 방문을 알리는 使者로 삼았다는 대목이 나오는데
다음과 같다.

然テ行程ニ、三津ノ浜ニ狐一ツ走リ出タリ。利仁此ヲ見テ、「吉使出来
ニタリ」ト云テ、狐ヲ押懸レバ、狐身ヲ棄テ逃トイヘドモ、只責ニ被責テ、
否不逃遁ヲ、利仁馬ノ腹ニ落下テ、狐ノ尻ノ足ヲ取テ、引上ツ。乗タル馬
、糸賢シト不見ドモ、極キ一物ニテ有ケレバ、幾モ不延サ。五位狐ヲ捕ヘ

タル所ニ馳着タレバ、利仁狐ヲ提テ云ク、「汝ヂ狐、今夜ノ内ニ、利仁ガ
敦賀ノ家ニ罷テ云ム様ハ、『俄ニ客人具シ奉テ下ル也。明日ノ巳時ニ、高
島ノ辺ニ、男共迎ヘニ馬ニ疋ニ鞍置テ可詣来』ト。若此ヲ不云ハ、汝狐只
試ヨ。狐ハ変化有者ナレバ、必ズ今日ノ内ニ行着テイヘ」トテ放テバ、五位
、「広量ノ御使哉」トイヘバ、利仁、「今御覧ゼヨ。不罷デハ否有ジ」ト云ニ
合テ、狐実ニ見返々々前ニ走テ行ト見程ニ失ヌ。

　길을 가는데 미츠(三津) 해변에서 여우 한 마리가 뛰어 나왔다. 이를 본 토
시히토(利仁)는 「좋은 심부름꾼이 왔군」하더니 여우를 붙잡으려 달려들자 여
우는 힘껏 도망쳤지만 끝까지 쫓아오니 더 이상 도망칠 수 없게 되었다. 토시
히토는 말 옆구리로 몸을 내려뜨리면서 여우의 뒷다리를 잡아 끌어올렸다. 그
가 타고 있던 말은 그다지 훌륭하게 보이지 않았지만 실은 대단한 준마였으므
로 그렇게 멀리 쫓지 않아도 붙잡을 수 있었던 것이다. 그 후 고이(五位)가 여
우를 붙잡은 곳에 도착해 보니 토시히토는 여우를 거꾸로 들고 「어이 여우야,
오늘밤 안으로 츠루가(敦賀)의 우리 집에 달려가서 이렇게 말해라. 『갑자기 손
님을 데리고 집으로 가는 중이니 내일 巳時(오전 열시 경)에 타카시마(高島)
근처에 안장을 얹은 말 두 필을 마련해두고 남자들이 마중 나오도록 하라』고.
만일 이 말을 전하지 못하면 여우 너는 알아서 해. 여우는 둔갑하는 동물이니
까 틀림없이 오늘 중으로 도착해서 전하거라」하더니 놓아주었다. 고이가 「별로
도움이 될 것 같지 않은 심부름꾼이군」이라고 말하자 토시히토는 「이제 두고
보게, 우리 집에 가지 않을 리가 없을 테니까」라고 말하자마자 여우는 뒤를 자
꾸 돌아보며 앞으로 달려 가더니 어느 새 모습이 보이지 않게 되었다.

　여우가 이야기 전개상 중요한 역할을 하는 것은 아니지만, 토시히토의
말 가운데 여우를 둔갑하는 동물로 인식한 대목이 나오고 있고, 이것은
토시히토 뿐만 아니라 당시 사람들의 여우에 대한 인식을 나타내는 것으
로 볼 수 있을 것이다.

　이처럼 여우는 둔갑하는 동물로서 인식되고 있음과 더불어 심부름꾼
으로서도 이용되고 있는데, 아마 발이 빠른 동물로서의 이미지가 바탕이
되고 있는 듯하다. 이를 짐작케 하는 내용이 『니혼료오이키(日本霊異記)』에
수록되어 있다. 중권 제41화는 어떤 여자가 뱀과 관계를 맺은 후 약의 힘

으로 생명을 보전한 이야기인데, 말미에 인과의 무서움을 이야기하면서 말에 의한 인과를 경계하는 대목이 나온다.

又如経説 「昔有人児 其身甚軽 疾走如飛鳥 父常重愛 守育如眼 父見子軽 譬之而言 『善哉我児 疾走如狐』其子命終 後生狐身」 応願 善譬 不欲悪譬 必得彼報故也

또한 경전에 이르기를 「옛날 자식이 한 사람 있었다. 그 몸은 매우 날렵하여 빨리 달리는 모습이 나는 새와 같았다. 아버지는 늘 그 아이를 소중히 여기고 사랑하였고 보호하여 기르는 모습이 마치 자기 눈을 소중히 여기듯 하였다. 아버지는 자식의 몸이 날렵한 것을 보고 비유하여『대단하구나 우리 애는 빨리 달리는 모습이 마치 여우같다』고 하였다. 그러자 그 자식이 죽은 후 여우로 태어났다」고 한다. 설령 말에 지나지 않을 지라도 좋은 비유를 하는 것이 좋다. 나쁜 비유를 생각해내서는 안 되는 것이다. 반드시 그 업보가 따르기 때문이다.

이 대목에 의하면 날렵하고 발이 빠른 동물로서 여우의 이미지를 읽을 수 있는데, 이러한 이미지가 위에 예시한『콘쟈쿠(今昔)』의 경우처럼 시급히 소식을 전하는 使者의 역할과 부합된다고 할 수 있을 것이다.[30]

한편 위 예화의 경우는 使者로만 묘사되어 있기 때문에 여우의 성별은 알 수 없다. 그러나 제27권 제37화 제38화 제39화 제41화에 계속되는 여우는 사람으로 둔갑하여 인간을 속이려다가 실패한 실패담이 이어지고

---

[30] 여우가 지닌 使者로서의 이미지를 잘 나타내주는 것으로 이나리(稲荷) 신사를 들 수 있다. 『稲荷大明神利現記』에는 大明神의 출현을 비롯하여 15화의 설화를 수록하고 있는데, 예를 들면 오오에이(応永 1394~1428) 무렵 藤盛実가 관리가 되려는 뜻을 품고 이나리 신사에 칠일간 참배했더니 하얀 여우가 벼이삭을 가지고 와서 고맙게 받아들고 돌아가자 쇼오군(将軍) 足利義持가 그를 부하로 삼음으로서 관리의 뜻을 이루었다는 이야기 등은 여우가 이나리 신사 大明神의 使者 역할을 했음을 알 수 있게 한다. 원래 이나리 신앙은 京都市伏見稲荷大社에 모셔진 농업신 우가노미타마노오오카미(宇迦之御魂大神)에 대한 신앙이다. 이 신은 오고을 비롯하여 모든 음식물과 양잠을 관장하는 신으로,「稲生り(いねなり)」가 축약음편으로「いなり」가 된 것인데, 여우가 전답 신의 使者로 여겨졌던 것과 이나리 신앙이 맞물려 특히 에도(江戸) 시대에 크게 성행했다.

있고 특히 제38화 제39화 제41화에서는 여자로 둔갑한 여우의 모습을 볼
수 있다.

　여우의 실패담 첫 설화로 제27권의 제37화를 보면, 카스가(春日)신사
의 신관인 나카토미(中臣)라는 자가 잃어버린 말을 찾으러 다니다가 그 지
방에서는 듣지도 보지도 못한 삼나무 거목이 서있는 것을 발견하고 이상
하게 생각했다. 그래서 부하와 함께 화살을 한 발씩 쏘았더니 갑자기 삼
나무가 사라졌다. 생각한 대로 뭔가 둔갑한 것을 만난 것이라고 두려워
하면서 돌아왔는데 다음날 확인해보니 털이 없는 늙은 여우가 삼나무 가
지를 입에 물고 배에 화살 두 발을 맞은 채 쓰러져 있었다는 것이다.

　이후 제38화부터는 여우가 여자로 둔갑하여 나타나는 이야기가 계속
되고 있다. 제38화를 보면, 하리마노야스타카(幡磨安高)라는 관리가 달 밝
은 가을밤에 집으로 돌아가는데 앞에 얼굴을 부채로 가린 절세의 미인이
서있는 것이었다. 그래서 다가가서 자기 집에 같이 가지고 말을 걸었다.
여인은 당신이 누군지도 모르는데… 하면서도 그를 따라 걸어오는 것이
었다. 이 때 야스타카의 뇌리를 스치듯이 「부라쿠인 안에는 사람을 속이
는 여우가 살고 있다고 들었는데 혹시 이 여자가 그 여우가 아닐까. 이
자를 위협해서 시험해 보아야겠다. 얼굴을 보이지 않는 것이 수상하다(豊
樂院ノ内ニハ人謀ル狐有、ト聞クゾ。若シ、此レハ然ニモヤ有ラム。此奴恐シテ試ム。
顔ヲツフト不見セヌガ怪キニ)」라는 생각이 들었다. 그래서 여인에게 나는 강
도인데 입고 있는 옷을 벗어 내놓으라고 하며 칼을 목에 들여대니 여인은
순식간에 여우의 모습으로 변하여 냄새나는 소변을 누면서 도망쳤다고 한
다.

　제39화 역시 여우가 여자로 둔갑하여 인간에게 당한 실패담이다. 잡
일을 하는 신분이 미천한 남자가 있었는데 그의 아내가 볼일이 있어 나갔

다가 돌아왔다. 그런데 잠시 후 좀 전의 아내와 털끝만큼도 다른 데가 없는 똑같은 모습의 아내가 집으로 들어왔다. 깜짝 놀란 남편이 여러 가지로 궁리 끝에 어느 한 쪽은 여우가 변신한 것이라 생각하고 칼을 뽑아 들었다. 나중에 들어온 아내에게 달려드니 이게 무슨 짓이냐면서 울었다. 그래서 이번에는 먼저 들어온 아내에게 달려드니 마찬가지로 울음을 터뜨렸다. 이런 소동 속에서 남자는 아무래도 먼저 들어온 아내가 수상해서 달려들어 붙잡자 아내는 아주 지독한 냄새가 나는 소변을 뿌리면서 갑자기 여우가 되어 도망쳤다.

제41화 역시 인간과 여우의 대결에서 여우의 실패로 결말이 난다. 강가에 저녁이 되면 젊은 여자가 나타나 지나가는 사람에게 말 뒤에 태워달라고 하여 태워주면 도중에 갑자기 말에서 뛰어내려 여우로 둔갑하여 도망치는 것이었다. 이런 일이 자주 있음을 안 무사가 처음에는 여우에게 속임을 당했지만 두 번째에는 경계를 단단히 하여 멋지게 여우를 붙잡아 단단히 혼을 내고 놓아주었다. 그 후 후일담으로서 무사가 그 여우를 다시 만났을 때 말에 타라고 권했지만 단단히 혼이 난 여우는 응하지 않고 도망쳤다. 그리고 이야기의 말미에 다음과 같은 편자의 소감을 덧붙이고 있다.

此レヲ思フニ、狐ハ人ノ形ト変ズル事ハ昔ヨリ常ノ事也。然レドモ此レハ掲焉ク謀テ、鳥部野マデモ将行タル也。然ルニテハ何ド後ノ度ハ、車モ無ク道モ不違ザリケルニカ、人ノ心ニ依テ翔ナメリトゾ人疑ヒケル、トナム語リ伝ヘタルトヤ。

생각해 보건대 여우가 사람 모습으로 둔갑하는 것은 예로부터 자주 있었던 일이다. 그렇지만 이번 경우는 여우가 아주 교묘하게 변신한 것에 속아서 토리베노(鳥部野)까지 함께 데려간 것이다. 그런데 왜 두 번째에는 마차를 탄 행렬(이것은 여우가 거짓으로 꾸며낸 행렬로서 앞에서는 이 행렬이 무사를 속이는 역할을 함)도 나타나지 않았고 길도 다른 길로 바꾸지 않은 것인지 모르겠다. 여우는 그 때 그 때마다 인간의 마음상태에 따라 속이는 방법을 바꾸는 것이 아닐까 라고 사람들은 생각했다, 라고 전해온다.

이를 보면 여우가 사람 모습으로 둔갑하는 것은 예로부터 늘 있는 일이었고 상대방의 심리에 따라 변심하여 속이는 방법을 다양하게 구사했을 것으로 생각했다는 점에서 여우의 이미지를 살피는데 흥미로운 단서가 된다.

3. 여우의 어원과 씨족 유래담

여우를 일본어로는 「키츠네(きつね)」라고 하는데 그 어원 설화가 있어 소개하기로 한다. 『니혼료오이키(日本靈異記)』 상권 제2화는 「여우를 아내로 삼아 자식을 낳게 한 이야기」라는 제목의 설화로 다음과 같은 내용으로 되어 있다.

옛날 킨메이(欽明) 천황 시대에 미노(美濃)지방 오오노(大野) 군 사람이 아내로 삼을 만한 좋은 여자를 찾아서 말을 타고 나섰다. 우연히 넓은 들판에서 한 아름다운 여자를 만났다. 그 여자는 친근하고 상냥한 태도를 보이자 남자도 눈짓을 했다. 그리고 「아가씨 어디로 가십니까」하고 묻자 여자는 「남편을 찾아서 돌아다니고 있습니다」하고 대답했다. 그래서 남자도 「내 아내가 되지 않겠습니까」하고 권하니 여자는 「좋습니다」라고 승낙하므로 남자는 바로 집으로 데리고 와서 결혼하여 함께 살게 되었다.

이윽고 여자는 임신을 하여 남자아이를 낳았다. 그런데 그 집에서 기르는 개도 12월 15일 같은 날에 새끼를 낳았다. 그 강아지는 이 여자를 보면 항상 이빨을 드러내고 으르렁거리며 노려보고 달려들었다. 여자는 두려워 떨면서 남편에게 「여보 저 강아지를 죽여 주세요」하고 부탁했다. 그러나 남편은 강아지가 불쌍해서 도저히 죽일 수 없었다.

2, 3월 경이 되어 전부터 준비해 두었던 벼를 찧고 있을 때 이 아내는 벼를 찧는 여자들에게 낼 간식을 준비하기 위해서 방앗간 오두막으로 들어갔다. 그러자 어미 개가 갑자기 여자에게 달려들어 물려고 뒤쫓아오면서 짖어댔다. 갑자기 벌벌 떨면서 두려워하던 그녀는 몸이 여우의 모습으로 변하더니 도망쳐서 바구니 위로 올라가서 앉아 있었다. 이를 본 남편은 「당신과 나의 관계는 자식까지 둔 사이가 아닌가, 그러니 당신을 결코 잊지 않을 것이오. 언제든지 다시 와서 함께 잡시다」라고 말을 건넸다. 이렇게 해서 남편 말대로 언제나 와서 자고 가는 것이었다. 그래서 이 여자를 「来つ寝(きつね, <와서 자시오>라는 뜻)」(=狐)라고 부르게 되었다.

어느 날 이 아내는 옷자락을 붉게 물들인 치마를 입고 고귀하고 얌전한 모습으로 와서 옷자락을 스치며 어디론가 사라졌다. 남편은 사라진 아내의 얼굴모습을 그리워하며 다음과 같은 시를 읊었다.

이 세상에 존재하는 사랑이란 것이 모조리 나의 몸에만 덮쳐 온 듯한 느낌이오. 아주 잠깐 나타나서 어딘지도 모르게 멀리 가버린 그리운 당신 때문에…. 그립고도 그리워서 견딜 수 없구려.

그래서 두 사람 사이에서 낳은 자식의 이름을 키츠네(岐都禰)라고 붙였다. 그리고 그 자식의 성을 키츠네노아타에(狐の直)라고 붙였다. 그런데 이 아이는 매우 힘이 셌고 달리는 것도 매우 빨라서 새가 나는 것 같았다. 미노(美濃) 지방의 「키츠네노아타에(狐の直)」라는 성의 기원과 관련된 유래는 바로 이상과 같다.

키츠네노아타에(狐の直)라는 성의 유래담으로 끝을 맺고 있는데, 안에

는 여우를 왜 키츠네라고 부르게 되었는가에 대한 유래에 대해서도 밝히고 있다. 이 설화에 의하면 여우와 개와의 사이가 안 좋은 것으로 나타나 있고 다음 장에서 다루게 될 인수혼인의 요소가 중심을 이루고 있다. 이처럼 여우가 씨족의 기원으로 여겨진 경우로는 헤이안(平安) 시대의 유명한 음양사 아베노세이메이(安部晴明)를 들 수 있다.

음양사 아베노세이메이(安部晴明)의 어머니가 바로 시노다노키츠네(信太の狐)로 알려져 있다. 이즈미(和泉) 지방 시노다(信太)의 숲에 살던 여우가 어느 날 아베노야스나(安部安名)와 관계를 맺고 낳은 자식이 바로 세이메이(晴明)라고 한다. 시노다의 숲에 도망쳐 돌아온 여우가 「그리우면 찾아와 보구려 이즈미의 시노다 숲 슬픔의 갈잎(恋しくばたづね来て見よ泉なる信太の森のうらみ葛の葉)」이라고 써서 남겨두었다는 시도 널리 사람들 입에 오르내렸다.31)

이 설화를 기록한 오래된 문헌으로는 『簠簋抄』가 있는데, 이에 의하면 세이메이(晴明)의 어머니인 여우가 유녀로서 여러 지방을 떠돌다가 츠쿠바(筑波)산 기슭인 네코지마(猫島)에 3년간 머물었을 때 자식을 낳았다. 이 아들이 세 살 때 앞에 예시한 노래를 남기고 떠났다. 그 후 성인이 된 세이메이(晴明)가 시노다의 숲을 찾아가 어머니인 여우와 대면하고, 시노다의 明神임을 알게 된다는 내용이다.

다른 계통의 설화로는, 야마토(大和) 지방의 카츠라기(葛城)산 기슭에 살고 있는 사냥꾼이 산 속에서 숫여우를 묻어 주었는데 그 옆에서 암여우가 지켜보고 있었다. 며칠 후 사냥꾼 집에 이웃 마을의 처녀라면서 한 여자가 찾아와 집안 일을 도와 주었다. 어느 새 두 사람 사이에는 자식이

---

31) 근세 초기에는 카나조오시(仮名草子)인 『安部晴明物語』(浅井了意作)나 셋쿄오부시(説経節)「信太妻」에 의해 전해졌고, 여러 종류의 죠오루리(浄瑠璃)나 카부키(歌舞伎)로도 각색되었다.

생겼다. 그런데 여자는 앞에 예시한 노래를 남기고 갑자기 사라졌으므로 시노다의 숲을 찾아가 보니, 땅에 묻힌 숫여우와 사냥꾼 두 남편을 만나 정녀의 도를 어겼다면서 스스로 목숨을 끊은 암여우를 발견하게 된다는 것이다.32) 이처럼 여우는 씨족의 조상으로서 이야기되는 경우를 보게 되 는데 이것은 여우와 인수혼인이 결부됨으로서 가능한 것이다.

4. 여우 혼인담

그렇다면 여우가 인간과 결합하여 부부로 살게 되는 인수혼인의 경우를 좀 더 구체적으로 보기로 하겠다. 앞에서도 잠깐 언급했듯이 동양 문화권 내에서 여우는 특별한 의미를 지닌다. 예를 들어 중국의 경우, 여우와 관련된 이야기는 일일이 열거할 수 없을 정도이다. 『搜神記』와 『太平広記』를 비롯하여 고대의 여우담은 실로 다채롭다. 그 가운데서도 『唐代伝奇』에 수록된 沈既済의 「任氏伝」은 여우를 아내로 삼은 인수혼인의 대표적인 이야기이다. 여우가 둔갑한 여자 任氏는, 자기에게 반한 방탕한 남자 鄭六이 자기가 여우인 줄 알면서 사랑하는 것을 보고 그의 첩이 되었고 마지막까지 정조를 지키다가 그를 위해 죽는다는 내용이다. 그녀는 남편의 첩의 조카에 해당하는 韋崟이란 남자의 보살핌을 받고 이에 대해

---

32) 乾克己 외 4인 편 『日本伝奇伝説大事典』 角川書店 1986
    일본 음식 가운데 조린 튀김 주머니에 식초를 가미한 밥을 채워 넣은 이나리즈시(稲荷鮨)가 있는데 이것을 다른 이름으로는 시노다즈시(信太鮨)라고도 한다. 그렇다면 위에 예시한 세이메이(晴明)의 설화에서 유추해 보건대 이나리즈시의 명칭도 여우와 관련되어 생겨난 것임을 짐작할 수 있다.

靈力을 사용하여 마음에 드는 여자와 맺어준다든지 돈을 벌게 해 주는 등 은혜를 갚았고, 일년 후 무관으로 임명되어 임지로 떠나는 남편을 따라나섰다가 도중에 검은 개에게 쫓기자 여우의 정체를 드러내고 도망쳤지만 결국 죽음을 맞이하게 되는 것이다. 이야기의 말미에 작자인 沈既済가 韋崟이 친구임을 밝히면서 그로부터 들은 이야기라고 하였다. 그리고 자신의 소감을 한 마디 덧붙이고 있다.

嗟乎　異物之情也有人道焉　遇暴不失節　徇人以至死　雖今婦人　有不如者矣　惜鄭生非精人　徒悦其色而不徵其情性　向使淵識之士　必能揉変化之理　察神人之際　著文章之美　伝要妙之不止於賞翫風態而已惜哉

아아 짐승의 마음에도 인간의 도가 있다. 폭력을 만나서드 정조를 잃지 않고 사랑하는 사람을 따르다 죽고 말았으니 이것은 오늘날의 부인들도 그러하지 못할 것이다. 애석한 것은 鄭六이 도리에 정통한 사람이 못되고 단지 임씨의 미색을 기뻐할 뿐 그 마음을 밝게 하지 못했다는 것이다. 만일 깊은 견식을 지닌 인물이었더라면 틀림없이 변화의 이치를 연구하여 신과 인간의 경계를 잘 살펴서 아름다운 문장으로 지어 아름다운 마음을 전하고, 그녀의 용모를 즐기는데 그치지는 않았을 텐데. 애석하도다.[33]

여우나 뱀과 같은 동물이 여성으로 둔갑하면 절세의 미인이 되는 경우가 설화에서는 자주 있는 일인데, 여우인 임씨이지만 인간으로 화해 있는 동안은 인간보다 더 인간적인 면모를 보여주었음에 칭찬을 아끼지 않고 있다.

그러면 『콘쟈쿠(今昔)』의 여우 혼인담은 어떠한 내용으로 전개되는지 먼저 제14권 제5화를 통해 살펴보기로 하자.

옛날 젊고 잘생긴 남자가 있었다. 누구인지는 잘 모르나 신분은 하급무사 정도였다. 그 남자가 어디로부터인가 오다가 니죠오스쟈쿠(二条朱雀) 근처를

지나서 스자쿠(朱雀)문 앞을 건너는데 나이 십 칠팔 세 정도 되는 용모가 뛰어나게 생긴 여자가 아름다운 옷을 입고 길가에 서 있었다. 남자는 이 여자를 보자 그냥 지나칠 수 없다는 생각이 들어 가까이 다가가서 손을 잡았다. 그리고 문안에 사람이 없는 곳으로 그녀를 불러들여 둘이서 여러 가지 이야기를 나누었다. 남자가 여자에게 말하기를 「이렇게 당신과 만난 것은 그럴 만한 인연이 있어서입니다. 그러니 나와 같은 마음이 되어 내가 하는 말에 따라주기 바랍니다. 이것은 진심으로 하는 말입니다」라고 하니, 여자가 말하기를 「당신의 말을 거절할 수 없습니다. 그래서 당신 말대로 따르고 싶습니다만, 만일 당신의 말에 따르게 되면 내 목숨을 잃을 것이 틀림없습니다」라고 했다. 하지만 남자는 이 말이 무슨 의미인 줄도 모르고 「단지 거절하는 말이겠지」라고 생각하고 억지로 여자를 끌어안으려고 했다. 그러자 여자가 울면서 「당신은 이 세상에서 처자식이 있고 한 집안을 이끌어 가는 분인데 제게 이러는 것은 잠시 스쳐 지나가는 일에 지나지 않습니다. 이런 일시적인 희롱에 저는 당신 대신에 영원히 목숨을 잃게 되는 것은 슬픈 일입니다」라고 말하면서 거절했지만 마침내 남자가 하는 말에 따르게 되었다.

이윽고 날이 저물고 밤이 되자 근처의 작은 집을 빌려서 데리고가 갔다. 함께 정을 나누고 밤새도록 변함 없는 사랑의 약속을 주고받다가 날이 새자 여자가 돌아가면서 남자에게 말하기를 「나는 당신을 대신해서 목숨을 잃게 될 것이 분명합니다. 그러니 당신은 나를 위해서 법화경을 서사 공양하여 나의 후세를 빌어 주십시오」라고 했다. 그러자 남자는 「남녀가 정을 나누는 일은 세상에 흔히 있는 일인데 어찌 반드시 죽을 리가 있겠소. 그렇지만 혹시 당신이 죽는다면 틀림없이 법화경을 서사하여 공양을 드릴 것이오」라고 말해 주었다. 이 말을 듣고 여자가 말하기를 「내가 죽는 것이 사실인지 아닌지를 보고 싶으면 내일 아침 부토쿠덴(武德殿) 근처에 가 보십시오. 그 때의 징표로서 이것을…」 하면서 남자가 들고 있던 부채를 가지고 울면서 헤어졌다. 남자는 그 말이 사실일 것이라고는 믿지 않은 채 집으로 돌아갔다.

다음 날 아침 「그녀가 말한 것이 혹시 사실일지도 모르니 가 보아야겠다」고 생각하고 부토쿠덴(武德殿)에 가서 둘러보았을 때 백발의 노파가 나와서 남자를 향해 구슬퍼 울었다. 그래서 노파에게 「당신은 누구인데 무슨 일로 이렇게 우는 것이오」라고 묻자, 노파가 「이 늙은이는 지난 밤 당신이 스자쿠(朱雀)문 근처에서 만났던 여자의 어미인데, 그 여자는 이미 죽었습니다. 이 사실을 알려주려고 여기에 와 있었던 것입니다. 그 죽은 사람은 저기에 누워있습니다」라

면서 손가락으로 가르키더니 사라지듯이 모습을 감추었다. 남자는 이상한 일도
다 있다고 생각하면서 다가가 보니 부토쿠덴(武徳殿) 안에 한 마리의 젊은 여
우가 부채로 얼굴을 가린 채 죽어 있었는데 그 부채는 바로 지난 밤 자기가
준 부채였다.「어젯밤 여자는 바로 이 여우였단 말인가, 그렇다면 내가 여우하
고 정을 통한 것이로군」하고 그 때서야 비로소 알아차리고 불쌍하고 기이한
생각으로 집으로 돌아왔다.

　　그 날로 즉시 7일마다 법화경 한 부를 공양하여 바치고 그녀의 후세를 빌어
주었다. 이리하여 49일이 채 되지 않아서 남자의 꿈에 그녀가 나타나 만났다.
그녀를 보니 천녀처럼 아름다운 옷을 입고 있었고, 마찬가지로 아름다운 모습
을 한 수많은 여자들이 주위를 둘러싸고 있었다. 그녀가 남자에게 고하기를「
당신이 법화경을 공양하여 저를 구해준 덕택에 영겁을 통하여 죄를 멸하고 지
금 도리천(忉利天)에 태어나게 되었으니 그 은혜는 이루 헤아릴 수 없습니다.
앞으로도 영원히 잊을 수 없겠지요」라고 하더니 하늘로 올라갔다. 이 때 하늘
에서는 아름답고 성스러운 음악이 들려오는가 싶더니 꿈에서 깨어났다. 남자는
매우 경이로운 생각이 들어서 더욱 신심을 일으켜서 법화경을 공양해 바쳤다.

　　이러한 남자의 마음은 흔치않은 훌륭한 것이다. 비록 여자의 유언이 있었다
하더라도 양속을 어기지 않고 정성스럽게 내세를 빌어 주었으니, 이것도 역시
전생에 불도의 인연이 있었기 때문일 것이다. 남자가 이야기한 것을 듣고 전하
는 것이다.

　　일찍이 아쿠타가와 류우노스케(芥川竜之介)는 이 이야기를『콘쟈쿠(今
昔)』안에서도 가장 서정시적인 이야기의 하나로 평을 했다.34) 인간과 동
물 사이의 이처럼 애절한 사랑의 이야기가 전해져 온다는 것은 주목할 만
한 사실이다. 특히 여우의 경우는 대개 아름다운 여인으로 둔갑하여 남자
와 결혼을 하지만 결국은 자신의 목숨을 잃는 경우가 많다. 즉 남자에게

---

34)「この話の中の女は実は狐の化けていたのである。が、彼等の問答は長椅子の上にも行
　はれるであらう。狐は一夜を明かした後、扇に顔を隠したまま、武徳殿の中に倒れて
　いた。しかもその扇は形見の為に男の贈った扇だった。僕はこの話を『今昔物語』の中
　でも最も抒情詩的な話の一つに数へている。秋の日のさしこんだ武徳殿の外には、或
　は野菊の花なども咲いていたであらう…。」(芥川竜之介 「今昔物語鑑賞」『日本文学
　講座』第6巻 新潮社 1927)

해를 끼치지 않음은 물론이고 많은 도움을 베푼 후 자신의 목숨을 희생하거나 다시 여우로 되돌아가는 경우가 많은 것이다.

『콘쟈쿠(今昔)』의 본 설화는『홋케겡키(法華驗記)』하권 제127화「朱雀大路野干」을 출전으로 하고 있는데, 양자 사이에는 적지 않은 차이를 볼 수 있다. 표현 면에서『콘쟈쿠(今昔)』쪽이 훨씬 자세하고 생생하게 묘사하고 있다는 점 외에도, 양자의 큰 차이점으로서『홋케겡키(法華驗記)』에는 여우와 관계를 가지면 남자가 죽게 될 것이라고 하여 여우가 죽을 것이라는『콘쟈쿠(今昔)』와는 정 반대로 되어 있다. 즉 정체가 여우인 여자는 남자의 구애를 받고 우리가 정을 통하게 되면 남자의 목숨을 잃게 될 것이라면서 일단 거절한다. 그러나 남녀의 사랑은 자연스러운 것이라며 간절히 원하자, 그렇다면 내가 당신 대신에 죽음으로서 당신의 목숨을 구해 줄테니 나를 위해 법화경을 서사 공양하여 짐승의 몸으로 태어난 苦를 벗어나게 해달라고 부탁한다. 이후는 대략『콘쟈쿠(今昔)』와 비슷한 줄거리가 전개되는데, 이처럼 자기와 관계를 가지면 죽게될 남자의 목숨을 구하고 대신 죽어 가는『홋케겡키(法華驗記)』의 설정은 여우의 희생과 애틋한 사랑을 더욱 절실한 것으로 느끼게 해준다.

한편 이와 같은『콘쟈쿠(今昔)』내에서의 인수혼인은 제16권 제17화와 제23권 제27화에서도 볼 수 있는데, 후자는 옛날에 미노노키츠네(美濃狐)라고 하는 매우 힘이 센 여자가 있었는데 이 여자에 대해서「이 여자는 옛날에 이 지방에 여우를 아내로 삼은 사람이 있었는데 그 4대째의 자손에 해당한다(此レハ昔シ、彼ノ国ニ狐ヲ妻トシタル人有ケリ。其レガ四継ノ孫也ケリ)」라고 하여 힘센 여자의 출신을 밝힌 이야기다.[35]

---

35) 이 설화 내용의 근거는 앞 절에서 밝힌『日本霊異記』의 狐(키츠네)의 어원담과 관련이 있는 것으로 보인다.

그리고 전자는 「비츄우 지방에 사는 카야노요시후지(賀陽良藤)라는 남자가 여우의 남편이 되어 관음보살의 도움을 받은 이야기(備中国賀陽良藤為狐夫得観音助語)」라는 제목으로 내용을 소개하면 다음과 같다.

옛날 비츄우(備中) 지방 카야(賀陽)군 아시모리(葦守)고을에 카야노요시후지(賀陽良藤)라는 사람이 있었다. 돈 빌려주는 일을 해서 집안은 부유했지만 천성이 방탕하여 여자를 좋아했다.

칸페이(寬平) 8년(896) 가을, 그의 아내가 上京해 있는 동안 요시후지는 홀아비가 되어 혼자 집에 있다가 해질 무렵에 밖으로 나가 어슬렁거리고 있는데, 갑자기 용모가 아름다운 젊은 여자가 눈에 띠었다. 지금까지 본 적이 없는 미녀였기 때문에 욕정이 일어나 그녀에게 접근하니 여자는 도망치려는 기색이었다. 그러자 요시후지는 다가가서 그녀를 붙잡고 「당신은 어떤 분입니까」하고 묻자 여자는 몸놀림도 요염하게 「이렇다 할 만한 사람이 못되옵니다」라고 대답하는 모습이 무척 사랑스러웠다. 요시후지가 「자 우리 집으로 갑시다」고 하니 안 된다고 거절하며 그에게서 떨어지려고 했다. 「그렇다면 당신은 어디 삽니까, 내가 같이 가고자 하오」하니 「바로 저기입니다」하면서 걷기 시작하니 요시후지도 그녀의 손을 잡은 채 따라갔다. 그러자 아주 가까운 곳에 훌륭하게 지은 집이 있었고, 안을 들여다보니 상당히 잘 갖추어져 있었다. 이를 본 요시후지가 「그런데 이런 집이 있었던가?」라고 생각하고 있는데, 집안에는 상중하의 여러 남녀가 있었고 「아씨가 돌아오셨다」고 하면서 부산하게 움직였다. 「그렇다면 이 여자는 이 집안의 따님이었단 말인가」하고 생각하니 기뻐서 그날 밤 그녀와 관계를 맺었다. 다음 날 아침 집주인인 듯 싶은 사람이 나오더니 요시후지에게 「그럴만한 인연이 있어 이렇게 오신 것이겠지요, 이제 이대로 여기 머물러 계십시오」라고 말하고 편안하게 대접해 주었다. 요시후지도 그녀에게 완전히 마음을 빼앗겨 오랫동안 부부의 관계를 맺고 기거를 함께 하며 보내다 보니 자기 집안과 자식들의 일은 잊어버리고 있었다.

한편 원래의 요시후지 집에서는 주인이 저녁이 되어도 모습을 보이지 않으므로 「여느 때처럼 어딘가 여자에게 빠져 숨어있는 것이겠지」하고 생각했는데 밤이 되어도 돌아오지 않으므로 미워하는 사람도 있었다. 이미 한밤중이 지났으므로 「정말 한심한 사람이군, 찾아보자」하면서 근처를 찾아보았지만 없었다. 「멀리 갔는가 하면 여행 도구가 모두 그대로 있고, 그렇다면 평소 차림인 채 어딘가 간 것이로군」하면서 소란을 피우는 동안에 날이 밝았다. 다시 갈 만한 곳을 여기저기 찾아보았지만 어디에도 없었다. 「변덕이 많은 젊은 시정이니 혹시 출가를 하거나 투신자살을 한 것은 아닐까, 참으로 괴이한 일이네」하면서 떠들썩했다. 그런데 바로 요시후지가 있는 곳에서는 세월이 흘러 그의 아내가 임신을 했고 달이 차자 무사히 자식을 낳았다. 그래서 부부 사이도 더욱 깊어지고, 세월을 보내는 동안 무엇이든 부족함이 없다는 생각이 들었다.

원래 집에서는 요시후지가 사라진 후 찾아보아도 만날 수 없었으므로, 그의 형인 군수 토요나카(豊仲), 동생인 관리 토요카게(豊陰) 키비츠히코진구우지(吉備津彦神宮寺)의 신관인 토요츠네(豊恒), 그의 아들인 타다사다(忠貞) 등, 모두 부유한 사람들이었는데, 모여 슬피 울면서 「요시후지의 시신이라도 찾아내야 하겠다」는 생각에 모두가 함께 서원을 세워 십일면관음보살상을 만들기로 하고, 편백나무를 베어 요시후지와 같은 키의 불상을 만들었다. 그리고 불상을 향해 참배하며 「시신이라도 보게 해 주십시오」라고 기원을 하였다. 그리고 행방불명이 된 그날부터 염불과 독경을 시작하여 요시후지의 명복을 빌어주었다.

그런데 한편, 요시후지가 사는 곳에 갑자기 한 속인이 지팡이를 짚고 나타났다. 주인을 비롯해서 집안 사람들이 그를 보더니 몹시 두려워 떨면서 모두 도망쳐 버렸다. 그러자 그 속인은 지팡이로 요시후지의 등을 두드리며 좁은 곳으로부터 밖으로 밀어냈다.

이 무렵 요시후지의 집에서는 그가 실종된 지 13일째 되는 저녁에 집안사람들이 요시후지를 그리워하면서 「하여튼 기이하게 사라져버렸어. 바로 이때쯤이었는데」라며 이야기를 하고 있었다. 바로 그때 앞 창고의 마루 밑에서 이상하고 검은 원숭이같이 생긴 것이 손발을 짚고 어슬렁거리며 기어 나오자 「뭐야 이것이」라며 야단법석을 떨자 「나다」하는 목소리를 들으니 요시후지였다. 아들 타다사다는 이상하다고 생각했지만 분명히 아버지의 목소리가 틀림없었으므로 「이게 도대체 어찌된 일입니까」라며 마당으로 뛰어내려가 일으켜 세웠다. 요시후지가 말하기를 「나는 홀아비 생활을 할 때는 항상 누군가 여자하고 관계를 맺고싶어 했었는데 생각지도 않게 고귀한 분의 사위가 되어 오랜 세월 지내는 동안 아들 하나를 얻었다. 아주 잘생겼고 밤낮으로 안아주면서 손에서 떼어놓지를 않았다. 나는 그 아이를 집안의 후계자로 삼고자 하니 타다사다는 차남이 되도록 해라. 왜냐하면 나는 그 아이의 어머니를 소중히 여기기 때문이다」고 하였다. 타다사다는 이 말을 듣고 「그럼 그 아이는 어디에 있습니까」하고 물으니 「저기에 있다」고 대답하면서 창고 쪽을 가리켰다. 타다사다를 비롯하여 집안 사람들이 이 말을 듣고 모두 이상하다고 생각하며 요시후지의 모습을 보니 병을 앓고 난 사람처럼 아주 야위어 있었고 입고 있는 옷도 실종되었을 때 입었던 옷 그대로였다. 곧바로 사람들을 창고의 마루 밑으로 들어가 살펴보게 했더니 수많은 여우들이 있었는데 모두 이리저리 도망쳐 흩어졌다. 거기에 요시후지가 누웠던 침상이 있었다. 이것을 보고 요시후지가 여우에게 홀려서 그의 남편이 되었고 본성을 잃은 것이었다는 것을 알고 즉시 덕 있는 고승을 청하여 기도를 하게 하고 음양사를 불러 액을 쫓게 한 후 여러 번 목욕을 시키고 나서 보니 옛날 모습과는 달랐다. 그 후 차츰 제 정신으로 돌아와서 보니 얼마나 부끄럽고 기이한 일인지 몰랐다. 요시후지가 창고 마루 밑에 있었던 것은 13일간 이었는데 요시후지 자신에게는 13년처럼 생각되었다. 그리고 창고 마루 밑의 높이는 겨우 4, 5寸에 지나지 않았지만 요시후지에게는 높고도 넓게 느껴져 들락날락하면서 커다란 저택이라고 생각한 것이었다. 이것은 모두 신령스런 여우의 짓이었다. 이전의 지팡이를 짚고 들어온 속인은 바로 식구들이 만들었던 관음보살이 변하여 나타나신 것이었다.

그러므로 세상 사람들은 반드시 관음보살을 생각하며 모셔야 한다. 그 후 요시후지는 몸에 아무런 이상도 없이 10여 년을 살다가 61세에 세상을 떠났다. 이 이야기는 당시 비츄우(備中)지방의 장관이었던 미요시노키요츠라(三善淸行) 재상이 이야기한 것을 듣고 전하는 것이다.

전체적으로는 관음보살의 영험담으로 되어 있으나 이것은 작품 전체의 구성상 관음영험담을 모아놓은 권에 수록하기 위한 방편이었고, 이것은 앞의 예화에서 법화경 영험담으로 윤색한 것과 유사한 기법이라고 할 수 있겠는데, 여기에서 주목하고자 하는 것은 여우와의 인수혼인적 요소이다. 말미에 이야기의 전승자를 밝힘으로서 설화의 신빙성을 높이고 있는데, 그 만큼 여우와의 인수혼인이 기이한 일이기는 하지만 당시 사람들에게 있을 수 있는 일로서 여겨지고 있었다고도 보인다. 특히 요시후지의 경우는 여우와 자식까지 낳고 살았다는 점과 일반 세상의 하루가 여우와의 세계에서는 1년의 긴 시간으로 여겨졌다는 점이 눈길을 끄는데, 이처럼 이류(異類)와의 혼인과 그 후의 세계에서는 시간의 인식 차가 발생하는 경우가 많다.

또한 내용에 의하면 요시후지는 여우와의 사이에서 낳은 자식을 본처와의 사이에서 낳은 자식보다 더 소중히 여기고 있고 자기 집안의 후계자로 삼기까지 하는데, 결국은 인간세계로 돌아온 후 자식과의 재회는 이루어지지 못했다. 이러한 요소는 여우와의 인수혼인담에서 보이는 「자식과의 이별(子別れ)」의 話型36)으로 가는 과정으로도 볼 수 있을 것이다.

5. 맺음말

이상 『콘쟈쿠(今昔)』를 중심으로 설화에 나타난 여우의 이미지와 인수혼인의 요소를 살펴 보았다. 여우는 때로는 神格을 지니기도 하고 인간의 몸에 들어와 병마를 일으키는 靈鬼가 되기도 했는데, 『콘쟈쿠(今昔)』에 나타난 발이 빠른 使者로서의 이미지는 나중에 이나리(稻荷) 신앙과 결부되어 신의 使者로서 인식된다. 그리고 『今昔』의 제27권에서 확인된 여우의 실패담과 여성(대부분 아름다운 여성)으로의 변신 요소는 인수혼인담으로

---

36) 吉野裕子는 狐女防型(여우아내형) 전승에 대체로 공통되는 점으로서 「① 어떤 남자가 여우를 도와준다 ② 그 여우가 여자로 둔갑하여 찾아와서 아내가 되고 자식을 낳는다 ③ 여자는 자식에게 여우의 모습 또는 꼬리를 보이고 만다 ④ 그래서 「그리우면 찾아와 보거라…」하는 노래를 남기고 떠난다 ⑤ 남겨진 자식은 나중에 출세해서 유명한 사람이 된다, 또는 짐승과 새의 말을 해독하는 呪物을 남겨 부자가 된다, 또는 여우가 떠난 후 그 남자의 집은 풍작이 계속되어 부귀영화를 누린다」고 하고, 이러한 유형의 전승은 각각 다소의 차이는 보이지만 그 중심에 자리하고 있는 것은 「자식과의 헤어짐(子別れ)」이고 이 설화는 여우의 생태에 매력을 느낀 우리의 조상들에 의한 「자식과 헤어짐의 의식(子別れの儀式)」의 각색이라고 생각된다고 하였다(『狐』法政大学出版局 1983)

발전하는데 중요한 역할을 하게 된다.

한편 『니혼료오이키(日本靈異記)』에는 「키츠네」라고 부르게 된 유래담이 수록되어 있다. 어원으로서 「来つ寝(키츠네, 와서 자라는 뜻)」에 얽힌 설화인데, 이것은 씨족 유래담으로 발전되기도 했다. 헤이안(平安)시대의 유명한 음양사 아베노세이메이(安部晴明)의 어머니가 바로 여우였다는 「시노다노키츠네(信太の狐)담」도 그 일례이다.

여우의 중요한 이미지의 하나가 바로 인간 남자와 결합하여 부부가 되고 자식을 낳는다는 인수혼인적 요소이다. 『콘쟈쿠(今昔)』를 예로 들은 두 설화는 각각 법화경 영험담과 관음보살 영험담의 성격을 띠고 있지만 이것은 작품 전체의 구상에 의한 방편이고 역시 설화로서의 흥미를 끄는 부분은 여우와의 인수혼인이라고 할 수 있다. 특히 카야노요시후지(賀陽良藤)의 경우는 여우 아내와의 사이에 아들까지 두고 행복한 생활을 보냈지만 결국은 홀로 인간세계로 돌아오게 된다. 이처럼 인간과 동물과의 가족 관계는 영원히 지속되지 못하고 결국은 파국에 이르는 것이 일반적이고, 이것은 여우와의 인수혼인담에서 자주 보이는 「자식과의 이별(子別れ)」의 話型으로 전개되는 과정이라고 볼 수 있을 것이다.

巻	一	二	三	四	五	六	七	(八)
副題	天竺	天竺	天竺	天竺付仏後	天竺付仏前	震旦付仏法	震旦付仏法	
説話数	38	41	35	41	32	48	40	
内容	1〜8 在家信者の帰依 9〜16 外道の迫害 17〜28 人々の出家 29〜38 仏の出世・成道	1〜2 仏の父母 3〜5 仏の前生・因縁 6〜27 仏弟子の教化（善因善果） 28〜41 仏の教化（悪因悪果）	1〜6 仏弟子たち 7〜12 異類・畜生 13〜16 転生・転身 17〜18 聖者 19〜24 供養 25〜27 聞法 28〜35 仏の入涅槃	1〜2 仏弟子のその後 3〜5 阿育王のその後 6〜15 比丘たち 16〜22 仏・経霊験（仏像） 23〜27 後代の比丘たち（経典） 28〜35 雑・経霊験 36〜41 冥界	1〜6 王・后（国王を含む） 7〜12 本生（国王を含む） 13〜29 動物（本生を含む） 30〜32 雑	1〜10 仏教伝来・弘布 11〜30 諸仏霊験（釈迦・阿弥陀・薬師・その他） 31〜48 諸経霊験（華厳・阿含・方等）	1〜32 諸経霊験（法華・般若・金剛般若・涅槃） 33〜40 雑	（諸菩薩・諸僧霊験か）
分類（細）	成立教団／仏生	教化	仏滅／救済	さらに後代／仏入滅後	世俗諸譚／天竺史	仏宝／仏教伝来	法宝	（僧宝か）
分類（中）	仏教創始期（釈尊伝）	仏教創始期（釈尊伝）	仏教創始期（釈尊伝）	仏入滅後	世俗諸譚・天竺史	三宝霊験	三宝霊験	三宝霊験
	教	教	教	仏	世俗	教	教	教
	天竺	天竺	天竺	天竺	天竺	旦	旦	旦
備考	題目のみ 20・24		本文未完 23	本文未完 13	本文未完 7・8	本文未完 43	題目・本文とも欠 33〜40	

表（今昔物語集 各巻分類表）※原表は縦組み・右から左へ読む。以下は各巻を一行に起こして示す。

巻	部	話数	分類（話番号・項目）	三宝霊験区分	仏教／世俗	本朝／震旦	備考（題目のみ・本文未完）
九	震旦付孝養	46	孝子 1〜14／友情 15〜16／転生応報 17〜21／殺生応報・冥界 22〜26／殺生応報 27〜29／冥界 30〜36／現報 37〜42／雑報 43〜46	因果応報	仏	震旦	—
一〇	震旦付国史	40	王・后（その他）1〜8／賢人・仙人 9〜15／武人・信義 16〜22／学芸・風雅 23〜27／（王・后）28〜35／雑 36〜40	世俗諸譚・震旦史	世俗	震旦	本文未完 3
一一	本朝付仏法	38	仏教伝来 1〜12／諸寺縁起 13〜38	弘布・仏教伝来	仏教	本朝	本文未完 3・14・16・18／題目のみ 19・20・33・34・37
一二	本朝付仏法	40	諸仏霊験 25〜40／諸法会縁起 11〜24／諸塔縁起 3〜10／諸寺縁起 1〜2	仏宝（三宝霊験）	仏教	本朝	—
一三	本朝付仏法	44	諸経霊験（法華）1〜44	法宝（三宝霊験）	仏教	本朝	—
一四	本朝付仏法	45	雑 40〜45／（般若）39／（方広）36〜38／（涅槃）30〜35／（法華）1〜29	法宝（三宝霊験）	仏教	本朝	—
一五	本朝付仏法	54	往生 1〜54	法宝（三宝霊験）	仏教	本朝	—
一六	本朝付仏法	40	（観音）1〜40	僧宝（三宝霊験）	仏教	本朝	—
一七	本朝付仏法	50	諸天霊験〔（その他）48〜50／（吉祥天女）43〜47／（毘沙門）42〜44〕／諸菩薩霊験〔（普賢）39〜41／（文殊）36〜38／（弥勒）34〜35／（虚空蔵）33／（地蔵）1〜32〕	僧宝（三宝霊験）	仏教	本朝	題目のみ 40／本文未完 50
（一八）	本朝付仏法	—	（諸僧霊験か）	僧宝（三宝霊験）	仏教	本朝	—
一九	本朝付仏法	45	出家 1〜18／転生 19〜22／孝子 23〜28／報恩 29〜34／三宝加護 35〜44	因果応報	仏教	本朝	本文未完 33／題目のみ 15・16・34

巻	三一	三〇	二九	二八	二七	二六	二五	二四	二三	二二	（二一）	二〇
副題	本朝付雑事	本朝付雑事	本朝付悪行	本朝付世俗	本朝付霊鬼	本朝付宿報	本朝付世俗	本朝付世俗	本朝	本朝		本朝付仏法
説話数	37	14	40	44	45	24	14	57	14	8		46
内容	1～37 雑	1～14 男女の仲	31～40 動物 1～30 悪行	1～44 滑稽	42～45 その他の鬼神 37～41 化ける動物（狐） 34～36 化ける動物（野猪） 31～33 霊鬼（狐か） 1～30 霊鬼（霊・精・鬼）	19～24 宿報（悪報） 1～18 宿報（善報）	1～14 武士	31～57 和歌 25～30 漢詩 23～24 音楽 13～22 陰陽・卜占 7～12 医術 1～6 工芸・技能	26 馬芸 17～25 強力・相撲 13～16 武芸	1～8 藤原氏	（天皇・后か）	41～46 天道感応 39～40 憍慢 25～38 現報 20～24 生報 15～19 冥界 1～14 天狗・野猪
分類	雑	雑	動物／悪行	滑稽	霊鬼	宿報	武士	知的技芸	肉体的技芸	本朝史		因果応報
（技芸）								技芸	技芸			
部門	世俗	世俗	世俗	世俗	世俗	世俗	世俗	世俗	世俗	世俗		仏教
部	本朝	本朝	本朝	本朝	本朝	本朝	本朝	本朝	本朝	本朝	本朝	本朝
備考	本文未完 2・4	本文未完 6・7	題目のみ 16	本文未完 36	本文未完 14	題目のみ 6	題目のみ 8・14	題目のみ 12・17	題目本文とも欠 1～12	本文未完 8		題目のみ 8・14

『今昔物語集』研究文獻目錄

芳賀矢一	『攷証今昔物語集』	富山房	1913 (1976 復刊)
坂井衡平	『今昔物語集の新研究』	誠文堂書店	1923
片寄正義	『今昔物語集の研究・上』	三省堂	1943 (1974 復刊)
片寄正義	『今昔物語集論』	三省堂	1944 (1974 復刊)
西尾光一	「今昔物語集における説話的発想」	文学	1948.7
馬淵和夫	「今昔物語集における欠文の研究」	国語国文	1948.12
西尾光一	「今昔物語集仏教説話の発想法」	文学	1949.6
馬淵和夫	「今昔物語集伝本孝」	国語国文	1951.5
国東文麿	「今昔物語構想論」	国文学研究	1952.10
長野嘗一校注	『今昔物語』<日本古典全書>	朝日新聞社	1953〜1956
今野　達	「陽明文庫蔵孝子伝と日本説話文学」 の交渉　－附、今昔物語出伝攷－	国語国文	1953.5
今野　達	「注好選集について」 －附、私聚百因縁集成立孝－	国語	1953.9
佐藤謙三校注	『今昔物語集』<角川文庫>	角川書店	1954〜1965
益田勝実	「今昔物語集の問題点」	日本文学	1954.7
永積安明	「今昔物語集の課題」	文学	1955.4
川口久雄	「今昔物語集と古本説話集について」	文学	1955.4
川口久雄	「八相成道変文と今昔物語集仏伝説話」 －我が国説話文学と敦煌資料－	金沢大学法文学 部論集・文学編	1956.2
国東文麿	「今昔物語集巻八と仏法部組織の成立」	国文学研究	1956.3
佐藤謙三編	『今昔物語　宇治拾遺物語』 <日本古典鑑賞講座　第八巻>	角川書店	1958
今野　達	「今昔物語集の作者と廻って」	国語と国文学	1958.2
真鍋広済	「今昔物語集と地蔵菩薩霊験記」	文学語学	1958.3
今野　達	「古代中世文学の形成に参考した 古孝子伝二種について」 －今昔物語集以下諸書所収の中国孝養説話典拠孝－	国語国文	1958.7

今野　達	「善家秘記と真言伝所引散佚物語」	国語と国文学	1958.11
	－ 今昔物語との関連において －		
国東文麿	「今昔物語集の説話展開様式」	早稲田商学	1959.1
山根対助	「大日本法華験記の今昔的屈折(上)」	国語国文研究	1959.10
山田孝雄外3人	『今昔物語』一～五(日本古典文学大系)	岩波書店	1959～1963
益田勝実	『説話文学と絵巻』(古典とその時代)	三一書房	1960
山田英雄	「今昔物語における殺人事件二つ」	日本歴史	1960.5
野上映子	「今昔物語集の一研究」	女子大国文	1960.11
	－ 三宝感応要略録との関係について －		
国東文麿	『今昔物語集成立孝』	早稲田大学	1962
		出版部	(1978 増補版)
国東文麿	「今昔物語集天竺部の組織について」	国文学研究	1962.3
高橋俊夫	「今昔物語集と注好選集」	国学院大学	1962.3
		大学院紀要	
宮田　尚	「今昔物語集天竺部小考」	説話文学研究	1962.9
	－ 注好選集との関連をめぐって －		
長野嘗一	「今昔物語集「奈良本」について」	国語と国文学	1962.10
橘　健二	「『今昔物語集』と『俊頼髄脳』との関係	奈良女子大学	1962.12
		付属高校研究紀要	
西尾光一	『中世説話文学論』(塙選書)	塙書房	1963
野口博久	「宇治拾遺物語の成立について」	言語と文芸	1963.1
	－ 散佚宇治大納言物語・今昔物語集との関係 －		
今野　達	「今昔物語集の成立に関する諸問題」	解釈と鑑賞	1963.1
	－ 俊頼髄脳との関連を糸口に －	奈良女子大学	1963.3
本田義憲	「和文クマーラヤーナ	研究年報Ⅵ	
	・クマーラジーヴァ物語の研究」		
黒部通善	「今昔物語集巻十三・十四孝」	国語国文学	1963.11
	－ 法華験記との関連について －		
池上洵一	「欠文の語るもの」	文学	1964.1
	－ 今昔物語集研究の序章 －		
本田義憲	「敦煌資料と今昔物語集との	奈良女子大学	1964.3
	異同に関する孝察Ⅰ」	研究年報Ⅶ	
永井義憲	「今昔物語の作者と成立」	大正大学	1965.3
		研究紀要	

黒部通善	「今昔物語集巻十一・十二孝」 － その構想について －	国語国文学	1965.6
本田義憲	「敦煌資料と今昔物語集との 異同に関する孝察Ⅱ」	奈良女子大学 研究年報Ⅸ	1966.2
柾　谷明	「文学作品における性愛の追究」 － 今昔物語 －	解釈と鑑賞	1966.6
河内山清彦	「宇治大納言物語の潮流」	言語と文芸	1966.11
永積安明 池上洵一	『今昔物語集』一～九(東洋文庫)	平凡社	1966～1980
本田義憲	「敦煌資料と今昔物語集との 異同に関する孝察Ⅲ」	奈良女子大学 研究年報Ⅹ	1967.2
酒井憲二	「今昔物語集の資料性」	山梨県立女子 短大紀要	1967.3
広田　徹	「『今昔物語集』巻二十五の主題」	古典評論	1967.3
高橋　貢	「源信僧都の母の話」 － 今昔物語集巻十五第三十九をめぐって －	仏教文学研究	1967.5
中野　猛	「今昔物語集巻十五の 編纂意識について」	言語と文芸	1967.7
河内山清彦	「今昔物語集成立論の一視点」 － 歌集との関連を軸として －	国語と国文学	1967.10
宮田　尚	「今昔物語集と大唐大慈恩寺 三蔵法師伝」 － その交渉をめぐって －	国文学研究	1967.11
山口佳紀	「今昔物語集の形成と文体」 － 仮名書自立語の意味するもの －	国語と国文学	1968.8
宮田　尚	「今昔物語集出伝研究の点検 － 巻七第十六話のばあい － 」	国文学研究	1968.11
坂本治久	「今昔物語集と俊頼髄脳との関係」	『大鏡の構成』	1969
宮田　尚	「今昔物語集と法苑珠林」 － 巻六第二十話の定着をめぐって －	国文学研究	1969.11
池上洵一	「今昔物語集の欠文に関する諸問題(一)」 － いわゆる共通欠文をめぐって －	法文論叢	1970.3
本田義憲	「今昔物語集仏伝資料に関する覚書」	仏教文学研究	1970.6
山口仲美	「今昔物語集の文体について(Ⅰ)」 － 直喩表現の分析から －	国語と国文学	1970.11

宮田　尚	「宇治大納言物語の一側面」 －山門寺門の確執との関連から－	国文学研究	1970.11
池上洵一	「今昔物語集の欠文に関する諸問題(一)」 －いわゆる共通欠文をめぐって－	法文論叢	1970.12
山口仲美	「今昔物語集の文体について(Ⅱ)」 －直喩表現の分析から－	国文学研究	1970.12
日本文学研究 資料刊行会編	『今昔物語集』(日本文学研究資料叢書)	有精堂	1970
馬淵和夫	『今昔物語集文節索引』一～三十一	笠間書院	1970～1981
馬淵和夫外2人	『今昔物語集』一～四(日本古典文学全集)	小学館	1971～1976
播摩光寿	「『今昔物語集』と『三国伝記』」 －天竺説話を中心に－	古典遺産	1971.12
小内一明	「宇治大納言物語をめぐって」 －室町期の記録を中心に－	言語と文芸	1971.3
佐原作美	「今昔物語における末法観について」	駒沢大学文学 部研究紀要	1971.3
稲垣泰一	「菅家本「諸寺縁起集」と 今昔物語集巻十一」	説話	1971.5
藤井俊之	「今昔物語集編者の素材収集方法(一)」 －法苑珠林と天竺・震旦部－	説話	1971.5
宮田　尚	「今昔物語集出典研究の点検(その二)」 －巻十と注好選集との関連から－	国文学研究	1971.11
今野　達	「今昔物語集出典研究の点検(その二)」	国文学研究	1971.12
日本文学研究 資料刊行会編	『今昔物語』(日本文学研究資料叢書)	有精堂	1972
渥美かをる	「今昔物語集巻一～巻三の性格 とその制作意図について」	説林	1972.2
高橋俊夫	「今昔物語集と注好選集」	国学院大学 大学院紀要	1972.3
池上洵一	「今昔物語集における説話の選択」 －本朝法華験記の場合－	国文神戸	1972.6
今野　達	「今昔の本文欠話臆断」 －内容の推定が示唆するもの－	専修国文	1972.1
宮田　尚	「今昔物語集天竺部小孝」	説話文学研究	1972.9

	- 注好選集との関連をめぐって -		
神田秀夫 国東文麿	『日本の説話 2古代』(日本の説話)	東京美術	1973
高橋俊夫	「今昔物語集天竺部出典の再検討」 - その一、経律異相 -	国学院大学 大学院紀要	1973.3
池上洵一	「今昔物語集と原話との間」 - 欠文を手がかりに -	日本文学	1973.5
池上洵一	「今昔物語集の成立をめぐって」 - 基礎的諸問題の検討 -	文学	1973.9
国東文麿	「今昔物語集の説話と組織の独自性」	『日本の説話 2古代』	1973.10
池上洵一	「今昔物語集の方法」 - 原話と今昔とを分けるもの -	『日本の説話 2古代』	1973.10
今野 達	「鯖の木の話 - 成立と伝承 - 」	『日本の説話 2古代』	1973.10
今成完昭	「今昔物語集の兵説話をめぐって」	『日本の説話 2古代』	1973.10
宮田 尚	「今昔物語集と冥報記(一)」 - 李大安蘇生譚をめぐって -	国文学研究	1973.11
片寄正義	『今昔物語集の研究・下』	芸林舎	1974
高橋 貢	『中古説話文学研究序説』	桜楓社	1974
高橋俊夫	「今昔物語集天竺部出典の再検討」 - その二、法苑珠林 -	国学院大学 大学院紀要	1974.3
宮田 尚	「今昔物語集と冥報記(二)」 - <以父銭買取亀放河語>について -	日本文学研究	1974.11
佐原作美	「三宝感応要略と今昔物語集について」	駒沢国文	1975.2
宮田 尚	「今昔物語集の標題について」	日本文学研究	1975.11
森 正人	「大唐西域記と今昔物語集の間」	国語と国文学	1975.12
彦由一太	『今昔物語集人名人物総索引』	政治経済史学会	1976
黒田紘一郎	「今昔物語にあらわれた都市」	日本史研究	1976.2
酒井憲二	「伴信友の今昔物語集研究」	山梨県立女子 短大紀要	1976.3
小峯和明	「今昔物語集における説話受容の方法」	国文学研究	1976.6
森 正人	「説話と評語の不整合的	国語と国文学	1976.11

把握をめざして－」－今昔物語集の統一－

今成元昭	「今昔物語集の不成立をめぐって」	説話文学研究	1977.6
小峯和明	「今昔物語集の「端正」と「美麗」」 －美的語彙をめぐって－	日本文学	1977.9
森　正人	「類聚と表現の相剋」 －今昔物語集の統一的把握をめざして－	国語と国文学	1977.11
宮田　尚	「今昔物語集出典研究の点検(三)」 －弘賛法華伝のばあい－	日本文学研究	1977.11
小峯和明	「『今昔』『宇治拾遺』共通話 をめぐる諸問題」	早稲田実業学 校研究紀要	1977.12
長野嘗一	『今昔物語集の鑑賞と批評』	明治書院	1978
説話と文学 研究会編	『今昔物語集－説話文学の世界　第一集』 ＜笠間選書＞	笠間書院	1978
阪倉篤義外2人	『今昔物語集　本朝世俗部』 一～四(新潮日本古典集成)	新潮社	1978～1984
平林盛得	「今昔物語集原本の東大寺存在説 について」－鈴鹿本の一見奥書の意味するもの－	日本歴史	1978.1
森　正人	「今昔物語集の基礎的研究」 －注好選集・私聚百因縁集との関係－	愛知県立大学 文学部論集	1978.3
田口和夫	「今昔物語集「鈴鹿本」興福寺内書写 のこと」－付巻五第六話の出典について－	説話	1978.5
深沢　徹	「散佚宇治大納言物語の幻影(上)」 －宇治拾遺物語序文の隆国伝説生成に関する一私論－	立教大学日本文学	1978.7
宮田　尚	「十訓抄の＜今昔物語集＞その一」	日本文学研究	1978.11
三谷栄一外2人	『論纂説話と説話文学』	笠間書院	1979
長野嘗一	『今昔物語集論考』(長野嘗一著作集)	笠間書院	1979
国東文麿	『今昔物語集』一～九(講談社学術文庫)	講談社	1979～1984
深沢　徹	「散佚宇治大納言物語の幻影(下)」 －その実相解明と史的位置付け－	立教大学日本 文学	1979.1
鷹尾　純	「『今昔物語』巻二十九第十八話の考察」	淑徳国文	1979.1
森　正人	「作り物語の受容と方法的背馳」 －今昔物語集の統一的把握をめざして－	説林	1979.2
森　正人	「内部矛盾から説話形成へ －今昔物語集の統一的把握をめざして－	愛知県立大学 文学部論集	1979.3

宮田　尚	「『今昔物語集』の不採用話から」 　- 三宝感応要略録のばあい -	『論纂説話と 　説話文学』	1979.6
池上洵一	「『今昔物語集』の芋粥」	『論纂説話と 　説話文学』	1979.6
小峯和明	「『今昔物語集』漢文出典話の表現手法」 　- 霊験への眼 -	『論纂説話と 　説話文学』	1979.6
小峯和明	「前田家本三宝感応要略録と今昔物語集」	説話文学研究	1979.6
池上洵一	「王朝文学の異端者 　-『今昔物語』の世俗説話」	図説日本の古典 8『今昔物語』	1979.9
池上洵一	「中世説話文学における 三宝感応要略録の受容」	『三十周年記念 論集』(神戸大学文学部)	1979.10
森　正人	「説話形成と藤氏史・兵史」 　- 今昔物語集の統一的把握をめざして -	国語と国文学	1979.10
篠原昭二 浅野建二	『今昔物語集・梁塵秘抄・閑吟集』 (鑑賞日本の古典)	尚学図書	1980
坂口　勉	『今昔物語の世界』(教育社歴史新書)	教育社	1980
小峯和明	「今昔物語集天竺部の形成と構造(Ⅰ)」 紀要(人文・社会科学)	徳島大教養部	1980.3
今野　達	「童子教の成立と注好選集」 　- 古教訓から説話集への一パターン -	説話文学研究	1980.6
小峯和明	「今昔物語集の語り - その構築性 - 」	日本文学	1980.7
森　正人	「説話形成と本朝仏法史 - 今昔物語集 の統一的把握をめざして -	名古屋平安文学 研究会会報	1980.8
竹村信治	「天竺部所収説話から見た今昔物語集」 　-「今昔的」なるものの再検討 -	国文学攷	1980.12
平林盛得	『聖と説話の史的研究』	吉川弘文館	1981
森　正人	「説話形成と天竺・震旦仏法史 　- 今昔物語集の統一的把握をめざして -	説林	1981.2
小峯和明	「今昔物語集天竺部の形成と構造(Ⅱ)」	徳島大教養部 紀要(人文・社会科学)	1981.3
小峯和明	「説話文学の性表現」 　- 今昔物語集を中心に -	解釈と鑑賞	1981.4
小峯和明	「今昔物語集における語りの構造」	日本文学	1981.5
森　正人	「作品としての説話集 今昔物語集」	解釈と鑑賞	1981.8

出雲路修	「≪今昔物語集≫編纂孝」	国語国文	1981.10
宮田　尚	「震旦は奏にはじまる－『今昔物語集』巻十第一話にみる歴史意識　－　」	日本文学研究	1981.11
高橋伸幸	「『私聚百因縁集』の出典に関する報告」	中世文学	1981.12
馬淵和夫 有賀嘉寿子	『今昔物語集自立語索引』	笠間書院	1982
黒部通善	『説話の生成と変容についての研究』	中部日本教育文化会	1982
小峯和明	「今昔物語集震旦部の形成と構造」	徳島大学教養部紀要	1982.3
小峯和明	「今昔物語集の表現構造－光と闇－」	日本文学	1982.4
酒井憲二	「再び伴信友に導かれて今昔物語集の成立について考える」	国語国文	1982.9
小峯和明	「今昔物語集の語りと時間意識」	国文学研究	1982.10
池上洵一	『今昔物語集の世界－中世のあけぼの－』	筑摩書房	1983
今野　達	「東寺観智院本『注好選』管見」－今昔研究の視角から－	国語国文	1983.2
小峯和明	「今昔物語集本朝部の形成と構造」	徳島大学教養部紀要	1983.3
小峯和明	「今昔物語集の＜今昔＞」－語りと時間意識－	国文学研究	1983.6
本田義憲	「『今昔物語集』仏伝の翻訳表現(断簡)」	叙説	1983.10
宮田　尚	「今昔物語集と注好選・再考」	日本文学研究	1983.11
馬淵和夫	『今昔物語集漢字索引』	笠間書院	1984
大曾根章介外5人	『説話文学』(研究資料日本古典文学)	明治書院	1984
東京大学国語研究室編	『今昔物語集』一～七 (東京大学国語研究室資料叢書)	汲古書院	1984～未
小峯和明	「今昔物語集本朝＜王法＞部の形成と構造」	徳島大学教養部紀要	1984.3
大坪併治	「『今昔物語』巻五「国王入山狩鹿見鹿母夫人為后語第五」出典孝」	大谷女子大国文	1984.3
前田雅之	「今昔物語集本朝仏法伝来史」の歴史叙述－三国意識と自国意識－	国文学研究	1984.3
小峯和明	「今昔物語集　＜物語＞論(上)」	日本文学	1984.4

小峯和明	「今昔物語集 <物語>論(下)」	日本文学	1984.5
小峯和明	「今昔物語集本朝<王法>部論補説」	説話文学研究	1984.6
森　正人	「編纂・説話・表現」 　－今昔物語集の言語行為序説－	説話文学研究	1984.6
小峯和明	「今昔・宇治成立論の現在」 　－宇治大納言物語の幻影など－	国文学	1984.7
森　正人	「説話文学の文体」	解釈と鑑賞	1984.9
小峯和明	「今昔物語集の表現形成」 　－「頭ノ毛太リテ」を中心に－	リポート笠間	1984.10
国東文麿	『今昔物語集作者孝』	武蔵野書院	1985
小峯和明	『今昔物語集の形成と構造』	笠間書院	1985
森　正人	「天狗と仏法－今昔物語集」 の統一的把握を めざして－	愛知県立大学 文学部論集	1985.2
吉海直人	「「今昔物語集」の乳母達」	国学院雑誌	1985.2
久世昌子	「『今昔物語集』の天狗の歴史的位置」	日本文学ノート	1985.2
本田義憲	「今昔物語集仏伝の研究」	叙説	1985.3
小峯和明	「今昔物語集の表現形成」	国文学研究資 　　料館紀要	1985.3
梅谷繁樹	「「今昔物語集」における 「三宝感応要略録」受容についての考察」	園田学園女子 大学論文集	1985.3
大村成一郎	「今昔物語集本朝仏法部小孝」 　－巻十九・二十の成立をめぐって－	金沢大学国語国文	1985.3
安達雅夫	「『今昔物語集』巻二十四の 歌語り的性格について」	中世文学論叢	1985.3
前田雅之	「今昔物語集本朝仏法史の歴史意識」 　－寺院建立話群をめぐって－	日本文学	1985.7
小林一臣	「今昔物語集「巻第11第31」説話の変貌」	帝京大学文学 　　部紀要	1985.10
宮田　尚	「「今昔物語集」巻十の構造」 　－王名未詳譚を視座として－	日本文学研究	1985.11
小峯和明	『今昔物語集と宇治拾遺物語説話と 文体』(日本文学研究資料新集)	有精堂	1986
森　正人	『今昔物語集の生成』	和泉書院	1986
高橋敬一	「今昔物語集天竺部の文体形成」	国語国文学研究	1986.2

	－ 注好選との副詞の比較を通して －		
佐原作美	「太子説話の受容と今昔物語集」	駒沢大学	1986.2
	－ 巻十一第1話について －		
前田雅之	「今昔物語集の＜仏法＞と＜王法＞」	日本文学	1986.4
	－ その固有性をめぐって －		
岡崎正雄	「今昔物語集の「今夜」と「前夜」と」	国学院雑誌	1986.9
小林一臣	「『今昔物語集』「巻第31第33」説話一孝」	帝京大学文学部紀要	1986・9
宮田　尚	「今昔物語集巻1の標題について」	日本文学研究	1986.11
友池泰子	「『今昔物語集』仏弟子説話の考察」	平安文学研究	1986.12
	－ 仏教説話集の流れの中に －		
今野　達	「心性罪福因縁集と説話文学」	文学	1986.1
	－ 今昔巻四の第九・十話の原拠など		
土方洋一	「封じられた寓意 －「今昔」世俗説話一面」	国語と国文学	1987.2
小峯和明	「『今昔物語集』の表題と物語」	国文学研究	1987.6
前田雅之	「今昔物語集天竺部5の構成」	国文学研究	1987.6
	－ 配列意識と連想意識 －		
竹村信治	「物語の場としての説話集」	『講座平安文学論究第四輯』	1987.6
	－ 今昔物語集天竺部をめぐって －		
高橋　貢	「『今昔物語集』における「穢」「不浄」の意味するもの」	国文学研究	1987.6
池上洵一	「今昔物語集の方法と構造」	『日本文学講座3神話説話』	1987.7
	－ 巻廿五＜兵＞説話の位置 －		
石橋義	「「今昔物語集」における出家・遁世」	大谷学報	1987.9
後藤昭雄	「金剛寺本『注好選』の出現」	文学	1987.10
石原昭平	「説話と物語」	帝京大学文学部紀要	1987.10
	－ 今昔物語集の物語文学摂取とその変貌 －		
坂口頼孝	「今昔物語集における「人びと」その他」	別府大学紀要	1988.1
原田信之	「「今昔物語集」天竺部攷」	立命館大学	1988.3
	－ 前生譚・本生譚を中心として －		
仲井克己	「今昔物語集」	解釈と鑑賞	1988.4
原田信之	「「今昔物語集」天竺部の構成	論究日本文学	1988.5
	－ 同文的同話をてがかりとして －		
上田設夫	「＜今昔物語集＞震旦説話の	説話文学研究	1988.6

	日本的要素の考察」- 王昭君説話を中心に -		
上田設夫	「敬して親しまず - 今昔説話の孔子 - 」	国語と国文学	1988.9
宮田　尚	「『今昔物語集』の身と心」	解釈と鑑賞	1988.9
宮田　尚	「『今昔物語集』の三韓」	日本文学研究	1988.11
宮田　尚	「『今昔物語集』の合戦譚」	解釈と鑑賞	1988.12
佐藤　哲	「今昔物語集における「兵ノ家」の位置」	語文	1988.12
	- 巻25の構成意識を中心として -		
国東文麿	『今昔物語集地名索引』	笠間書院	1989
武田友宏	「「希有」の文学」	国学院雑誌	1989.2
	-「今昔物語集」の説話理念 -		
上田設夫	「今昔物語集<天竺説話>	文学・語学	1989.3
	のシルクロードの旅　- その翻訳の論 - 」		
前田雅之	「三国世界の天皇と王」	日本文学	1989.3
	- 今昔物語集をめぐって -		
岩崎武夫	「今昔物語集における鬼の一考察(読む)」	日本文学	1989.6
高橋　貢	「『今昔物語集』の説話世界」	日本文学	1989.12
	- 三国各部の冒頭話が暗示するもの(読む) -		
池上洵一編	『日本文学研究大成 今昔物語集』	国書刊行会	1990
松尾　拾	『今昔物語集読解Ⅰ 序説・巻十九』	笠間書院	1990
山田裕次	「大鏡道長伝「三月巳日」の逸話の性格」	解釈	1990.1
	- 今昔物語集所載説話との類似性を手掛りに -		
高橋　貢	「『今昔物語集』所収の藁しべ長者譚	専修国文	1990.2
	(第十六巻二十八話)をめぐって」		
武田友宏	「「目代」の横顔 -『今昔物語集』の名脇役」	日本文学論究	1990.2
原田信之	「『今昔物語集』震旦部の孝養譚」	立命館文学	1990.3
	- 巻九の編纂意図をめぐって -		
前田雅之	「今昔物語集震旦部巻十の内的世界」	国文学研究	1990.3
	-「付国史」のもつ意味をめぐって -		
新間水緒	「今昔物語集巻三十について」	花園大学	1990.10
	- 大和物語受容の方法 -	国文学論究	
宮田　尚	「『今昔物語集』震旦部研究略史(その一)」	日本文学研究	1990.11
田村憲治	「『今昔物語集』の笑いの背景」	芸文東海	1990.12
	- 巻二十八ノ第三十八話をめぐって -		
寒河江実	「今昔物語集の「霊」について」	桜文論叢	1990.12

小峯和明　　　『今昔物語集・宇治拾遺物語』　　　　新潮社　　　　1991
藤沢周平　　　＜新潮古典文学アルバム9＞

ㅈ

三 これ以下全文、験記にみえず。作者の付加した話末の結び。

一四 前世からの約束事。前世の因縁。
→四八一ペ注一七。

一三 老僧の大慈悲心も、老僧が前世でこの男女と仏縁につながる善友であったことによるものであろうの意。

一五 女人に近づくことをやめるべきであるの意。

其ノ後、老僧喜ビ悲ムデ、法花ノ威力ヲ弥ヨ貴ブ事無限シ。実ニ、法花経ノ霊験掲焉ナル事不可思議也。新タニ蛇身ヲ棄テ、天上ニ生ル、事、偏ニ法花ノ力也。此ヲ見聞ク人、皆法花経ヲ仰ギ信ジテ、書写シ読誦シケリ。亦、老僧ノ心難有シ。其レモ、前生ノ善知識ノ至ス所ニコソ有ラメ。此ヲ思フニ、彼ノ悪女ノ僧ニ愛欲ヲ発セルモ、皆前生ノ契ニコソハ有ラメ。

然レバ、女人ノ悪心ノ猛キ事、既ニ如此シ。此ニ依テ、女ニ近付ク事ヲ仏強ニ誡メ給フ。此ヲ知テ可止キ也トナム語リ伝ヘタルトヤ。

の方は都率天に上るようになりました」とこう告げ終わるや、二人別々に、空に上って行った、このように見て夢がさめた。

老僧は喜び感激して、それ以後はいよいよ深く法華経の威力を尊ぶようになった。まことに考えも及ばぬほど法華経の霊験はあらたかである。改めて蛇身を離れて天上に生まれることは、ひとえに法華経の力である。これを見聞きした人々は、みな法華経を尊び信じて、書写したり読誦したりした。一方また、老僧の心もまれに見るりっぱなものである。それも前世からのよい仏縁があってのことであろう。これを思うと、あの悪女が僧に愛欲の心を起こしたのも、みな前世の因縁によるものであろう。

ともあれ、女の悪心の強いことはじつにこのようなものである。それゆえ女に近づくことを仏は強く戒めておられる。これを、女に近づくのはさけるべきである、とこう語り伝えているということだ。

一　領有の意であるが、ここではとりこにされるの意。

二　蛇道に落ち込んで、蛇身を受けたことをさす。

三　底本、右に「イ无」と注する。験記「薫修年浅、未レ及二勝利一決定業所レ牽、遇二此悪縁一」。

四　「無縁」は広大できわまりない意。

五　法華経二十八品中の第十六品。四要品の一つ。釈迦如来は既に久遠の昔に成仏して、その寿量無数量不可思議なることを説く。→三四〇ページ注二。

六　「云フ、即チ」と同意で、言ったかと思うとの意。

七　僧が私財を投ずる意。験記「捨二衣鉢蓄一」。→四〇六ページ注四・四一七ページ注三。

八　験記「修二一日無差大会一」。

九　善行を積むことによって転生する境界で、浄土と同意。

一〇　→四八一ページ注三。

一一　欲界六天の一つ。梵語 tusita の音写で、上足・妙足・知足と訳す。兜率天とも。六天は人界の上にある六重の天で、下から、四王天、初利天、夜摩天、兜率天、楽変化天、他化自在天という。兜率天は下から第四番目に当たり、内外二院から成る。内院は弥勒菩薩の浄土、外院は天衆の住所。→三〇五ページ注三・四。

其ノ毒蛇ノ為ニ被レ領テ、我レ其ノ夫ト成レリ。弊ク穢キ身ヲ受テ、苦ヲ受ル事量無シ。今此苦ヲ抜カムト思フニ、我ガ力更ニ不及ズ。生タリシ時ニ法花経ヲ持キト云ヘドモ失タリ。願クハ聖人ノ広大ノ恩徳ヲ蒙テ、此ノ苦ヲ離レムト思フ。殊ニ、無縁ノ大慈悲ノ心ヲ発シテ、清浄ニシテ法花経ノ如来寿量品ヲ書写シテ、我等二ノ蛇ノ為ニ供養シテ、此ノ苦ヲ抜キ給ヘ。法花ノ力ニ非ズハ、何カ免ル事ヲ得ム」ト云テ返去ヌ、ト見テ夢覚ヌ。

其ノ後、老僧、此ノ事ヲ思フニ、忽ニ道心ヲ発シテ、自ラ如来寿量品ヲ書写シテ、衣鉢ヲ投テ諸ノ僧ヲ請ジテ、一日ノ法会ヲ修テ、二ノ蛇ノ苦ヲ抜カムガ為ニ供養シ奉ツ。其ノ後、老僧ノ夢ニ、一ノ僧、一ノ女有リ。皆咲ヲ含テ喜タル気色ニテ、道成寺ニ来テ、老僧ヲ礼拝シテ云ク、「君ノ清浄ノ善根ヲ修シ給ヘルニ依テ、我等二人、忽ニ蛇身ヲ棄テ善所ニ趣キ、女ハ初利天ニ生レ、僧ハ都率天ニ昇ヌ」ト。如此ク告畢テ、各別レ、空ニ昇ヌ、ト見テ夢覚ヌ。

た。そのためわたしはむくつけきけがれた身に生まれ変わり、いいようのない苦しみを受けております。今この苦しみから免れたくどうにもなりませんが、自分の力ではまったくどうにもなりません。わたしは生前法華経を信仰しておりましたが、なにとぞお聖人さまの広大なご恩徳をこうむってこの苦しみから離れさせていただきたいと思っているのでございます。特別に、広大無辺な大慈悲の心を起こし、身心を清浄に保って法華経の如来寿量品を書写し、わたしら二人の蛇のために供養して、この苦しみを免れさせてくださいますよう。法華経のお力でなくてはどうして苦しみから脱れることができましょう」と言って帰って行った、とこう見て夢がさめた。

そこで老僧はこのことを思うと、にわかに道心が起こり、みずから如来寿量品を書写し、自分の衣食を投じて多くの僧を請じ、一日の法会を営んで二人の蛇の苦しみを免れさせようがために供養を行なった。すると一日の法会を営んで二人の蛇の苦しみを免れさせようがために供養を行なった。その後、老僧はまた夢を見た。一人の僧と一人の女がいる。ともにえみを浮かべ、うれしげな顔つきをして道成寺に来て老僧を礼拝し、「あなたさまが清浄の善根を営んでくださったおかげで、わたしら二人はたちまち蛇身を捨て善所におもむくことができました。女の方は初利天に生まれ、僧

一六 これ以下、段末まで、験記にみえ
ず。

一七 これ以下、「超テ入テ」まで、験
記にみえず。

一八 鐘楼の戸。

一九 釣鐘の頂部にある竜頭形のつり
手。

二〇 「血涙」の訓読語で、涙もかれて
血が涙となって出たもの。深い悲し
みの形容。

二一 舌で口のまわりをなめまわすこ
とで、獲物をねらうさま。 類「甞ナ
ム」

二二 毒気を含んだ熱気。

二三 「シ」は強意の副助詞で、骸骨さ
えも残らないの意。

二四 これ以下、段末まで、験記にみえ
ず。

二五 萬（安居修行の経験）を積んだ上
席の僧。験記「一蔵老僧」。→二二
二六 注三。験記「タル」は本集では多く
「トアル」の形で、「タリ」は珍しい。

紀伊国道成寺僧写法花救蛇語第三

シテ、此ノ若キ僧ヲ鐘ノ中ニ籠メ居ヘテ、寺ノ門ヲ閉ヅ。老

タル僧ハ、寺ノ僧ニ具シテ隠レヌ。

暫ク有テ、大蛇此ノ寺ニ追来テ、門ヲ閉タリト云ヘドモ、

超テ入テ、堂ヲ廻ル事一両度シテ、此ノ僧ヲ籠メタル鐘ノ戸

ノ許ニ至テ、尾ヲ以テ扉ヲ叩ク事百度許也。遂ニ扉ヲ叩キ

破テ、蛇入ヌ。鐘ヲ巻テ、尾ヲ以テ竜頭ヲ叩ク事、二時三時

許也。寺ノ僧共此ヲ恐ルト云ヘドモ、怪ムデ、四面ノ戸ヲ

開テ、集テ此レヲ見ルニ、毒蛇両ノ眼ヨリ血ノ涙ヲ流シテ、

頸ヲ持上テ舌嘗ヅリヲシテ本ノ方ニ走リ去ヌ。寺ノ僧共此レ

ヲ見ルニ、大鐘、蛇ノ毒熱ノ気ニ被焼テ炎盛也。敢テ不

可近付ズ。然レバ、水ヲ懸テ鐘ヲ冷シテ、鐘ヲ取去テ僧ヲ見

レバ、僧皆焼失テ、骸骨尚シ不残ズ。纔ニ灰許リ有リ。老僧

此レヲ見テ、泣キ悲ムデ返ヌ。

其ノ後、其ノ寺ノ上蘭タル老僧ノ夢ニ、前ノ蛇ヨリモ大キ

ニ増レル大蛇、直ニ来テ、此ノ老僧ニ向テ申シテ云ク、「我

ハ此レ、鍾ノ中ニ籠メ置シ僧也。悪女毒蛇ト成テ、遂ニ、

し入れ、寺の門を閉じた。年とった僧の方
は寺の僧といっしょに隠れる。

しばらくすると、大蛇がこの寺まで追い
かけてきて、門は閉じてあったが、乗り越
えて中にはいり、堂の回りを回ること一、
二回、やがてこの僧を入れた鐘つき堂の戸
口に近づき、尾をあげて百回ほど回ると、
鐘に巻きつき、尾で竜頭をたたき続け
ること二時三時ばかり。寺の僧たちは恐ろ
しくはあるが、不思議な思いにかられ、寺
の四方の戸を開け、集まってこの様子を見
ていると、毒蛇は両の眼から血の涙を流し、
鎌首を持ち上げ舌なめずりをしてもと来た
方に走り去った。寺の僧たちが見ると、さ
しも大きな鐘が蛇の毒熱の気に焼かれて盛
んに炎をあげている。とても近づけない。
そこで水をかけて鐘を冷やし、これを取
のけて見ると、中の僧はすっかり焼け失せ、
一かけらの骨すらも残ってはいず、わずか
に灰があるだけであった。年とった僧はこ
れを見て泣き悲しんで帰って行った。

その後この寺の上席の老僧の夢に、さき
の蛇よりもさらに大きな蛇がまっすぐにや
ってきて老僧に向かい、「わたしは実は鐘
の中に隠してもらった僧でございます。悪
女が毒蛇となり、わたしはとうとうその毒
蛇のとりことなって夫にされてしまいまし

一　「若キ僧ト老タル僧ト二人」の意。
二　疑問詞がなくて疑問の意となるのは、終りにイントネーションがおかれたのであろう。
三　強く心を打たれた時など、無意識にすることの多い所作であるが、ここでは、くやしがっているさま。
四　この一句、験記にみえず。
五　「色」「寝殿ネヤ」
六　これ以下、「泣キ悲ム程ニ」まで、験記にみえず。
七　一尋は成人が両手を左右一杯に広げた時の端から端までの長さ。色ヒの員数に「尋シム　ヒロ　象林反　八尺為一　又人之兩臂一絁也為一」
八　これ以下、「走り行ク」まで、験記に「追ニ此僧ニ行」。「道ノ如ク」は、道に沿っての意。
九　これ以下、「告テ云ク」まで、験記「告ニ僧ニ言」
一〇　聞くともなしに、人が告げ知らせたの意。
一一　「ロ」は「後」の捨て仮名。
一二　これ以下、「悪心ヲ発シテ」まで、験記にみえず。「悪心」は煩悩に狂う心で、ここでは怒りの心。
一三　和歌山県日高郡川辺町にある。大宝元年（七〇一）創建。開山は義淵僧正。初め法相宗であったが、現在は天台宗。千手観音像、道成寺縁起絵巻などを蔵する。
一四　これ以下、「可助キ由ヲ云フ」まで、験記にみえず。
一五　「二」は「何」の捨て仮名。

若ク老タル二人ノ僧ト還向シツル」ト。僧ノ云ク、「其ノ二人ノ僧ハ早ク還向シテ両三日ニ成ヌ」ト。女此ノ事ヲ聞テ、手ヲ打テ、「既ニ他ノ道ヨリ逃テ過ニケリ」ト思フニ、大ニ嗔テ、家ニ返テ寝屋ニ籠居ヌ。音セズシテ暫ク有テ、即チ死ヌ。家ノ従女等、此レヲ見テ泣キ悲ム程ニ、五尋許ノ毒蛇、忽ニ寝屋ヨリ出ヌ。家ヲ出デ、道ニ趣ク。熊野ヨリ還向ノ道ノ如ク走リ行ク。人此レヲ見テ、大キニ恐レヲ成ス。

彼ノ二人ノ僧、前立テ行クト云ヘドモ、自然人有テ告テ云ク、「此ノ後ロニ奇異ノ事有リ。五尋許ノ大蛇出来テ、野山ヲ過ギ、疾ク走リ来ル」ト。二人ノ僧此レヲ聞テ思ハク、「定メテ、此ノ家主ノ女ノ、約束ヲ違ヌルニ依テ、悪心ヲ発シテ、毒蛇ト成テ追テ来ルナラム」ト思テ、疾ク走リ逃テ、道成寺ト云フ寺ニ逃入ヌ。寺ノ僧共、此ノ僧共ヲ見テ云ク、「何ニ事ニ依テ走リ来レルゾ」ト。僧此ノ由ヲ具ニ語テ、可助キ由ヲ云フ。寺ノ僧共集テ、此ノ事ヲ議シテ、鍾ヲ取下

かったでしょうか」と尋ねた。僧は、「その二人連れの僧でしたらとうに帰って行って、もう二、三日にもなりますよ」と言う。女はこれを聞くやはたと手を打ち、さてはほかの道から逃げて行ってしまったのだ、と思うと大いに怒り、家にとって返し、寝室に閉じ籠ってしまった。物音一つせず、しばらくして死んでしまった。この家の下女たちがこれを見つけて泣き悲しんでいると、にわかに五尋ほどもある毒蛇が寝室から出てきた。家から出て街道に沿って走って行く。そして熊野からの帰り道に沿って走って行く。人々はこれを見てひどく恐れおののいた。

一方、かの二人の僧ははるか前方を歩いていたが、聞くともなしに、ある人が告げ知らせた。「この後ろの方に奇怪なことがあるのです。五尋ほどもある大蛇が出てきて、野山を越えてどんどん走ってきていますよ」。二人の僧はこれを聞き、「きっとあの家の主の女が、約束を破ったことを恨んで悪心を起こし、毒蛇となって追いかけて来たのだろう」と思い、一目散に駆け出し、道成寺という寺に逃げこんだ。寺の僧たちはこの二人の僧を見て、「なぜまたそんなに走ってきたのですか」と言う。二人は事の次第を詳しく話して、助けてくれと頼みこむと、寺の僧たちは集まって相談し、鐘を引きおろして、この若い僧を鐘の中に隠

紀伊国道成寺僧写法花救蛇語第三

一五 「破ラムニ」と同意で、もし宿願を破ったならの意の条件句。→四八〇ページ注四。この句以下、「強ニ辞ブ」まで、験記に「如何有二此悪事一哉。更不二承引一」。

一六 破戒行為に対する熊野権現の神慮を恐れてかく言ったもの。

一七 「嬈乱」とも。悩まし惑わすこと。
色 「繞乱ネウラン」。→三四二ページ注六。

一八 言いくるめてなだめすかして。
類 「誘コシラフ」

一九 類 「辞イナフ」

二〇 正字は「御幣」。→③四一〇ページ注

二一 下向。帰途。

二二 色 「約束言語部　ヤクソク」で、験記にみえず。

二三 これ以下、段末まで、験記にみえず。

二四 これ以下、「彼ノ女ヲ恐レテ」まで、験記にみえず。

二五 底本「キ」。「シテ」の合字「〆」の誤写とみる。

二六 「忽」の誤写か。

二七 なかなかやってこないの意。

二八 これこれの。しかじかの。

ラム、互ニ恐レ可有シ。然レバ、速ニ君此ノ心ヲ可止シ」ト云テ、強ニ辞ブニ、女大キニ恨、終夜僧ヲ抱キ擾乱シ戯ルト云ヘドモ、僧様々ノ言ヲ以テ、女ヲ誘ヘテ云ク、「我、持ヲ宣フ事辞ブルニハ非ズ。然レバ、今、熊野ニ参テ、両三日ニ御明シ、御幣ヲ奉テ、還向ノ次ニ、君ノ宣ハム事ニ随ハム」ト約束ヲ成シツ。女約束ヲ憑テ、本ノ所ニ返ヌ。夜睦ヌレバ、僧其ノ家ヲ立テ、熊野ニ参ヌ。

其ノ後、女ハ約束ノ日ヲ計ヘテ、更ニ他ノ心無クシテ僧ヲ恋テ、諸ノ備ヘヲ儲テ待ツニ、僧還向ノ次ニ、彼ノ女ヲ恐レテ、不寄シテ、思他ノ道ヨリ逃テ過ヌ。女僧ノ遅ク来ヲ待チ煩ヒテ、道ノ辺ニ出テ、往還ノ人ニ尋ネ問フニ、熊野ヨリ出ヅル僧有リ。女其ノ僧ニ問テ云ク、「其ノ色ノ衣着タル、

のみ社にお参りの旅を続けているのですが、ここでにわかにその宿願を破ってしまうのは、おたがいに罪深いことになりましょう。ですから、すぐにもあなたはそういうお気持をお捨てください」と言って懸命に女を退ける。すると女は綿々と恨みのたけを訴え、一晩じゅう僧を抱きしめ身をもみからだをおしつけ戯れかかったが、僧はさまざまに理非を尽くして女をなだめ、「わたしはあなたのおっしゃることをお断わりするというのではありません。ですから、これから熊野に参詣し、二、三日うちにお灯明や御幣を奉って帰ってまいりますが、その帰り道、あなたのお言葉に従いましょう」と約束をした。女は約束を頼みにして自分の部屋に帰っていった。やがて夜が明けたので僧はこの家を発って熊野に向かった。

その後、女は約束の日を指折り数えては、余念なくひたすら僧を恋い続け、さまざまの用意を整えて待っていたが、僧は、帰途この女を恐れ、家にも近づかず、別の道を通って逃げるように行ってしまった。女はいつになっても僧が現われないので、待ちわびて道端に出、行き来の人々をとらえて問うたが、たまたま熊野からきた僧があった。女はその僧に「これこれの色の衣を着た、二人連れの僧が熊野から帰っていかな

今昔、熊野ニ参ル二人ノ僧有ケリ。一人ハ年老タリ、一人ハ年若クシテ形皃美麗也。牟婁ノ郡ニ至テ、人ノ屋ヲ借テ、二人共ニ宿ヌ。其ノ家ノ主、寡ニシテ若キ女也。女従者二三人許有リ。

此ノ家主ノ女、宿タル若キ僧ノ美麗ナルヲ見テ、深ク愛欲ノ心ヲ発シテ、懃ニ労リ養フ。而ルニ、夜ニ入テ、僧共既ニ寝ヌル時ニ、夜半許ニ家主ノ女、窃ニ此ノ若キ僧ノ寝タル所ニ遣ヒ至テ、衣ヲ打覆テ並ビ寝テ、僧驚キ覚テ、恐レ迷フ。女ノ云ハク、「我ガ家ニハ更ニ人ヲ不宿ズ。而ルニ、今夜君ヲ宿ス事ハ、昼君ヲ見始ツル時ヨリ、夫ニセムト思フ心深シ。然レバ、『君ヲ宿シテ本意ヲ遂ム』ト思フニ依テ、近キ来ル也。我レ夫無クシテ、寡也。君哀ト可思キ也」ト。僧此レヲ聞テ、大キニ驚キ恐レテ起居テ、女ニ答テ云ク、『我レ、宿願有ルニ依テ、日来身心精進ニシテ、遙ノ道ヲ出立テ、権現ノ宝前ニ参ルニ、忽ニ此ニシテ願ヲ破

一　和歌山県東牟婁郡にある熊野三山。本宮（熊野坐神社）・新宮（熊野速玉神社）・那智（熊野那智神社）から成る。山岳信仰の拠点、補陀落の浄土として、平安中期以降、熊野もうでが盛んになった。→三三三ページ注七・四四一ページ注六・三四。

二　和「紀伊国牟婁牟呂郡」。現在東西南北の牟婁郡に分割。

三　夫のない女。未亡人に限らず、未婚者をも含めて、広くひとり身の女をいう。

四　類・色　「裏ヤモメ」。

五　これ以下、「愛欲ノ心ヲ発シテ」まで、験記にみえず。

六　類「労イタハル」、色イの人事「労ラウイタハル ヌイタハシ」。食物を供して手厚くもてなす。

七　この一句、験記にみえず。

八　目をさまさせること。「驚ク」は意識がはっきりすること。

九　本望。色「本意人情部　ホンイ」

一〇　これ以下、「哀ト可思キ也」まで、験記にみえず。

一一　「我レ、宿願有ルニ依テ」の句、験記にみえず。「宿願」はかねてよりの願い。

一二　行為をつつしみ、身心を清浄に保つこと。

一三　遠い道のり。

一四　熊野権現の社前。

今は昔、熊野参詣に行く二人の僧があった。その一人は老人であったが、一人は年若く容姿のうるわしい僧である。牟婁郡まででやってきてある民家を借り、二人いっしょに泊ることになった。その家の主は若い寡婦で下女が二、三人ほどいる。

この主の女が、宿をとった若い僧の美しいのを見て深く愛欲の心を起こし、心をこめて世話をやきもてなした。さて夜になり二人の僧は寝てしまった。すると真夜中ごろに、主の女がそっと若い僧の寝ているところに這い寄り、着ている着物を僧の上にかけ、そのわきに添い臥して僧をゆり起こす。僧ははっと目覚めてこの様子に恐れ狼狽する。女が言う、「わたしは今まで家に人さまをお泊めしたことなどまったくございません。ですが、今夜あなたをお泊めしたのは、昼間あなたにはじめてお目にかかった時から、この方を夫にしようと深く心に決めたからなのです。それで、『あなたをお泊めしてわたしの思いを遂げよう』と、こうしておそばにまいったのでございます。わたしは夫もなくやもめの身の上なのです。どうかわたしを哀れとお思いくださいまし」。

これを聞くや僧はひどく驚き恐れ、床の上に起き直って女に向かい、「いや実はわたしには宿願があり、このところずっと身心の精進を保ち、遠い道中をして熊野権現

紀伊国道成寺僧写法花救蛇語第三

　本話の出典は『法華験記』下の一二九。安珍・清姫で著名な道成寺説話の祖型とみるべきもので、熊野参詣の若い僧に恋慕した紀伊国牟婁郡の女が、僧の違約を怒って大蛇に化し、道成寺の大鐘に逃げ隠れた僧を焼き尽くした話。結末は前話同様、蛇道に落ちた二人が道成寺の老僧に依頼し、『法華経』の書写供養を受けて切利天に転生したとする。本話は道成寺僧の唱導などもあって、多様な敷衍・潤色を経ながら世上に流伝し、記録されて『元亨釈書』一九安珍の条、『道成寺絵詞』、『道成寺縁起』などにみえるほか、謡曲『鐘巻（道成寺）』、浄瑠璃、長唄、常磐津などにも取材され、劇化、舞踊化されてあまねく人口に膾炙する。

一　力がない上に。「合セテ」は付け加えての意。

二　経文を誦したり、極楽の荘厳を説いたりして、母尼の往生の助けとしてやったことをいう。いわゆる引導で、一三〇ページ注二にも、寛忠僧都が妹尼の臨終に諷誦を行なった記事がみえる。

三　「マシカバ…マシ」は反実仮想で、もしも自分が来なかったなら、尼君の臨終はかかる大往生ではなかったろうにの意。

四　縁。宿縁。→二一六ページ注へ。

五　名利を捨て、聖人としてひたすら仏道にいそしむ道。母尼が名僧の道を選ばず、聖人となるように勧告したことを踏まえている。

六　人を仏道に導く師友。→①四八一ページ注七。

君、「心ニハ申サムト思ヘドモ、力無キニ合セテ、勧ムル人ノ無キ也」ト云ヘバ、僧都貴キ事共ヲ云ヒ聞セツ、念仏ヲ勧ムレバ、尼君慇ニ道心ヲ発シテ、念仏ヲ二二百返許唱フル程ニ、暁方ニ成テ消入ル様ニテ失ヌレバ、僧都ノ云ク、「我レ、不来ザラマシカバ、尼君ノ臨終ハ此クハ無カラマシ。我レ祖子ノ機縁深クシテ、来リ値テ、念仏ヲ勧メテ道心ヲ発シテ、念仏ヲ唱ヘテ失セ給ヒヌレバ、往生ハ疑ヒ無シ。況ヤ我レヲ聖ノ道ニ勧メ入レ給ヘル志ニ依テ、此ク終リハ貴クテ失給フ也。然レバ、祖ハ子ノ為、子ハ祖ノ為ニ無限カリケル善知識カナ」ト云テゾ、僧都涙ヲ流シテ横川ニハ返タリケル。

横川ノ聖人達モ此レヲ聞テ、哀也ケル祖子ノ契也、ト云テゾ泣々ク貴ビケル、トナム語り伝ヘタルトヤ。

はお会いできないかなあと思っていましたが、このようにおいでくださったことは、前世からの親子の契りが深いからで、ありがたいことですね」と、かすかな息の下で言うので、僧都が、「念仏は申しておいでですか」と言うと、「心では申そうと思っているのですが、気力も失われている上に、すすめてくれる人がいないのです」と尼君が言う。そこで、僧都がいろいろ尊いことを話して聞かせ、念仏をすすめたので、尼君は心から道心を起こし、念仏を一、二百遍ほど唱えていたが、夜明けごろになって、消え入るように息絶えた。僧都は、「もしわたしが来なかったなら、尼君の臨終はこうはなかっただろう。親子の縁深くして、わたしが来てお会いし念仏をすすめたので、道心を起こし念仏を唱えて亡くなられたからには、往生は疑いない。まして、わたしを聖の道にすすめ入れなさったお志のために、このように尊い最期を遂げられたのだ。とすれば、親は子にとって、子は親にとってこの上ないすぐれた仏道への導き手であったことだ」と言って、涙を流しながら横川に帰って行った。

横川に住む聖人たちもこれを聞いて、なんと心打たれる親子の契りではないかと言い、泣く泣く尊んだ、とこう語り伝えているということだ。

一〇 四段活用の「給フ」は動作主への尊敬を表わす。「思ユ」は「思われる」という受身の意であって、動作主は源信となる。つまり、源信が尼から恋しく思われるから、「給フ」は尼の源信に対する尊敬を表わす。したがって直訳すれば、限りなく恋しく思われなさいますのでとなる。尼が動作主で、相手を尊敬する場合ならば「恋シク思ヒ給フレバ」、もしくは「恋シク思ヒ聞ユレバ」となる。

一一「思エッル八」に近い意。「二」が「八」に近い意に用いられた例は、一六五㌻〜注三にもみえる。

一二「此ク思エッル八」（不思議に気掛かりに思われたのは）の意が言外に略されている。

一三 色「無気ムケナリ　無下同」。ひどく弱々しくなって。

一四 →注一〇。

一五「穴」は感動詞「あな」に当てたもの。

一六 底本「ニヤ」に「イ毛」と傍注。このままでは意不通。あるいは「値ヒ給フマジキニヤトコソ」の誤写か。とすれば、（手紙では気強くあのようにいってやったものの）あるいは臨終にお目にかかれないのではなかろうかと口にもし、心にも思っていたのですがの意となろう。

一七「八」は「御」の捨て仮名。

一八 苦しそうな息づかいで。息も絶え絶えに。色「気イキ息同—息也」。

一九 文脈からすれば「申シ給ヘルヤ」とありたいところ。

『今一度不見進ラデヤ止ナムズラム』ト思フニ、無限ク恋シク思エ[一〇]給ヘバ、申ス也。疾疾ク御セ」ト書タルヲ見ルニ、「怪ク限リ無ク恋シキ、心ニ此ク思エツル[一一]ニ、此ク有ケレバニコソ有ケレ。祖子ノ契ハ哀ナル事トハ云ヒ乍ラ、仏ノ道ニ強ク勧メ入レ給フ母ナレバ、此クハ思エケル也ケリ」ト思ヒ次クルニ、涙雨ノ如ク落テ、弟子ナル学生共二三人許具シタリケレバ、其レ等ニモ、「此ル事ノ有ケレバ[一二]也ケリ」ト云テ、馬ヲ早メテ行ケレバ、日暮ニゾ行キ着タリケル。忩ギ寄テ見レバ、無下[一三]ニ弱ク成テ、憑モシ気モ無シ。僧都、「此クナム詣来タル」ト高ヤカニ云ヘバ、尼君、「何デ疾クハ御ツルゾ。今朝暁ニコソ人ハ出シ立ツレ」ト。僧都ノ云ク、「此ク御シケレバニヤ、近来恋ク思エ給ヒ[一四]ツレバ、参ツル程ニ、道ニゾ使ハ値タリツル」ト。尼君此レヲ聞テ、「穴[一五]喜シ。死刻ニハ値ヒ給フマジヤ[一六]ニヤトヨ云思ツルニ、此ク御[一七]ハシ値ヒタル事、契リ深ク哀レニモ有ケルカナ」ト、気ノ下[一八]ニ云ヘバ、僧都ノ云ク、「念仏ハ申シ給ヘ[一九]ヤ」ト。尼

……ませんと、気強く申しましたものの、最後の時になると、もう一度お会いすることもできずに終わるのではなかろうかと思われ、限りなく恋しい思いがいたしますので、お便り申し上げます。早く早くおいでください」と書いてある。これを見るや、「なんとなく気掛かりに思われたのは、こういうことがあったからなのだろう。親子の契りは哀れなものといいながら、わたしを仏道にすすめ入れなさるほどの母上だから、このような思いがしたのにちがいない」と、あれこれ思い続けるにつけ、涙が雨のように落ちる。弟子の学僧たちを二、三人連れていたが、それらにも、「こういうことがあったから、虫が知らせたのだなあ」と言って、馬を早めて行くうち、日の暮れに家に行き着いた。急いで母の枕元に近寄ってみると、ひどく衰弱していて危険な状態だ。僧都が、「今やってまいりました」と大声で言うと、尼君は、「どうしてこんなに早くおいでになれたのですか、けさ夜明けに使いを出したばかりなのに」と言う。僧都は、「こんなご様子でおありだったからでしょうか、最近とみに恋しく思われましたので、その道中で使いに会ったのでやってまいりました」と言う。尼君はこれを聞き、「なんとうれしいこと。前にはお会いしまいと言ったものの、いまわのきわにお会いしまいと言ったものの、いまわのきわに

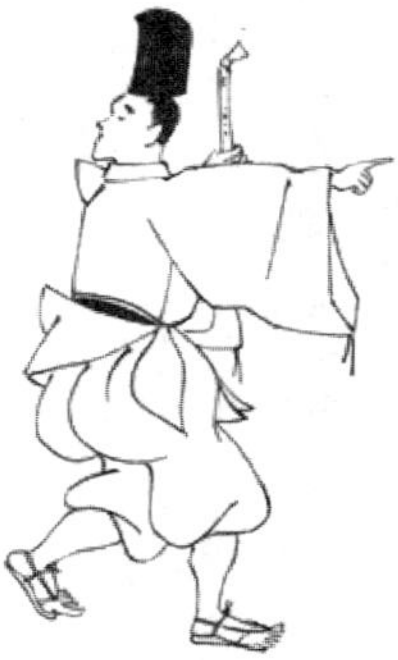
文使（春日権現験記）

「不告ザラム限リハ不可来ズ」ト云ヒ遣セタリシカドモ、怪[一]ク心細ク思テ、母ノ俄ニ恋ク思エケレバ、「若尼君ノ失セ可給キ尅ノ近ク成ニタルカ。亦我ガ可死キニヤ有ラム」ト哀レニ思エテ、「然ハレ[二]、『不可来ズ』トハ宣ヒシカドモ、詣デム」ト思テ、出立テ行クニ、大和国ニ入テ、道ニ男文ヲ持テ値ヘリ[三]。僧都、「何ヘ行ク人ゾ」ト問ヘバ、男ノ云ク、「然々ノ尼君ノ、横川ニ坐スル子ノ御房[四]ノ許ヘ遣ス文也」ト云ヘバ、「然カ云ハ我レ也」ト云テ、文ヲ取テ馬ニ乗リ乍ラ行々ク披テ見レバ、尼君ノ手[五]ニハ非デ、賤ノ様[六]ニ被書タリ。胸塞リ[七]テ、「何ナル事ノ有ニカ」ト思エテ読メバ、「日来何トモ無ク風ノ発[八]タルカト思ツルニ、年ノ高キ気ニヤ有ラム、此ノ二三日弱クテ力無ク思ユル也。『不申ザラム限ハ不可出給ズ』トハ心強ク聞エシカドモ、限ノ尅[九]ニ成ヌレバ、

れを見て、「この尼君は並み並みの人ではないことだ。世間普通の母親はとてもこのように言えるものではない」と思って過ごしているうち、いつしか九年たった。

　母から「こちらから言い出さぬ限り来てはならぬ」と言ってよこしたが、どういうわけか気掛かりになりにわかに母に会いたくなって、もしや尼君が亡くなられる時が近づいたのか、それとも自分が死ぬのだろうか、とひどく不安な思いがしたので、「かまうことはない。来てはならぬとおっしゃったがお伺いしてみよう」と思い、出かけて行った。大和国にはいると、道中で手紙を持った男と出会った。僧都が、「あなたはどちらへ行くのですか」ときくと、その男は、「これこれの尼君が、横川においでになるお子さんのお坊様のもとにさし上げる手紙を持って行くのです」と言う。「その相手というのはわたしだ」と言って手紙をもらい、馬に乗ったまま行く行く開いてみると、尼君の筆跡とも見えぬように乱れた書きざまである。胸つかれる思いで、どういうことが起こったのかと驚いて読んでみると、「ここ数日、たいしたこともない風邪をひいたのかと思っていましたが、年のせいでしょうか、この二、三日は弱々しく気力がなくなったように思われます。申し出さぬ限りは山からお出になってはなり

一 妙に気掛かりになって。俗にいう虫の知らせをいう。

二 「然ハアレ」の略。「さもあらばあれ」と同意。ままよ、どうなろうとかまわないの意。

三 「アフ」という動詞の目的語はこの当時は「ニ」という格助詞をとらなかった。「十余町許坂ヲ下ル間ニ、院ノ下部、文ヲ捧テ、会タリ」（→①三三一ページ）、「牛飼童ノ糸怖気ナル、大ナル牛ヲ引テ会タリ」（→三二〇ページ）。

四 「御坊」とも。僧に対する敬称。→二三一ページ注二六。

五 筆跡。

六 「賤キ様」と同意。つたなく粗末なさま。

七 「フサガリテ」は漢文訓読語。和文では「ふたがりて」という。

八 風邪。現在の風邪よりもやや広範囲の病気に用いられた。「風ノ病」（→①三二六ページ四行）とも。

九 命が終わる時。臨終。

一二 深い感銘をおぼえて。

一三 世俗と交わらず、山内に籠って修行に専念すること。比叡山には十二年籠山の制などがあり、そうした修行僧を久住者などと称した。

一四 文の流れとしては、「聖人ニ成ラム。『聖人ニ成ヌ。今ハ値ハム』ト」の意であろう。

一五 連体形止め。言外に余情をこめた表現で、「…とおっしゃられる時にはまいりましょうが。…」の意。

一六 いやもう、まったくの意。

一七 善根を積んだ人の意であるが、源信の成道を助けるという観点に立てば、善知識の意に近い。

一八 やっと安心して、今こそほっとして。

一九 「嫗ノ後世ヲモ教ヒ給ヘ」とある前文に照らして、死後のことも安心に思われる、来世の往生も頼もしく思われるの意。「思ユル」と連体形止めにしたのは感動の意をこめたもの。

二〇 「〆」は「努々」の捨て仮名。

二一 ついちょっと。かりそめに。色

二二 「白地アカラサマ偸閑間卒尓同」。

二三 源信の手紙に「恋シクヤ思シ食ス」とあったのを受けて言ったもの。

二四 「ヤハ」は反語で、お目にかかったからといって、罪が消えるものでしょうか、そんなことはありますまいの意。

二五 「ヤ」は反語で、こうは言うものだろうか、言いはしないだろうの意。かたくななまでに人情を殺して道心に生きる母の言葉に、源信が世の常の母ならずと驚嘆しているのである。

源信僧都母尼往生語第三十九

仰タレバ、極テ哀レニ悲クテ、喜シク思ヒ奉ル。然レバ、仰セニ随テ山籠リヲ始テ、『聖人ニ成ヌ。今ハ値ハム』ト被仰レム時ニ可参キ。不然ザラム限リハ山ヲ不可出ズ。但シ、母ト申セドモ極タル善人ニコソ御マシケレ」ト書テ遣リツ。

其ノ返事ニ云ク、「今ナム胸落居テ、冥途モ安ク思ユ。返々ス喜シク思ヒ聞ユ。努々メ愚ニ不可御ズ」ト。僧都此レヲ見テ、此ノ二度ノ返事ヲ法文ノ中ニ巻キ置テ、時々取リ出シテ見ツヽゾ泣キケル。

此ク山ニ籠テ六年ハ過ヌ。七年ト云フ年ノ春、母ノ許ニ云ヒ遣テ云ク、「六年ハ既ニ山籠ニテ過ヌルヲ、久ク不見奉ネバ、恋シクヤ思シ食ス。然バ白地ニ詣デム」ト。返事ニ云ク、「現ニ恋シク思ヒ聞ユレドモ、見聞エムニヤハ罪ハ滅ビムズル。尚山籠ニテ御セムヲ聞カムノミゾ喜カルベキ。此レヨリ不申ザラム限リハ 不可出給ズ」ト。僧都此レヲ見テ、「此ノ尼君ハ只人ニモ無キ人也ケリ。世ノ人ノ母ハ此ク云ヒテムヤ」ト思テ過ス程ニ、九年ニ成ヌ。

たくましく思い申し上げます。それゆえ、仰せに従い、これから山籠りを始めて聖人になり、母上が『聖人になったな。もう会いましょう』とおっしゃる時にお訪ねいたしましょう。そうでない限り、決して比叡山から出ることはいたしません。それにしても、母とは申せ、なんとりっぱなお導き手でいらっしゃることでしょう」。こう書き送ると、その返事に、「やっと安堵の思いをいたしました。これで安心して冥途にまいれます。決して修行をなおざりにしてはなりません」とあった。僧都はこれを見て、二度の母の返事を法文の中に巻き込めておき、ときどき取り出して見ては泣いていた。

こうして山に籠って六年は過ぎた。七年目の春、母に手紙を書き送った、「六年間はすでに山籠りで過ぎてしまいましたが、長らくお目にかかりませんので、わたくしを恋しく思っておられるのではありませんか。そうだとすれば、ほんのちょっとだけお伺いいたしましょう」。これに対し、母の返事に、「本当に恋しく思ってはおりますが、お会いしたからとて罪が消滅するものでしょうか。あなたがそのまま山籠りしておいでになると聞くことだけがうれしいのです。わたしから申し出さぬ限り、山からお出になってはなりません」とあった。僧都はこ

一　初めていただいた品物。

二　対称の代名詞。そなた。あなた。

三　元服によって成人の男子になることから、この句には俗男にせずにの意がこめられている。

四　増賀聖人をさす。→巻一二第三三話。

五　ところが。しかるに。

六　世俗的名声の高い僧。

七　歴史的仮名づかいは「老イ」。

八　前出の「名僧」に対して、道心深い高徳の僧の意。

九　「名僧」をサ変動詞に活用させたもので、名声の高い僧としてはなやかに振舞う意。

一〇　宮方。宮達。「原」は当て字で、人物を表わす名詞に付して複数を表わす接尾語。

一二　下句にうまくつながらず。あるいは「テ」は「ヲ」の誤写で「まゐるを」か。

ノ許ニ、「此クナム后ノ宮ノ御八講ニ参テ給ハリタル。始タル物ナレバ、先ヅ見セ奉ル也」トテ遣タレバ、母ノ返事ニ云ク、「遣セ給ヘル物共ハ喜テ給ハリヌ。此ク止事無キ学生ニ成リ給ヘルハ、無限ク喜ビ申ス。但シ、此様ノ御八講ニ参リナドシテ行キ給フハ、法師ニ成シ聞エシ本意ニハ非ズ。其ニハ微妙ク被思ラメドモ、嫗ノ心ニハ違ヒニタリ。嫗ノ思ヒシ事ハ、『女子ハ数有レドモ、男子ハ其一人也。其レヲ、元服ヲモ不令為ズシテ、比叡ノ山ニ上ゲレバ、学問シテ身ノ才吉ク有テ、多武ノ峰ノ聖人ノ様ニ貴クテ、嫗ノ後世ヲモ救ヒ給ヘ』ト思ヒシ也。其レニ、此ク名僧ニテ花ヤカニ行キ給ハムハ、本意ニ違フ事也。我レ年老ヒヌ。『生タラム程ニ聖人ニシテ御セムヲ心安ク見置テ死ナバヤ』トコソ思ヒシカ」ト書タリ。僧都此レヲ披テ見ルニモ涙ヲ流シテ、泣々ク即チ亦返事ヲ遣テ云ク、「源信ハ、更ニ名僧セム心無ク、只尼君ノ生キ給ヘル時、如此ク止事無キ宮原ノ御八講ナドニ参テ、聞カセ奉ラムト思フ

学僧におなりになったことは、この上なくお喜び申します。しかし、このように、御八講などもあちこち伺ったりなさるのは、そなたを法師にしてさし上げたわたしの初志ではないのです。そなたは光栄に思っておいででしょうが、このばばの気持には反したものです。ばばが思っていたことは、『わたしには女の子はたくさんいるが、男の子はそなた一人だ。それを元服もさせず比叡山に上らせた以上、学問をしてりっぱに才知を身につけ、多武峰の聖人のように尊い坊様になって、ばばの後世を助けてもらいたい』と思っていたのです。それなのに、このような高名な僧となってはなやかにあちこちと顔を出されるのは、期待に反したことです。わたしも年老いたし、生きているうちにそなたが聖人におなりになるのをこの目で見てから、安心して死にたいものだと思っていたのです」と書いてあった。僧都はこの手紙を見て涙を流し、泣く泣くすぐさままたこの返事を書いた、「この源信は絶対に高名な僧になろうなどという気持はなく、ただ、母尼君の生きておいでになる時、このように高貴な宮様たちの御八講にも参上しましたということをお聞かせ申そうと思う一念で、取り急ぎお知らせしただけですが、今このような仰せを承り、わたしとしてはまことに肝に銘じ、ありが

源信僧都母尼往生語第三十九

本話の典拠は未詳。第一段の同話は、簡略ながら『二十五三昧結縁過去帳』『延暦寺首楞厳院源信僧都伝』『私聚百因縁集』八の四、『発心集』七の九、『三国伝記』一の二二などに所見。源信僧都の修行の大成を願って再度下山を戒めた母尼が、籠山九年後、虫の知らせで下山した源信に引導されながら、念仏往生を遂げた話。往生譚ではあるが、描写の中心は母尼の子を思う大慈悲心と堅固な道心の叙述にあり、孟母断機の故事や中江藤樹の母の言行を想起させるものがある。なお、本話の形成と伝承については、高橋貢「恵心僧都関係の説話について」（『国文学研究』第二六集）・同「源信僧都の母の話」（『仏教文学研究』昭和四二年五月誌）参照。→巻一二第三〇・第三一話。

今昔、横川ノ源信僧都ハ大和国、葛下ノ郡ノ人也。幼クシテ比叡ノ山ニ登テ、学問シテ止事無キ学生ニ成ニケレバ、三条ノ大后ノ宮ノ御八講ニ被召ニケリ。八講畢テ後、給ハリタリケル捧物ノ物共ヲ、少シ分テ、大和国ニ有ル母

源信僧都像（西教寺蔵）

今は昔、横川の源信僧都は大和国葛下郡の人である。幼いころ、比叡山に上り学問をしてりっぱな学僧となったので、三条大后宮主催の法華八講に召された。この八講が終わって後、ご下賜になった数々の献上物を少し取り分けて、大和国にいる母のもとに、「これは后宮様の御八講に伺っていただいたお品です。初めていただいたものですから、まずお目にかける次第です」と言って送ったところ、母の返事に、「お送りくださった品々は喜んでちょうだいいたしました。このようなりっぱな

源信僧都母尼往生語第三十九

一〇 →五二㌻注六。

一一 →巻一二第三三話。

一二 和の大和国の郡名に「葛下加豆良木乃之毛」。今の奈良県北葛城郡。続本朝往生伝所収源信伝に「葛上郡当麻郷人也」とするが、和によるに、「当麻多以末郷」は葛下郡。

一三 朱雀天皇の第一皇女、昌子内親王をさす。冷泉天皇皇后。西坂本の観音院本願。長保元年（九九九）十二月一日崩。年五十（権記・小右記・扶桑略記）。道心深く、権記、長保元年十二月七日の条に、「去一日太皇太后昌子内親王崩。于時春秋五十。…深信仏法、有二后妃之徳一。臨終住二正念一、面向二西方一云々」

一四 法華八講。法華経八巻を八座に分け、八人の講師が一人一座を担当して講説する法会。→一四六七㌻注六。

一五 大系はこの八講を長徳二年（九六）八月十六日の太皇太后法華八講かとするが、確かめ得ない。

一六 三宝への献上物の意であるが、具体的には僧供、つまり僧への引出物をさす。

↓六。

[九] 普通には、行ないにくいことだ。同語例は、四三二・四二三にも見える。

[一〇] 同趣の語法については→第一冊補九九。

[一一] →第一冊補三五・二三二・二三八。なお、本冊一七三頁五行にも同例が見える。

[一二] 第一冊二一〇頁九行・二五〇頁二四行・二五一頁六行に同じ表現が見える。但し、このあたりの妻の心理描写は、どの類話にも見えない。

[一三] レは、いわゆる完了の助動詞リの已然形。

[一四] 同語例は巻一〇九七、巻三〇三五二二にも見える。

[一五] 巻二三三八六に同趣の表現（但し、体言止め）が見える。

[一六] 妻に対しては夫というべきを、このところ子を話題の中心に据えたので、かく称した。一八九頁五行には妻をも母という。

[一七] この形容は、蒙求に見えるのみ。

[一八] 同じ用字法は、巻一〇二七七、巻二〇二七二、巻四〇二三、巻五〇三二にも見える。

[一九] ノは、すてがな。

[二〇] ここでは、前文の副詞「強二」と同意。

[二一] →補注。

[二二] →補注。「鍋（かな）」。旧注蒙求の注には、日記故事を引いて「釜量名、容六斗四升」とある。

[二三] 蓋とは、どの類話にも見えない。捜神記「丹書」、劉向伝「鉄券」。

[二四] この「悲」は、喜の対ではなくして、強い心の感動を意味する。九行の「悲ミ貴ビテ」の「悲ミ」も同義。

[二五] このことも亦、類話には見えない。

子ヲ埋（マム）ガ為ニ、泣ク泣ク（ナクナク）土ヲ堀ル。[一七]三尺許（バカリ）堀ル時ニ、底ニ、鋤ノ崎ニ固ク當（アタ）ル物ノ有リ[一九]。石カ[一八]ト思テ（オモヒ）、堀リ去ケム（ノケム）ト思テ（オモヒ）、強ニ（アナガチ）深ク堀ル。猶、[二〇]責メテ（セメ）深ク堀テ（ホリ）見レバ、石ニハ非ズシテ（アラズシ）[二一]一斗納許（イハ…ナルバカリ）[二二]黄金ノ（コガネ）釜（カナヘ）有リ、蓋（フタ）有リ[二三]。其ノ蓋（フタ）ヲ開テ（ヒラキ）見レバ、釜（カナヘ）ノ上ニ題テ（ダイシ）文（モン）有リ。其ノ文ニ云ク（モンニイハク）、「黄金ノ（コガネ）一ノ釜（カナヘ）、天、孝子郭巨ニ賜フ（ケツ…タマフ）」ト有リ。郭巨、此レヲ見テ、「我ガ孝養（ケウヤウ）ノ心ノ深キ（フカキ）ヲ以テ天ノ賜ヘル（タマヘル）也」ト喜ビ悲ムデ（カナシ）[二四]、母ハ子ヲ懐キ（イダキ）、父ハ釜ヲ負テ（カナヘヲオヒ）家ニ還ヌ（カヘリ）。

其ノ後（ノチ）、此ノ釜（カナヘ）ヲ破リツ（ワリツ）賣テ（ウリ）、老母（オイタル）ヲ養ヒ世ヲ渡ルニ、乏キ（トモシキ）事无クシテ（ナク）既ニ冨貴（フツキ）ノ人ト成ル。

其ノ時ニ、國王、此ノ事ヲ聞キ給テ、怪ミ（アヤシミ）ヲ成シテ、郭巨ヲ召シテ被問ニ（トハル）、郭巨、前（サキ）ノ事ヲ陳ブ。國王、聞キ驚キ給テ、釜ノ蓋（カナヘフタ）ヲ召シテ見給フニ、實ニ（マコト）其ノ文顕（モンアラハ）也。

國王、此レヲ見給テ、悲ミ、貴ビテ（タフト）、忽ニ（タチマチ）國ノ重キ者（モチキ）ト用ラル（モチヰ）[二五]。世ノ人、亦、此レヲ聞テ（キキ）孝養（ケウヤウ）ヲ貴キ事（コトヲ）ム讃メケル（ホメ）ナ語リ傳ヘ（ツタヘ）タルトヤ。

◇出典未詳。類話は、孝子伝(劉向の孝子伝の原拠は、太平御覧四百十一。宋躬伝の原拠は、御覧八百十一・初学記十七)および捜神記巻十一21・法苑珠林巻第四十九、忠孝篇第四十九感応縁(原拠は、劉向の孝子伝)・古本蒙求巻中24等に見えるが、いずれも梗概を記す程度に止まる。その最も近きものは、船橋本孝子伝であり、陽明文庫本は之に次ぐ。

一よみは、名義抄による。二蒙求は、後漢とする。三河南省懐慶府歩陟県。劉向伝は「河内温人」、捜神記は「隆慮(河南省彰徳府林県)人、一云河内温人」とする。郭巨のよみ、宝物集(三巻本)の傍訓は「くわくきよ」。四→補注。五の冒頭「其ノ父无ク」と同じきは、蒙求の「家貧養老母」のみ。劉向伝「甚富、父没分財、二千万を両分テ両弟、已独取母供養寄住、隣有凶宅無人居者共推与之居無禍患」、珠林「甚富、父没自比隣有凶宅無人居、共推与母居」、捜神記「兄弟三人早喪父、礼畢二弟求分以銭二千万、二弟各取千万、巨独取母供養以供夫婦傭賃以給公養」、船橋伝「於年不登而人庶飢困」、陽明伝「時年荒夫妻昼夜勤作以供養母」。六これにそのまま該当する記事は、類話には見えない。次に見える、蒙求の「妻生一子三歳、母常減食与之」が比較的近い。本話の「六七歳」は之に基いて敷衍したものか。七→補注。八このあたりの記事も類話には委しくは見えない。強いていえば、捜神記の「巨念与児妨事親一也、老人得食喜分児孫減饌二也」が近いといえよう。

震旦郭巨、孝老母得黄金釜語 第一

今昔、震旦ノ□代ニ河内ト云フ所ニ郭巨ト云フ人有ケリ。其ノ父亡ジテ、母存セリ。

郭巨、勤ニ母ヲ養フニ、身貧クシテ常ニ飢ヘ困ム。然レバ食物ヲ三ニ分テ母ニ一分、我レ一分、妻一分ニ充タリ。如此クシテ年来、老母ヲ養フ間ニ、妻、一ノ男子ヲ生セリ。其ノ子、漸ク長大シテ、六、七歳ニ成ル程ニ、此ノ三ニ分ル食物ヲ四ニ分ク。然レバ、母ノ食物弥ヨ少ク成ヌ。而ニ此ノ男子生レテ後ハ四ニ分レバ弥ヨ少シ。

郭巨、歎キ悲ムデ妻ニ語テ云ク、「年来、此ノ食物ヲ三ニ分テ母ヲ養ニ、猶シ少シ。我レ、孝養ノ志シ深シ、『老母ヲ養ハム為ニ此ノ男子ヲ穴ニ埋ムデ失ハム』ト思フ。此レ、難有キ事也ト云モ、偏ニ孝養ノ為也。汝ヂ、惜ミ悲ム心无ト。」

妻、此ノ事ヲ聞テ涙ヲ流ス事、雨ノ如クシ咨ヘテ云ク、「人ノ子ヲ思フ事ハ、佛モ一子ノ慈悲ソト譬ヘ説キ給ヘレ。我レ、漸ク老ニ臨テ適マ一人ノ男子ヲ儲タリ。懐ノ内ヲ放ツツ猶シ悲ノ心難堪シ。何況ヤ、遥ナル山将行テ埋ムデ還ラム事コソ可譬キ方モ不思ネ。然リト云ヘド、汝ガ孝養ノ心尤モ深クシ、思ヒ企テム事ヲ我レ妨ゲバ、天ノ責メ可遁キ方无ム。然レバ、只、汝ガ心ニ任スト。」

其ノ時ニ、父、泣ク妻ノ言ヲ感ジテ、妻子ヲ令懐テ、我ハ鋤ヲ持テ遥ニ深キ山ニ行テ、既ニ

五七二。五八・六〇 →二二。六二 字類抄に字音語
として見える。六三（正式の）文書を交換して。六四 うれしく思
う。六五 前出「中善」の避板法。六六 うれしく思
う。同語例は、巻二二六（一五〇頁六行）・
三三（一八六頁一四行・一九〇頁三〜四行）、
巻三〇五〇に見える。六九 どういうわけで
あるか。七〇（袖）でもって。七一 よみは名義
抄・字類抄による。七二 字類抄には音読の
例もある。→四三五。七三 マカリは、自分の老母に関
する謙辞。→四三五。七四 →補一五一。七五 見
聞。七六 流布本系統はすべてモがない。そ
の方が文意通じやすいが、候フトモ思ヒテの
意が含まれているものであろう。→補一五
五。七七 居りませんでしたら（難問に答える
ことができたでしょうか、難問に答え、国
の危機を脱することができなかったにちが
いありません）の意。七八 事情。七九 →巻一
二九三〇。八〇 宣旨をくだされた。八一→二四三六。

遣ハ、賢カリケル國ニ敵ノ心出来テ、返テ被謀テ被罰取ナム。然レバ互ニ随テ中善カルベキ也」。年未挑ナミツル心永ク止メテ其ノ由ヲ朕通テ中吉ク成ハ、國王、此ノ大臣ヲ召シテ宣ハク、「此ノ國ノ耻辱ヲモ止メ、敵ノ國ヲモ和ラゲツ事ハ、汝、大臣ノ徳ニ依テ有ル事也。我レ无限ク喜ビ思フ。但シ如此ノ極メテ難知キ事ヲ善ク知レル、何」ト。其時ニ、大臣、目ヨリ涙ヲ出ツル袖シテ押シ巾テ國王ニ申サク、「此ノ國ニハ徃古ヨリ七十ニ罷餘ヌル人ヲバ他國へ流シ遣事定レル例也、今始タル政ニ非ズ。而ルニ己レガ母、七十ニ罷餘今年ニ至ルマデ八年ニ満ヌ、朝暮ニ孝養セムガ為ニ蜜家ノ内ニ土ノ室ヲ造テ置テ候ツル也。其レニ、年老タル者ハ聞キ廣ク候ヘバ、若シ聞キ置タル事ヤ候モフトマカリ罷出デツ、間ヒ候テ、其ノ言ヲ以テ皆申シ候シ也。此ノ老人不候ザラマシカバ」ト申ス時ニ、國王、仰セ給フ様、「何ナル事ニ依テ昔ヨリ、此ノ國ニ老人ヲ捨ツル事有ケム。今ハ此ニ依テ事ノ心ヲ思フニ、老タルヲ可貴キニコ有ケレ。然レバ遠キ所へ流シ遣ル老人共、貴賤男女、皆可召返宣旨ヲ可下シ。亦、老ヲ捨ツト云フ國ノ名ヲ改テ老ヲ養フ國ト可云シ」ト被下ヌ。其ノ後、國ノ政平カニ成リテ民穏カニシ國ノ内豊カ也ケリト語リ傳ヘタルトヤ。

【頭注】

三三　妙正等、無有節目刀斧之透而語之曰、若能識別此木上下、亦大快善、甚不可量」、枕草子「つや〳〵とまろにうつくしげにけづりたる木の二尺ばかりあるを、これがもと末いづ方と問ひに奉れたるに」に作る。
三四・三三→二。
三五　両端。
三六→補一六七。
三七　本の方であるとしるしをつけて差し出した。
三八→二、卷二〇五八。
三九→補一六七。
四〇　下文の少シについては→補三三〇。
四一　大変めんどうなことだ。
四二　底本、ノの字体不分明。
四三　いつも家に退出して。
四四→卷二〇。
四五→卷四四三五。
四六　ちょっと不可解な事だ。
四七　以下のツの用法は、…をしてみる、という動作の併列を意味する。これがつづまれば、後世の…ッ…ッというフレェズに固定化する。
四八　吃水線。
四九　意訳すれば、すみでもって。
五〇　象が乗った時しるしをつけた墨の線の所まで水が迫る（および）。
五一　は「称」「秤」の義、懸は普通「掛」を用いる語と同じ。
五二→卷一四三。
五三　石の総量を象の重さと判断して。
五四　惑ズはホムと同義の難題をふきかけた相手の国。
五五　漢語なれば、重言的表現。
五六　多カリの連体形。→補二六一。
五七　才能がある。もの
五八　多くある。
五九　「賢人多カル国」（前頁末行）の圧縮表現。
六〇　正解する。
六一　しりの。打聞集「上手」に作る。
六二　て逆に。反対に。
六三　ナは、複語尾（助動詞）ヌの未然形。
六四　相手にさからわずに。
六五→卷一〇五一九。
六六　よみは名義抄・字類抄による。イトナムはイドムと同義。→補

卷第五　七十餘人流遣他國國語第卅二

「然ミノ事ナム有ル」ト云ヘバ、母ノ云ク、「其レハ糸安キ事也。水ニ浮ベテ見ルニ、少シ沈ム方ヲ本ト可知ベシ。」大臣、返リ參テ亦、此ノ由ヲ申セバ、即チ、水ニ入レテ見給フニ、少シ沈ム方有リ。其方ヲ本ト付テ遣シツ。

其ノ後、亦、象ヲ遣テ「此ノ象ノ重サノ員計ヘテ奉レ」ト申シタリ。其ノ時ニ國王、「如此ノ云ヒテ遣スルイミジキ態カナ」思シ煩テ、此大臣ヲ召テ、「此レハ何ガ可為ベキ。今度ハ更ニ難思得キ事也」ト宣ヘバ、大臣モ「實ニ然カ侍ル事也。雖然モ罷リ出デ思ヒ廻テ申シ侍」ト云テ出ヌ。國王思ス様、「此ノ大臣、我ガ前ニテ可思得キニ、カク家ニ出ツ思ヒ得テ末ルハ、顔ル不心得ヌ事也。家ニ何ナル事ノ有ルニカ」思ヒ、疑ヒ給フ。

而ル間、大臣、還リ參ヌ。國王、此ノ事ヲモ「難心得クヤ有ラム」思給テ、「何ゾ」ト問給ヘバ、大臣、申シテ云ク、「此モ聊ニ思得テ侍リ。象ヲ船ニ乗セテ水ニ浮ベツ。沈ム程ノ水際ニ墨ヲ書テ注ヲ付ツ。其後、象ヲ下シツ。次ニ船ニ石ヲ拾ヒ入レツ。象ノ乗テ書ツル墨ノ本ニ水至ル。其時ニ石ヲ量リニ懸ツ、、其後チニ石ノ数ヲ物テ計タル数ヲ以テ象ノ重サニ當テ、象ノ重サハ幾ク有ルト云ツ事ハ可知キ也」ト申ス。國王、此レヲ聞テ其ノ言ノ如トク計テ、「象ノ重サ幾ナム有ル」ト書テ返シ遣シツ。

其ノ國ノ人無限ナク褒メ感ジテ、「賢人多カル國也ケリ。オボロケノ有才ム者ハ可知クモ非ヌ事ヲ、カクノミ云ヒ當テ、

抄正等、無有節目刀斧之沾而語之曰、若能識別此木上下、亦大快善、甚不可量」、枕草子「つや〴〵とまろにうつくしげにけづりたる木の二尺ばかりあるを、これがもと末いづ方と間ひに奉れたるに」に作る。三三・四三→三二。 畳両端。 畳→補一六七。下文の少シについては→補二三〇。 畳またて差し出した。 だちに。 毛本の方であるとしるしをつけ

三八→三二、巻二四五八。
三九→補一七。
四〇底本、ノの字体不分明。
四一大変めんどうなことだ。
四二いつも家に退出して。
四三→巻二四
四四ちょっと不可解な事だ。 四五→巻二四
四五以下のツの用法は、…をしてみる、という動作の併列を意味する。これがつゞまれば、後世の…ッ…ッというフレヱズに固定化する。
四六意訳すれば、すみでもって。
四七象が乗った時しるしをつけた墨の線の所まで水が迫る(およぶ)。
四八吃水線。
四九量は「称」「秤」の義、懸は普通「掛」を用いる語と同じ。
五〇石の総量を象の重さと判断して。
五一→巻一四三三。 難題をふきかけた相手の国。
五二惑ズはホムと同義の漢語なれば、重言的表現。
五三多くある。多カリの連体形。
五四→巻四四三五。 →補二六一。
五五才能がある。ものしりの。 打開集「上手」に作る。
五六正答する。正解する。
五七「賢人多カル国」(前頁末行)の圧縮表現。
五八→三二。
五九かえって逆に。反対に。
六〇ナは、複語尾(助動詞)ヌの未然形。
六一相手にさからわずに。
六二→巻一四五一九。
六三よみは名義抄・字類抄による。イトナムはイドムと同義。 →補

「然ミノ事ナム有ル」ト云ヘバ、母ノ云ク、「其レハ糸安キ事也。水ニ浮ベテ見ルニ、少シ沈ム方ヲ本ト可知シ」ト。大臣、返リ参リテ亦、此ノ由ヲ申セバ、即チ、水ニ入レテ見給フニ、少シ沈ム方有リ。其方ヲ本ト付テ遣シツ。

其ノ後、亦、象ヲ遣テ「此ノ象ノ重サノ員計ヘテ奉レ」ト申シタリ。其ノ時ニ國王、「如此ノ云ヒ遣ハスルイミジキ態カナ」思シ煩テ、此大臣ヲ召テ、「此レハ何ガ可為ベキ。今度ハ更ニ難思得キ事也」ト宣ヘバ、大臣モ「實ニ然カ侍ル事也。雖然モ罷リ出デ思ヒ、迴テ申シ侍」ト云ヒテ出ヅ。國王思ス様、「此ノ大臣、我ガ前ニテ可思得キニ、カク家ニ出ヅ思ヒ得テ来ルハ、頗ル不心得事也。家ニ何ナル事ノ有ルニカ」思ヒ、疑ヒ給フ。

而ル間、大臣、還リ参ヌ。國王、此ノ事ヲモ「難心得クヤ有ラム」思給テ、「何ゾ」ト問給ヘバ、大臣、申シテ云ク、「此モ聊ニ思得テ侍リ。象ヲ船ニ乗セテ水ニ浮ベツ。沈ム程ノ水際ニ墨ヲ書テ注ヲ付ツ。其ノ後、象ヲ下シツ。次ニ船ニ石ヲ拾ヒ入レツ。象ノ乗テ書ツル墨ノ本ニ水至ル。其ノ時ニ石ヲ量リニ懸ツ、其ノ後チニ石ノ数ヲ惣テ計タル数ヲ以テ象ノ重サニ當テ、象ノ重サハ幾ク有ルト云フ事ハ可知キ也」ト申ス。國王、此レヲ聞テ其ノ言ノ如トク計テ、「象ノ重サ幾ム有ル」ト書テ返シ遣シツ。

變ノ國ニハ、三ノ事ノ難知キヲ善ク一事不替デ毎度ニ云ヒ返ハシタレバ、其ノ國ノ人无限ナク褒メ感ジテ、「賢人多カル國也ケリ。オボロケノ有才ム者ハ可知クモ非ヌ事ヲ、カクノミ云ヒ當テ、

枕草子「蟻通の明神」の条（→本大系本二六四頁）にも見える。打聞集(7)も同一説話に基く。→巻二十七[九]典拠。
一　→巻一[一]二。
二　原典では年を限定しない。
三　枕草子は「四十」に作る。
四　→巻二四三六。
五　礼記に「凡為人子之礼、冬温而夏清、昏定而晨省」に作る。
六　→巻一[八]三六。
七　→[四]五〇。
八　→補一六九。
九　→巻一[一〇]二九。
一〇　→巻一[一〇]二五。
一一　原典「乃深掘地、作一密屋、置父著中、随時孝養」〈珠林は、屋を窟に作る〉に作る。
一二　→補一九七。
一三　→巻一[一五]三五。
一四　二疋の親子の区別をきめて。
一五　→巻一[一]七。
一六　軍勢をさしむけて。
一七　いい考えを思いついたら。
一八　→巻二[一七]三六。
一九　→[一四]二五。退出して。家に帰って。
二〇　→[四]三四。
二一　目的格表現に助詞を用いない例。
二二　→巻四[一三]。次行の「此ノ事」は、次の事の意。→巻四[一三]。
二三　打聞集の「ヲホキテ」にあたる。オホクは、四段活用の動詞で、貪り食う意。名義抄、食偏に「纔」の旁の字にこの訓あり。字類抄は、さらに「食美味也、迷食也」と注する。
二四　子どもには存分食べさせておき（争わず）。→[四]八五九。
二五　ゆっくりとあわてずに。字類抄、遅・纔・蕩・閑をノトカタリ、長閑をノトカリと訓ず（以上、黒川本による。十巻本はノトカナリ。これら一切、名義抄には見えず）。
二六　→巻一[四]二九。
二七　全訓すてがなの例。→補六四。
二八　最に同じ。
二九　奉らせて。
三〇　くいのこした。
三一　原典・珠林「天神又以一真（栴）檀木方直（之）正等、又復間言、何者是頭」、賢愚経「時彼国王復送一木、長満一丈、根

非ズト思テ、子ノ大臣、蜜ニ土ノ室ヲ堀テ家ノ角ニ隠シ居ヘツ。家ノ人ソラ此レヲ不知、況ヤ、世ノ人知事无シ。

カクテ、年ヲ経ル程ドニ、隣ノ國ヨリ同様ナル牝馬二疋ヲ遣セテ云ク、「此ノ二疋ガ祖子ヲ定メテ可注遣シ。若シ不然ズハ軍ヲ發シテ七日ノ内ニ國ヲ亡サム」ト云タリ。其時ニ、國王、此ノ大臣ヲ召テ、「此ノ事ヲ何ガ可為キ。若シ思ヒ得タル事有バ申セ」ト仰セ給フ。大臣ノ申サク、「此ノ事輙ク可申キ事ニ非ズ、罷出デ、思ヒ迴シテ可申シ」ト云テ、心ノ内ニ思フ様フ、「我ガ隠シ置タル母ハ、年老タレバ如此ノ事聞タル事ヤ有ラム」思テ、忩ギ出ヌ。

忍テ母ノ室ニ行テ、「然々ノ事ナル、何様ニカ可申スベキ。若シ聞給タル事ヤ有ル」ト云フニ、母咎テ云ク、「昔シ若シ時ニ我レ此ノ事ヲ聞キ。『同様ナル馬ノ祖子ヲ定ムルニ二ノ馬ノ中ニ草ヲ置テ可見シ。進起テ食ヲバ子ト知リ、任セテノドカニ食ヲバ祖ト可知ベシ。カク様ニゾ聞キニ、シ』云フヲ聞テ還リ参ニ、國王ッ、「何ガ思ヒ得タル」問給フニ、大臣、母ノ言ノ如ク、「カク様ニナ思ヒ得テ侍ル」ト申ス。國王、「尤モ可然シ」ト宣テ、忽ニ草ヲ召テ二ノ馬ノ中ニ置テ見ルニ、一ハ起キ食フ、一ハ此ガ食ヒ弃ノドカニ食フ。此レヲ見テ、祖子ヲ知テ、各札ヲ付テ返シ遣シツ。

其ノ後、亦、同様ニ削タル木ノ漆塗タル遣テ、「此レガ本末定メヨ」ト奉レリ。國王、此ノ大臣ヲ召テ、亦、「此ヲバ何ガ可為ト」問給ヘバ、大臣、前ノ如ク申シテ出ヌ。母ノ室ニ行テ、亦、

◇出典は雑宝蔵経巻第一(4)棄老国縁(法苑
珠林巻第四十九、不孝篇第五十、棄父部第
四にも引く)。ただし、本集の「母」を原典
「父」に作るほか、難問はすべて天神が試
すことになっている。また、原典には、二
蛇の雌雄を知ること、睡者と覚者との別、
一掬の水が大海より多いこと等を以てため
す話がある。なお、強国が弱国を試みるに
難問を以てすることは、賢愚経巻第七、梨
耆弥七子品第三十二(→巻二四〇出典)や、

巻第五　天竺牧牛人入穴不出成石語第卅一　七十餘人流遣他國國語第卅二

七十餘人流遣他國國語 第卅二

今昔、天竺ニ七十餘ル人ヲ他國ニ流遣ル國有ケリ。其國ニ一人ノ大臣有リ、老タル母ヲ

相具セリ。朝暮ニ母ヲ見テ孝養スル事无限シ。如此テ過ル間ニ、此ノ母、既ニ七十餘ニ成リヌ。

朝ニ見テ夕ニ不見ラ尚不審サ難堪シ。何況ヤ、遙ナル國ニ流遣テ永ク不見ザラム事□更ニ可堪キ

作る。[二四]→巻四[四]一三。テについては→
入。[二三]→補一八九。次のミヅカラは自称の代名詞。[二六]殺しがいがあるでしょう（が）。[二七]よみは字類抄による。しまった事をした。[二九]自分に入手させて下さい。[三〇]たやすい。[三一]もと居た所へさえ。[三二]ナは、複語尾（助動詞）ヌの未然形。[三三]→巻三[四]一七。[三四]前文に見える有ツル所（→[三二]）をいいかえたものであろう。[三五]下りるなり。[三六]→補二二五。[三七]梢。[三八]ばかだなあ。→巻一[四]一八・巻十[四]一六。
[三九]同趣の表現が巻七[四]一八に見える。[四〇]→補二九二。[四一]次行の「様」と同義。[四二]方法がないので（しかたなく）、の意。[四三]→補三三五。[四四]→補二〇一。

本ノ所ニ至ヌ。
「其ハ糸安キ事也。有ツル所ヘ行着ナバ、事ニモ非ヌ事也」ト云ヘバ、龜、前ノ如ク背ニ乗セテ
打下シタレバ、猿、下ルニ、走テ木ノ末ニ遙ニ昇ヌ。見下シテ、猿、龜ニ向テ云ク、「龜、墓无ヤ。
身ニ離レタル肝モ有ルト云ヘバ、龜、「早ク謀リツル有ケレ」ト思テ、可為キ方无クテ、木ノ末ニ有ル
猿ニ向テ、可云様无ニ打見上テ云、「猿、墓无ヤ。何ナル大海ノ底ニカ菓ハ有ル」ト云テ、
海ニ入リニケリ。
昔モ獣ハカク墓无ゾ有ケル。人モ愚癡ナル此等ガ如シ。カクナム語リ傳ヘタトヤ。

◇出典は、経律異相巻第二十三、暴志前生為鼈婦十三（原拠は鼈獼猴経巻第十）か。六度集経巻第四36にも同一説話が見える。法苑珠林巻第五十四、詐偽篇第六十、詐畜部第六所収の類話（原拠は仏本行経）は、話は詳しいが、亀を虹に作るなどの小異がある。ジャアタカ（毛・二八・四三）では猿と鰐との話になっている。沙石集巻五末四は、本集に拠ったものの如く思われるが、虹に作る点は珠林に近い。民間には亀をクラゲとするものが多く行なわれているようである。

一　→巻一・一二一。　二　→巻一・二八。　三　→巻二・二四四。　四　→補四七。　五　→巻一・一五九。　六　きっと。　七　無事にお前の子を生むことができるだろう。　八　ヘテは、復語尾（助動詞）ツの未然形。安産できるだろう。　九　異相は、猿と亀の夫と、仲が善いのを亀の妻が妬んで仮病を使い、親友の肝を取ってくれとせがんだといい、珠林は「肝」を「心」に作る。　一〇　薬だということだ。→補四五。　一一　→補四五。　一二　よみは名義抄による。　一三　異相は、猿が食物に満ち飽きていた、とする（字類抄はトホシ）。　一四　→補一一九。　一五　感動詞。意訳すれば、何とかして。　一六　流布本「所」に作る。この方が、意、通じやすいようだが、このまま「其の時時に」と解せられなくもない。　一七　→巻一・一五六。　一八　→補一六一。　一九　さあ、おいで下さい。　二〇　字類抄、セの動物に、亀をセナカと訓ず。宇津保物語や枕草子にも同例が見える。　二一　うとんずる。本心を隠す。　二二　よみは名義抄・字類抄による。同族。なかま。　二三　異相は「樹」に作るのみだが、珠林は「去岸不遠、有一大樹、名優曇婆羅（隋言所言次顒）」に

龜、為猿被謀語　第廿五

今昔、天竺ノ海邊ニ一ノ山有リ。一ノ猿有テ菓ヲ食シテ世ヲ過ス。其ノ邊ノ海ニ一ノ龜有リ、夫妻也。妻ノ龜、夫ノ龜ニ語テ云ク、「我レ、汝ガ子ヲ懐任セリ。而ルニ我レ、腹ニ病有テ定メテ難産カラム。汝ヂ、我ニ藥ヲ食セバ、我ガ身平カニ汝ガ子ヲ生ムト」。

夫、咎テ云ク、「何ヲ以テ藥トハ可為キゾ」。妻ノ云ク、「我レ聞ケバ、猿ノ肝ナム、腹ノ病ノ第一ノ藥トナル」。云フニ、夫、海ノ岸ニ行テ彼ノ猿ニ値テ云フ様、「汝ガ栖ニ万ノ物豊カ也ヤ否ヤ」。猿ル咎テ云ク、「常ニハ乏シキ也」ト。龜ノ云ク、「我ガ栖ノ近邊ソコニ四季ノ菓蓏不絶ヌ廣キ林ハ有レ。哀レ、汝ヲ其ノ時ニ将テ行テ飽マデ食ハセバヤ」。猿、謀ルヲ不知シテ喜テ、「イデ、我レ行カム」ト云ヘバ、龜、「然ラバ、イザ給ヘ」ト云テ、龜ノ背ニ猿ヲ将行テ、龜ノ猿ニ云ク「汝ヂ不知ズヤ、實ニハ我ガ妻懐任セリ。而ルニ腹ニ病有ルニ依テ、『猿ノ肝ナム其ノ藥ナル』聞テ汝ガ肝ヲ取ラムガ為ニ謀テ将来レル也」ト。

猿ノ云ク、「汝ヂ、甚ダ口惜シ。我レヲ隔ル心有ケリ。未ダ不聞ズヤ、我等ガ黨ハ本ヨリ身ノ中ニ肝无シ。只、傍ノ木ニ懸置タル也。汝ヂカシコニテ云ハマシカ我ガ肝モ亦、他ノ猿ノ肝モ取テ進シテマシ。譬ヒ自ヲ敵シ給ヒタリトモ、身ノ中ニ肝ノ有ラバ其ノ益ハ有ラメ。極テ不便ナル態カナ」ト云ヘバ、龜、猿ノ云フ事ヲ實ト信ジテ、「然ラバイザ将還ム。肝ヲ取テ得サセ給ヘ」ト云ヘバ、猿

ヒテ来ヌ。狐ハ火ヲ取テ来テ焼付ケテ、若シヤ[六四]待ツ程ニ、兎、持ツ物[六六]无テ来レリ。其ノ時ニ猿・狐、此レヲ見テ云ク、「汝ヂ何物ヲカ持テ来ラム[六五]。此レ、思ツル事也[六六]。虚言ヲ以テ人ヲ謀テ[六七]、木ヲ拾ハセ火ヲ焼セテ、汝ヂ火ヲ温テ[六九]、窘[七〇]ト云ヘバ、兎、「我レ、食物ヲ求テ持来ルニ无力[六八]ニシテ、然レバ只我ガ身ヲ焼テ可食給シ[七一]ト云テ、火ノ中ニ踊入テ焼死ヌ[七二]。其ノ時ニ天帝釋、本ノ形ニ復シテ、此ノ兎ノ火ニ入タル形ヲ月ノ中ニ移シテ、普ク一切ノ衆生ニ令見[七三]ガ為メニ月ノ中ニ籠メ給ヒツ。然レバ、月ノ面ニ雲ノ様ナル物ノ有ハ此ノ兎ノ火ニ焼タル煙也、亦、月ノ中ニ兎ノ有ルト云ハ此ノ兎ノ形也。万ノ人、月ヲ見ム毎ニ此ノ兎ノ事可思出シ[七四]。」

五〇 →補二五七。
五一 とある通り、まぜめし。
五二 →〇二四。
五三 全く。
五四 全く。→補五三二。
五五 述格。次の「大キニ」とは用法がちがう。
五六 この捨てがたによって、本冊では行のよみをアルクと統一した。かな文学や訓点資料に普通にアルクと見えるリクは恐らく文章語、万葉集かな書きの支援を得るアルクは、そのような色彩を持たない生活語であったと思われる。
五七 →巻一〇三九。
五八 →〇四九〇。
五九 直接、「身ヲ失フ」に係る。
六〇 不本意にも、という意の挿入句。→巻三〇三七。
六一 →巻一〇五三二。
六二 「食」は前行の「噉」の避板法。下句の「生」は、畜生の境涯。
六三 →補三七三。
六四 若しかしたら獲物をとってくるかもしれないと。
六五 どんな獲物を持って来たというのか。
六六 予想した通りの結果だ。
六七 →巻四〇五七。
六八 →補一六一。
六九 頭ヲ痛ム(→補二九〇)と同じ語法。意訳すれば、火に当ってあたたまろうと思って。
七〇 穴(→白〇六四)憎の合字。
七一 →補七二。
七二 →補二一〇。
七三 目的格表現に助詞を用いない例。
七四 本集独特の形式的な結語がないために、闕文のある如くに扱っているが(底・甲・北・Bの諸本は一行あけてある)、これで恐らく本文は終っていたのであろう。むしろ、結語をつけ忘れたところに、本集編纂上の一過程を知ることができよう。→補二一。

巻第五　三獸行菩薩道兎燒身語第十三

一〇 [圀]三四。　一四 行為の果報が尽きなくて。　一五 →補二三〇。　一六 ススムは、年をとる。天年が若い。　一七 →巻一〇[圀]一。　一八 →五。　一九 →巻一四九〇。　二〇 →巻四[九]五七。　二一 →補一八七。　二二 字類抄、シの畳字にはシュテキと音読する。　二三 表面には笑顔をたたえていても、内面では凶悪な考えを持っている。　二四 →巻四□二八。　二五 →補一六九。　二六 一体に誠の心が深くはないものだ。　二七 →巻三二[〇]三六。　二八 →巻四[九五]六二。　二九 いる。　三〇 字類抄、その畳字のよみによる。セムカタとよむも可。　三一 →補一二四。　三二 本来の志である。　三三 今のミカンにあたる。よみは和名抄・名義抄・字類抄による（濁音は名義抄による）。宇津保物語等ではカウジという。　三五 一名シラクチ（ツル）（獼猴桃）ともいう。また、サルナシ・ヤブナシ。字類抄および諸本は「菹」に、名義抄は「蒩」に作る。　三六 下字と熟して、或はハシバミの事を指すのかと思われるが、定かではない。　三七 よみは字類抄による（辞書による）。　三八 よみは名義抄・字類抄による。普通の用字は「通草」。　三九 →巻一□七三。　四〇 瓜の異体字。　四一・四二 よみは和名抄・名義抄・字類抄による。　四三 よみは和名抄・名義抄による。　四四 よみは字類抄による。　四五 墓をツカと訓ずるは、名義抄・字類抄による。　四六 墓所に設けた小屋。　四七 よみは和名抄・名義抄・字類抄による（和名・字類の用字は、粢餅）。米の粉で作った、お供えの餅。　四八 和名抄・名義抄・字類抄による。　四九 和名抄・名義抄・字類抄に紐（飯）をカシキカテとよむ（第四音節の濁音は名義抄による。名義抄に古字候、字類抄に「雑飯也」と注する）。名義抄に又作糵

タル者ヲ敏シ、或ハ人ノ財ヲ奪ヒ、或ハ父母ヲ敏シ、或ハ兄弟ヲ讎敵ノ如ク思ヒ、或ハ咲ノ内ニ悪シキ思ヒ有リ、或ハ戀タル形ニモ嘆レル心深シ。何況ヤ、如此ノ獣ハ、實ノ心深ク難思シ。然レバ試ム」ト思シテ忽ニ老タル翁ノ无力ニシテ羸レ无術氣ナル形ニ變ジテ、此ノ三ノ獣ノ有ル所ニ至給テ宣ハク、「我レ、年老ヒ羸レテ為ム方无シ。汝達、三ノ獣、我レヲ養ナヒ給ヘ。レ、子无ク家貧クシテ食物无シ。聞ケバ、汝達、三ノ獣、哀ミノ心深ク有リ」ト。三ノ獣、此事ヲ聞テ云ク、「此レ、我等ガ本ノ心也。速ニ可養シ」ト云テ、猿ハ木ニ登テ、栗・柿・梨子・薬・柑子・橘・苟・椿・栗・郁子・山女等ヲ取テ持来リ、里ニ出テハ苽・茄子・大豆・小豆・大角豆・粟・薭・黍等ヲ取テ持来テ好ミ随テ令食シム、狐ハ墓屋ノ邊ニ行テ人ノ祭リ置タル粢・炊交・鮑・鰹、種々ノ魚類等ノ取テ持来テ思ヒニ随テ令食ムニ、翁既ニ飽満シヌ。如此クシテ日未ダ経ルニ、翁ノ云ク、「此ノ二ノ獣ハ實ニ深キ心有リケ。此レ、既ニ菩薩也トケリ」云フニ、兎ハ勵シ心ヲ發シテ燈ヲ取リ、香ヲ取テ、耳ハ高ク瘤セニシ、目ハ大キニ、前ノ足短カク、尻ノ穴ハ大キニ開テ、東西南北求メ行ケド、更ニ求メ得タル物无シ。然レバ猿・狐、翁ト且ハ恥メ、且ハ蔑ヅリ咲ヒテ勵モセド力不及テ、兎ノ思ハク、「我レ翁ヲ養ハム為ニ野山ニ行クト云ヘド、野山怖シク破无シ。人ニ被敏レ、獣ニ可被噉シ。徒ニ、心ニ非ズ、身ヲ失フ事无量シ。只不如ジ、我レ今、此ノ身ヲ捨テ、此ノ翁ニ被食テ永ク此ノ生ヲ離ム」ト思テ、翁ノ許ニ行テ云ク、「今、我レ、出デ、甘美ノ物ヲ求メ来ス。木ヲ拾ヒテ火ヲ焼テ待チ給ヘ」ト。然ラバ猿ハ木ヲ拾

392

◇出典は、大唐西域記卷第七、婆羅痆斯国、烈士池の条。ただし、本話は遙に詳しく、説話としての興趣が加わっている。狐・猿・獺・兎の四獣が、仙人に食糧を与えて山に止まらしめんとする類話は、旧雑譬喩経巻下45に見え（法苑珠林巻第四十一にも引く。この系統では狐が人に化して一囊飯麨を取って来たことになっている）。また、特に兎が仙人に食を供して止まらしめんとする類話は、撰集百縁経巻第四十七・兎第十二(1)にも見えるが、兎が月の中に生れ代る話は原典に見えるだけである。ジャータカ(三六)参照。

一→巻一□二。　二→□□五。　三→補三三五。
四→まじめに仏道を志す気持。　五→補六四。
六→巻一□四。　七→巻一□□三。　八→巻一
□□三□二。　九→巻三□□三一。　10 ジンは呉音。
二→補三三三。　三→補一七。　三→巻

三獣行菩薩道、兎燒身語第十三

今昔、天竺ニ兎・狐・猿、三ノ獣有テ共ニ誠ノ心ヲ发テ菩薩ノ道ヲ行ヒケリ。各思ハク、「我等前世ニ罪障深重ニシテ賤キ獣ト生タリ。此レ、前世ニ、生有ル者ヲ不哀ズ、財物ヲ惜テ人ニ不与ズ。如此クノ罪深クシテ地獄ニ堕テ苦ヲ久ク受テ残ノ報ニカク生タル也。然レバ此ノ度ビ、此ノ身ヲ捨テム」。年シ、我ヨリ老タルヲバ祖ノ如クニ敬ヒ、年、我ヨリ少シ進メバ兄ノ如クニシ、年、我レヨリ少シ劣タルヲバ弟ノ如ク哀ビ、自ラノ事ヲバ捨テ、他ノ事ヲ前トス。天帝尺、此レヲ見給テ、「此等、獣ノ身也ト云ヘド、難有キ心也。人ノ身ヲ受タリ云ヘド、或ハ生

きて、彼れ此れが貌を見るを見て、不ゝ堪して立去く者も有けり。鳥

此く泣くよと咲て、情無気に揃る者も有けり。揃り畢へてつれば下

せけるに、刀に随て、血つふつふと出来けるを、刀を打巾ひ々々々

下しければ、奇異く難ゝ堪気なる音を出して死畢にければ……」

　『今昔物語』は前にも書いたやうに野性の美しさに充ち満ちてゐ

る。其又美しさに輝いた世界は宮廷の中にばかりある訣ではない。

従つて又此世界に出没する人物は上は一天万乗の君から下は土民だ

の盗人だの乞食だのに及んでゐる。いや、必しもそればかりではな

い。観世音菩薩や大天狗や妖怪変化にも及んでゐる。若し又紅毛人

の言葉を借りるとすれば、之こそ王朝時代の Human Comedy（人

間喜劇）であらう。僕は『今昔物語』をひろげる度に当時の人々の

泣き声や笑ひ声の立昇るのを感じた。のみならず彼等の軽蔑や憎悪

の（例へば武士に対する公卿の軽蔑の）それ等の声の中に交つてゐ

るのを感じた。

　僕等は時々僕等の夢を遠い昔に求めてゐる。が、王朝時代の京都

さへ『今昔物語』の教へる所によれば、余り東京や大阪よりも娑婆

苦の少ない都ではない。成程、牛車の往来する朱雀大路は華やかだ

つたであらう。しかしそこにも小路へ曲れば、道ばたの死骸に肉を

争ふ野良犬の群れはあつたのである。おまけに夜になつたが最後、

あらゆる超自然的存在は、──大きい地蔵菩薩だの女の童になつた

狐だのは春の星の下にも歩いてゐたのである。修羅、餓鬼、地獄、

畜生等の世界はいつも現世の外にあつたのではない。……

な醒めそねや、さ公だちや。

市に立ちたるはたものに

鴉はさはに騒ぐとも、

豊の大御酒つきぬまは

な醒めそねや、さ公だちや。

（新潮社版『日本文学講座』第六巻　昭和二年四月発行）

りけるを掻削て」とか云ふ二三の言葉にも現れてゐる。かう云ふ表現上の特色は勿論この話ばかりにある訳ではない。たとへば源の頼光の四天王の女車に乗つた話にしても、（本朝の部巻十八。頼光郎等共紫野見物語第二）彼等の車に酔つた光景を如何にも無遠慮に描き出してゐる。

『今昔物語』の作者は、事実を写すのに少しも手加減を加へてゐない。これは僕等人間の心理を写すのにも同じことである。尤も『今昔物語』の中の人物は、あらゆる伝説の中の人物のやうに複雑な心理の持ち主ではない。彼等の心理は陰影に乏しい原色ばかり並べてゐる。しかし今日の僕等の心理にも如何に彼等の心理の中に響き合ふ色を持つてゐるであらう。銀座は勿論朱雀大路ではない。が、モダアン・ボオイやモダアン・ガアルも彼等の魂を覗いて見れば、退屈にもやはり『今昔物語』の中の青侍や青女房と同じことである。

「今は昔、年若くして形美麗なる男有けり。……其の男何れの所より来けるにか有りけむ、二条朱雀を行くに、朱雀門の前を渡る間、年十七八歳許なる女の形端正にして姿美麗なる、微妙の衣を重ね着たる大路に立てり。……門の内に人離れたる所に女を呼び寄せて、男女に云く、「……君我が云はむ事に随へ。此れ懇に思ふ事也」と。女の云く、「此れ可辞事に非ず。云はむ事に可随しと云へども、我若し君の云はむ事に随ひては、命を失はむ事疑ひ無き也」と。男何事を云ふとも不心得ずして、強に此の女と懐抱せむとす。女泣々云く、「君は世の中に有て家に妻子を具せるらむに、只行ずりの事にてこそ有れ。我れは君に代て、戯れに永く命を失はむ事の悲しき也。」此如く静ふと云へども、女遂に男の云ふに随ひぬ。……」（本朝の部巻四。為救野干死写法花人語第五）

この話の中の女は実は狐の化けてゐたのである。が、彼等の問答は長椅子の上にも行はれるであらう。狐は一夜を明かした後、扇に顔を隠したまゝ、武徳殿の中に倒れてゐた。しかもその扇は形見の為に男の贈つた扇だつた。僕はこの話を『今昔物語』の中でも最も抒情詩的な話の一つに数へてゐる。秋の日のさしこんだ武徳殿の外には、或は野菊の花なども咲いてゐたであらう。……

かう云ふ作者の写生的筆致は当時の人々の精神的争闘もやはり鮮かに描き出してゐる。彼等もやはり僕等のやうに娑婆苦の為に呻吟した。『源氏物語』は最も優美に彼等の苦しみを写してゐる。それから『大鏡』は最も簡古に彼等の苦しみを写してゐる。最後に『今昔物語』は最も野蛮に、――或は殆ど残酷に彼等の苦しみを写してゐる。僕等は光源氏の一生にも悲しみを生じずにはゐられないであらう。まして兼通卿の一生にはもの凄さを感じるのに違ひない。

が、『今昔物語』の中の話――たとへば「参河守大江定基出家語」（本朝の部巻九。）には何かもつと切迫した息苦しさに迫られるばかりである。

「……女の美麗也し形も衰へ持行く。定基此れを見るに、悲の心譬へむ方無。而るに女遂に病重く成て死ぬ。其後定基悲び心に不堪して、久しく葬送する事無くして、抱て臥たりけるに、日来を経るに、口を吸けるに、女の口より奇異き臭き香の出来たりけるに、疎む心出来て泣々葬してけり。……亦雛を生け作ら捕へて人の持来れるを、守の云く、「去来此の鳥を生乍ら造て食はむ。」物も不思えぬ郎等共、此れを聞て云く、「極く侍りなむ。……」と勧めければ、……而るに雉を生乍ら持来て揃にするに、暫くはふたふたと為るを引かへて、只揃に揃れば、鳥目より血の涙を垂れて目をしば叩類の音有り。此れ畜生を箱に入れたる也けりと思て、必ず此れを買ひて放たむと思ふ。……良久しく有て箱の主来れり。我れ放生の為に来れり。く、「此の箱の中に種々の生類の音有り。此れを買はむと思ふ故に汝を待也」と。箱の主答て云く、「此れ更に生類を入たるに非ず」。……其の時に市人等来り集りて此の事を聞て云く、「速に其箱を開て其虚実を可レ見し」と。箱の主白地に立去る様にて箱を棄て失ぬ。……早く逃げぬる也けりと知て、其後箱を開て見れば、中に被レ盗にし絵仏の像在ます。……」（同上。尼所被盗持仏自然奉値語第十七）

この話も樹の上の箱の中に畜生の音の聞えると云ふことに美しい生まゝゝしさを漲らせてゐる。金剛峰寺の不動明王を描いたのも或は職業的画工ではなかったかも知れない。しかし、この話を作ったものは（若し「作った」と言はれるとすれば）小説家でも何でもない当時の民の一人である。彼等は必ず仏菩薩の地上を歩いてゐるのを見たことであらう。それから又鳶に似た天狗の空中を飛んでゐるのを見たことであらう。

僕は前の話を批評するのに「美しい生まゝゝしさ」と云ふ言葉を使った。美しいか美しくないかは暫く問はず、この「生まゝゝしさ」は『今昔物語』の芸術的生命であると言っても差し支へない。たとえば、「三獣行菩薩道兎焼語第十三」（天竺の部。巻五）を見ても、『今昔物語』の作者は兎の為にかう云ふ形容を加へてゐる。――

「兎は励の心を発して……耳は高く爐せにして目は大きに前の足短かく尻の穴は大きに開いて東西南北求め行けども実に求め得たる物无し。」

「耳は高く」以下の言葉は同じ話を載せた「大唐西域記」や「法苑珠林」には発見出来ない。（この話は誰でも知つてゐる通り、釈迦仏の生まれない過去世の話、――Jataka 中の話である。）従ってかう云ふ生まゝゝしさは一に作者の写生的手腕に負うてゐると思はなければならぬ。遠い昔の天竺の兎はこの生まゝゝしさのある為に如何にありありと感ぜられるであらう。

この生まゝゝしさは、本朝の部には一層野蛮に輝いてゐる。一層野蛮に？――僕はやっと『今昔物語』の本来の面目を発見した。『今昔物語』の芸術的生命は生まゝゝしさだけには終つてゐない。それは紅毛人の言葉を借りれば、brutality（野性）の美しさである。或は優美とか華奢とかには最も縁の遠い美しさである。

「今は昔、京より東の方に下る者有りけり。何れの国郡とは不レ知で一の郷を通ける程に、俄に婬欲盛に発て、女の事を物に狂が如に思ければ、心を難レ静めくて、思ひ繚ける程に、大路の辺に有ける垣の内に、青菜と云物糸高く盛に生滋たり。十月許の事なれば、蕪の根大きにして有けり。此の男忽に馬より下て、其垣内に蕪の根の大なるを一つ引て取て、其の穴を婁て婬を成してけり。……其の後其の畠の主青菜を引取らむが為に、下女共数具し、亦幼き女子共など具して、其の畠に行て青菜を引取る程に、年十四五許なる女子の、未だ男には不レ触りける有て、其青菜を引取る程に、垣の廻を行て遊けるに、彼の男の投入たる蕪を見付て、『此に穴を彫たる蕪の有ぞ。此は何ぞ』など云て暫く翫れける程に、蕪干たりけるを掻削て食てけり。然て皆従者共具て家に返ぬ。其の後此の女子何むと無く悩まし気にて、物などをも不レ食で心地不レ例有けれ ば、……奇異くて月来を経る程に、月既に満て糸厳し気なる男子を平かに生つ。……」（本朝の部巻十六。東方行者娶蕪生る語第二）

この話そのものに野趣のあるのは今更言葉を加へずとも善い。しかし作者の写生的筆致は「其の穴を婁て婬を成し」とか、「蕪干た

今 昔 物 語 鑑 賞

芥 川 龍 之 介

『今昔物語』三十一巻は天竺、震旦、本朝の三部に分れてゐる。本朝の部の最も面白いことは、恐らくは誰も異存はあるまい。その又本朝の部にしても最も僕などに興味のあるのは「世俗」並びに「悪行」の部である。しかし、――

しかし僕は仏法の部にも多少の興味を感じてゐる。それは仏法そのものは勿論、天台や真言の護摩の煙に興味を感じてゐると云ふことではない。唯当時の人々の心に興味を感じてゐると云ふことである。道命阿闍梨は阿闍梨と言ふもの、和泉式部の情人だった。しかし彼の経を誦する時には諸天善神も歓喜の余り、法輪寺の前へ下つて来た。（本朝の部巻二、天王寺別当道命阿闍梨語第卅六）のみならず金峯山の蔵王、熊野の権現、住吉の大明神等の下つて来たのは必しも経そのものゝ功徳に浴したかった為ばかりではない。「就中に其の音微妙にして聞く人皆首を低て不貴と云ふ事」なかった為である。当時の諸天善神も勿論護法に熱心だったであらう。が、彼等の情熱の中にはやはり僕等の音楽に対する情熱もまじつてゐない訳ではなかった。

更に又仏法の部の僕に教へるのは如何に当時の人々の天竺から渡つて来た超自然的存在、――仏菩薩を始め天狗などの超自然的存在を如実に感じてゐたかと云ふことである。僕等は畢に彼等ではない。法華寺の十一面観音も、扶桑寺の高僧たちも、乃至は金剛峯寺の不動明王（赤不動）も僕等には唯芸術的、――或は少くとも幻の中にかう云ふ超自然的存在を目撃し、その又超自然的存在に恐怖や尊敬を感じてゐた。たとへば金剛峯寺の不動明王はどこか精神病者の夢に似た、気味の悪い荘厳を具へてゐる。あの気味の悪い荘厳は果して想像だけから生まれるであらうか？

「今は昔、河内の国若江の郡の遊宜の村の中に一人の沙弥の尼有けり。……仏の像を写す。……而る間尼聊に身に営む事有るに依て、暫く寺に不詣ざる程に、其の絵像盗人の為に被盗ぬ。尼此れを悲び歎て、堪ふるに随て、東西を求むと云へども尋得る事無し。……亦知識を引て放生を行ぜんと思ふ。摂津の国の難波の辺に行ぬ。河の辺を徘徊する間、市より返る人多かり。見れば荷へる箱を樹の上に置けり。主は不見えず。尼開けば此の箱の中に種々の生厄然たる大峽も、惜しいかな、今昔物語は文學的價値甚だ薄く、さりとて歴史的價値もまた多しとせず。古書に、口碑に、見聞のまゝを記して、運筆匆々、編者の理想といふべきものの存せざるはもとより、記事に詩趣の搦すべきなく、修辭に才藻の愛すべきなし。強ひて取るべきところありとせば、古朴にして虛飾なき筆致の不用意なるにありとせん源氏以下の物語と相反して、文章簡勁に漢字の使用も多く、その用字に他書に稀なるものも少からずして、語學者の研究に資すること多し。記載の事實は資料を精選せず、得るがまゝに網羅したれば、到底、歴史的價値の存すべくもあらず。井澤長秀が「この書に載するところの人出自をあやまるあり、伊勢御息所を以て藤原忠房の子とする類なり。一人を以て二人とするあり、某聖寬蓮が類なり。二人を以て一人とするあり、權中納言敦忠、土御門中納言の類なり」といへるが如きもの、今一々に穿鑿せず。歴史的正確も存せず、個人的想像も見るべからず。しかもこの書の貴ぶべきは、當時の社會の風俗を見、公衆の思想を察するに、重大なる價値を存するを以てなり。

元号	年	西暦	文学作品	文学作品	歴史
建久	三	一一九二	長谷寺霊験記これ以後成る		源頼朝鎌倉に幕府を開く
	七	一一九六			
正治	二	一二〇〇		無名草子（以後まもなく）	
元久	元	一二〇四	蒙求和歌（源光行）・百詠和歌（同上）成る		
	二	一二〇五		新古今和歌集（撰進竟宴）	
建暦	二	一二一二	古事談（源顕兼）これ以後成る	方丈記 近代秀歌・詠歌大概（これ以後か）	
建保	三	一二一五	古事談これ以前に成る		
	四	一二一六	発心集（鴨長明）これ以前に成る		
承久	元	一二一九	続古事談成る		
	三	一二二一	宇治拾遺物語建暦二年以後この年までに成るか		承久の乱

年号	年	西暦	説話・往生伝ほか	和歌集・歴史物語	史実
保安	元	一一二〇	頼）この頃成る　今昔物語集これ以後まもなく成る		
天治	元	一一二四		金葉和歌集（初度本奏覧）	
大治	五	一一三〇	古本説話集この頃成るか（一説）		
長承	三	一一三四	打聞集書写される（栄源）		
保延	三	一一三七	後拾遺往生伝（三善為康）これ以後成る		
	五	一一三九	中外抄（藤原忠実談、中原師元筆録）の記事始まる		
	六	一一四〇	三外往生記（蓮禅）これ以後成る		
			金沢文庫本仏教説話集書写または成立（泉澄）		
			七大寺巡礼私記（大江親通）これ以後まもなく成る		
久安	元	一一四五	和歌童蒙抄（藤原範兼）この頃成るか		
仁平	元	一一五一	本朝新修往生伝（藤原宗友）成る	詞花和歌集（初度本奏覧）	
久寿	元	一一五四	富家語（藤原忠実談、高階仲行筆録）の記事始まる		
保元	元	一一五六	中外抄の記事この年まで		保元の乱
	二	一一五七	袋草子（藤原清輔）の根幹部、この年から翌年までの間に成る		
平治	元	一一五九			平治の乱
応保	元	一一六一	富家語の記事この年まで		
嘉応	二	一一七〇		今鏡（一一七四年以後とも）	
安元	元	一一七五			法然専修念仏を提唱
	二	一一七六		長秋詠藻	
治承	二	一一七八	唐物語（藤原成範）これ以前に成るか		
文治	元	一一八五	宝物集（平康頼）これ以後成る		平氏壇の浦に滅亡
	三	一一八七	高野山往生伝これ以後成る	千載和歌集（奏覧）	

寛和	元	九八五	日本往生極楽記（慶滋保胤）初稿本これ以前に成る	往生要集	
永延	元	九八七	日本往生極楽記完成本これ以後成る		
長保	三	一〇〇一		枕草子（ほぼ成るか）	
寛弘	元	一〇〇四		和泉式部日記（記事この年まで）	
寛弘	四	一〇〇七		拾遺和歌集（これ以前）	
寛弘	五	一〇〇八		紫式部日記（記事始まる） 源氏物語（一部はすでに流布）	
長元	六	一〇三三	地蔵菩薩霊験記（実叡）これ以後成る		
長久	四	一〇四三	法華験記〔大日本国法華経験記〕（鎮源）成るか		
天喜	三	一〇五五		逢坂越えぬ権中納言	
康平	三	一〇六〇		更級日記（この頃か）	前九年の役平定
延久	四	一〇七二	宇治大納言物語（源隆国）これ以前に成るか	陸奥話記（以後まもなく）	
承暦	元	一〇七七		狭衣物語（白河朝か）	
応徳	三	一〇八六	続本朝往生伝（大江匡房）これ以前に成る	後拾遺和歌集（奏覧）	院政開始
寛治	元	一〇八七	江談抄（大江匡房談、藤原実兼筆録）長治・嘉承の頃に成るか	大鏡（この頃以後）	後三年の役平定
康和	五	一一〇三	本朝神仙伝（大江匡房）これ以前に成る		
長治	元	一一〇四	百座法談聞書抄〔法華百座聞書抄・法華修法一百座聞書抄〕これ以後成る		
天仁	二	一一〇九	拾遺往生伝（三善為康）これ以後まもなく成る		
天永	二	一一一一	俊頼髄脳〔俊頼口伝集・俊頼無名抄・俊秘抄〕（源俊		

説話文学年表（古代）

年号	西暦	説話文学関係	その他の文学	一般事項
延暦　六	七八七	日本霊異記（景戒）この年に原撰か		
一三	七九四			平安遷都
一五	七九六	東大寺諷誦文稿これ以後成る		
弘仁　一三	八二二	日本霊異記（景戒）この頃成る		
承和　三	八三六	浦島子伝この頃より延喜年間までに成る		
一四	八四七	日本感霊録（義昭）これ以後まもなく成る		
貞観　八	八六六			応天門の変
元慶　三	八七九	道場法師伝（都良香）これ以前に成る		
延喜　元	九〇一	白箸翁伝（紀長谷雄）延喜初年頃までに成る		菅原道真、大宰権帥に左遷
五	九〇五		古今和歌集	
九	九〇九		竹取物語（一説にこれ以前）	
一二	九一二	紀家怪異録（紀長谷雄）これ以前に成る		
一七	九一七	聖徳太子伝暦（藤原兼輔）成る		
一八	九一八	善家秘記（三善清行）これ以前に成る		
二〇	九二〇	続浦島子伝成る		
承平　五	九三五		土佐日記	平将門叛す
天慶　三	九四〇		将門記（以後まもなく）	平貞盛ら、将門を誅す
天暦　五	九五一		後撰和歌集（撰集開始）	
八	九五四		蜻蛉日記（記事始まる）	
安和　二	九六九			安和の変
永観　元	九八三		宇津保物語（円融・花山朝か）	
二	九八四	三宝絵（源為憲）成る		

부록(영인판)

<u>**저자약력**</u>

문명재

한국외국어대학교 일본어과 및 대학원 졸업
일본 고베대학 석·박사 과정 졸업(문학박사)
한국외국어대학교 연수평가원 연수부장
현재 한국외국어대학교 일본어과 교수

<u>**주요저서**</u>

『續古事談 注解』(공저), 和泉書院(日本)
『論集 說話と說話集』(공저), 和泉書院(日本)
『세계문학의 기원』(공저), 한울출판사
『종교로 본 동양문화』(공저), 역민사
『새경향 일본어』, 박영사

일본설화문학연구

2003년 3월 30일 초판 발행
2004년 11월 12일 초판2쇄 발행

저　자·문명재
발행인·김흥국

발행처·도서출판 보고사
등　록·1990년 12월(제6-0429호)
주　소·서울 성북구 보문동7가 11번지 2F
전　화·922-5120~1(편집부)　922-2246(영업부)
팩　스·922-6990
메　일·kanapub3@chol.com
www.bogosabooks.co.kr
　ISBN·39-8433-164-3　　　　정가 15,000원